Abigail Johnson
Even If I Fall

ABIGAIL JOHNSON

Even if I fall

Roman

Aus dem amerikanischen Englisch
von Michaela Kolodziejcok

dtv

Deutsche Erstausgabe

Titel der amerikanischen Originalausgabe: ›Even If I Fall‹,
2019 erschienen bei Inkyard Press.
This edition is published by arrangement with Harlequin Books S. A.

Umschlaggestaltung: Daniela Hofner und Lisa Höfner |
buxdesign, München
Umschlagmotiv: Marc Tran / stocksy.com; Pixel-Shot / Adobe Stock
Gesetzt aus der Plantin
Satz: Fotosatz Amann, Memmingen
Druck und Bindung: CPI books GmbH
Printed in Germany · ISBN 978-3-423-74114-9

Für Sam Johnson, den besten großen Bruder,
den man sich wünschen kann.

Kapitel 1

Der Wagen ruckt vorwärts und federt wieder zurück, Maggie und ich schaukeln mit der Bewegung mit, dann säuft der Motor ab. Schon wieder. Mit geblähten Nasenflügeln grabe ich meine hellblau lackierten Fingernägel ins Lenkrad. So ruhig wie möglich ziehe ich den Schlüssel aus dem Zündschloss, lasse das Fenster herunter und schleudere das ganze Bund hinaus auf die Graswiese neben der Boyer Road, nur einen Steinwurf entfernt von der lang gezogenen geschotterten Zufahrt zu unserem Haus.

»Geht's dir jetzt besser?« Maggies ausdruckslose Miene hinter ihrer verspiegelten Sonnenbrille macht deutlich, dass es sich um eine rhetorische Frage handelt. Mein linkes Auge zuckt. Ich versuche meinen Kiefer zu entspannen und streiche mir eine Strähne meines noch nicht ganz schulterlangen braunen Haares hinters Ohr, aber mein Spiegelbild verändert sich kaum. Die Fenster stehen offen und die Klimaanlage ist jetzt aus, sodass sich die saunamäßige Junihitze, die in der prallen Mittagssonne ihren Spitzenwert erreicht, nicht ignorieren lässt. Es ist die Art von Hitze und Schwüle, die mir jeden Tropfen Feuchtigkeit – und Zuversicht – aus dem Körper saugt und mich schlaff und schwer in der flirrenden Nachmittagsluft zurücklässt.

»Das ist ein bösartiges Auto und es hasst mich.«

»Nein, Daphne doch nicht.« Meine Freundin und selbst

ernannte Fahrlehrerin tätschelt zärtlich das Armaturenbrett.

»Warum habe ich ihr eigentlich einen so niedlichen Namen gegeben?« Ich beäuge Daphne, aka den marineblauen Camaro aus der Hölle. Ich besitze mein erstes eigenes Auto jetzt seit drei Tagen, aber ich bin nicht halb so viele Kilometer damit gefahren. »Ich sollte sie besser Isebel, nach der aus der Bibel, nennen.«

»Nenn sie, wie du willst, aber du musst trotzdem lernen mit Schaltung zu fahren.«

»Das versuch ich ja.« Ich beuge mich vor und brülle direkt ins Lüftungsgitter: »Ich werde dich nett behandeln, wenn du endlich damit aufhörst, ständig abzusaufen!«

»Du nimmst den Fuß zu früh von der Kupplung.«

»Ich weiß.« Frustriert lasse ich mich zurück in den Sitz fallen.

»Dann hör doch einfach auf damit.«

Ich kann das Grinsen in Maggies Stimme hören, ohne sie ansehen zu müssen. Oh ja, sie genießt das hier! »Du hast gesagt, es macht Spaß, zu lernen, wie man einen Schaltwagen fährt. Und dass ich es in einer Stunde voll draufhätte. Aber wir sind jetzt schon den ganzen Morgen am Üben und ich werde eher immer schlechter.«

»Ohne Schlüssel kannst du schon mal definitiv nicht besser werden, Brooke.«

Laut seufzend öffne ich die Autotür und trete an den Rand der einspurigen Schotterstraße. Der Saum meines ausgeblichenen blauen Sommerkleids streift die Spitzen der hohen Wildgräser, während ich das Feld absuche. Zum Glück hängen meine Schlüssel an einem Band mit einem großen albernen Plüschanhänger in Form eines Schlittschuhs – ein Geschenk von Maggie zum neuen Auto. Es ist also nicht schwer, sie zu finden.

»Wer hat jetzt einen blöden Schlüsselanhänger?« Maggie ist halb über die Mittelkonsole geklettert und lehnt mit verschränkten Armen am offenen Fahrerfenster.

»Blöd habe ich nie gesagt. Sondern *interessant.*«

Maggie prustet laut los. »Du bist immer so *wahnsinnig* höflich. Ist das eigentlich ein West-Texas-Ding oder ein Covington-Ding?«

»Hast du Angst, dich anzustecken?« Ich lege gespielt besorgt die Stirn in Falten.

Maggie zieht den Ausschnitt ihres wassermelonenfarbenen Shirts bis ans Kinn hoch und krümmt die Schultern. »Wehe, ich warne dich! Falls ich jetzt plötzlich zu irgendwem *Ma'am* sage, ziehe ich auf der Stelle zurück nach L.A.«

»Es hat nichts mit meiner Herkunft oder Familie zu tun, dass ich nicht grundlos grob sein will.« Ich blicke auf Daphne. »Das gilt allerdings nur für Menschen, nicht für Autos.« Ein Lächeln kriecht auf mein Gesicht. »Hey, vielleicht liegt's ja gar nicht an mir, sondern an *ihr*?«

Maggie zieht eine Augenbraue hoch – oder wenigstens glaube ich das. Es ist schwer zu sagen, weil die Hälfte ihres kleinen Gesichts von der großen Pilotensonnenbrille verdeckt ist. Sie pflückt mir die Schlüssel aus der Hand und rutscht ganz auf den Fahrersitz. Eine Sekunde später bin ich in eine dichte Staubwolke gehüllt, während Maggie mit Vollgas die Straße runterbrettert, nach ein paar Hundert Metern einen actionfilmreifen U-Turn vollführt und zurückkommt.

Mit einem breiten Grinsen hält sie neben mir an.

»Also, am Auto liegt's wohl nicht.«

»Das ist unfair. Hast du nicht erzählt, dein Vater ist professioneller Stuntfahrer?«

»Professioneller Stuntfahrer, professioneller Lügner und Fremdgeher. Er ist ein Mann mit vielen Talenten.«

»Sorry«, sage ich. Es kommt mir so vor, als würde ich Maggie schon mein ganzes Leben lang kennen statt erst ein paar Wochen. Deshalb vergesse ich ständig, dass es noch viele Dinge gibt, die sie mir noch nicht erzählt hat.

Maggie wedelt meine Entschuldigung beiseite und schiebt ihre Sonnenbrille nach oben in ihr rosa getöntes Haar, das perfekt zu ihrem Eyeliner passt. Jetzt zieht sie unverkennbar die Augenbrauen hoch. »Und apropos unfair ... Frag mich mal, wie es sich anfühlt, dir bei fünffachen Salzmolch-Sprüngen zuzusehen, während ich mit Ach und Krach rückwärtsfahre.«

»*Salchow*-Sprünge und das war nur ein doppelter. Außerdem wirst du immer besser.«

»Sagt das Mädchen, das von meiner Mutter dafür bezahlt wird, meine Freundin zu sein.«

»Sie bezahlt mich für Eislaufstunden«, stelle ich richtig. Obwohl ich auch das Geld dringend benötige – wir wohnen etwas außerhalb und Benzin fürs Rumfahren ist teuer –, hatte ich wohl vor allem jemanden gebraucht, der auf meinen Anblick nicht mit Mitleid oder Abscheu reagiert. »Außerdem sind wir uns bestimmt einig, dass momentan eher du diejenige bist, die für diese Freundschaft bezahlt.« Ich beobachte, wie Maggie ihren Nacken massiert. Schon seit Stunden rüttele ich uns in der Bemühung durch, Daphne zu bändigen.

Maggie versucht ein Lächeln zu unterdrücken. »Meine

Mom hätte dir locker auch das Doppelte bezahlt. Sie ist überzeugt davon, dass ich zur Einsiedlerin mutiere, die ausschließlich mit ihrer Kamera spricht, während sie Youtube-Tutorials dreht. Sie findet natürlich nur meine koreanischen Beauty-Videos gut, aber ich bin eben auch halbe Amerikanerin. Na ja, ich bin jedenfalls froh, dass die erste Person, die ich kennengelernt habe, abseits der Eishalle genauso toll ist wie auf dem Eis. Eine Sache weniger, wegen der meine Mom mich nerven kann, stimmt's?«

Ich stimme ihr zu und ignoriere das ungute Gefühl in meiner Magengrube, als sie die Fahrertür für mich öffnet und zurück auf den Beifahrersitz rutscht.

»Okay, genug gelabert«, sagt Maggie. »Das Motorabwürgen passiert jedem, der lernt einen Schaltwagen zu fahren. Finde dich damit ab und setz dich wieder ins Auto!«

Noch bevor mein Hintern den Sitz berührt, packe ich den Schaltknüppel so fest wie einen Bullen, der mich abwerfen will. Nicht dass ich je auf einem Bullen geritten wäre – wir leben zwar im sogenannten Rinderland, aber die vielen Hektar weite Landschaft, auf der unser Familienfarmhaus steht, sind rein dekorativer Natur. Im Vergleich zu meinem jetzigen Vorhaben ist die Vorstellung, auf einem Bullen zu reiten, allerdings gar nicht mehr so schlimm.

»Erinnerst du dich noch an die wichtigste Regel beim Fahren mit Gangschaltung?«

Ich nicke und schnalle mich an. »Kupplung und Gas nicht verwechseln.«

»Nein, die nicht – Autos können Angst spüren.«

Ich blicke langsam zu meiner Freundin rüber. Sie grinst.

»Überlegst du etwa gerade mich in den Busen zu kneifen?«, fragt sie.

Das unfreiwillige Grinsen auf meinem Gesicht verrät mich.

»Tja, Pech gehabt!« Mit einem noch breiteren Grinsen streckt mir Maggie ihre Brust entgegen. »Flach wie ein Brett, Baby. Wer lacht jetzt, außer allen Jungs der Welt?«

Wir beide. Es dauert eine halbe Ewigkeit, bis ich mich wieder so weit im Griff habe, um ein weiteres Mal den Motor zu starten. Es stört mich nicht mal, dass er beim ersten Mal absäuft. Und beim zweiten Mal. Beim dritten Versuch schaffe ich es endlich, ihn nicht abzuwürgen, aber Daphne bockt so herum, dass es nur ein halber Sieg ist.

Man kann in zehn Minuten von einem Ende unserer Stadt bis ans andere fahren, aber auch die paar wenigen Ampeln traue ich mir noch nicht zu, deshalb bleiben wir in den kleinen Nebenstraßen in der Nähe meines Hauses, wo es so gut wie gar keinen Autoverkehr gibt. Das einzige andere Fahrzeug, das wir sehen, ist ein roter Truck, der in der Pecan Road am Straßenrand parkt. Der Fahrer ist nirgends in Sicht. Wobei ich auch kaum auf irgendwas anderes achte als auf den immer schwitziger werdenden Schaltknüppel in meiner Hand und das Stoppschild vor mir. Ich könnte es einfach überfahren, aber das werde ich nicht tun. Also schalte ich runter und komme ganz vorschriftsmäßig zum Stehen. Maggie neben mir sagt nichts. Ich weiß ja, was zu tun ist – es ist die praktische Umsetzung, die mir Probleme bereitet. Es will mir immer noch nicht in den Schädel, wie es sein kann, dass meine Fußkoordination auf dem einen Gebiet so gut ist und auf dem anderen so mies.

Langsam … Vorsicht … Ich nehme den linken Fuß von der Kupplung, während ich mit dem rechten das Gaspedal herunterdrücke. Mittlerweile halte ich sogar den Atem an. Daphne ruckelt leicht, aber ich gebe ihr mehr Gas, bis …

Mit einem Lachen entweicht die Luft aus meinen Lungen. »Geschafft!« Weitere Glückslaute blubbern mir in die Kehle, als wir weiter vorwärtsrollen. Ich hätte nicht gedacht, dass man auch abseits der Eisfläche so glücklich sein kann.

Maggie jubelt laut neben mir und ich muss noch mehr lachen, während ich langsamer werde, um in die Straße Richtung Stadt einzubiegen. Auch diesmal werde ich den Wagen nicht absaufen lassen.

Und dann sehe ich ihn am Straßenrand entlanggehen. Er dreht sich zum Auto um, als wir näher kommen, und unsere Blicke prallen aufeinander. Mein Lachen erstirbt eine Sekunde vor Daphnes Motor. Eine unsichtbare Faust trifft mich in den Magen und ich würge den letzten Rest meines Lachens heraus. Schuldgefühle kriechen an meinen Beinen hoch bis zu meiner Brust und nageln mich an meinem Sitz fest. Ich kann den Blick nicht von ihm abwenden.

»Nicht weiter tragisch«, erklärt Maggie, die vor Freude immer noch mit den Schultern wippt. »Starte den Motor einfach noch mal und …« Sie lehnt sich im gleichen Moment nach vorn, als der Typ mir einen giftigen Blick zuwirft und sich wegdreht.

»Ah, wieder eine Kostprobe dieses einmaligen Südstaaten-Charmes. Den habe ich jetzt schon einige Male genießen dürfen, seit ich hier wohne. Und da wundert meine Mutter sich ehrlich, warum ich lieber im Internet unterwegs bin. Wer ist das überhaupt?«

Maggie ist mit ihrer Mom frisch nach Telford gezogen, weshalb sie wahrscheinlich der einzige Mensch in unserer Stadt ist, der diese Frage stellen muss. Das ist einer von vielen Gründen, warum ich ihr nicht die Wahrheit sage. Denn wenn ich es täte, müsste ich ihr von Jason erzählen. Maggie weiß zwar, dass ich einen älteren Bruder habe, aber wenn man meine Mutter von ihm reden hört, meint man, er sei auf dem College. Und nicht dort, wo er wirklich ist. Ich hasse es, Maggie zu belügen, sogar indirekt, aber noch mehr hasse ich den Gedanken, dass die Wahrheit sie abschrecken würde.

»Niemand, den ich kenne.« Streng genommen ist das keine Lüge. Trotzdem ist es so weit von der Wahrheit entfernt, dass ich Maggie nicht ansehen kann, als ich es sage. Dann erkläre ich ihr, dass ich meine neu gewonnene Freundschaft mit Daphne für heute nicht überstrapazieren will, und da ich auch noch zur Eissporthalle muss, um meinen Lohnscheck abzuholen, setze ich sie vor ihrem Haus ab, als sich gerade die ersten dicken grauen Wolken über den Himmel wälzen.

»Igitt!«, sagt Maggie mit Blick auf den aufziehenden Sturm. »Das wird losgehen, wenn du noch unterwegs bist. Soll ich nicht lieber noch mit dir kommen, um dich nach Hause zu fahren, falls es zu krass wird?« Ihr Gesicht hellt sich auf. »Dann könnte ich die Eisbearbeitungsmaschine fahren, während du deinen Scheck holst.«

Ich blicke mit gerunzelter Stirn auf die Wolken und nicke. »Klar doch. Wenn du unbedingt willst, dass ich meinen Job verliere.«

Maggie mimt übertrieben die Hin-und-Hergerissene, bevor sie schließlich kapitulierend seufzt. Normalerweise würde ich über sie lachen, aber angesichts dessen, was sich am Himmel zusammenbraut, ist mir nicht nach Lachen zumute. »Es wird schon nichts passieren. Außerdem müsste deine Mom danach *dich* von *uns* abholen.«

Maggies mürrische Miene ist schon so gut wie verflogen, als sie aussteigt. »Versprich mir, dass du Daphne nicht zu

Schrott fährst. Glaub mir, es ist verdammt frustrierend, wenn du mit siebzehn darauf angewiesen bist, dass deine Mom dich überallhin kutschiert.«

»Es passiert schon nichts«, wiederhole ich. Ich schließe meine Hände fester um das Lenkrad, um zu kaschieren, wie stark sie zittern. Das hat nichts mit dem Autofahren zu tun, aber das weiß Maggie nicht.

»Hey.« Maggies beleidigter Ton ist jetzt endgültig verschwunden.

Ich sehe sie an.

»Du hast Daphne bis hierher gefahren, mit Anfahren und Anhalten, und du hast sie kein einziges Mal abgewürgt. Das hier ist mein Staungesicht.«

Mein Lächeln erreicht vermutlich nicht meine Augen. »Ich habe halt von der Besten gelernt.«

Sie grinst. »Halt die Klappe, Baby. Ich weiß. Und außerdem ist das *mein* Spruch.« Sie tätschelt ein letztes Mal Daphnes Motorhaube, dann geht sie ins Haus.

Auf halber Strecke zur Eissporthalle zuckt in der Ferne der erste Blitz über den Himmel und das schlechte Gewissen schnürt sich wie ein Riemen um meine Brust. Ich werfe einen Blick in den Rückspiegel. Vor meinem geistigen Auge sehe ich den ziegelroten Truck am Straßenrand – den Truck, an dem ich unfassbarerweise vorbeigefahren bin, ohne ihn wiederzuerkennen und innerlich zu erstarren – sowie den Jungen in einem schweißnassen weißen T-Shirt, der mitten in einem Unwetter kilometerweit nach Hause laufen muss.

Und ich habe auch noch gelacht, als er zu mir rübersah.

Ich wende, ohne Daphne abzuwürgen.

Kapitel 2

Ich fahre genau dieselbe Strecke zurück, die Maggie und ich in die Stadt genommen haben, und schon bald kommt am Horizont eine Gestalt in Sicht. Es ist jetzt fast ein ganzes Jahr her, seitdem ich ihn zum letzten Mal gesehen habe, und doch erinnere ich mich noch genau an sein Gesicht – die grauen Augen, der kräftige Kiefer, das etwas zu lange braune Haar, das nur wenige Nuancen dunkler ist als seine gebräunte Haut.

Wir sind zwei Jahre lang auf dieselbe Highschool gegangen, eine Schule mit insgesamt vierhundert Schülerinnen und Schülern. Obwohl ich nur eine Klasse unter ihm war, als er letztes Jahr seinen Abschluss gemacht hat, und ich ihm bestimmt zigmal über den Weg gelaufen bin, kann ich mich nicht erinnern, dass wir je ein Wort miteinander gewechselt hätten. Ich weiß nicht, wie er aussieht, wenn er mit seinen Freunden herumalbert, und er weiß es von mir ebenso wenig. Ich kenne ihn nur mit angespannter, starrer Miene, während ich innerlich weine.

Die quälende Erinnerung droht mich zu überwältigen. Ein lauter Donner grollt nicht nur um mich herum – auch in mir. Immer schwerer hängt der drohende Regen in der Luft und ich drossele Daphnes Tempo, während mein Puls zu rasen beginnt.

Er bemerkt meinen Wagen. Meine Augen sind so starr auf

ihn fixiert, dass ich genau sehe, wie ihn das Erkennen trifft. *Trifft* ist das richtige Wort. Er zuckt zurück, noch bevor er mein Gesicht sieht. Ich wechsle auf die Gegenspur, sodass ich jetzt unmittelbar neben ihm fahre. Ich halte an, nur ein paar Zentimeter von ihm entfernt. Der Ausdruck in seinen zusammengekniffenen Augen ist derselbe wie an jenem letzten Tag im Gerichtssaal. Hart. Kalt. Gefüllt mit etwas, das ich nicht sehen will, weder damals noch heute.

Ich schlucke. »Soll ich dich irgendwohin mitnehmen?«

Ein Schweißtropfen rinnt an meiner Schläfe herab und sein Blick folgt ihm. Trotz des Sturms, der sich über unseren Köpfen zusammenbraut, dringt durch die dichte, feuchte Luft nicht die kleinste kühle Brise. Er starrt mich immer noch stumm an, als der Himmel krachend seine Schleusen öffnet.

Der Regen prasselt in dicken, harten Tropfen herab, sie knallen auf Daphnes Motorhaube wie Pistolenkugeln. In Sekundenschnelle ist er nass bis auf die Knochen. In wenigen Minuten werden die Straßenränder in Bäche verwandelt sein. In einer Stunde werden ganze Streckenabschnitte überflutet sein, wenn es so weitergeht. Der Blitz, der grell am Himmel explodiert, verspricht jedenfalls nichts weniger.

»Es ist nur eine Mitfahrgelegenheit«, sage ich, aber das ist es nicht. Abgesehen von der Tatsache, dass er mich anstarrt, als wäre ich ein platt gefahrenes Tier, wäre meine Familie zutiefst entsetzt über mein Angebot. Und was *seine* Familie denken würde, wenn sie uns zusammen im selben Auto sähe, kann ich mir nicht mal vorstellen. Plötzlich bin ich nicht mehr sicher, ob ich überhaupt will, dass er zu mir ins Auto steigt. Wir sind nur eine Armlänge voneinander entfernt, aber ich weiß nicht mal, wie seine Stimme klingt. Ich glaube nicht, dass ich sie jemals gehört habe oder dass wir einander überhaupt je offiziell vorgestellt wurden.

»Du willst, dass ich zur dir in den Wagen steige?«, brüllt er über das Getöse des Regens hinweg mit einer Miene, als hätte ich von ihm verlangt das platt gefahrene Tier auch noch zu essen. »Warum?«

Ich verkrieche mich tiefer in den Sitz und wünschte, ich könnte darin verschwinden, damit mich nie wieder jemand auf diese Weise ansehen kann, sosehr ich den Blick auch verstehe. Es gibt so vieles, das ich nicht zu ihm sagen kann, so vieles, von dem ich nicht weiß, *wie* ich es ihm sagen soll, also gebe ich ihm die simpelste, ehrlichste Antwort: »Ich will nicht, dass du durch den Regen laufen musst.«

Schlagartig, so schnell wie die Lichtblitze am Himmel, weicht die Wachsamkeit in seinem Blick einem Ausdruck, bei dem mir der Atem stockt. Er starrt mich noch einen Moment länger an, dann setzt er sich in Bewegung und geht vorn um die Motorhaube herum. Er hat keinen Grund zur Eile – nasser kann er eh nicht mehr werden. Ich habe kein Handtuch oder Ähnliches, um meinen Sitz zu schützen, aber das ist mir egal. Er steigt auf der Beifahrerseite ein und knallt die Tür zu. Unwillkürlich zucke ich zusammen. Allerdings nicht wegen der Tür.

Heath Gaines sitzt in meinem Auto.

Ich fahre los, flüssig, ohne den Motor abzuwürgen. Sobald ich etwas gelernt habe, vergesse ich es nicht mehr.

»Du kannst mich an der Werkstatt auf der Main Street absetzen.« Seine Stimme ist dunkel und jetzt höre ich auch die schleppende Sprechweise, die bis eben noch vom Regen übertönt wurde und die verrät, dass wir beide unser ganzes Leben in Texas verbracht haben. Ich versuche mir einzureden, dass seine Stimme so belegt klingt, weil er lange nichts gesagt hat und nicht, weil es ihm zuwider ist, mit mir zu sprechen. Doch er sieht mich nicht an und ich beobachte ihn nur aus dem Augenwinkel. »Sie kennen sich damit aus, Cals Truck abzuschleppen.«

»Ich weiß noch, dass er oft liegen geblieben ist«, sage ich, ohne nachzudenken. Plötzlich sieht Heath nur noch mich an. Meine Schuldgefühle fesseln mich wie eine Zwangsjacke. Das ist nichts Neues für mich – im Gegensatz zu dem stechenden Schmerz, den ich angesichts meines Geständnisses empfinde.

Während ich Heath so gut wie gar nicht kenne, ist mir sein älterer Bruder Cal zumindest flüchtig bekannt. Cal und Jason sind in der Highschool zunächst Rivalen gewesen und hatten sich erst angefreundet, als sie im ersten Studienjahr an der University of Texas Zimmergenossen wurden. Sie hatten ab und zu die sechsstündige Autofahrt von Austin nach Hause zusammen unternommen, begleitet von Jasons Freundin. Ich habe Calvin zwar nur ein paarmal getroffen, fand ihn aber immer nett. Er sprach meine Mom stets mit *Ma'am* und meinen Dad mit *Sir* an. Er machte ein Riesenaufhebens um den Nymphensittich meiner kleinen Schwester Laura und gewann damit ihre ewige Zuneigung, die noch über das Maß hinausging, das ihm als Jasons Freund ohnehin schon sicher war. Am Tag, an dem ich meinen Führerschein bekam, ließ er mich sogar mit seinem Truck fahren, weil Jason sich weigerte mir seinen Autoschlüssel zu geben. Calvin sagte, ich solle mir keinen Kopf machen und könne getrost gegen den nächsten Baum fahren, wenn ich wolle, denn ein paar weitere Beulen würden dem ohnehin schon völlig ramponierten Truck nur noch mehr Charakter verleihen. Ich durfte den ganzen Weg zur Eissporthalle fahren, so früh vor Beginn meiner Schicht, dass ich noch Zeit zum Eislaufen hatte.

Ich fuhr gegen keine Bäume, damals nicht und heute auch nicht.

Ohne Jason mit einem Wort zu erwähnen, erzähle ich Heath diese Geschichte. Je länger ich rede, desto mehr brennen meine Augen, bis die Straße schließlich vor mir verschwimmt, trotz der rasant hin- und herfegenden Scheibenwischer. Ich komme an ein Stoppschild. Es sind keine anderen Autos in Sicht und die Werkstatt befindet sich direkt vor uns. Sobald Heath aussteigt, sehe ich ihn möglicherweise nie wieder. Ich fahre über die Kreuzung und auf den Parkplatz. Mit Tränen in den Augen drehe ich mich zu Heath um. »Das mit deinem Bruder tut mir unendlich leid.« Es ist das allererste Mal, dass ich das sage, laut oder zu mir selbst. Alles, was Calvin passiert ist, hängt mit Jason zusammen und bis zu diesem Moment und dieser Erinnerung habe ich nicht gewusst, dass ich für den einen etwas empfinden kann, ohne dem anderen damit etwas wegzunehmen. Ich hatte mich nicht getraut es zu versuchen.

Es dauert einen Moment, bis Heath mich anschaut, und als sein Blick mich schließlich trifft, sehe ich darin einen so übermächtigen Schmerz, dass mir eine Träne aus dem Auge quillt. Ich lasse sie laufen.

Er dreht sich von mir weg und sieht durch die Windschutzscheibe nach draußen, dann senkt er den Kopf und presst die Kiefer aufeinander. Ich unterdrücke den Impuls, an meine Tür zurückzuweichen. Nicht aus Angst, dass Heath mir Gewalt antut, sondern aus Angst vor dem, was er sagen könnte, und dass seine Worte mich zerstückeln.

Er dreht den Kopf und wirft einen Blick in meine Richtung. Der Schmerz ist verschwunden, wie auch alles andere, liegt verborgen hinter einem Gesichtsausdruck, der so leer und unergründlich ist wie meiner nackt und unverstellt. »Danke fürs Mitnehmen.«

Heath öffnet die Beifahrertür und tritt hinaus in den Regen.

Kapitel 3

Ich fahre wie ferngesteuert zur *Polar*-Eissporthalle. Jeff, mein Chef, wirft mir einen komischen Blick zu, als er mich durch die Tür kommen sieht.

»Du bist für heute nicht eingeplant«, sagt er und seine ohnehin recht jungenhafte Stimme rutscht vor Entrüstung noch ein paar Oktaven höher, wenngleich sein schütteres rotes Haar und das fahle, von Fältchen durchzogene Gesicht erkennen lassen, dass er irgendwas Anfang vierzig ist.

Die paar Leute, die am Einlass Schlange stehen, sehen mich ebenfalls an. Ich halte mich immer im Hintergrund, ganz besonders bei der Arbeit, wo ich gezwungenermaßen ein Namensschild trage. Nicht alle erkennen mich mehr auf Anhieb, aber kombiniert man ein vage bekanntes Gesicht mit einem Namen, herrscht in der Eishalle auf der Stelle Getuschel. Kleinstädte – und mit einer Einwohnerzahl von weniger als zehntausend darf Telford in Texas sich zu Recht dazuzählen – sind großartig, bis zu dem Punkt, wenn sie es nicht mehr sind. Ich halte den Atem an, als sämtliche Blicke sich auf mich heften, doch heute lässt meine harmlos wirkende Erscheinung die Leute nur kurz die Stirn runzeln und sie sehen wieder weg.

»Ich weiß«, sage ich und hebe meine Schlittschuhe hoch, damit Jeff sie sehen kann. Er schaut mich immer noch komisch an. Und es *komisch* zu nennen ist leichter, statt es als das zu bezeichnen, was es wirklich ist. »Ich will nur meinen Lohnscheck abholen und eine Runde auf dem Eis drehen.« Er kann mich nicht davon abhalten, so gern er es auch tun würde. Ich mache meinen Job und ich mache ihn ausgezeichnet – der blitzblanke Boden und das spiegelglatte Eis, für das ich gestern Abend noch gesorgt habe, sprechen für sich. Normalerweise arbeite ich entweder frühmorgens oder spätabends – diese Regelung ist allen am liebsten –, aber wie allen aus dem Team steht die Eisfläche auch mir jederzeit zur Benutzung offen.

Ich schlüpfe durch die Tür, bevor er mir wieder vorschlagen kann meinen Lohn in Zukunft aufs Konto zu überweisen, damit ich mich weniger oft blicken lasse. Als ob ich das tun würde! Mir ist jeder Vorwand recht, um aufs Eis zu kommen, koste es, was es wolle. Unwillkürlich stocke ich – nur einen Herzschlag lang –, als ich Elena hinter der Kasse entdecke. Früher habe ich die rundliche Frau mit dem schwarzweiß melierten Haar meine gute Fee genannt, weil sie mich immer bis ganz zum Schluss dableiben und eislaufen ließ, wenn sie statt Jeff abends die *Polar*-Halle zusperrte. Jetzt nenne ich sie gar nichts mehr, wenn es sich vermeiden lässt. Sie hat länger als die meisten gebraucht, um mich wie Luft zu behandeln, und ich rede mir ein froh darüber zu sein, dass sie rasch den Blick senkt, als ich an ihr vorbeigehe.

Ich gehe an weiteren Kollegen vorbei. Einigen ist meine Anwesenheit sichtlich ähnlich unangenehm wie Jeff und niemand schenkt mir das Lächeln, das ich noch vor einem Jahr gern erwidert hätte. Nicht mal die neueren Mitarbeiter, die ich nicht gut kenne.

Ich gebe mir alle Mühe, den scharfen Verlustschmerz und meine feuchten Augen zu ignorieren, während ich meine

Schlittschuhe zubinde und dann so viele Strähnen, wie ich von meinen dunkelbraunen Haaren zu fassen kriege, zu einem Pferdeschwanz zusammenbinde. Unter meinem Kapuzenpulli, den ich genau wie meine Schlittschuhe immer im Kofferraum dabeihabe, trage ich keine spezielle Eislaufkleidung, aber das könnte mir nicht egaler sein. Alles in meiner Brust ist eng und ineinander verknotet, bis ich die Eisfläche betrete. Sofort fühlt sich die Luft frisch und belebend an und das Geräusch der Kufen, die auf dem Eis aufsetzen – nicht ganz ein Kratzen, nicht ganz ein Zischen –, ist wie Musik in meinen Ohren. Lächelnd halte ich auf die Mitte der Eisfläche zu, drehe mich so, dass ich rückwärtsfahre, und beschleunige für einen einfachen Lutz. Mein Herz hebt ab, noch bevor meine Schlittschuhe das Eis verlassen. Es geht nichts über dieses schwebende Gefühl, fast als wäre ich schwerelos. Ich lande und gehe sofort in eine Standpirouette über, breite die Arme aus, hebe mein linkes Bein an und führe den Fuß an mein rechtes Knie. Ich lasse ihn nach unten gleiten, während ich gleichzeitig die Arme an meine Brust ziehe und mich schneller und schneller drehe, bis die Welt um mich herum verwischt. In meinen glücklichsten Träumen halte ich nie an.

Als ich nach Hause komme, deckt Laura gerade den Tisch fürs Abendessen und quittiert mein Eintreffen mit dem denkbar kürzesten aller Blicke. Oben in ihrem Zimmer fordert ihr Nymphensittich Ducky unter lautem Gekrächze, dass man ihn aus seinem Käfig holt. Das tut Laura dieser Tage gar nicht mehr. Sie hat Kopfhörer in den Ohren und wippt mit dem Kopf im Takt eines Songs, den ich nicht hören kann. Früher war es ihr nicht erlaubt, am Tisch Musik zu hören; es war eine technologiefreie Zone, in der wir uns ansehen und einander zuhören mussten. Oft moserten wir darüber – Laura, Jason und ich –, aber insgeheim mochten wir diese Zwangspause. Und noch mehr mochten wir einander. Jason ist drei Jahre älter als ich, Laura drei Jahre jünger, aber wenn wir zusammen waren, spielte unser Altersunterschied keine Rolle. Das ist nicht selbstverständlich, das weiß ich. Darum war unser Band auch so kostbar.

Wortlos nehme ich meiner Schwester zwei Teller ab, um zu helfen. Mein Hochgefühl vom Eislaufen schwindet immer mehr, je länger das Schweigen zwischen uns bestehen bleibt.

Laura sieht aus wie die exakte weibliche Version von Jason, als er vierzehn war. Sie hat die gleichen langen Beine, schlaksigen Arme und das gleiche schmale Gesicht. Zum großen Glück für meine Schwester hat sie auch die gleichen dichten honigbraunen Haare, die von Natur aus gewellt sind, während ich meine mindestens eine Stunde lang mit dem Lockenstab bearbeiten muss, damit sie auch nur ansatzweise so aussehen. Ihre Kinnpartie ist allerdings weicher als die von Jason und trotz ihrer noch von Babyspeck gerundeten Wangen ist schon jetzt klar, dass sie den sensationellen Knochenbau und den olivfarbenen Teint unserer kastilischen Großmutter väterlicherseits geerbt hat. Ich hingegen komme nach der Familie meiner Mutter, was bedeutet, dass meine Gesichtszüge weniger markant sind und ich schon beim bloßen Gedanken an die Sonne einen Sonnenbrand bekomme.

Lauras große, tief liegende Augen – braun wie die von Dad, während Jason und ich Moms blaue Augen haben – blicken ins Leere, als sie das Geschirr verteilt, und ich bin wieder aufs Neue erschrocken, wie sehr sie sich im vergangenen Jahr verändert hat.

Früher hüpfte sie beim Tischdecken wie ein Flummi herum, überschäumend vor Energie, was oft lautes Vogelgeschrei und Scherben zur Folge hatte sowie die Drohung meiner Mutter mit Stubenarrest, sollte sie sich nicht augenblicklich zusammenreißen. Stubenarrest war für Laura schlimmer als die Vorstellung zu sterben. Hätten meine Eltern es erlaubt, hätte sie unter freiem Himmel gelebt. Man brauchte sie nur mit dem Versprechen auf eine Übernachtung in unserem alten Baumhaus zu bestechen und schon übernahm sie jede noch so ungeliebte Aufgabe. Die Laura von damals hat mit der bleichen Gestalt vor mir kaum noch etwas gemein. Ihre Bräune ist so gut wie verschwunden und ihre Haare hängen schlapp an ihrem Rücken herab, mit sichtbaren Knickspuren vom Zopfgummi, das sie die letzten paar Tagen getragen hat. Sie bewegt sich wie im Halbschlaf.

»Brooke, bist du das?«, ruft Mom aus der Küche.

»Ja, bin wieder da!«

»Hilf bitte deiner Schwester beim Tischdecken.«

Ich werfe Laura ein Lächeln zu, aber sie sieht nicht hoch und hört nicht auf mit dem Kopf zu wippen. Mein Lächeln verblasst. »Ja«, rufe ich zurück.

Mom kommt durch die Schwingtür aus der Küche, in den Händen eine dampfende Schüssel voll Pasta. Sie bittet Laura und mich den Salat und die Spaghettisoße zu holen und saust selbst zurück, um das Brot zu bringen. Im Gegensatz zu Laura hat Mom nichts von ihrer unermüdlichen Energie verloren. Sie läuft auf Hochtouren, egal ob sie nun das Essen aufträgt oder beim Lauftraining einen Sprint hinlegt, um ihre Zeit für den nächsten Marathon noch um einige Sekunden zu verbessern. Würden wir nicht jeden Abend alle gemeinsam essen, würde sie sich vermutlich nie hinsetzen. Sie pendelt mindestens noch ein halbes Dutzend Mal zwischen Küche und Esszimmer hin und her – erst, um die Butter zu holen, danach den Eistee, dann rennt sie, kaum dass sie den Teekrug hingestellt hat, wieder zurück für das Salatdressing. Diese fast manische Energie treibt sie an und ich bin schon vom bloßen Zuschauen erschöpft.

Endlich bleibt sie an der Türschwelle stehen, ihr hastig hochgezwirbelter Dutt kurz vor der Auflösung, und blickt von der Küche zum Esszimmer, um sich zum dritten Mal zu versichern, dass sie auch ja nichts vergessen hat. Hat sie nicht, aber trotzdem wird sie im gleichen Moment, in dem sie sich hinsetzt, wieder von ihrem Stuhl aufspringen, nur für alle Fälle.

Auf ihr Rufen hin kommt Dad aus dem Keller hoch. Er schiebt seine breiten Schultern seitwärts durch die schmale Türöffnung und hinterlässt eine Spur aus Sägemehl und Holzspänen auf dem Boden. Seine Schutzbrille hat er sich auf den kahlen Kopf hochgeschoben. Sein Haar wurde mit Mitte zwanzig immer schütterer und seither rasiert sich Dad, der Pragmatiker durch und durch ist, lieber eine Glatze, als das Unvermeidliche zu bekämpfen. Es steht ihm gut. Und was ihm an Behaarung auf dem Kopf fehlt, sprießt in seinem Gesicht umso üppiger. Sein Vollbart reicht bis auf seine Brust und verdeckt sein Kinngrübchen, das ich an mir selbst nicht verstecken kann.

Der ihm anhaftende süße Geruch von Ahornharz und Hickoryholz vermengt sich angenehm mit dem Duft nach ofenfrischem Brot und dem Knoblauch der Pastasoße. Dad setzt sich an den Tisch, während Mom weiter zwischen den

Räumen hin und her huscht. Erst als Dads tiefe, sanfte Stimme ihren Namen sagt, bleibt sie stehen.

»Carol. Das riecht köstlich.« Er ist so was wie ihr magisches Beruhigungsmittel, ohne das sie nicht entspannen kann. Aber sogar er hatte letztes Jahr Probleme, zu ihr durchzudringen.

Sie nickt und wirft noch einen letzten sehnsüchtigen Blick Richtung Küche, als würden sich alle Probleme des ganzen Universums lösen lassen, wenn sie noch einen letzten Gang machen könnte. Dann setzt sie sich hin.

»Gut.«

Laura nimmt fürs Tischgebet ihre Ohrstöpsel heraus, steckt sie aber wieder rein, sobald Dad »Amen« sagt. Dann fangen wir an zu essen.

Laura neben mir stochert in ihrem Essen herum, während Dad seinen Teller schon fast geleert hat und Mom isst, als würde ein Pokal winken, wenn sie als Erste fertig wird. Wir sehen uns nicht an. Wir reden nicht. Die einzigen vernehmbaren Geräusche sind gelegentliches Gabelkratzen auf Porzellan und das dumpfe Knallen beim Gläserabstellen. Die Mahlzeit steht in krassem Kontrast zu unseren ausgelassenen Tischgesprächen, als Jason noch hier war. Ich blicke zur leeren Stelle hinüber, an der sein Stuhl immer stand, bevor Dad ihn weggeräumt hat. Unser Tisch – ein Geschenk meines Vaters an meine Mutter zum ersten Hochzeitstag – ist groß und rund, doch Laura und ich stoßen ab und zu immer noch mit den Ellenbogen gegeneinander, weil wir dicht an dicht sitzen, statt den neu vorhandenen Raum auszunutzen.

Das Gefühl, dass das alles hier falsch ist, hüllt mich ein und sickert in meine Lungen. Es ist, als würde ich versuchen einen tiefen Atemzug voll Dampf zu nehmen.

Über Jason zu sprechen, anzuerkennen, dass er weg ist, und zu versuchen zu begreifen, wie es so weit hatte kommen können, bewirkt lediglich, dass meine Familie noch mehr dichtmacht. Bestenfalls bekomme ich von meiner Mutter ein *Nicht jetzt, Brooke* zu hören und von meinem Vater ein *Lass gut sein.* Von Laura bekomme ich gar nichts mehr – manchmal dreht sie einfach nur ihre Musik lauter und mein Herz bricht ein weiteres Mal.

Eigentlich habe ich aufgegeben es zu versuchen. Aber dass ich Heath heute getroffen und ein paar Minuten mit ihm geredet habe, ohne dass einer von uns beiden daran kaputtging, schenkt mir einen Mut, von dem ich glaubte, dass er mich längst verlassen hätte.

»Ich habe heute Heath Gaines gesehen.« Drei Gabeln verharren in der Luft und drei Augenpaare blicken zu mir hoch. »Ich bin mit Maggie im Auto gefahren und er lief vor uns am Straßenrand, ganz in der Nähe vom Hackman-Teich.«

Das Einzige, was sich an meiner Mutter bewegt, ist ihr Mund. »Hast du angehalten?«

»Nein«, sage ich. Hatte ich nicht. Jedenfalls da noch nicht.

Moms Schultern entspannen sich leicht, offenbar in dem Glauben, dass das meine ganze Begegnung mit ihm war. »Laura, Schätzchen, der Teller bleibt nicht ewig warm.« Sie fängt wieder an zu essen und fügt, ohne mich anzusehen, hinzu: »Brooke, iss bitte auf.«

Ich belade meine Gabel und zweifle an meiner eigenen Zurechnungsfähigkeit, als ich weiterrede. »Aber dann fing es an zu regnen und ich bin noch mal zurück, um ihn zu fragen, ob ich ihn mitnehmen soll.«

Moms Gabel fällt klirrend auf ihren Teller und Spritzer

der Pastasoße landen auf dem weißen Tischtuch. Sie sehen aus wie kleine Blutstropfen.

»Wir haben uns unterhalten, also nur ein bisschen«, erzähle ich ihr, erzähle ich allen und lasse meinen Blick von einem Gesicht zum nächsten wandern, auf der Suche nach einem, aus dem nicht alle Farbe gewichen ist. »Es war nicht furchtbar. Jedenfalls nicht so, wie es hätte sein können.«

Nicht so, wie es mit jedem anderen ist, füge ich still hinzu und denke an meine Kollegen, die ich mal für meine Freunde gehalten habe. Ich weiß, dass nicht nur ich mit den schiefen Blicken klarkommen muss, dem Getuschel, den sogenannten Freunden, deren Eltern nicht mehr erlauben, dass sie zu uns nach Hause kommen. Für Laura ist es wohl am schlimmsten. Leute in ihrem Alter geben sich erst gar keine Mühe, Höflichkeit zu heucheln, so wie die meisten es bei mir noch tun. An ihrer Stelle würde ich mich vermutlich auch unter Kopfhörern verstecken wollen. Ich halte kurz inne und lausche auf ihre Musik, aber sie hat sie ganz leise gestellt, möglicherweise sogar ausgemacht, jedenfalls bin ich sicher, dass sie mich hören kann. Was heißt, dass sie mich hören *will*, also rede ich weiter. Diesmal bin ich nicht auf der Suche nach Antworten, ich will einfach nur über meinen Bruder sprechen mit den einzigen Menschen, die bei der Erwähnung seines Namens nicht zurückschrecken.

»Ich habe ihm die Geschichte erzählt, wie Cal mir damals seine Autoschlüssel gegeben hat, als ich frisch meinen Führerschein gemacht hatte und Jason mir nicht seinen Wagen leihen wollte. Jason hat sich echt immer so angestellt mit seinem –«

Dad lässt seine Faust auf den Tisch knallen, dass Lauras Eisteeglas beinahe umkippt. Der Aufprall kommt so plötzlich, dass meine Zähne aufeinanderschlagen, aber ich bin davon nicht eingeschüchtert. Mein Herz rast. So viel Emotionen hat Dad das letzte Mal an dem Abend gezeigt, als Jason festgenommen wurde. Ich wünsche mir nicht seine Wut, aber sie ist mir allemal lieber als diese Teilnahmslosigkeit, in die er sich das ganze letzte Jahr gehüllt hat. Mir ist *alles* lieber als das. Ich warte darauf, dass er den Kopf hebt, dass er mich anstarrt, dass er schreit oder brüllt, solange er nur mit mir spricht, aber das tut er nicht. Stattdessen schiebt er seinen Stuhl abrupt vom Tisch weg und verschwindet in seine Werkstatt im Keller. Als ich den Kopf drehe, um ihm hinterherzuschauen, bemerke ich Laura, die tief gebeugt über ihrem Teller sitzt, sowie die einsame Träne, die in ihren unangetasteten Teller fällt. Ich strecke mit zusammengekrampftem Herzen eine Hand nach ihr aus, aber Mom kommt mir zuvor.

»Geh schon mal nach oben, Laura. Ich bring dir später einen Teller hoch.«

Laura stürzt davon, kaum dass meine Mutter den Satz beendet hat. Dann räumt Mom ihren und Lauras Teller ab. Im Gegensatz zu ihren Händen ist Moms Stimme kein bisschen zittrig, als sie zu mir sagt: »Brooklyn Grace.«

Und wieder drückt mir eine unsichtbare Hand die Kehle zu. Ich wollte doch nur, dass wir miteinander reden, dass wir Jasons Namen aussprechen, ohne dass alle wütend oder in Tränen aufgelöst davonstürmen, ohne dass Mom mit aller Macht um ihre Fassung ringt.

»Tu das nie wieder, verstanden?«

»Ja, Ma'am«, sage ich und meine Stimme ist kaum lauter als ein Flüstern. Es fühlt sich wie eine Lüge an.

Die Teller in ihrer Hand zittern so heftig, dass Mom sie auf der Tischkante abstellen muss. »Versprich mir, dass du diesen Jungen oder seine Familie nie wieder erwähnst.«

Ich weiß nicht, ob mit »dieser Junge« Heath oder Calvin gemeint ist – wobei es auch egal ist. Beide machen es einem schwer zu leugnen, wo Jason gerade ist und warum. Ich finde nicht die richtigen Worte, um ihr zu erklären, dass ich nicht weniger leide, bloß weil ich nicht mit Sachen um mich werfe oder weine. Dass es mir ein dringendes Bedürfnis ist, mit ihnen allen über Jason zu sprechen, genau wie es anscheinend für sie ein dringendes Bedürfnis ist, dies nicht zu tun. Schließlich höre ich auf nach Worten zu suchen. Mom ist zwischen Dad und Laura so festgezurrt, dass ich Angst habe sie könnte zerreißen, wenn ich versuche sie in noch eine weitere Richtung zu ziehen. Und ich will nicht, dass einer von ihnen noch mehr leidet als ohnehin schon.

»Versprochen«, sage ich, dann helfe ich ihr den Tisch abzuräumen. Wir erwähnen Jason nicht mehr. Oder Heath. Oder Calvin … den Jungen, den mein Bruder nach eigenem Geständnis letzten Sommer getötet hat.

Kapitel 4

Am nächsten Morgen wird das, was ich gestern Abend gesagt habe, mit keinem Wort erwähnt. Es ist, als wäre nie etwas geschehen.

Mom schießt durchs Haus, das Telefon zwischen Ohr und Schulter geklemmt, und spricht mit Leuten irgendwo am anderen Ende des Landes, die sich allein dafür interessieren, wann ihre maßgefertigten Möbel fertig sind. Ihre Haut glänzt von Schweiß, was heißt, dass sie heute Morgen schon Gott weiß wie viele Kilometer gejoggt ist, obwohl es gerade mal acht Uhr ist. Dad ist im Keller, das Surren seiner Drehbank ist das einzige Geräusch, das ich bis zum Abendessen von ihm hören werde. Es ergibt eigentlich keinen Sinn, dass ich ihn genauso schmerzlich vermisse wie Jason – ich sehe Dad viel häufiger, selbst wenn es nur noch für einen Bruchteil der Zeit ist, die wir früher gemeinsam verbracht haben.

Obwohl Mom die Sportlerin ist, war es mein Dad, der von Anfang an mein Eiskunstlaufen unterstützt hatte. Der mich fünfmal die Woche drei Stunden hin und zurück nach Odessa fuhr, damit ich bei einem Spitzencoach trainieren konnte. Er beklagte sich kein einziges Mal, auch dann nicht, wenn ich es tat. Wir hatten eine feststehende Routine: Wir hielten immer an derselben Tankstelle an, kauften eine Riesenpackung Erdnussbutter-M&M'S, hörten in Dauerschleife ein und dasselbe *Blackfoot*-Album und lachten uns über die irritierten Blicke der anderen Autofahrer kaputt, wenn wir zum *Highway Song* Luftgitarre spielten.

Eiskunstlauf ist mein Leben gewesen, aber wenn ich mir eine Sache von damals zurückwünschen könnte, dann würde ich lieber noch mal drei Stunden lang in einem Auto mit stotternder Klimaanlage sitzen wollen und dabei Dad M&M'S zuwerfen, die er mit dem Mund auffängt, als um eine weitere Medaille zu kämpfen.

Laura ist draußen auf der Veranda und hält den Kopf über ihr Telefon gebeugt, statt den Anblick der erwachenden grün leuchtenden Welt vor sich zu genießen. Immer noch im Schlafanzug öffne ich die Fliegengittertür und tappe barfuß zu dem leeren Schaukelstuhl neben Laura hinüber. Sie sieht nicht hoch, als ich mich neben sie setze, nicht mal, als ich ihren Namen sage. Sie ist zu sehr damit beschäftigt, einen Forumsthread zu lesen, in dem es darum geht, ob nun Jack Kirby oder Stan Lee der eigentliche Schöpfer der Marvel-Comics ist. Ich überlege mich in die Debatte einzuklinken, denn ich weiß, welche Seite sie vertritt, auch wenn sich mir die Wichtigkeit des Ganzen nicht erschließt. Wenigstens könnte ich ihr mit Comicdiskussionen eine Reaktion entlocken, allerdings würde sie sich vermutlich nur kurz aufregen und sich dann wieder in ihren Panzer aus Gleichgültigkeit zurückziehen. Stattdessen tippe ich ihr aufs Knie. Sie sieht mich an, ohne den Kopf zu heben, macht aber keine Anstalten, die Musik leiser zu drehen. Ich erwidere ihr Starren und warte. Schließlich zieht sie einen der Ohrstöpsel heraus. Einen. Ich versuche das bleierne Gefühl in meiner Brust zu ignorieren.

»Wo ist Ducky?«

»In seinem Käfig.«

Als hätte der Vogel seinen Namen durch das offene Fenster in Lauras Zimmer gehört, krächzt er: »Ich bin Batman.«

Ich schließe langsam die Augen und ein Lächeln kriecht mir in die Mundwinkel. Laura hat ein ganzes Jahr gebraucht, um Ducky dazu zu bringen, das zu sagen. Eine Zeit lang, während sie vom DC-Comic-Fan zur Marvel-Fanatikerin mutierte, hatte sie versucht ihm beizubringen *Hulk smash* zu sagen. Doch dann begann Jason damit, immer wenn sie in der Schule war, eine Tonaufnahme mit »Jason ist cool« in ihrem Zimmer abzuspielen, und der arme Vogel geriet völlig durcheinander. Laura kam dahinter, als Ducky plötzlich anfing *Jason smash* zu sagen. Mein Lächeln wird breiter. Daraufhin musste Jason zur Strafe einen Monat lang Duckys Käfig sauber machen. Ducky sagt es manchmal immer noch. *Jason smash*. Aber niemand findet es mehr lustig.

Bevor sie wieder ihren Ohrstöpsel reinstecken kann, wechsele ich rasch das Thema. »Ich hab dir noch gar nicht erzählt, dass ich gestern endlich Daphne gebändigt habe.«

»Wen?«

Ich runzele die Stirn, eine nur kleine Reaktion gemessen an dem Stich, den mir Lauras einsilbige Antwort verpasst. »Mein Auto.« Ich zeige mit dem Kinn auf den Camaro, der in unserem Carport steht. »Komm schon, Laura. Du warst doch hier, als ich sie letzte Woche mit nach Hause gebracht habe.« Gut möglich, dass sie sogar genau an derselben Stelle saß. In letzter Zeit ist sie kaum woanders als auf der Veranda und in ihrem Zimmer.

»Oh.«

Oh. Ihr Blick wandert bereits wieder Richtung Smartphone-Display, aber ich halte ihre Hand mit dem Kopfhörer fest. Ich habe weder erwartet von ihr den gleichen, die Wände unseres Hauses erschütternden Jubelschrei zu hören wie bei Jasons erstem Auto, noch dass sie sich wie ein Äffchen an mein Bein klammert, bis ich ihr die erste Spritztour verspreche, aber mit ein bisschen mehr als *Oh* habe ich doch gerechnet.

»Ich habe sie Daphne getauft. Du weißt schon, so wie die Figur von Jack Lemon in *Manche mögen's heiß*.«

Es ist einer der wenigen Filme, die wir beide lieben. Im Sommer vor Jasons Verhaftung hatten wir ihn fast jeden Abend zusammen geschaut. Haufenweise Filme zu gucken ist nur eine natürliche Folge davon, wenn man in einer Stadt lebt, in der die Menschen den Rindern zahlenmäßig unterlegen sind, und man noch nicht alt genug ist, um Auto zu fahren. Ich hatte zum millionsten Mal *Liebe und Eis* sehen wollen und Laura den neuesten Superheldenstreifen. Ich weiß nicht mehr, wie es dazu kam, dass wir uns auf *Manche mögen's heiß* als Kompromiss einigten, aber irgendwann war es sogar so, dass wir nur noch einschlafen konnten, wenn dieser Film lief. Ich habe ihr diesen Sommer bereits ein paarmal vorgeschlagen, dass wir ihn uns wieder mal ansehen könnten, aber bislang ist sie nicht darauf eingegangen. Und so verschlossen, wie meine Schwester heute Morgen ist, hüte ich mich davor, sie erneut zu fragen.

»Wie auch immer«, sage ich. »Ich habe sie jetzt endlich im Griff und mir überlegt einen Abstecher zu Walmart zu machen. Magst du mitkommen?« Angeblich gibt es viele Walmart-Filialen in Texas, aber genau wie im Fall von Bigfoot und leckerer glutenfreier Pizza bleibt mir nichts anderes übrig, als an ihre Existenz zu *glauben*, denn den einzigen Walmart, den ich kenne, gibt es eine Autostunde von uns entfernt. Es ist für uns also eine ziemlich große Sache, zu Walmart zu fahren, weshalb ich Laura die Aussicht darauf unter die Nase halte wie die sprichwörtliche Karotte. Es ist schon fast peinlich, wie unbedingt ich will, dass sie Ja sagt. Ich versuche nicht mal den Eifer in meiner Stimme zu kaschieren. Umso härter trifft es mich, als sie meine Hand abschüttelt.

»Nee, schon okay.« Sie steckt sich wieder den Ohrstöpsel rein. Ich könnte ebenso gut Luft sein, so wenig Aufmerksamkeit schenkt sie mir.

Mein Blick huscht zwischen ihren Augen hin und her. Bei ihr ist *nichts* okay – bei keiner von uns. Ich hasse diese Leblosigkeit zwischen uns, da, wo es früher mal so viel mehr gab. Ich will nicht dabei zusehen, wie meine Schwester in ihrem selbst errichteten Gefängnis verkümmert, während in Wahrheit Jason derjenige ist, der tatsächlich eingesperrt ist. Ich muss mich weiterhin um sie bemühen, denn ich habe Angst davor, was passiert, wenn ich damit aufhöre.

»Ach, vergiss Walmart.« Ich rutsche auf die vorderste Stuhlkante. »Lass uns einfach was zusammen unternehmen. Irgendwas. Du kannst aussuchen, was.« Ich werfe einen Blick auf das Superheldenforum auf ihrem Display. »Finde eine Comicmesse im Umkreis von hundert Kilometern und los geht's.« Ich stehe überhaupt nicht auf Comics, aber Laura schon. Ich habe ihr einmal gesagt, ich würde mir eher mit dem Schlittschuh über die Finger fahren, als mit ihr auf eine Comicmesse zu gehen. Und das war nur ein ganz klein bisschen übertrieben. Comics sind immer ihr und Jasons Ding gewesen.

Mir wird klar, dass ich einen Fehler gemacht habe. Ich kann förmlich sehen, wie Lauras Gedanken denselben Abzweig nehmen wie meine – in Richtung Jason. Ich lege schnell einen anderen Gang ein: »Oder wir könnten ins Kino gehen oder Schlittschuhlaufen oder Schwimmen, oder wir fahren einfach so durch die Gegend. Ich raube mit dir auch eine Bank aus, wenn ich dich so von dieser Veranda runterkriege.« Ich lache bemüht, ein vergeblicher Versuch, um zu verbergen, wie viel Angst ich um sie habe, um uns alle. Wie sehr ich sie vermisse.

Aber es ist zu spät. Ihr Blick hat sich an mein azurblaues Schlafanzug-Shirt und meinen abplatzenden blauen Nagellack geheftet. Laura ist wieder weg, noch bevor sie nach drinnen verschwindet.

Ich fahre trotzdem zu Walmart. Mit Laura zusammen wäre es zwar schöner gewesen, aber nur weil sie nicht wollte, heißt das ja nicht, dass ich auch drauf verzichten muss. In dem Bewusstsein, dass mir die nächste Fahrt hierher benzinkostentechnisch erst wieder in zwei Wochen oder einem Monat möglich ist, verbringe ich viel zu viel Zeit in dem gigantisch großen Laden. Ich schlendere durch die Gänge und genieße den Luxus, den Blicken fremder Menschen zu begegnen, ohne mich innerlich gegen den Moment wappnen zu müssen, in dem sie mich erkennen. Die Leute hier lächeln einfach – oder auch nicht – und gehen weiter.

Ich breche erst am Nachmittag wieder auf und habe es nicht eilig nach Hause zu kommen. Als ich das Stadtgebiet von Telford erreiche, mache ich, ohne über das Warum nachzudenken, einen Abstecher zur Werkstatt in der Main Street. Ich will lediglich daran vorbeifahren, nur sichergehen, dass er nicht dort ist. Fast glaube ich mir selbst, bis die Werkstatt in Sicht kommt. Cals roter Truck – Heaths Truck – steht immer noch da. Ich halte an und steige automatisch aus. Ich muss mir das Fahrzeug nicht näher ansehen, um zu wissen, dass es derselbe Truck ist, aber ich tue es trotzdem.

»Kann ich Ihnen irgendwie behilflich sein?«

Ein Mann in einem grauen Overall kommt auf mich zu. Er wischt sich die Hände an einem Stofftaschentuch mit Paisley-Muster ab. Sein freundliches Lächeln bröckelt, als er mein Gesicht sieht, und mein Magen schlingert unangenehm. Inzwischen werde ich nicht mehr überall erkannt, aber es würde mich nicht wundern, wenn dieser Mechaniker genau weiß, wer ich bin. Heath sagte, dass Cal seinen Truck häufig hier zur Reparatur hatte. Gut möglich, dass es aber auch einen anderen Grund für seine leere Miene gibt. Ich straffe die Schultern und setze ein Lächeln auf. »Ich war einfach nur neugierig, was mit dem Truck da ist.«

»Dieser Wagen steht nicht zum Verkauf«, sagt er ohne den Hauch eines Lächelns.

Ich schlucke die bittere Galle hinunter, die mir die Kehle hinaufschießt. Er weiß genau, wer ich bin. »Nein, Sir, ich wollte ihn nicht kaufen. Ich habe mich nur gewundert, warum der Besitzer ihn noch nicht abgeholt hat.«

Der Mechaniker kommt einen Schritt näher auf mich zu. »Wüsste nicht, was Sie das angeht.« Sein Verhalten ist nicht offen feindselig, aber es ist auch alles andere als freundlich. Das kommt nicht völlig unerwartet.

Doch statt den Kopf einzuziehen und davonzuschleichen, schließe ich die Augen und hole tief Luft, dann öffne ich sie wieder und sage: »Ich habe den Besitzer gestern hier bei Ihnen abgesetzt. Warten Sie noch auf ein bestimmtes Ersatzteil?«

Sein Gesicht ist noch immer ausdruckslos, aber ich glaube, ich habe den Mann verblüfft, denn er sagt: »Der Truck ist fertig. Ich habe eingewilligt, dass er ihn für ein paar Tage hier stehen lassen kann, bis er das Geld für die Reparatur aufgetrieben hat.«

Vor meinem inneren Auge blitzt ein Bild auf, wie Heath bei Hitze und Regen zu Fuß geht. »Wie viel?«

Der Mechaniker zögert, sein Blick huscht zu meinem Camaro hinüber, als wolle er sich vergewissern, ob das auch wirklich der Wagen ist, aus dem Heath gestern ausgestiegen ist. Ich weiß nicht, wie gut dieser Typ Cal kannte oder wie gut er Heath kennt, aber es ist offensichtlich, dass er sich schwer damit tut zu begreifen, wieso Heath sich ausgerechnet mit mir abgeben sollte. Den Blick starr auf Daphne gerichtet nennt er mir den Preis für die Reparatur. Es ist etwas mehr als die Hälfte meines Lohnschecks, den ich gestern abgeholt habe. Mehr, als ich eigentlich erübrigen kann, wenn ich ehrlich bin.

Der Mechaniker weiß nicht, was er sagen soll, trotzdem nimmt er mein Geld. Aber nicht mein Schuldgefühl.

Kapitel 5

Ich parke die Eisbearbeitungsmaschine – Bertha, wie ich sie getauft habe – in der Garage, nachdem ich für heute Abend zum letzten Mal die Eisfläche geglättet habe. Die Schlittschuhläufer sind alle weg und außer dem Manager Jeff bin ich die einzige Mitarbeiterin, die noch hier ist. Es ist kurz nach zehn und die Müdigkeit liegt schwer in meinen Gliedern. Ich halte kurz inne und lasse den Blick über das Eis gleiten, das jetzt glatt und schimmernd daliegt wie ein mondbeschienener See. Meine Mundwinkel hüpfen vor Freude und mein Herz auch, während ich die klare, kalte Luft einatme. Jemand fand es witzig, das Herrenklo zu überfluten und überall hinzupinkeln außer in die Urinale. Deshalb war meine einzige Zeit, die ich heute auf dem Eis verbringen konnte, die im Stundentakt stattfindende Runde mit Bertha. Bertha ist langsam und rumpelig und älter als ich, aber alles ist besser, als Pinkelspritzer aus den Fugen zu schrubben. Meine Knie schmerzen, als ich Jeffs Büro betrete.

»Ich habe jeden Quadratzentimeter des Herrenklos mit Bleiche geputzt und das Eis ist für morgen bereit. Ich gehe dann jetzt, wenn du mich nicht mehr brauchst.«

»Es müssen aber noch alle Müllei-« Er bricht ab, als ich die beiden monströsen Müllsäcke in meinen Händen hochstemme, damit er sie sehen kann.

»Das sind die letzten«, sage ich zu ihm. »Ich werfe sie auf dem Weg nach draußen in den Container.«

Jeff lehnt sich in seinem Stuhl zurück und überlegt. Er ahnt nicht, dass sich das Licht der Deckenlampe in der kahlen Stelle auf seinem Kopf spiegelt, wenn er das tut. Ich unterdrücke mit Mühe ein Lachen und er mustert mich argwöhnisch. »Dieser Toilettenraum war ein einziger Saustall.«

Ich verkneife mir die Bemerkung, dass das niemand besser weiß als ich. Ich rieche, als hätte ich mich mit Eau de Kloreiniger eingenebelt. »Tja, jetzt kann man da vom Boden essen«, sage ich, wobei ich weiß, dass meine Beteuerung für ihn nichts wert ist.

Mit einem Seufzen hievt Jeff sich hoch. »Ich gucke lieber selbst kurz nach.«

Ich bin zu müde, um mich darüber zu ärgern, und trotte ihm Richtung Toilettenraum hinterher. Dort angekommen bleibe ich an der Tür stehen und sehe ihm dabei zu, wie er jeden Quadratzentimeter des vor Sauberkeit strahlenden Raums inspiziert. Als ob demnächst der Papst die *Polar*-Eissporthalle besuchen wolle.

Jeffs »kurzes« Nachgucken dauert zehn Minuten, danach erklärt er – widerwillig –, dass die Toiletten in Ordnung sind und ich nach Hause gehen kann. Ich bin bereits auf halbem Weg zur Tür nach draußen, die prall gefüllten Müllsäcke im Schlepptau, als Jeff hinter mir ein missbilligendes Schnalzen vernehmen lässt. Demonstrativ streckt er mir den Papierkorb aus seinem Büro entgegen. Es liegen zwei winzig kleine Papierschnipsel darin. Mein Blick gleitet vom Papierkorb hoch zu Jeffs Augen und ich frage ihn stumm, ob das sein Ernst ist. Zur Antwort schwenkt er den Papierkorb hin und her wie ein Pendel.

»Kein Husch-Husch, Brooke. So was gibt's bei uns nicht. Jeder Müllbehälter, jeden Abend, egal wie voll. Ich will nicht ständig deine Arbeit kontrollieren müssen. Du vergeudest damit sinnlos meine Zeit. Inzwischen solltest du keine Aufsicht mehr nötig haben.«

Ich weiß, dass er gerade überlegt durchs Gebäude zu gehen und sich von mir jeden geleerten Mülleimer zeigen zu lassen. Kann gut sein, dass ich ausflippe, wenn er das macht. Das wäre ein kurzer, herrlicher Moment der Genugtuung, der mich jedoch meinen Job kosten würde. Ganz davon abgesehen, dass meine Eltern sich in Grund und Boden für mich schämen würden. Sie haben mich besser erzogen.

»Tut mir leid«, sage ich. »Das kommt nicht noch mal vor, versprochen.«

Jeff lässt mich ein paar Sekunden zappeln, bevor er mich mit einem gönnerhaften Nicken bedenkt. Mit fest zusammengebissenen Zähnen leere ich den Papierkorb aus und stelle ihn sogar an seinen Platz neben den Schreibtisch zurück. Ich schaffe es, meinen Mund zu halten, und sammle die beiden Abfallsäcke wieder auf, die größer sind als ich selbst. Ich spüre, wie Jeff mich beobachtet, während ich mit meiner sperrigen Fracht auf den Ausgang zuhalte. Er macht keine Anstalten, mir die Tür aufzuhalten, doch eher schrubbe ich das komplette Herrenklo noch mal mit der Zahnbürste, als ihn darum zu bitten. Wenn Pingeligsein und das zwei-, manchmal sogar dreimalige Kontrollieren meiner Arbeit alles ist, was ihm einfällt, um mich dazu zu bringen, dass ich kündige, werde ich den längeren Atem beweisen. Wenn das hier nur irgendein Job wäre, hätte ich ihn schon längst hingeschmissen, aber solange in Telford keine zweite Eissporthalle aufmacht, brauche ich ihn.

Ich binde mir meine Jacke um die Taille, stemme die Tür mit der Schulter auf und trete hinaus ins Freie. Die schwüle Nachtluft ist ungefähr dreißig Sekunden lang angenehm, dann bildet sich ein klebriger Film auf meiner Haut. Das ist eine von diesen Nächten, in der es sich anfühlt, als würde man in einem riesigen Maul leben, als wäre die ganze Erde vom dampfenden Atem des letzten Regens bedeckt. Es ist genauso eklig, wie es sich anhört, und hilft kein bisschen meine Laune zu verbessern, als ich die Müllsäcke, über die ich kaum mehr hinweggucken kann, den Weg zu den Müllcontainern entlangschleppe. Ich komme an Jeffs blitzblanker, roter Midlife-Crisis vorbei und bin verlockt die Säcke einfach auf der Motorhaube abzuladen. Ich ziehe es nicht ernsthaft in Erwägung, aber nur darüber nachzudenken muntert mich schon etwas auf.

Ich bin dermaßen in meinen Gedanken versunken, dass ich mit der Turnschuhspitze an einem Spalt im Asphalt hängen bleibe. Stolpernd versuche ich das Gleichgewicht wiederzugewinnen, als mir plötzlich einer der Säcke aus den Armen genommen wird. Ich will gerade ansetzen, um mich aufrichtig, aber ziemlich verdutzt bei Jeff für seine Hilfe zu bedanken – doch ich blicke nicht in das Gesicht meines Chefs, sondern in das von Heath.

Mein Gehirn findet keine Erklärung dafür, warum er hier ist, und so glotze ich ihn ein paar Sekunden lang an, nehme seine Größe und Statur in mich auf. Er ist nicht besonders breit oder dürr, sondern irgendwas dazwischen. Wie ich so vor ihm stehe, fühle ich mich weder wie eine Zwergin (was bei 1,62 Metern Körpergröße oft der Fall ist) noch wie ein Trampel (was manchmal der Fall ist, weil ich zwar zierlich, aber durch das Eiskunstlaufen sehr muskulös bin). Hätte ich

Schlittschuhe an, wären wir fast auf Augenhöhe, doch ohne sie muss ich zu ihm hochsehen und trotz der schwülwarmen Luft überläuft mich ein flattriger Schauer. Bis ich seinen Gesichtsausdruck bemerke. Seine grauen Augen sind hart und seine Kiefermuskeln angespannt, wodurch seine Züge wie versteinert aussehen. Er wirkt, als wäre er wütend und gleichzeitig bemüht es nicht zu sein. Der Furcht einflößende Effekt seines Auftritts wird nur von der Tatsache gedämpft, dass er mich gerade davor bewahrt hat, mit dem Gesicht voran in einem Müllsack zu landen.

Sein Blick wandert zu dem zweiten Sack. Ohne zu zögern nimmt er ihn mir wortlos ab und meine Arme geben ihn widerstandslos frei. Mir schießt der Gedanke in den Kopf, dass Heath bestimmt zu der Sorte Jungs gehört, die Türen aufhält und Stühle vorzieht. Ich gehe jede Wette ein, dass er höflich *Ma'am* und *Sir* sagt, genau wie sein Bruder es immer getan hat.

Heath entsorgt beide Säcke im ein paar Meter entfernten Container. Er kommt nicht sofort zurück und sieht auch nicht in meine Richtung. Das ist der Moment, in dem ich anfange zu schwitzen.

Wenn es früher am Abend und die Eissporthalle noch geöffnet wäre, könnte ich mir einreden, dass unser Aufeinandertreffen purer Zufall ist. Aber nicht jetzt, wo wir längst geschlossen haben und es schon ziemlich spät ist. Nicht, wenn ich weiß, wie sauer er bei unserer letzten Begegnung war. Es ist dieser letzte Gedanke, der mich dazu bringt, im Licht der Parkplatzbeleuchtung stehen zu bleiben und nicht auf ihn zuzugehen.

»Woher wusstest du, dass ich hier bin?« Sobald die Worte meinen Mund verlassen, kenne ich die Antwort: die Geschichte, die ich ihm das letzte Mal erzählt habe. Dass Cal mir seinen Truck überlassen hatte, damit ich zu meinem Job in der Eissporthalle fahren konnte. Es war wohl die naheliegende Vermutung, dass ich immer noch hier arbeite.

Die Frage, die ich eher stellen sollte, lautet, warum er mich ausgerechnet jetzt aufsucht, wo die Halle geschlossen ist und ich allein auf einem verlassenen Parkplatz stehe.

Als unsere Blicke sich begegnen, verrät mir das Zucken seiner Kiefermuskeln, dass er eher nicht aufgetaucht ist, um mir für seine Autoreparatur zu danken – nicht dass ich etwas in dieser Richtung erwartet hätte. Mein Puls jagt in die Höhe, als er auf mich zukommt oder besser auf mich zupirscht und dann außerhalb der Parkplatzbeleuchtung stehen bleibt. Mir wird immer mulmiger zumute. Er zieht etwas aus seiner Tasche und hält es mir in der geballten Faust hin.

Geldscheine.

Kapitel 6

»Das ist alles, bis auf den letzten Cent«, sagt Heath mit einer Stimme, so kalt wie die Eishalle, die ich gerade verlassen habe. »Kannst nachzählen.«

Ich schlucke, bevor ich ihm antworte. »Du musst es mir nicht zurückzahlen.«

Er lehnt sich leicht nach vorn, sein dunkles Haar streift seine Wangen, seine grauen Augen fangen das Licht ein und blitzen kurz auf. Mit leiser, aber umso eindringlicherer Stimme sagt er: »Ich hab's nicht nötig, dass du für meinen Truck bezahlst.«

Die Ablehnung, die mir von ihm entgegenschlägt, bereitet mir Gänsehaut und macht mich stumm. Obwohl ich an die Feindseligkeit der – teilweise komplett fremden – Leute gewöhnt bin. Anfangs habe ich sie sogar willkommen geheißen – was blieb mir auch anderes übrig, als die Leute anfingen bösartige Dinge über meinen Bruder und meine Eltern sowie meine damals erst dreizehnjährige Schwester in die Welt zu setzen? Meinem ersten Impuls folgend hatte ich uns alle gegen diese niederträchtigen und – wie ich seinerzeit noch glaubte – völlig haltlosen Verdächtigungen verteidigt, die von Menschen verbreitet wurden, die uns früher freundlich auf der Straße gegrüßt hatten. Ich ließ nicht einmal die leiseren, vorsichtigeren Fragen und Zweifel meiner damaligen Freunde an meinem Panzer der Entschlossenheit kratzen, an meinem unerschütterlichen Glauben an meinen Bruder und seine Unschuld. Einen ganzen Monat lang, von dem Abend an, als Jason verhaftet wurde, bis zu seinem ersten Gerichtstermin und der späteren Anklageerhebung, stand ich erhobenen Hauptes da und forderte alle heraus, die es wagten, etwas Negatives über meinen Bruder zu sagen. Seine Verhaftung war für mich ein Fehler, die Beweise waren mangelhaft oder rundum falsch. Mein Bruder war kein Mörder. Ich würde mir eher jeden meiner Freunde zum Feind machen, als auch nur eine Sekunde lang daran zu glauben, dass mein Bruder dazu fähig war, jemand anderem das Leben zu nehmen.

Und genau das tat ich.

Als mein damaliger fester Freund mich mit »der Realität« konfrontieren wollte und mir einen Artikel vorlas, den er online gefunden hatte und der offenbar geleakte Informationen aus dem Polizeibericht enthielt, flippte ich total aus und war zum ersten Mal in meinem Leben kurz davor, jemanden zu schlagen. Dieser Vorfall machte unter meinen Freunden schnell die Runde und untermauerte die Theorie, dass es in meiner Familie einen Hang zur Gewalt gab.

Als Jason sich schuldig bekannte, stürzte die Wirklichkeit brutal auf mich ein. Wie gelähmt saß ich an jenem Tag im Gerichtssaal und sah, wie Jason meiner schluchzenden Mutter einen letzten Blick zuwarf, bevor man ihn am Arm durch eine Tür zerrte, durch die ich ihm nicht folgen konnte. Ich drehte mich weg, damit mein Bruder meine Tränen nicht sah, die ich nicht länger zurückhalten konnte. Während fast alle anderen um uns herum froh waren, dass ein Mörder seine gerechte Strafe erhielt, sah *ich*, wie jemand, den ich über alles liebte, in Handschellen abgeführt wurde, nachdem er ein Verbrechen gestanden hatte, das ich nicht begreifen konnte, auch wenn ich akzeptieren musste, dass er schuldig war.

Es spielte keine Rolle, dass ich Freunde hatte, die mich danach womöglich getröstet hätten, wenn ich es zugelassen hätte. Denn das tat ich nicht. Ich ließ sowohl die misstrauischen als auch die mitfühlenden Blicke ausnahmslos an mir abprallen, bis ich keinen Unterschied mehr zwischen ihnen ausmachte.

Aber ich erkenne den eindeutigen Unterschied zwischen Heath und allen anderen. Ich bin keine Sensationsgeschichte für ihn. Ich bin ein Albtraum, dem weder er noch ich entkommen können, indem wir einfach die Straßenseite wechseln. Er empfindet kein Mitleid für mich und er hat keine Angst. Gegen das, was ich in seinem Gesicht sehe, funktioniert meine sonstige Abwehr nicht. Er reißt sie einfach nieder, ohne es überhaupt zu wollen.

Heath hebt eine Hand an seinen Kopf und dreht sich halb weg, dann sieht er mich wieder an und sein Kiefermuskel zuckt. »Wie bist du auf die Idee gekommen, dass ich irgendwas von dir annehmen würde? Dass ich nicht lieber für den Rest meines Lebens zu Fuß gehe, als einen Truck zu fahren, für dessen Reparatur du bezahlt hast?«

Schmerz breitet sich in meiner Brust aus, aber ich blinzele das Brennen hinter meinen Lidern einfach weg. Ich werde nicht noch einmal vor ihm weinen. Das war nur ein Mal, weil ich da noch die Hoffnung hatte, dass er tun könnte, was sonst keiner in der Stadt schaffte – mich ansehen, ohne meinen Bruder zu sehen. »Ich wollte nur helfen.«

»*Dir*«, presst er hervor, fast ohne seine Lippen zu bewegen, »steht es nicht zu, Mitleid mit mir zu haben. Und es steht dir verdammt noch mal nicht zu mich zu benutzen, damit du dich besser fühlst.« Er wirft mir das Geld vor die Füße und dreht sich zum Gehen um.

Auch ich will nur noch hier weg, zurück zu Daphne, die ein paar Meter von mir entfernt auf dem Parkplatz steht, mache aber den Fehler, an Heath vorbei zu seinem Truck zu schauen. Sofort denke ich an seinen Bruder Cal und daran, dass ich vermutlich nur einen Bruchteil von Heaths Schmerz empfinde.

»Du kannst gar nichts tun, damit ich mich besser fühle«, rufe ich ihm hinterher und meine Stimme hört sich viel kräftiger an als erwartet. Ich klinge selbstbewusst und stark, obwohl ich mich überhaupt nicht so fühle.

Heath bleibt stehen und dreht sich um, kommt aber keinen Schritt auf mich zu.

Ich mache Heath oder seiner Familie keinen Vorwurf. Sie haben gute Gründe, alles zu verachten, was mit Jason zu tun hat, einschließlich meiner Person. Ich muss meinen Bruder hinter Gefängnismauern besuchen, unter den wachsamen Blicken der Wächter, die sofort einschreiten, sobald ich auch nur ansatzweise versuche seine Hand zu halten. Aber der einzige Ort, an dem Heath seinen Bruder besuchen kann, ist ein Friedhof und das Einzige, was in die Richtung geht, ihn zu berühren, ist, seinen Grabstein anzufassen.

Das kann man nicht miteinander vergleichen.

»Es gibt kein *besser*«, spreche ich weiter, sorgfältig darauf bedacht, dass meine Stimme nicht zittrig wird. »Und ich würde dich nie auf diese Weise benutzen, selbst wenn es das gäbe.«

Heaths Gesicht nimmt einen leeren Ausdruck an und in diesem Moment sieht er seinem Bruder so ähnlich, dass es sich anfühlt, als säße in meiner Brust ein kleiner Vogel gefangen, der verzweifelt mit den Flügeln flattert, um wieder freizukommen. »Du hast mich gestern lachen gesehen«, sage ich. »Kurz davor hatte ich endlich den Dreh rausgekriegt, mit Schaltung zu fahren, und es zum ersten Mal geschafft, den Wagen nicht abzuwürgen. Du hast diesen einen Moment gesehen und ich wollte nicht, dass du glaubst, das Leben sei für mich in Ordnung. Denn das ist es nicht.« Der kleine Vogel ist jetzt panisch. Würde ich an mir herabblicken, könnte ich vermutlich sehen, wie mein Brustkorb unter seinen hektischen Bewegungen erzittert. »Ich denke an meinen Bruder und an deinen Bruder, und ich weiß, dass es nie wieder besser wird.«

Im fahlen Parkplatzlicht sieht Heath aus wie ein Geist, in seinem Gesicht spiegeln sich Emotionen, die ich nicht lesen kann. Wie festgenagelt stehe ich da, während er mich anstarrt. Ich kann keinen Schritt tun. Stattdessen bücke ich mich und fange an das auf dem Boden verstreute Geld einzusammeln. Ich bewege mich langsam, nehme einen Geldschein nach dem anderen.

»Ich hätte deine Autoreparatur nicht bezahlen dürfen«, sage ich. Es hätte mir klar sein müssen, dass er so darauf reagieren würde. Dass er glauben würde, ich wollte damit Absolution für meine oder sogar für Jasons Schuld erwirken.

Er antwortet ohne das kleinste Zögern. »Nein, das hättest du nicht.« Er macht eine kurze Pause, dann sagt er: »Ich habe nicht mitgekriegt, dass du gestern gelacht hast.«

Meine Augen heben sich und mein Herz erwägt das Gleiche zu tun. »Hast du nicht?«

Er schüttelt den Kopf und ich runzele die Stirn.

»Aber du hast so wütend ausgesehen.«

»Das letzte Mal habe ich dich im Gerichtssaal gesehen.« Mehr braucht er nicht zu sagen. Meine Reaktion – auch wenn sie anders ausfiel – erfolgte schließlich genauso automatisch, als ich ihn sah.

»Du hättest der Werkstatt auch sagen können, dass sie mir mein Geld einfach zurückgeben sollen. Du hättest mich nicht persönlich aufsuchen müssen.«

»Ich weiß.«

»Wolltest du mich so unbedingt anschreien?«, frage ich und kenne die Antwort bereits.

Wieder ohne zu zögern: »Ja.«

Ich bin gerade im Begriff, nach dem letzten Geldschein zu greifen. Der Vogel in meiner Brust unternimmt einen letzten verzweifelten Befreiungsversuch, bevor er zu einem reglosen Häuflein zusammenbricht, direkt unterhalb meines Herzens.

Hinter mir fliegt knallend die Tür auf und Jeffs Stimme hallt über den fast leeren Parkplatz: »Das Gleiche hast du letztes Mal schon gesagt. Komm schon, Angel – nur ein Drink. So spät ist es doch noch nicht.« Der jammernde Ton in seiner Stimme verschwindet, als er mich sieht.

»Brooke? Was machst du noch hier?«

Mein Blick saust zu Heath rüber. Er steht hinter seinem Truck, außer Sicht für Jeff. Jeff war früher wie besessen von dem Mord an Cal. Er würde sofort wissen, wer Heath ist. Bei dem Gedanken, dass er Heath und mich zusammen sieht, schwallt jäh Übelkeit in mir hoch.

»Ich hatte ein Problem mit den Müllsäcken«, sage ich zu Jeff, während ich den letzten Geldschein aufhebe und mich aufrichte. »Aber es ist alles in Ordnung. Ich gehe jetzt.«

»Brooke.« So wie Jeff meinen Namen sagt, könnte man meinen, ich stünde mit einer geladenen Pistole vor ihm. Seine

Stimme klingt angespannt, halb ängstlich, halb vorwurfsvoll. »Was hast du da in der Hand?« Es hat schon fast etwas Komisches, wie er seinen Blick zum Hallengebäude und dann zurück zu mir wandern lässt. »Hast du … hast du das Geld aus der Kasse gestohlen?«

Kapitel 7

»*Was?*«, bricht es vor lauter Ungläubigkeit barscher aus mir heraus, als ich bisher je mit Jeff zu sprechen gewagt habe. »Nein, ich –« Ich setze an zu sagen, dass es das Geld von meinem letzten Lohn ist, aber streng genommen ist es Heaths Geld.

Jeffs Augen sind riesengroß und ich weiß, dass er bereits ein Urteil über mich gefällt hat. »Wie viel hast du dir genommen, Brooke?«

Eine Ohrfeige hätte mich nicht fassungsloser machen können. Perplex sehe ich auf das Geld in meiner Hand, dann zu Jeff. »Glaubst du im Ernst, ich hätte Geld geklaut und dann darauf gewartet, dass du mich hier draußen beim Zählen erwischen kannst?« Meine Stimme vibriert vor Fassungslosigkeit, aber anscheinend schätzt Jeff meine Intelligenz genauso gering ein wie meine Moralwerte, da er nicht mal mit der Wimper zuckt.

»Jeff.« Ich warte ein paar Sekunden, um sicherzugehen, dass er mir zuhört und nicht irgendeiner Fantasievorstellung nachhängt, in der er mich hochkant rauswirft und eine Polizeiauszeichnung bekommt, weil er eine Diebin dingfest gemacht hat. »Du hast die Kasse geleert. Du hast den Inhalt der Kassenlade gezählt, das habe ich mit eigenen Augen gesehen.« Ich mache den Fehler zu lachen. Es ist nur ein einziger Laut, der entwaffnend klingen und ihn dazu bewegen soll, die Lage noch mal neu zu bewerten, doch stattdessen schießen seine Augenbrauen in die Höhe.

In irgendeinem Winkel meines Kopfes schrillt eine Panikglocke los und ich vergesse, dass Jeff und ich nicht allein auf dem Parkplatz sind.

»Die Bürotür stand offen, darum konnte ich dich sehen, als ich das Eis aufbereitet habe. Ich habe nicht –« In meiner Aufregung finde ich nicht die passenden Worte. »Ich habe in meinem ganzen Leben noch nie irgendwas geklaut.«

Jeff sagt nichts zu mir, stattdessen spricht er zu der Person, die er am Telefon hat, behält mich aber die ganze Zeit im Auge, als befürchte er, ich würde jeden Moment fliehen. »Ich kann dich heute Abend doch nicht mehr treffen. Ich habe hier ein Diebstahlsdelikt, um das ich mich kümmern muss.«

Vor Fassungslosigkeit entfährt mir ein leises Schnauben. Die eigentliche Überraschung ist nicht, dass Jeff mich des Diebstahls bezichtigt – ein Vergehen, für das er mich endlich feuern kann –, sondern dass er so etwas nicht schon viel früher getan hat.

Er ist einfach unfassbar! Seit meinem ersten Arbeitstag hier bin ich die absolute Musterangestellte und er gibt mir trotzdem fortwährend das Gefühl, als würde er mir einen Gefallen tun, dass er mich die Klos putzen und den Müll rausbringen lässt. Das tut er nicht. Es ist ein Job, den ich mache, weil ich mir aufgrund der hohen Anwaltskosten für Jason sonst keine Eislaufzeiten mehr leisten könnte. Und ich mache ihn, obwohl Jeff mich behandelt, als gäbe es zwischen meinem Bruder und mir nur den Unterschied, dass er bereits im Knast sitzt und ich noch nicht.

Vermutlich hätten sogar meine Eltern Verständnis dafür, wenn ich in dieser Situation ausflippe, aber das tue ich nicht.

Es würde nichts bringen. Offenbar will Jeff mit seiner kleinen Machtdemonstration der Person am Telefon imponieren und wenn ich jetzt rumschreie, würde es alles nur noch schlimmer machen.

»Ich habe nichts gestohlen und ich würde jetzt gern nach Hause fahren.«

Sein ganzer Körper wird steif. »Und du meinst, ich soll dir einfach glauben, weil du ja aus so einer rechtschaffenen Familie stammst?«

Mein Sichtfeld verschwimmt. Schwarze und rote Punkte explodieren vor meinen Augen, bis Jeff und der Parkplatz fast ganz verschwunden sind. »Ich bin keine Diebin«, sage ich, allerdings dermaßen leise, dass möglicherweise ich die Einzige bin, die es hört.

Er macht Anstalten, sein Telefon einzustecken, dann hält er inne, streckt seine Brust heraus und stemmt seine freie Hand in die Hüfte. »Du hast die Wahl, Brooke. Entweder wir gehen jetzt rein und ich zähle den Inhalt des Safes nach oder ich rufe die Polizei und dann können die sich um dich kümmern. Ich glaube aber nicht, dass du sehr viel Mitleid erwarten kannst, sobald sie hören, dass dein Nachname Covington ist. Kann gut sein, dass sie dich mit auf die Wache nehmen, um die Sache dort zu klären.« Mit großer Geste schließt Jeff die Tür auf und öffnet sie weit. »Na, wie sieht's aus?«

Ich habe keine Wahl und das weiß Jeff genau. Er seufzt vernehmlich, als ich ihm nach drinnen folge. Die schwere Stahltür schließt sich hinter uns und einen Moment lang herrscht eine so suppige Dunkelheit, dass sie mir die Kehle hinunterzufließen scheint, bis in meine Lungen. Dann wird es plötzlich hell und ich muss gegen das Licht anblinzeln. Ich warte, während Jeff die Bürotür aufschließt.

»So habe ich mir meinen Abend ja nicht vorgestellt, Brooke.« Doch Jeff hat seine helle Freude an der ganzen Situation. Er stößt die Bürotür auf. »Rein da. Sofort.«

Ich trotte bereitwillig in sein Büro. Es fehlt kein Geld. Und wenn er sich noch so sehr aufspielt. Ich habe nichts Unrechtes getan.

Jeff das zu beweisen ist jedoch leichter gesagt als getan. Er lässt mich dabei zusehen, wie er quälend langsam die Tageseinnahmen durchzählt und Schein für Schein zu säuberlichen Häufchen aufschichtet. Seine Hände fangen an zu zittern, als er sich dem Ende nähert. Als er fertig ist, sieht er mich an. Ich mache ein versteinertes Gesicht. Statt sich bei mir zu entschuldigen, rafft Jeff alles Geld zusammen und beginnt noch mal aufs Neue zu zählen, wobei er vor jedem einzelnen Schein den Finger anleckt.

»Ich habe ja gleich gesagt, dass ich nichts genommen habe.«

Er ignoriert mich, beendet seine zweite Zählrunde und macht sich an die dritte. Es dauert zwanzig Minuten, bis Jeff akzeptiert, dass ich nichts aus der Kasse gestohlen habe, die er vorhin selbst geleert und geprüft hat. Ich bin sicher, dass er es am Ende nur gut sein lässt, weil ihm klar wird, wie peinlich alles andere für ihn wäre, und nicht, weil er von meiner Unschuld überzeugt ist.

Ich habe eine Entschuldigung verdient. Was ich bekomme, ist eine Schichtkürzung.

»Das kannst du nicht tun!«, sage ich. Die Eissporthalle ist nicht gerade bei mir um die Ecke. Er will mir nur noch drei Schichten pro Woche geben und mit dem, was dabei herausspringt, kann ich nur knapp meine Kosten für Benzin und Autoversicherung decken, vorausgesetzt ich fahre nicht an meinen freien Tagen hierher, um eiszulaufen.

Auf der anderen Seite des Schreibtisches zieht Jeff warnend seine Augenbrauen hoch. »Wie bitte?«

»Nur José und ich können die Eisbearbeitungsmaschine fahren, sonst niemand. Und José wird nach seiner Hüft-OP nächste Woche nicht wiederkommen.« Die Worte verlassen meinen Mund und eine Welle der Erleichterung überkommt mich. José arbeitet seit der Eröffnung der *Polar*-Eissporthalle im Jahr 1965 hier und er ist der einzige Mitarbeiter, der sich geweigert hat mich zu ghosten. Er hat mir beigebracht, wie man Bertha fährt. Zum ersten Mal empfinde ich etwas anderes als Traurigkeit darüber, dass er nach seiner Operation zu seiner Tochter nach Tampa ziehen wird.

Allerdings kehrt Jeffs Lächeln zurück, was mein eigenes Lächeln im Keim erstickt. »Das heißt einfach nur, dass ich einen neuen Fahrer und Wartungsmitarbeiter einstellen werde.« Sein Lächeln wird breiter. »Wenn du dir natürlich lieber woanders einen Job suchen möchtest, würde ich die Diebstahlsache nicht zur Sprache bringen.«

»Aber ich habe nichts gestohlen!«

Als Antwort schürzt Jeff seine fetten Babylippen. Ich bin kein gewalttätiger Mensch, aber in diesem Moment würde ich meine Faust am liebsten mitten in Jeffs dummer Visage platzieren und dabei nichts als köstliche Genugtuung empfinden.

»Na ja, du hast schon wieder die Wahl, Brooke. Wie sieht's aus?«

Kapitel 8

Ich wische mir mit dem Handballen eine Wutträne weg, als ich wieder nach draußen in die schwüle Nachtluft trete. Drei Schichten pro Woche, weniger als dreißig Stunden. Die Fahrt hin und zurück zur Eishalle dauert fast eine Dreiviertelstunde. Angenommen ich fahre nirgendwo anders mehr hin und gebe mein Geld ausschließlich für Benzin und Versicherung aus – wie oft kann ich mir dann noch leisten herzukommen? Ich schiebe in meinem Kopf Zahlen hin und her, als Heath hinter seinem Truck hervortritt.

Für eine Sekunde werde ich langsamer, dann beschleunige ich wieder meine Schritte. Er hätte etwas zu Jeff sagen können, ein paar Worte zu meiner Verteidigung, um die Herkunft des Geldes zu erklären, dann hätte Jeff mich gehen lassen müssen. Aber das hat er nicht getan. Er hat zugeschaut, wie Jeff mich beschuldigt und beleidigt, und er hat geschwiegen.

Ich gehe weiter, obwohl Heath jetzt auf mich zuhält. Es sollte mir egal sein, was er von mir denkt. Es sollte mir egal sein, was irgendwer von mir denkt. Trotzdem brennen meine Augen und je näher er kommt, desto schwerer wird es, sie davon abzuhalten, mehr als nur zu brennen. Ich erreiche Daphne mit ein paar Schritten Vorsprung. Ich mache unmissverständlich klar, dass ich nicht ihm reden will, indem ich meinen Schlüssel ins Schloss der Fahrertür stecke und umdrehe. Heath bleibt etwa einen halben Meter entfernt von mir stehen, er beobachtet mich, sagt aber nichts. Er geht nicht weg.

»Was?«, sage ich und gebe mir keine Mühe, die Wut in meiner Stimme zu verbergen. Ich schüttele leicht den Kopf und sehe ihn an. *»Was?«*

»Hast du deinen Job verloren?«

Ich schnaube laut und öffne die Fahrertür, sodass sie wie eine Wand zwischen uns steht. Die letzten beiden Male, als wir uns gesehen haben, konnte er gar nicht schnell genug von mir wegkommen. Jetzt steht er hier, als müsste ich ihn erst über den Haufen karren, um ihn von der Stelle zu bewegen. Meine Finger umfassen den Türrahmen. »Ist es das, was du hören willst? Dass ich gefeuert wurde?« Ich sehe ihn jetzt direkt an. »Warum bist du noch hier? Hast du das Bedürfnis, mich noch mehr anzuschreien? Willst du vielleicht mit mir nach Hause kommen und meine Familie auch ein bisschen anschreien? Was willst du? Sag schon!« Mein Blick zuckt beinahe wahnsinnig zwischen seinen Augen hin und her, während er mich ganz ruhig ansieht. »Was willst du von mir, Heath?«

Er holt so tief Luft, dass sich der Stoff seines T-Shirts über seiner Brust spannt. »Ich will gar nichts von dir.«

»Nein?« Ich blicke auf seine Hand, die auf meiner Tür liegt. Vermutlich hat er nicht mal mitgekriegt, dass er sie dort hingelegt hat, aber er nimmt sie auch nicht weg. »Ich bin nicht gefeuert worden«, sage ich und frage mich, ob sich da tatsächlich Erleichterung auf seinem Gesicht widerspiegelt.

Mein Magen schlingert. Ich weiß nicht warum, ich weiß nur, dass ich dieses Gefühl loswerden will.

»Ich verstehe dich nicht«, sage ich. »Eben noch hast du so getan, als würde es dir körperliche Schmerzen bereiten, dieselbe Luft wie ich zu atmen. Du brauchst keine Mitfahrgelegenheit und mein Geld hast du mir bereits vor die Füße geworfen. Mein Anblick macht dich wütend und das ist noch nett ausgedrückt. Warum also bist du noch hier? Was willst du noch? Spuck's einfach aus, denn mein Tag heute war auch nicht so toll und ich hab keinen Bock, immer noch hier draußen rumzustehen, wenn mein Boss gleich wieder rauskommt.« Ich lasse die restliche Luft aus meinen Lungen entweichen und warte, aber Heath starrt mich nur mit leicht gerunzelter Stirn an. »Na schön«, sage ich und mache mich daran, ins Auto einzusteigen.

»Warte. Verdammt.«

Ich erstarre in halb geduckter Haltung, aber diesmal scheint sein gereizter Ton nicht mir zu gelten. Als ich mich wieder aufrichte, hat Heath die Augen zusammengekniffen. Ich blicke auf seine Hand, die noch immer auf meiner Tür liegt – nein, nicht nur darauf liegt, sie hält sie offen.

»Ich hätte etwas zu deinem Boss sagen sollen. Vorhin. Es tut mir leid.«

Ich habe Angst zu atmen. Heath Gaines hat sich gerade bei mir, Jason Covingtons Schwester, entschuldigt. Es fühlt sich in vielerlei Hinsicht so falsch an. Ich zwinge mich dazu, Heath fest in die Augen zu sehen, als er sie wieder öffnet, und dann sage ich etwas, das sich genauso falsch anfühlt wie seine Entschuldigung: »Danke.«

Heath versucht zu verbergen, wie er zusammenzuckt, aber ich sehe es trotzdem. Ich fühle es. Nach einem weiteren kurzen Augenblick nimmt er seine Hand von meiner Tür und macht einen Schritt zurück. »Hast du deiner Familie erzählt, dass du neulich mit mir gesprochen hast?«

»Ja«, antworte ich und denke mit einem Anflug von schlechtem Gewissen an das Versprechen, das ich meiner Mutter gegeben habe. Und das ich gerade breche. »Und du?«

»Nein.«

Das war schlau von ihm. Oder vielleicht ist er auch einfach nur sensibler gegenüber anderen als ich.

»Das hätte ich auch nicht tun sollen. Meine Familie spricht nicht … darüber«, sage ich.

»Meine schon«, erwidert Heath. »Nicht darüber, wie es jetzt ist, sondern nur …«

Er macht eine dermaßen lange Pause, dass ich schon glaube, er würde nicht mehr weitersprechen. Mit einem schweren Schlucken tut er es dann aber doch. »Von früher. So, als wäre Cal noch immer da.«

»Bei meiner Familie ist es so, als hätte es Jason nie gegeben.« Bei diesem Bekenntnis schnürt sich meine Kehle schmerzhaft zu.

Alles an dieser Interaktion ist schräg. Mein Verhalten Heath gegenüber und seins mir gegenüber erst recht. Wir stehen immer noch so da, nur wenige Zentimeter voneinander entfernt, während jeder andere in unserer Situation schon längst das Weite gesucht hätte. Ich verspüre den Drang, mich einfach hinter Daphnes Lenkrad zu setzen und so schnell es geht von ihm wegzukommen. Aber ich will auch hierblieben. Ich sage nur deshalb etwas, weil Jeff jeden Moment herauskommen wird und es mein Ernst war, als ich meinte, ich wolle ihm jetzt nicht noch mal begegnen.

»Ich muss jetzt los –«

»Da, wo mein Truck liegen geblieben ist, in der Nähe vom Hackman-Teich«, sagt Heath, »da steht diese große Steineiche, ein Stück abseits der Straße beim –«

»Ich weiß, welche du meinst«, falle ich ihm leise ins Wort.

Sein Blick verhakt sich in meinem und fühlt sich an, als würde er mich einerseits stumm bitten ihn weitersprechen zu lassen und andererseits es nicht zu tun. Ich schlucke.

»Wenn's nicht zu heiß ist, ist es am Nachmittag da echt schön.« Heaths durchdringender Blick lässt mein Gesicht nicht los und es kostet mich große Mühe, mich nicht wegzudrehen.

»Wie zum Beispiel, wenn es am Tag davor geregnet hat«, sagt er.

Ich nicke, obwohl ich weiß, dass ich es nicht tun sollte. Mit einem Stich im Herzen frage ich mich, ob es jemals aufhören wird wehzutun, ihn anzusehen.

Und das frage ich mich noch, als Heath zu seinem Truck zurückgeht und ich hinter Daphnes Lenkrad rutsche.

Kapitel 9

»Okay, ich tu's!«

Ich muss unwillkürlich lachen – ein erschöpfter Laut – und drehe meinen Kopf zur Seite, in Maggies Richtung. Sie sitzt am Fenster vor ihrem Frisiertisch und trägt geschickt Eyeliner auf. Es ist der nächste Morgen und ich liege auf ihrem Bett, während sie ein Make-up-Tutorial für ihren Youtube-Kanal *Pretty Well Read* dreht, auf dem sie Videos mit Beauty- und Buchtipps postet. Heute stellt sie eine Make-up-Interpretation des Buchcovers von *Du neben mir und zwischen uns die ganze Welt* von Nicola Yoon vor. Es sieht aus, als würden um ihre Augen herum bunte Wildblumen aus der Haut sprießen. Der Effekt ist atemberaubend.

»Das ist aber kein besonders glamouröser Job«, sage ich. Sie sieht mich durch den Spiegel an, ihre Hand mit dem kleinen Pinsel verharrt in der Luft. Sie ist gerade dabei, dem zarten violetten Schmetterling, den sie sich auf die Wange gemalt hat, winzig kleine Beine hinzuzufügen. »Eismaschine. Fahren.«

Maggie hat eine Schwäche für Autos oder genau genommen für eigentlich alles, was ein Lenkrad hat. Schnell, langsam, groß, klein, da macht sie keine Unterschiede. Das erste Mal, als sie mich mit Bertha rumfahren sah, lief ihr förmlich der Sabber aus dem Mund. Ihr die Schlüssel für Bertha zu übergeben ist vermutlich sicherer, als sie hinter Daphnes

Lenkrad zu lassen. Sie besitzt seit einem Jahr den Führerschein und hat bereits zwei Autos geschrottet. Maggie behauptet, sie habe Konzentrationsprobleme, ich glaube allerdings eher, dass es ein unbewusster Ausdruck ihrer Abneigung gegen ihren Vater ist, der Profi-Stuntfahrer ist. Der einzige Trick, den Bertha jedenfalls draufhat, ist hin und wieder Hydrauliköl auf dem Eis zu verlieren.

»Mir egal, ob ich eine unterbezahlte Toilettenputzkraft sein muss«, fährt sie fort, »wenn ich dafür endlich Bertha fahren darf. Willst du einen?« Als sie auf ihren Schmetterling zeigt, nicke ich. Sie stoppt die Kamera und rutscht zur Seite, um mir auf der kleinen Sitzbank Platz zu machen. Ich setze mich neben sie und sie bringt mein Gesicht in die gewünschte Position. Binnen weniger Minuten prangt auf meiner Wange der Zwilling ihres Schmetterlings, allerdings ist meiner blau statt violett. Ich musste sie nicht mal um eine andere Farbe bitten, so großartig ist meine Freundin. »Und außerdem müsstest du dich nicht mehr allein mit dem Mistkerl Jeff rumschlagen, wenn ich auch im *Polar* arbeite.« Maggies Nasenflügel blähen sich auf, als sie seinen Namen sagt. Gestern Abend hatte nicht mal die Erwähnung von Bertha ausgereicht, um ihre Wut zu besänftigen, nachdem ich ihr von Jeffs Anschuldigung erzählt hatte.

Ich antworte nicht sofort. Die Arbeit in der Eissporthalle wäre so viel besser, wenn ich Maggie dort hätte – vorausgesetzt, Jeff gäbe uns nicht immer unterschiedliche Schichten. Vermutlich würde er mich einfach dauerhaft für den Kloputzdienst einteilen. Doch es bestünde die große Wahrscheinlichkeit, dass ihr irgendjemand aus dem Team steckt, warum mir alle dort aus dem Weg gehen.

Sie würde von Jason erfahren.

»Du hast nicht den Bronzer drauf, den ich dir gegeben habe, stimmt's? Du bist nämlich gerade fünf Nuancen blasser geworden, ich schwöre.« Maggie nimmt einen großen bauschigen Pinsel aus einem Gefäß auf ihrem Schminktisch und fängt an meinen Wangen wieder »Leben« einzupudern. »So!«, sagt sie schließlich mit einem zufriedenen Nicken. »Jetzt siehst du wenigstens nicht mehr so aus, als hätte gerade jemand Eiskunstlauf unter Strafe gestellt.«

»Bronzer wirkt wie Magie«, sage ich wie ein Echo ihres persönlichen Mantras. Ich will nicht darüber nachdenken, was ich tun werde, wenn Maggie die Wahrheit über meinen Bruder erfährt und ich auch noch das einzig verbliebene Gute in meinem Leben verliere. »Aber Bertha zu fahren macht den geringsten Teil des Jobs aus. Das sind gerade mal zehn Minuten pro Stunde. Die anderen fünfzig bestehen aus stinknormalen Hausmeisterarbeiten.«

»Sagt das Mädchen, das dafür bezahlt wird, Bertha zu fahren.« Maggie hält zwei Sorten von Lipgloss hoch, zwischen denen ich wählen soll. Ich tippe auf den pfirsichfarbenen und versuche ganz still zu halten, als sie ihn mir auf die Lippen aufträgt.

Dann rede ich weiter: »Habe ich übrigens schon erwähnt, dass Berthas Spitzengeschwindigkeit sagenhafte neun km/h beträgt und ich normalerweise nicht mal halb so schnell fahre? Sobald man nämlich versucht schneller als vier zu fahren, gibt's Kerben im Eis. Du stellst es dir wirklich toller vor, als es ist. Man muss superpräzise Bahnen ziehen, ohne Überlappungen, aber auch ohne irgendwelche Lücken zu lassen. Man muss die Klingen regelmäßig schärfen und fetten. Man muss die ganze Zeit ein Auge auf die Hydraulik und die Wasserstandsanzeige haben und selbst wenn man alles richtig macht, besteht trotzdem noch die Gefahr, dass das Eis uneben wird. Außerdem ist Bertha schon eine Million Jahre alt und macht manchmal einfach schlapp. Dann darfst du mit Gummiabzieher und Eimern voll Wasser übers Eis kriechen und es per Hand glätten.«

Ich kreise unwillkürlich die Schultern beim Gedanken an das letzte Mal, als das passiert ist.

»Wenn ich's nicht besser wüsste, würde ich glatt denken, du willst gar nicht, dass wir zusammenarbeiten.« Maggie sagt das ohne Argwohn oder Gekränktheit in der Stimme. Sie hat keine Ahnung, wie viel Wahrheit in ihrer Bemerkung steckt. Maggie schraubt den Lipgloss wieder zu und lässt ihn in ihren Schoß sinken, den Kopf halb fragend, halb besorgt zur Seite gelegt. »Warum muss ich dich davon überzeugen, dass das eine gute Idee ist? Du wärst mit deinem Lieblingsmenschen an deinem Lieblingsort und ich könnte dir dabei helfen, endlich das Bewerbungsvideo für deinen Traumjob zu drehen. Was ist daran bitte nicht genial?«

Vor einem Jahr hätte ich all das absolut toll gefunden. Jetzt aber lösen Maggies Worte Atemnot bei mir aus, so als würde mich eine dicke, kratzige Decke ersticken. *Stories on Ice* ist die ultimative Eiskunstlaufshow des Landes. Es ist vielleicht nicht die Olympiade, aber trotzdem eine Riesensache, vor allem für mich. Eiskunstläuferinnen und -läufer aus dem ganzen Land senden jedes Jahr ihre Bewerbungsvideos ein und mit siebzehn bin auch ich endlich alt genug, mein eigenes einzureichen.

Ich versuche Maggies Grinsen zu erwidern, aber es fühlt sich an wie eine Grimasse. »Ich habe noch nicht entschieden, ob ich mich bewerbe.« Wir haben diese *Stories-on-Ice*-Unterhaltung so oder so ähnlich schon Dutzende Male geführt, seit Maggie gesehen hat, dass ich die Website der Show auf meinem Laptop mit einem Lesezeichen versehen habe, und sie endet immer mit der gleichen ausweichenden Reaktion von mir. Maggie wird nie sauer; sie zieht sich einfach zurück und greift etwas später von Neuem an. Und sie wird immer wieder angreifen, bis sie gewinnt. Diese Hartnäckigkeit war ihr beim Aufbau ihres Youtube-Kanals und beim Eislaufenlernen sehr hilfreich, aber sie ist für mich wenig hilfreich bei Dingen, die ich ihr noch nicht erzählen will.

»Das ist nun wirklich das Dümmste, was du jemals gesagt hast.«

Maggie setzt sich rittlings auf die Bank, damit sie mich direkt anschauen kann. »Wir kriegen das hin. Du machst das mit dem Eiskunstlauf und ich werde dich dabei wie eine strahlende Prinzessin aussehen lassen.«

Mit dem Kinn deutet sie auf ihre Filmausrüstung und den Computer. »Sie werden nicht Nein sagen können. Vielleicht tourst du ja nach deinem Schulabschluss nächstes Jahr schon als Mitglied einer Eiskunstrevue durchs Land. Du würdest quasi dafür bezahlt, auf dem Eis zu leben. Hört sich das nicht fantastisch an?«

Das tut es, trotzdem muss ich ein Lächeln vortäuschen, während Maggie sich weiter über den angeblich zum Greifen nahen Traumjob auslässt, der nie meiner sein wird.

Vom ersten Augenblick an, als ich das Eis zum ersten Mal betrat, wusste ich, dass ich dorthin gehöre. Ich kann mich nicht an eine Zeit in meinem Leben erinnern, in der ich nicht eisgelaufen bin, in der es mich nicht glücklich machte, allein daran zu denken.

Obwohl Dad und ich fünfmal pro Woche die dreistündige Fahrt nach Odessa und zurück auf uns nahmen, fingen im

Alter von dreizehn Jahren meine Leistungen an zu stagnieren. Meine Trainerin sagte, dass wir uns darüber klar werden müssten, welches Ziel ich verfolgen wolle: fünfmal Training pro Woche reichten für eine ernsthafte Eiskunstlaufkarriere nicht aus. Nicht mal annähernd. Der Trainingsplan, den sie uns vorschlug, sowie die damit verbundenen Kosten bewirkten, dass mein Dad sich während der gesamten Fahrt nach Hause in Schweigen hüllte. Ich erinnere mich, dass ich meine Eltern in jener Nacht diskutieren hörte. Dad sprach davon, einen Zweitjob anzunehmen, und Mom schlug vor, dass sie eine weitere Hypothek auf das Haus aufnehmen könnten. Ich bin immer noch überzeugt, dass sie Mittel und Wege gefunden hätten, wenn ich es unbedingt hätte machen wollen. Aber die Vorstellung, meinen Eltern diese große finanzielle Belastung aufzubürden und bei meiner Trainerin einzuziehen, um jede Minute meines Lebens dem Eiskunstlauf zu widmen, war für mich absolut furchterregend.

Ich liebte das Eis, aber meine Familie liebte ich mehr. Und das würde ich immer tun.

Also sagten wir Nein und anstelle der Drei-Stunden-Fahrten nach Odessa, um von einer Weltklassetrainerin in einer Privathalle trainiert zu werden, fuhr ich seitdem die zwanzig Minuten zur *Polar*-Eissporthalle in der Stadt, um mir dort egal was von egal wem beibringen zu lassen. Ich verabschiedete mich von dem großen Traum – bei dem ich nicht sicher bin, ob ich ihn je wirklich geträumt hatte – und ersetzte ihn durch einen neuen, der es mir erlaubte, die beiden Dinge, die ich am meisten liebte, meine Familie und Eiskunstlauf, unter einen Hut zu bringen. Zu jener Zeit fingen wir an uns auf *Stories on Ice* zu fokussieren und auf meine Hoffnung, nach der Highschool dort eine Karriere starten zu können.

Stundenlang sah ich mir Bewerbungsvideos anderer Leute im Internet an und verbrachte unzählige Nächte damit, mein eigenes zu planen, das ich drehen würde, sobald ich siebzehn wäre. Aber mein Geburtstag kam und ging und ich verschob es auf später. Denn als ich siebzehn wurde, hatte sich alles geändert.

Jason war weg.

Meine Familie war zerbrochen.

Und Träume hatten keinen Platz mehr in diesem Albtraum, den wir lebten.

Ich bin noch nicht bereit ist die einzige Erklärung, die ich Maggie anbieten kann. Und jedes Mal, wenn ich meinen Bruder im Gefängnis sehe, bin ich noch ein Stückchen weniger bereit. Jedes Mal, wenn meine Mutter sich nach unserem Besuch bei ihm irgendwo im Haus verkriecht, um zu weinen. Jedes Mal, wenn Dad stundenlang in seiner Werkstatt verschwindet, ohne einen Handschlag zu tun. Jedes Mal, wenn Laura einen ganzen Tag in Schweigen verstreichen lässt.

Jedes Mal, wenn ich versuche unsere Familie zusammenzuhalten, aber selbst innerlich zerreiße.

Draußen knallt ein Donnerschlag und wir schrecken beide zusammen. Maggie späht aus dem Fenster und beäugt mürrisch die Wolken, die sich über den Himmel wälzen. »Im Ernst, Texas? Ich war doch gerade am Filmen. Dafür brauche ich Sonne.« Sie sinkt wieder neben mir auf die Bank nieder, während es in ihrem Zimmer dämmrig wird. »Glaubst du, das zieht ab, bevor mir das Make-up verläuft, damit ich den Look noch fertigkriege?« Sie deutet meine leicht verzerrte Miene falsch und seufzt. »Schon okay. Wir reden später weiter über das Bewerbungsvideo.« Sie schnappt sich ein Abschminktuch und begutachtet ihr Gesicht, das jetzt im

Schatten liegt. »Mein linkes Auge sieht sowieso ziemlich verhunzt aus.«

Normalerweise sehe ich ihr immer völlig fasziniert dabei zu, wie sie ihre aufwendigen Make-up-Looks entfernt. Aber heute blicke ich aus dem Fenster und beobachte die grauen Wolken, die über den Himmel rollen. In der Ferne sehe ich bereits die ersten Regenschnüre niedergehen.

Morgen Nachmittag wird Heath am Baum beim Hackman-Teich sein.

Und ich nicht.

Ich werde bei meinem Bruder sein.

Kapitel 10

Am Samstag weckt mich ein einzelnes Klopfen. Meine Lider springen auf. Mein ganzer Körper ist mit einem Schlag wach, als hätte eine Blaskapelle an meinem Bett einen Tusch gespielt. Tatsächlich aber huscht nur meine Mutter draußen über den Flur und schleicht leise an Lauras Zimmer vorbei, um sie nicht aufzuwecken. Als Mom vorsichtig die Treppe zur Küche hinuntergeht, quietschen die Stufen.

Einen Moment lang denke ich darüber nach, nicht aufzustehen. Ich habe gestern Abend die Vorhänge nicht richtig zugezogen und die Morgensonne – hell und klar nach dem gestrigen Regen – fällt fröhlich durch die Fenster auf beiden Seiten meines Bettes und tanzt über die Regale, die Dad für mich gebaut hat. Sie sind vollgestellt mit eingestaubten Eiskunstlaufmedaillen und -pokalen. Es verspricht ein herrlicher Tag zu werden und ich wünsche mir jetzt schon, er wäre vorbei.

Es ist jeden Samstag das Gleiche – diese Mischung aus Angst und Sehnsucht, die meinen Körper lähmt und mein Herz zerreißt. Heute sehe ich meinen Bruder. Nach Sicherheitschecks, Drogenspürhunden und Leibesvisitationen werde ich genau zwei Stunden lang im Besucherraum des Gefängnisses mit ihm an einem Tisch sitzen. Zwei Stunden von insgesamt hundertachtundsechzig, die Jason Woche für Woche hinter Gittern verbringt. Ich werde so tun, als wären wir nicht umgeben von anderen Häftlingen und deren Besuchern und von Gefängniswächtern, die losblaffen, wenn wir uns zu nahe kommen. Ich werde die ganze Zeit lächeln und uns weismachen, dass alles gut wird, dass die nächsten dreißig Jahre mit wöchentlichen Besuchen wie im Flug vergehen werden. Dass mein Herz nicht jedes Mal von Neuem zerbricht, wenn die Wachen ihn danach wieder wegbringen.

An diesem Morgen fällt es mir noch schwerer als sonst, mich aus dem Bett zu quälen, und ich weiß, es ist wegen Heath. Es ist schon schwer genug, meinen Bruder hinter Gittern zu sehen, der heutige Besuch aber wird noch schwerer, weil ich unerwünschte Gedanken an Calvin und seine Familie mit im Gepäck habe.

Ich schlüpfe unter meiner zu warmen Bettdecke hervor und mache mich daran, mein Bett zu richten, sobald meine Füße den Boden berühren. Der Bettüberwurf, unter dem ich schlafe, ist alt und verblichen, zusammengestückelt aus Resten alter Kleider und Decken. Meine Großmutter hat ihn gemacht, als meine Mutter noch klein war, allerdings musste Mom sich ihn jeden Tag aufs Neue verdienen, indem sie im Haushalt mithalf und sich stets artig verhielt. Andernfalls musste sie in der Nacht frieren. Ich habe meine Großmutter nie kennengelernt und ich bin auch nicht sicher, ob ich ihren Anblick ertragen hätte nach all den Geschichten, die ich über sie gehört habe. Der Quilt lag immer in einer verschlossenen Truhe auf dem Speicher, aber ein paar Monate nachdem Jason weg war, holte ich ihn hervor, aus dem Gefühl heraus, dass ich mir etwas verdient hatte, was ich nirgendwo sonst bekommen konnte. Jeden Morgen falte ich ihn säuberlich zusammen und schiebe ihn unter mein Bett, für den Fall, dass Mom in mein Zimmer kommt.

Als mein Bett gemacht und der Quilt versteckt ist, gehe ich zu meinem Schrank hinüber. Ich ziehe mich wie ferngesteuert an, ignoriere die dünnen Kleidchen, die ich normalerweise im Sommer trage, und greife stattdessen zu Sachen, die dem Dresscode für Besucher im Gefängnis entsprechen: Jeans und ein langärmeliges Rundhalsshirt. Ich nehme die winzigen Ohrstecker heraus, die ich sonst immer trage, und ziehe meine Sneaker an, statt in Flipflops zu schlüpfen. Ich nehme mir Zeit, um mich etwas zu schminken, und mache mir mit dem Lockenstab ein paar sanfte Wellen ins Haar. Ich lackiere mir sogar meine Nägel neu. Das Ziel ist, nett auszusehen, aber nicht übermäßig glücklich. Das ist ein Drahtseilakt, den ich im Lauf des letzten Jahres perfektioniert habe.

Mom ist ähnlich angezogen wie ich, als ich unten auf sie treffe. Laura ist noch immer in ihrem Zimmer und Dad ist nirgends in Sicht. Samstagmorgens machen sie sich immer rar, weil sie wissen, dass Mom sie fragen wird, ob sie nicht mitkommen wollen. Sie lehnen immer ab, was die ohnehin schon vorherrschende gedrückte Stimmung noch weiter trübt. Ausnahmsweise bin ich froh, dass sie nicht da sind.

Als Mom mich sieht, lächelt sie. Mehr als alles andere spiegelt sich in ihrem Ausdruck Erleichterung. Eine ihrer zahllosen Ängste ist, dass irgendwann auch ich samstags unsichtbar werde und sie Jason allein besuchen muss. Ihre Alles-ist-bestens-Show hält sie ebenso für sich selbst wie für alle anderen aufrecht. Wenn sie die Fahrt zum Gefängnis allein machen müsste, hätte sie nur noch die lang verleugnete Realität, die ihr Gesellschaft leisten würde.

Ich erwidere Moms Lächeln. »Soll ich fahren?«

Sie schnappt sich Handtasche und Schlüssel. »Vielleicht auf dem Rückweg, okay?«

»Klar doch«, sage ich und folge ihr zum Auto. Sie lässt mich nie fahren. Ich glaube, das ist eine von den zig kleinen Ablenkungen, die sie braucht – an den Besuchstagen dringender denn je.

Sobald sie den Motor startet, plärrt das Radio los. Mom dreht die Lautstärke hoch.

Mein Knie wippt unter dem runden Tisch im Besuchszimmer auf und ab. Es sitzen noch ein Dutzend weiterer Leute mit uns in dem unscheinbaren Raum, darunter auch ein kleines Kind, dessen Mutter versucht, es während des Wartens irgendwie bei Laune zu halten.

»Daddy kommt gleich durch diese Tür da.« Die Mutter zeigt auf die Eingangstür, die von zwei Wärtern flankiert wird. »Zeig mal, wie du in die Hände klatschst, wenn du Daddy siehst.«

Mein Knie wippt schneller und ich wende den Blick von ihnen ab. Neben mir beobachtet Mom mit angespannter Miene, wie das Kind jetzt in die Hände klatscht. Anderswo wäre es unmöglich, beim Anblick dieses süßen Gesichtchens nicht zu lächeln, aber hier nicht. Nicht, wenn *Daddy* an diesem Ort ist.

Man kann nirgendwo sonst hingucken, um sich abzulenken. Die Betonwände sind weiß und fensterlos. Sogar die Luft fühlt sich steril und dermaßen kühl an, dass ich trotz des Langarmshirts, das ich trage, eine Gänsehaut habe. Ich sehe nach oben an die Decke mit den feinen Rissen. Bereits zweimal sind meine Augen komplett an dem vertrauten, netzartigen Muster entlanggewandert, als sich endlich die Tür öffnet und der erste Insasse hereingeführt wird.

Ich bin sofort auf den Beinen und vermeide möglichst in die Gesichter der Häftlinge zu sehen, wenn sie ihre wartenden Liebsten erblicken. Die meisten bleiben äußerlich stoisch, aber in ihren Zügen blitzen oft nackte Emotionen durch: Erleichterung, Verzweiflung, Scham. Ich kenne diese Männer nicht. Ich weiß nicht, was sie verbrochen haben oder ob unter ihnen ein Freund meines Bruders ist. Er hat seine Mitgefangenen noch nie erwähnt, nicht mal den Namen seines Zellengenossen.

Jason kommt als Vierter und obwohl ich innerlich vorbereitet bin auf den Anblick seiner Erscheinung – die sich im Vergleich zu letztem Jahr so stark verändert hat –, ziehe ich unwillkürlich scharf Luft ein und hoffe, dass Mom es nicht hört. Es gibt nicht *die eine* Ursache für den Kloß in meinem Hals; es ist alles zusammengenommen.

Er war schon immer schlank, genau wie Mom, aber jetzt sieht er fast mager aus in seinem orangefarbenen Overall, mit hohen, spitzen Wangenknochen, die jeden Moment seine leichenblasse Haut zu durchstoßen scheinen. Die Schatten unter seinen rastlosen, stumpfen blauen Augen sind tiefer geworden und seine einst glänzenden, braunen Haare sind jetzt nur noch dunkle Stoppeln, die nichts von seiner Naturwelle erahnen lassen. Doch ich erkenne noch die punktförmigen Bissnarben von damals, als er zehn war und einen streunenden Hund abgewehrt hatte, der die Katze der Nachbarn in unserem Garten attackierte.

Das ist der Bruder, den ich kenne. Nicht dieser hier.

Das Lächeln auf Jasons Gesicht ist so verkrampft wie die Faust, die mein Herz umschließt.

Wir dürfen ihn beide kurz umarmen, während ein Wächter danebensteht für den Fall, dass Mom oder ich versuchen sollten ihm Drogen zuzustecken. Jasons stöckchendünne Arme umfangen mich flüchtig, bevor sie wieder herunterfallen. Er macht einen schlurfenden Schritt zurück und wirft einen um Erlaubnis bittenden Blick Richtung Wächter, bevor er sich hinsetzt. Der Kloß in meinem Hals schwillt an. *Er ist wie ein Hund*, denke ich. *Aber keiner, der geliebt wird.*

Moms Lächeln ist so breit, dass es schon schmerzhaft aussieht. »Wie geht es dir? Hattest du eine schöne Woche?«

»Ja, Mom«, sagt er, aber seine Stimme ist so rau, dass sogar Moms Lächeln erlischt, kaum dass er von ihr weg- und zu mir rübersieht. »Hey. Dad und Laura?«

»Ihnen geht's gut«, antworte ich, bevor ich hinzufüge, was ich immer sage: »Sie konnten leider nicht.«

Ich hasse es, dass sie nicht mitkommen. Laura ist noch so jung und Jason war für sie fast eine Art Superheld, von daher verstehe ich schon, dass es für sie möglicherweise zu hart wäre, ihn hier so zu sehen. Aber dass Dad sich weigert herzukommen, kann ich nicht begreifen. Jason ist sein Sohn. Kein Verbrechen, egal wie schrecklich, kann daran etwas ändern. Und Jason ist nicht dieser Mensch, das *weiß* ich. Was immer in jener Nacht passiert ist, was immer ihn zu diesem jähen Gewaltausbruch bewegt hat, das ist nicht der Mensch, der mir jetzt gegenübersitzt.

Das ist nicht der Mensch, der sich lieber schuldig bekannt hat, statt seiner Familie einen langen, quälenden Prozess zuzumuten, in der Hoffnung auf ein milderes Urteil.

Das ist nicht der Mensch, der jede Woche nach seinem Vater und seiner Schwester fragt, obwohl sie sich weigern ihn zu besuchen.

Das ist nicht mein Bruder.

»Dad hat so wahnsinnig viel zu tun«, beeilt Mom sich zu

sagen und verdreht dabei übertrieben die Augen. »Habe ich dir schon von seinem aktuellen Auftrag erzählt? Der Kunde will, dass er eine Kopie einer antiken russischen Essmöbelgruppe mit zehn Stühlen anfertigt, die mal seinen Großeltern gehört hat. Die einzige Vorlage, die es gibt, ist ein vergilbtes Foto, sodass ich erst mal furchtbar viel recherchieren und etliche Entwürfe machen muss, bevor Dad überhaupt anfangen kann.«

»Klingt nach einer Menge Arbeit.«

»Ja, das ist es, aber am Ende wird's bestimmt bildschön. Und Laura geht's gut. Ich kann kaum fassen, dass sie schon vierzehn ist. Ich kann mich noch immer an deinen vierzehnten Geburtstag erinnern«, sagt sie zu Jason. »Und an deinen.« Sie greift nach meiner Hand und drückt sie. »Die Zeit vergeht so schnell.«

Jason senkt den Blick auf seine zuckenden Hände, die auf der Tischplatte liegen. Erst letzte Woche hat er erwähnt, wie lang sich ein Tag hier anfühlt, wie er manchmal die Uhr beobachtet und schwören könnte, dass die Zeiger rückwärtslaufen. Normalerweise spricht er nicht über solche Dinge. Darüber, wie es sich für ihn anfühlt, hier zu sein. Normalerweise spricht er überhaupt nicht viel, sondern lässt lieber Mom reden, während ich sie ab und zu mit Einwürfen unterbreche. Deshalb reagiere ich auch nicht sofort, als er mir eine Frage stellt.

»Und, was ist jetzt mit dem Camaro? Guy hat sich wegen des Preises nicht erweichen lassen, was?«

»Doch, hat er tatsächlich«, sage ich, froh über den Themenwechsel. »Ich habe meine Freundin Maggie mitgenommen und zusammen haben wir ihn so lange bequatscht, bis er mit dem Preis runter ist. Dass ich das Geld direkt in bar dabeihatte, hat vermutlich auch geholfen. Also ja, ich habe tatsächlich ein Auto gekauft.« Ich will in meine Tasche greifen, um Jason meinen Autoschlüssel mit dem albernen Plüschanhänger zu zeigen, stocke aber, als mir einfällt, dass ich ihn zusammen mit meinen anderen Habseligkeiten beim Sicherheitscheck abgeben musste. Jason verfolgt mit Adleraugen jede meiner Bewegungen, er hat hundertprozentig erraten, was ich vorhatte. Wieder eine unliebsame Erinnerung an seine Situation. »Na ja, ich habe sie jedenfalls Daphne getauft.«

Jason schüttelt leise den Kopf. Meine Angewohnheit, allen Gegenständen Namen zu geben, entlockt ihm einen Laut, der halb Schnauben, halb Lachen ist. »Das ist ein furchtbarer Name für ein Muscle-Car.«

Ermutigt durch sein früher für ihn so typisches Gestichel lächele ich. »Glaub mir, nachdem sie zum hundertsten Mal abgesoffen ist, habe ich es auch bitter bereut.«

»Was hast du denn erwartet, wenn du einen Schaltwagen kaufst, ohne dass du vorher mal einen gefahren bist?« Er wirft meiner Mom einen Blick zu. »Ihr hättet sie dieses Auto niemals kaufen lassen dürfen. Ich hätte es nicht getan.«

Ich glaube immer noch, dass er mich nur aufziehen will, und lache. »Ja klar. Als ob du mich davon hättest abhalten können. Außerdem …«

Jason schneidet eine verächtliche Grimasse und sein Gesichtsausdruck ist mir so fremd, dass mir der Rest meines Satzes im Hals stecken bleibt. Ich habe keine Ahnung, was gerade falsch gelaufen ist, aber ich versuche es rückgängig zu machen. »Du hast mir immer gesagt, Camaros wären deine Lieblingsautos«, sage ich und verberge meine Hände in meinem Schoß. »Sie ist sogar blau.«

Jasons Augenlider zucken. »Dann hast du sie also gekauft, weil ich's nicht kann? Das ist toll, Brooke. Dann stelle ich mir beim nächsten Hofgang mal vor, wie du sie in einer Tour absaufen lässt.«

Er lässt sich so schwungvoll in seinen Stuhl zurückfallen, dass er quietschend ein Stück über den Boden rutscht und die Wächter heranstürzen. Mom, Jason und ich müssen ihnen wiederholt versichern, dass alles in bester Ordnung sei, bevor sie sich wieder zurückziehen.

Selbst nachdem sie wieder weg sind, ringt Jason sichtlich darum, seine Atmung unter Kontrolle zu bringen, und Mom lenkt das Gespräch auf neutraleres Terrain. Ich höre kaum zu. Das Auto hatte ihn glücklich machen sollen. Natürlich hatte mir das Auto auch selbst gefallen und jetzt, da ich endlich mit der Schaltung umgehen kann, ziehe ich es einem Automatikwagen allemal vor. Aber der ursprüngliche Grund, warum ich einen Camaro haben wollte, war Jason. Ich habe keine Sekunde in Betracht gezogen, dass er es mir verübeln könnte, wenn ich ein Auto besitze, das er jahrzehntelang nicht ansehen, geschweige denn fahren können wird. Ich sitze ihm gegenüber und komme mir wie die letzte Idiotin vor. Ich hätte mir doch denken können, wie sehr ihn das treffen würde! Ich bin in Selbstvorwürfen versunken, als Jason meinen Namen sagt. Ich sehe ihn an.

»Tut mir leid. Keine Ahnung, warum ich so sauer geworden bin«, sagt er.

Seine Entschuldigung bewirkt, dass ich mich noch mieser fühle. »Nein, es ist meine Schuld. Ich habe nicht nachgedacht. Als ich den Camaro sah, habe ich sofort an dich denken müssen und ich wusste, dass du ihn toll finden würdest.«

»Das würde ich. Das tue ich.«

»Ja, aber für dich selbst.«

Sein Auge zuckt leicht. »Vielleicht, aber das ist nun mal keine Option. Und wenn er nicht mir gehören kann, dann, ja, warum solltest nicht du ihn haben?«

Weil du nicht hier sein solltest, denke ich. *Weil du zu uns gehörst, nach draußen, wo du in einem Auto, das du toll findest, durch die Gegend fahren und all die Dinge genießen solltest, die dir offengestanden hätten, wenn du eine andere Wahl getroffen hättest.*

Gegen meinen Willen taucht Heaths Gesicht in meinen Gedanken auf und ich muss meine ganze Konzentration aufwenden, um es wieder wegzuschieben. Ich will mich in der viel zu knapp bemessenen Zeit, die mir heute noch mit meinem Bruder bleibt, ganz auf ihn konzentrieren können.

»Aber tu mir einen Gefallen, ja?«, sagt Jason.

Ich würde alles für meinen Bruder tun und das weiß er.

»Halte dich von den Hauptstraßen fern, bis du die kleinen Nebenstraßen schaffst, ohne den Wagen abzuwürgen. Dann ist es leichter. Aber im Grunde musst du nur –«

Ich öffne den Mund, um ihm zu sagen, dass Maggie mir bereits beigebracht hat, wie man einen Schaltwagen fährt, aber dann spüre ich Moms Hand, die mir unter dem Tisch das Knie drückt. Also mache ich meinen Mund wieder zu, während Jason Schritt für Schritt alle notwendigen Handgriffe mit mir durchgeht.

Er sagt selten mehr als ein oder zwei Sätze, aber jetzt sprudelt es lebhaft aus ihm heraus und er gestikuliert und mimt die Bewegungen, die ich bei meinem nächsten Fahrversuch machen soll. So etwas passiert manchmal. Dass er auf eine Weise zum Leben erwacht, wie es die Gefängnisumgebung kaum je zulässt. Jason so zu sehen versetzt mir einen bittersüßen Stich, weil es nie lange währt. Ein einziges falsches Wort oder ein Geräusch oder irgendein zufälliger Gedanke und er erlischt wie eine Kerze im Wind. Ich beobachte ihn und sehe daher, wie es passiert – eine Art Zusammenzucken –, aber ich habe keine Ahnung warum. In der einen Sekunde lächelt er und schüttelt amüsiert den Kopf und in der nächsten sacken seine Schultern nach vorn und er verstummt. Es bricht mir das Herz. Für den restlichen Besuch wirkt er abwesend, verloren in sich selbst, egal was Mom oder ich auch zu ihm sagen.

Zum Abschied umarmt Mom Jason, dann stellt sie sich etwas abseits hin, um meinem Bruder und mir wenigstens für ein paar Sekunden die Illusion von Privatheit zu geben. Ich schlinge meine Arme um seine Taille und verdränge den Gedanken, dass immer weniger von ihm da ist, an dem ich mich festhalten kann.

»Geht's dir wirklich gut?«, fragt er, seine Worte gedämpft von meinen Haaren, sodass seine kratzige Stimme weicher klingt.

Wie gern würde ich die Frage an ihn zurückgeben, aber ich weiß, dass mir seine ehrliche Antwort genauso wenig gefallen würde wie ihm meine.

Also seufze ich vernehmlich. »Ich habe mein ganzes Geld in ein Auto gesteckt, das mich abgrundtief hasst. Da kann's mir doch nur gut gehen, oder?«

Ich spüre, wie er leise lacht. Es ist wie ein Sonnenstrahl, der sich in diesen fensterlosen Raum stiehlt. Ich will mehr davon. »Vielleicht können wir ja, wenn du diese Woche anrufst, noch mal zusammen durchgehen, wie das mit dem Schalten funktioniert?«

»Klar doch, Brooke.«

Auf das laute Räuspern eines Wachmanns hin lasse ich Jason los, doch er sieht mich an, ohne dass sich ein Schatten über sein Gesicht legt.

»Aber du musst auch selber üben. Fahr doch zu diesem Schotterweg am Hackman-Teich. Seit sie die Williams Field Road gepflastert haben, fährt da kaum noch ein Mensch lang. Da kannst du den Wagen starten und absaufen lassen, so viel du willst, ohne dass es eine Menschenseele mitkriegt.«

Ich blicke zu Boden und als ich ihm antworte, ist es diesmal meine Stimme, die rau klingt.

»Vielleicht« ist alles, was ich hervorbringe, weil ich weiß, dass zumindest heute noch eine andere Person am Hackman-Teich sein wird.

»Nicht vielleicht«, sagt Jason und wirkt und klingt dabei genau wie mein tonangebender Bruder von früher. »Bevor du jetzt gehst, versprich mir, dass du dieses Auto anständig behandelst.«

Ich sehe zu ihm hoch und nicke.

Kapitel 11

Nachdem wir das Gefängnis verlassen haben, sprechen Mom und ich nicht viel. Ich warte immer noch darauf, dass es leichter wird, Jason in dieser Umgebung zu sehen, dass es anfängt, sich normal anzufühlen, aber das tut es nie. Im Gegenteil, es fällt mir immer schwerer, ihn an einem Ort zurückzulassen, an den er genauso wenig hingehört wie Heaths Bruder in sein Grab.

Als wir das Gefängnis ein gutes Stück hinter uns gelassen haben, werfe ich Mom einen verstohlenen Blick zu. Sie denkt vermutlich das Gleiche wie ich, lässt sich aber nichts anmerken. Ihre Finger umfassen locker das Lenkrad, während meine im Saum meines Shirts verkrallt sind.

Ich schließe die Augen und zwinge mein Herz dazu, sich zu beruhigen.

»Kopfweh?«, fragt Mom, wirft mir einen kurzen Blick zu und schaltet das Radio aus.

»Nein«, sage ich. »Ich denke nur nach.« Aber sie greift bereits nach ihrer Tasche und ich nehme widerstandslos die Aspirintablette, die sie mir hinhält.

»Er hat heute besser ausgesehen, fandest du nicht?«

Ich widerstehe dem Impuls, meine Augen wieder zu schließen. Ich will nicht an den Jason denken, den wir zurückgelassen haben. Jedes Mal, wenn er wieder weggeführt wird, schimmert am Grund seiner Augen etwas Verzweifeltes, eine

Mischung aus Angst und Sehnsucht, die er wohlweislich nicht zum Ausdruck bringt. An manchen Besuchstagen muss ich meine Finger regelrecht dazu zwingen, die Tischkante zum Schluss loszulassen, nicht, weil ich noch bleiben möchte, sondern weil ich es nicht ertragen kann, ohne ihn wegzugehen.

Und dennoch … er hat ein Leben ausgelöscht.

Ich schaue aus dem Fenster. Die wenigen Bäume, an denen wir vorbeifahren, sind zwar keine Steineichen, trotzdem muss ich an den Jungen denken, der vielleicht an einer auf mich wartet, und an den Jungen, dessen Leben ausgelöscht wurde.

Zwei Stunden später erreichen wir unbefestigte Straßen, jetzt sind wir nur noch wenige Kilometer von zu Hause entfernt. Abgesehen von einer warmen Brise und dem Zirpen der Zikaden ist alles ruhig und die Straße leer. Mein Herzschlag verlangsamt sich. Ich lasse mich in meinen Sitz zurücksinken und überlege, ob in der Nähe vom Hackman-Teich wohl immer noch ein roter Truck parkt.

Zu Hause angekommen bleibe ich erst noch einen Moment neben unserem Auto stehen. Ich empfinde einen größeren Widerwillen als sonst nach den Besuchen bei Jason zurück ins Haus zu gehen. Nicht mal der Anblick von Onkel Mikes Truck in unserer Einfahrt kann daran etwas ändern und normalerweise macht Onkel Mike immer alles besser.

Streng genommen ist Onkel Mike nicht mein Onkel. Er war Dads bester Freund in Kindertagen und ist heute für ihn so etwas wie ein Bruder, der nach eigener Aussage immer noch ein gebrochenes Herz hat, weil Mom damals nicht ihn wählte, sondern Dad. Mom erinnert ihn immer daran, dass sie nie ein richtiges Paar waren und dass Mike es sogar selber war, der sie und Dad miteinander bekannt gemacht hatte.

Onkel Mike ist immer noch single. Damals, als er sich noch ständig betrank und regelmäßig die Nacht bei uns auf der Couch verbrachte, weil wir ihm seine Autoschlüssel wegnehmen mussten, sagte er immer solche Sachen wie, dass er um Mom hätte kämpfen sollen, statt tatenlos zuzusehen, wie sein bester Freund einfach ihr Herz stahl. Doch er spielte es immer mit einem Lachen herunter und fragte Jason, Laura und mich im Scherz, ob wir nicht irgendwelche geeigneten alleinstehenden Mütter kennen würden.

Onkel Mike kommt gerade die Kellertreppe heraufgestapft, als Mom und ich die Fliegengittertür aufschieben. Sobald er Mom sieht, leuchtet sein ganzes Gesicht auf, aber das Lächeln, das er mir schenkt, ist fast genauso strahlend. Onkel Mike ist nicht so groß wie Dad und auch nicht so breitschultrig. Er hat immer noch volles Haar, blond und leicht gelockt, obwohl er es kurz geschnitten trägt, und ständig lamentiert er, dass ihm einfach kein Vollbart wachsen will. Onkel Mike sieht wirklich gut aus. Dennoch wird es für immer unmöglich bleiben, dass er den Blick der einzigen Frau auf sich zieht, deren Blick er auf sich ziehen will.

Er eilt herüber, um uns die Tür aufzuhalten.

»Danke, Mike«, sagt Mom, während sie schon auf dem Weg zur Treppe ins obere Stockwerk ist. »Magst du zum Abendessen bleiben?«

»Welcher Trottel würde dazu schon Nein sagen?« Er verrenkt sich den Hals, um ihr hinterherzusehen, wie sie die Stufen hinaufsteigt. Dann fällt sein Blick zurück auf mich. »Hey, Brooke. Wie läuft's so zwischen dir und dem Eis?«

»Es zeigt mir die kalte Schulter«, erwidere ich.

»Ach was. Wann haust du ab zu den Olympischen Spielen, um haufenweise Goldmedaillen für mich zu gewinnen?«

Ich lächele schmallippig. »Kann jeden Tag losgehen.«

»Ja? Ich habe mir da nämlich diese Figur ausgedacht, die solltest du unbedingt in deine Kür einbauen. Sie ist extrem goldverdächtig. Es ist eine Mischung aus *Karate-Kid*-Move und Hulatanz.«

Ich habe *Karate Kid* nie gesehen und während ich Onkel Mike dabei beobachte, wie er … was auch immer in unserem Wohnzimmer vollführt, beschleicht mich der Verdacht, dass auch er den Film nicht gesehen hat. Er knallt voll gegen den Couchtisch, als er auf einem Bein balancierend eine Pose einnimmt, die so albern aussieht, dass ich laut und tief aus dem Bauch heraus lachen muss.

»Alles klar?« Er reibt sich mit schmerzverzerrtem Gesicht das Knie. »Ich bring's dir nach dem Abendessen bei. Es ist aber nicht so leicht, wie es aussieht.«

Ein erneutes Lachen bricht aus mir heraus. So ist Onkel Mike eben. Jeden Samstag, an dem es ihm möglich ist, nimmt er die zwei Stunden Autofahrt von San Angelo auf sich, während Mom und ich bei Jason sind. Er lenkt Dad und Laura ab, sofern sie ihn lassen, und immer, wirklich immer findet er einen Weg, mich zum Lachen zu bringen, wenn ich nach Hause komme. Selbst wenn er sich dafür fast alle Knochen brechen muss.

Auf mich gestützt humpelt er zur Couch hinüber und setzt sich hin. Dann stellt er mir eine ausnahmsweise mal ehrlich gemeinte Frage: »Wie geht's J?«

Schlagartig werde ich ernst und nehme ihm gegenüber auf einem Stuhl Platz. »Wie immer?«

»Ach, komm.«

Ich ziehe die Knie ans Kinn hoch und winde mich innerlich unter seinem bohrenden Blick. Außer Laura, unseren Eltern und mir gibt es niemanden, der Jason so sehr liebt wie Onkel Mike. Er hat es vierzehn Jahre lang geschafft, trocken zu bleiben, aber als Jason ins Gefängnis musste, erlitt er einen Rückfall. Er ist der Einzige, der weiß, was es bedeutet, hinter Gittern zu sitzen, weil er vor knapp fünfzehn Jahren wegen wiederholten Fahrens unter Alkoholeinfluss selbst für zwei Jahre in den Knast musste.

»Er schlägt sich so durch. Uns zu sehen hilft ihm schon, aber ich glaube, es würde ihm mehr helfen, wenn Dad und Laura auch mitkämen.« Einen Besuch von Onkel Mike erwähne ich nicht. Es zerreißt ihn innerlich, dass sein Besuchsantrag wegen seiner zurückliegenden Haftstrafe und der Tatsache, dass er kein Familienangehöriger von Jason ist, abgelehnt wurde.

Onkel Mike lässt den Kopf hängen. »Ich bin an deinem Vater dran.«

»Ich weiß. Danke.«

Nach einem kurzen Moment sagt er: »Du richtest ihm aus, dass ich ihn lieb habe, ja?«

Er meint Jason. Ich nicke.

Als sich das Schweigen immer weiter ausdehnt, stehe ich langsam auf.

»Was ist eigentlich mit dieser großen Eiskunstsache? Wie heißt das noch mal?«

»*Stories on Ice.*«

»*Stories on Ice*, richtig«, sagt er lächelnd. Ich lächele nicht zurück. Er rutscht nach vorn auf die Sofakante. »Du weißt ja, das mit den Olympischen Spielen war bloß ein Witz. Aber diese Eisshow ist eine Riesensache. Ich wäre wahnsinnig stolz auf dich.«

Draußen bewegen sich die Wolken, sodass ein nachmittäglicher Sonnenstrahl durch das Fenster bricht und alles in einen goldenen Schein taucht. Einen kurzen Augenblick lang fühle ich mich besser.

»Stolz auf sie wegen was?«, fragt Mom, die in Laufklamotten die Treppe herunterkommt und dabei die Kabel ihrer Kopfhörer auseinanderwickelt. Sie war erst heute Morgen vor Sonnenaufgang eine Runde joggen. Bis auf Weiteres finden keine Marathonläufe statt, aber sie trainiert, als würde sie den nächsten in einer Woche absolvieren. Wenn sie es einrichten könnte, würde sie vermutlich jede Woche den ganzen Weg bis zum Gefängnis und wieder zurück laufen, um ihren Kopf und ihren Körper so richtig auszupowern.

»Storybook on Ice.«

»*Stories on Ice*«, stelle ich mit hörbar weniger begeisterter Stimme richtig.

Mom bleibt auf der vorletzten Stufe stehen. »Was?«

Ich verstehe ihr Erstaunen, obwohl ich – oder wenigstens ein Teil von mir – etwas anderes gehofft hatte.

»Na, das ist doch der Plan, oder?«, fragt Onkel Mike, die Augen so unschuldig wie möglich aufgerissen. Es kommt nicht sehr glaubhaft rüber. »Ihr habt doch gesagt, dass sie das College erst mal zurückstellen kann, wenn sie bei der Show angenommen wird. Wann ist denn die Deadline für die Bewerbung?« Sein Blick wandert von mir zu Mom und es ist fast unmöglich zu sagen, wer von uns beiden angesichts der Frage unbehaglicher dreinschaut.

Ich weiß die Antwort ebenso wie Mom, aber keine von uns ist bereit damit herauszurücken. Richtig, wir haben ständig darüber gesprochen, aber das war *davor.* Wie könnte ich jetzt noch von zu Hause fortgehen oder auch nur mit dem Gedanken daran spielen? Wenn ich bei der Show anfangen würde, wäre ich die meiste Zeit des Jahres auf Tournee quer durchs ganze Land. Laura würde mit niemandem mehr sprechen, außer mit einem Vogel, den sie nicht aus dem Käfig lässt, aus Angst, er könnte wegfliegen. Dad würde sich in seiner Werkstatt häuslich einrichten und von sich selbst mehr wegschleifen als von irgendeinem Holzstück. Und Mom würde nichts anderes übrig bleiben, als vor alldem davonzulaufen – buchstäblich.

Und Jason. Er wird fünfzig Jahre alt sein, wenn er aus dem Gefängnis kommt, älter als Mom und Dad und Onkel Mike jetzt sind.

Ich bin nicht sicher, ob wir alle überhaupt so lange durchhalten.

Meine Hand sucht rasch Halt an der nächsten Wand. Ich kann das alles nicht.

»Howard College«, sage ich mit erstickter Stimme. »Ich werde mich nach dem Abschluss am hiesigen Community College einschreiben. Die Vorstellung, von zu Hause so weit weg zu sein, gefällt mir einfach nicht mehr.«

Auch Mom erwacht aus ihrer Starre und nickt. »Community Colleges werden immer total unterschätzt. Und wenn Brooke möchte, kann sie später ja immer noch woandershin wechseln.«

Onkel Mike betrachtet mich mit gerunzelter Stirn. »Okay. Aber was ist mit dem Eiskunstlaufen? Wir lassen dich das doch nicht einfach hinschmeißen.« Um Unterstützung bittend dreht er sich zu Mom um, aber sie befindet sich schon auf halbem Weg zur Tür und schaut keinen von uns mehr an.

»Ach, Mike, ich habe vergessen den Ofen vorzuheizen. Wärst du so gut? Auf 200 Grad, ja?«

Onkel Mike ist aufgesprungen, noch bevor Mom ihren Satz beendet hat. Er würde alles für sie tun, zum Beispiel eine Unterhaltung einfach fallen zu lassen, weil sie noch nicht bereit dazu ist, sie zu führen. Sie sieht mich nicht an, aber Onkel Mike tut es. Ich versuche seinem entschuldigenden Blick mit einem Lächeln zu begegnen, woraufhin er wortlos an mir vorbei Richtung Küche geht.

»Mom?«, rufe ich, während sie sich bückt, um ihre Laufschuhe zuzubinden. »Ich glaube, ich geh noch mal los. Vielleicht frag ich Maggie, ob sie Lust hat mit mir eine Runde auf dem Eis zu drehen.« Die Worte schmecken bitter auf meiner Zunge. Ich lüge sie nicht gern an, aber genauso wenig möchte ich ihr wehtun und sagen, wo ich wirklich hinwill. Am Ende würde sie sich noch dazu entscheiden, von ihrer normalen Laufroute abzuweichen, um mich im Auge zu behalten.

Sie zögert kurz, aber da sie es ja auch mühelos schafft, sich weiszumachen, dass Jasons klapprige Gestalt »besser aussieht«, bemerkt sie meine blasse Gesichtsfarbe vermutlich nicht mal. Sie nickt und dreht sich zur Hintertür um. »Sei zum Abendessen wieder zu Hause.«

Ich verschwinde durch die Vordertür und als unser Haus und die Menschen darin im Rückspiegel meines Wagens immer kleiner werden, fühle ich mich besser. Ich hasse mich dafür.

Kapitel 12

Ich lasse den Camaro auf der Fahrt kein einziges Mal absaufen. Ich mag die unbefestigten Straßen hier in der Gegend, vor allem kurz nachdem es geregnet hat, wenn der Boden schwer ist und rötlich schimmert. Erst nach ein paar Kilometern kommen andere Häuser in Sicht, doch schon lange bevor ich die Ranch der McClintocks erreiche, steigt mir der unverwechselbare Geruch von Vieh und Dung in die Nase. Ein paar Kühe sehen hoch, als ich an ihnen vorbeifahre, und ich lasse den Blick über ihr weiches braunes Fell gleiten, bis sie wieder aus meinem Rückspiegel verschwinden. An der Pecan Road fahre ich Richtung Westen stadtauswärts. Die Straße gleicht hier eher einem Feldweg, überall sprießen Grasbüschel zwischen alten Reifenspuren hervor. Jason hatte recht damit, dass die Straße inzwischen kaum noch benutzt wird.

Jemand Ortsunkundiges würde die Abzweigung zur Hackman Road vermutlich nicht mal als solche erkennen, ich aber finde den Weg im Schlaf. Kurz darauf fahre ich den Hügel hinauf, der sich beim Teich erhebt. Mein Herz schlägt wie verrückt und ich frage mich, warum.

Heath wartet nicht an der großen Steineiche auf mich. Bestimmt war er gar nicht erst gekommen. Jetzt erscheint es mir völlig albern von mir, angenommen zu haben, wir hätten uns tatsächlich – wenn auch nur vage – hier verabredet. Oder zu glauben, dass einer von uns wirklich auftauchen würde. Aber ich bin hier – und muss zugeben, dass ein Teil von mir enttäuscht ist, dass er es nicht ist.

Ich parke am Wegrand und lasse bei laufendem Motor den Blick zwischen den Bäumen umherschweifen. Dieser Straßenabschnitt hat nicht mal mehr einen Namen. Irgendwo weiter hinten steht zwar noch ein rostiger Schilderpfahl, aber ob es dazu jemals das passende Schild gab, weiß keiner mehr. Das hier ist die Straße beim Hackman-Teich und wie der Teich zu seinem Namen kam, ist ein ebenso großes Mysterium wie die unbenannte Straße. In der näheren Umgebung gibt es keine Häuser oder irgendein anderes Bauwerk. Das Gras zu beiden Seiten des Weges wächst üppig und wild und wenn der Wind darüber bläst, sieht es aus wie grüne Meereswellen, gesprenkelt mit zartem Wildblumengelb.

Die Sonne steht noch immer hoch am Himmel und lässt die Oberfläche des Teichs bernsteinfarben und golden schimmern. Der von der Sonne ausgebleichte Steg, der vom Ufer ein gutes Stück ins Wasser hineinragt, ist leer. Ich weiß genau, wie rau sich die Planken unter den Füßen anfühlen. Heute ist einer dieser Sommernachmittage, an denen Jason, Laura und ich früher immer hier waren. Wir kamen mit den Rädern, die wir einfach zur Seite warfen und liegen ließen, schleuderten unsere Schuhe von den Füßen – falls wir überhaupt welche trugen – und rannten um die Wette ans Ende des Stegs. Egal wie viel Vorsprung wir Mädchen auch hatten, Jason war immer Erster. Oft hatte er sogar noch genug Zeit, sich beim Laufen zu uns umzudrehen und triumphierend zu grinsen, bevor er eine Arschbombe ins Wasser machte und Laura und mich von oben bis unten nass spritzte.

Nachdem Jason sechzehn wurde und seinen Führerschein

in der Tasche hatte, kamen wir nicht mehr so oft hierher, doch an besonders drückend heißen Tagen genügte ein vielsagender Blick meines Bruders und wir wussten alle Bescheid. Dann fuhren wir mit seinem Auto her, statt mit dem Fahrrad, rannten aber immer noch wie kleine Kinder um die Wette, wer als Erstes im Wasser war.

Mein Herz krampft sich schmerzhaft zusammen, als ich den leeren Steg betrachte und uns vor meinem inneren Auge auf ihm langrennen sehe. Die Erinnerung tut weh, aber ich werde sie nicht loslassen.

Ich bin ehrlich erleichtert, dass ich allein bin. Es ist eine andere Art von Alleinsein als die, die ich empfinde, wenn ich von irgendwelchen Leuten oder meiner Familie umgeben bin. Hier kann ich weinen, wenn mir danach zumute ist, oder schreien oder beides. Ich kann über die Träume nachdenken, die ich früher mal für meine Zukunft hatte, während ein winziger Teil von mir nach wie vor hofft, sie könnten eines Tages doch noch wahr werden. Und darüber, dass selbst meine eigene Mutter will, dass ich diese Träume begrabe.

Ich kann über meinen Bruder nachdenken und alle möglichen Gefühle zulassen angesichts der Tatsache, dass er nicht bei mir ist und wir nie wieder die Kinder sein werden, die sich lachend vom Steg in den Hackman-Teich stürzen. Doch selbst wenn ich nicht allein wäre, könnte ich mit niemandem über Jason sprechen, am allerwenigsten mit Heath.

Etwa dreißig Meter abseits der Straße steht der mächtige Baum, von dem Heath gesprochen hat. Seine Äste sind knorrig und winden sich wie Tentakel in alle Richtungen, sodass es aussieht, als wäre er mitten in der Bewegung erstarrt. Sogar auf die Entfernung kann ich die hellen Stellen erkennen, an denen seit Generationen Leute aus der Gegend ihre Initialen eingeritzt haben. Ich war selbst dabei, als Mark Keller – der erste und einzige Junge, den ich je geküsst habe – unsere im Stamm verewigte, etwa zwei Meter über dem eingeschnitzten Herzen mit den beiden Initialen von Jason und Alison – dem Mädchen, das mein Bruder nach dem College heiraten wollte.

Jason behauptet, er habe im Zuge der Verhaftung mit Alison Schluss gemacht und nicht gewollt, dass sie zur Gerichtsverhandlung erschien oder ihn im Gefängnis besuchte. Er sagt, er habe ihr das Leben nicht noch mehr ruinieren wollen, aber das kaufe ich ihm nicht ab.

Schon klar, Cal war auch *ihr* Freund, aber mein Bruder hätte ihr Seelenverwandter sein sollen. Hätte sie ihn jedoch nur ansatzweise so geliebt wie er sie, wäre sie dort gewesen, egal wie weh es getan hätte, und sei es nur, um sich von ihm zu verabschieden.

Aber sie war nicht da. Das Mädchen, das so viel Zeit bei uns zu Hause verbracht hatte, dass mein Dad ihr einen eigenen Stuhl tischlerte, verschwand quasi über Nacht. Sie kam weder zur Anklageerhebung noch erschien sie bei uns zu Hause, um zusammen mit Mom zu weinen. Sie suchte nie Trost bei den Menschen, die am besten verstanden, was sie verloren hatte. Wenn ich mich nicht irre, hat sie bis heute kein Wort mit Jason gesprochen. Ich weiß nicht, ob er ihr anvertraut hätte, was ihn in jener Nacht zu der schrecklichen Tat bewogen hat, doch ich weiß, dass sie ihm nicht mal die Chance gab, es zu versuchen.

Daphnes Motor erstirbt, noch bevor ich bewusst den Zündschlüssel umdrehe. Ich steige aus dem Wagen. Eine warme Brise lässt das hohe Gras am Rand der Straße und am Ufer erzittern. Ich beschirme meine Augen mit der Hand vor der brennenden Sonne und suche den Boden ab, bis ich einen Stein gefunden habe, der scharf genug ist und meinen Anforderungen entspricht. Ein paar weitere Schritte und ich stehe unter dem Schatten spendenden Laubdach der Steineiche, wo es sich schlagartig zehn Grad kälter anfühlt. Ein Frösteln durchläuft mich und das liegt nicht nur am Baumschatten. Jemand ist mir zuvorgekommen und hat sich bereits an den Initialen von Allison und meinem Bruder zu schaffen gemacht. Wo früher die Anfangsbuchstaben von Jasons Namen standen, klafft jetzt ein tiefes Loch im Stamm, so als hätte jemand mithilfe eines Beils dafür sorgen wollen, dass nicht mal die kleinste Linie übrig bleibt. Dem rabiaten Vorgehen sind auch Allisons Initialen zum Opfer gefallen. Ich fahre mit meinen Fingern über die kraterförmige Vertiefung, spüre das zersplitterte Holz und beiße mir von innen auf die Wange, um die Tränen zurückzuhalten.

Ich kehre dem Baum und den bitter gewordenen Erinnerungen den Rücken zu. In dem Moment sehe ich, was ich wegen des lauten Pochens in meinen Ohren nicht hören konnte: Hinter Daphne hält ein roter Truck an.

Kapitel 13

Schnell mache ich einen Schritt zur Seite und stelle mich vor den verstümmelten Abschnitt des Baums. In dem Moment kommt mir der Gedanke, dass es vielleicht sogar Heath war, der dafür verantwortlich ist. Der ganzen Stadt wäre wohl nichts lieber, als dass die schreckliche Erinnerung an meinen Bruder aus diesem Baum ausgemerzt würde, zusammen mit sämtlichen anderen Spuren seiner Existenz. Aber vermutlich will es niemand so sehr wie der Kerl, der gerade durch die Windschutzscheibe zu mir herüberstarrt.

Ein scharfer Stich fährt mir durchs Herz und ich lasse den Stein aus meiner Hand fallen. Dass ich verstehen kann, warum Heath meinen Bruder hasst, macht es nicht weniger schmerzhaft, dieser Tatsache ins Auge zu blicken. Wenn überhaupt wird der Schmerz nur noch verstärkt, weil die Tatsachen einfach keinen Sinn ergeben. Es ist, als gäbe es zwei verschiedene Menschen – meinen Bruder und die Person, die Cal umgebracht hat.

Ich sollte nicht hier sein. Ich hätte Heath gegenüber nicht den Eindruck erwecken sollen, dass ich hier sein würde. Die leise flüsternde Enttäuschung von vorhin, als ich noch glaubte, er würde nicht kommen, wird von einem inneren Entsetzensschrei übertönt. Es fühlt sich an wie damals, als Laura und Jason mich dazu überredeten, von der Eisenbahnbrücke in den Fluss darunter zu springen.

Die Jugendlichen aus Telford springen trotz aller Warnschilder von dieser Brücke, solange ich denken kann. Vom Boden aus sieht es nicht mal sehr hoch aus und zugegebenermaßen ist es auch nicht besonders gefährlich. Soweit ich weiß, war das Schlimmste, was beim Herunterspringen je passiert ist, eine aufgeplatzte Lippe. Aber dazu war es nur gekommen, weil ein Pärchen sich in der Luft hatte küssen wollen.

Meine beiden Geschwister waren schon zigmal von der Brücke gesprungen und zogen mich ohne Ende damit auf, dass ich ein Feigling sei. Also gab ich eines Tages klein bei. Es war ein warmer, sonniger Morgen, als ich ihnen bis zur Mitte der Brücke folgte und meiner damals elfjährigen furchtlosen Schwester dabei zusah, wie sie einen Schritt rückwärts machte und nach unten ins Wasser fiel, während ich einen Schrei unterdrückte. Nicht mal als Laura mir mit strahlendem Gesicht aus dem Wasser zuwinkte, ließ das Zittern in meinem Körper nach. Jason versuchte es mit einer Motivationsrede und betonte, dass es nicht besonders hoch sei und ich mir nicht wehtun könnte, nicht mal bei einem Bauchklatscher. Aber es war zu spät. Meine Zehen krallten sich an der Brückenkante fest, während ich in die schwindelerregende Tiefe blickte – in Wahrheit waren es nicht mehr als zehn Meter, doch sie fühlten sich an wie hundert.

»Ich kann das nicht«, sagte ich zu Jason.

»Doch, du kannst«, entgegnete er. »Ich springe sogar mit dir zusammen.«

Ich riss den Blick vom Wasser unter mir los und sah auf die ausgestreckte Hand meines Bruders, schüttelte aber nur den Kopf. Ich war zu weit oben, das Wasser zu weit unten. Mein Herz ratterte wie ein Presslufthammer gegen meinen Brustkorb, Speichel schoss mir in den Mund und ich musste schlucken und schlucken.

»Sei kein Baby, Brooke!«, schrie Laura zu mir hoch.

»Gib ihr noch eine Sekunde!«, rief Jason zurück, dann hielt er meinen panischen Blick mit seinem ruhigen fest. Er deutete mit dem Kopf in Lauras Richtung. »Sie wird dir das ewig unter die Nase reiben. Ich habe dich auf dem Eis schon waghalsigere Sprünge machen sehen, außerdem ist Wasser viel nachgiebiger als Eis.« Er lächelte mich an, aber meine Lippen blieben fest zusammengepresst. Er seufzte. »Nicht mal einen einzigen Sprung? Du kannst danach auch sagen, es hat dir keinen Spaß gemacht, und musst nie wieder springen. Komm schon, auf drei?«

Meine Antwort war ein vehementes *Nein*, bei dem es meinen ganzen Körper schüttelte. Ich war dermaßen in Todesangst, dass ich sicher war, ich könnte die Brücke nur noch auf allen vieren kriechend verlassen.

»Okay, okay«, erwiderte Jason und schloss mich in eine dringend benötigte Umarmung. »Du musst nicht springen.« Ich wurde sofort ruhiger, als mein Bruder sein Kinn an meine Stirn legte. »Du musst dich nur gut festhalten.«

Die Arme fest um meinen Körper geschlungen warf er sich rücklings über die Kante und riss mich mit.

Eine Sekunde lang? Zwei? So lange befand ich mich im freien Fall. Angst lässt die Zeit stillstehen, dehnt sie aus zu einer Ewigkeit, an die sich der Körper noch lange nach der eigentlichen Situation erinnert. Ich erinnere mich noch an meinen gellenden Schrei, der die Luft zerschnitt, an den Wind, der versuchte mir die Haare von der Kopfhaut zu zerren. Ich erinnere mich an die sonst so schützenden, starken Arme meines Bruders, die sich plötzlich hart und gnadenlos anfühlten, während ich versuchte mich freizukämpfen. Je mehr ich die Erinnerung abschütteln will, desto tiefer gräbt sie sich ein.

Ich erinnere mich hingegen kaum noch an den Moment, als ich aufs Wasser traf, oder an Jasons grinsendes Gesicht beim Auftauchen. Jason wollte Begeisterung von mir hören und dass ich gestand, alles sei halb so schlimm gewesen, aber das stimmte nicht.

Ich sprach eine Woche lang kein Wort mit ihm. In dieser Zeit versuchte ich mir einzureden und mich damit zu trösten, dass Jason mich nur zum Sprung gezwungen hatte, um mir zu helfen mich meiner Angst zu stellen, die er geringer eingeschätzt hatte, weil er sie nicht verstand. Sobald ihm bewusst wurde, wie real diese Angst für mich gewesen war – und immer noch ist –, war er zutiefst zerknirscht. Er schlug mir sogar vor von einer Brücke in einer anderen Stadt zu springen, die fünfmal höher war als unsere, um zu verstehen, was ich empfunden hatte, wenn ich ihm dann bloß endlich verzeihen würde.

Also verzieh ich ihm. Aber ich vergaß es nicht.

Heath schaltet den Motor aus, aber es vergehen unzählige kleine Ewigkeiten, bis er aussteigt und um seinen Truck herumgeht. Er bleibt am Straßenrand stehen, mitten in der knallenden Sonne, und sieht mit zusammengekniffenen Augen zu mir herüber. Er steht so weit weg, dass ich nicht mit Gewissheit sagen kann, ob sein Mund sich bewegt und Worte hervorbringt, die ich nicht hören soll. Er setzt sich in Bewegung und kommt auf mich zu, und mit jedem seiner Schritte wird mein Puls schneller. Ich sage mir, dass ich nicht auf der Eisenbahnbrücke über dem Fluss stehe, dass mich niemand über den Rand stoßen wird, sobald ich an Wachsamkeit nachlasse, aber die Alarmglocken in meinen Ohren hören nicht auf zu schrillen.

Heath bleibt ein paar Meter von mir entfernt stehen, nur wenige Handbreit außerhalb des schützenden Schattens, fast so, als wäre er nicht in der Lage, näher zu kommen.

»Ich war nicht sicher, ob du kommen würdest«, sagt er.

»Ich war sicher, du würdest es nicht tun«, erwidere ich.

Ich kann seinen Gesichtsausdruck nicht lesen, weil er die Augen noch immer gegen die Sonne zusammenkneift.

Noch vor wenigen Minuten war ich dankbar für die Einsamkeit, die ich hier fand, und die Möglichkeit, meinen Gefühlen freien Lauf zu lassen. Ich merke, dass meine Augen feucht sind und kurz davor überzulaufen. Mehr denn je wünsche ich mir die Einsamkeit zurück. Keine Ahnung, was Heath machen würde, wenn ich tatsächlich anfange vor ihm zu weinen. Echte Tränen, nicht nur die Vorboten davon, die er schon von unserer letzten Begegnung kennt. Vielleicht wäre es genug, dass er gehen und nie wiederkommen würde. Vielleicht würde er mir wieder vorwerfen, dass ich versuche ihn zu manipulieren. Oder noch schlimmer – womöglich täte ich ihm leid. Der letzte Gedanke ist dermaßen entsetzlich, dass meine Augen schlagartig trocken werden, und das Schwindelgefühl verschwindet mitsamt der Erinnerung an die Eisenbahnbrücke mit einem zittrigen Atemzug.

Ich mache einen Schritt auf Heath zu, nur um mir selbst zu beweisen, dass ich es schaffe, dass ich nicht das ängstliche, zitternde Mädchen von damals bin. Er wird merklich steif und ich stocke. Aus irgendeinem Grund bin ich erleichtert, dass er anscheinend genauso verunsichert ist wie ich.

Ich rühre mich nicht mehr von der Stelle und er atmet hörbar aus. »Bist du deshalb hergekommen? Um sicherzugehen, dass ich nicht hier bin?«, fragt er mit einem winzigen Funken von Hohn in der Stimme.

Ich hebe das Kinn und sage: »Spielt das eine Rolle? Ich bin hier, du bist hier – obwohl keiner von uns hier sein sollte.«

Heath verlagert sein Gewicht. Seine Bewegung weckt bei mir den Wunsch, zurückzuweichen, nur steht der Baum hinter mir und versperrt mir den Weg. »Warum bist du gekommen, Brooke?«

Als ich meinen Namen aus seinem Mund höre, flammt kurz Hass auf meinen eigenen Namen in mir auf. »Warum bist *du* hier?«

Seine Miene signalisiert mir deutlich, dass er diese Frage nicht beantworten wird.

»Keine Ahnung«, sage ich, was nur ein bisschen gelogen ist. Ich bin hergekommen, weil ich meinem Bruder versprochen habe, dass ich es tun würde. Und weil der Gedanke in meinem Hinterkopf herumgeisterte, dass es sich schrecklicher anfühlen würde, Heath zu versetzen, als selbst umsonst auf ihn zu warten.

Doch jetzt, mit der kratzigen Borke in meinem Rücken und einer Flut unerwünschter Erinnerungen, die sich mit denen, die mir lieb sind, vermischen, wird mein Körper stocksteif. Wenn er mich hier treffen wollte, damit ich sehen kann, was er oder sonst wer mit Jasons Namen gemacht hat, hätte ich mich gründlich in ihm geirrt.

»Ich bin überrascht, dass du diesen Platz hier überhaupt kennst. Hier kommt normalerweise niemand sonst her.«

»Ich wohne gleich am Ende von Mulberry und bin früher immer mit meinem Großvater zum Angeln hergekommen, als seine Hüfte noch in Ordnung war. Ist aber schon eine ganze Weile her, seit ich das letzte Mal hier war.«

»Warst du das?« Ich strecke die Hand nach hinten aus und lege sie auf den zerstückelten Teil des Baumes.

Sein Blick folgt meiner Hand und ich nehme sie ein Stück herunter, damit er die tiefen Kerben sehen kann. Heath sagt eine sehr lange Weile nichts. Ob er bereits wusste, dass dort mal Jasons Name stand, oder nicht, ist schwer zu sagen. Schließlich schaut er mich wieder an. Sein Blick triumphiert nicht angesichts des Schmerzes, den ich nicht versuche zu verbergen, aber es liegt auch kein echtes Mitgefühl darin.

»Nein«, sagt er und ich höre, wie sein Kiefer knackt. »Wenn ich das getan hätte, hätte ich nicht vorgeschlagen, dass wir uns hier treffen.« Was nicht dasselbe ist, wie zu sagen, dass er es nicht getan hätte.

In der darauffolgenden Stille klingt das Zirpen der Zikaden ohrenbetäubend laut. Alles, was ich denken kann, ist: *Warum hast du es überhaupt vorgeschlagen? Warum sollen wir uns treffen, wenn es sich dann so wie jetzt anfühlt? Was kann uns das bringen?*

Für das, was Jason getan hat, kann ich niemand anderem die Schuld geben, aber das schmälert nicht den Schmerz, der hochkommt, sobald ich in Heaths Nähe bin. Und ihm geht es in meiner Gegenwart mit Sicherheit mindestens genauso schlecht. Das Einzige, was er jetzt noch tun kann, ist weggehen. Er müsste nichts weiter dazu sagen und ich würde es auch nicht tun.

Sein Blick gleitet für einen kurzen Moment und scheinbar unfreiwillig über meinen Körper hinweg, ehe er ihn wieder auf mein Gesicht richtet.

Hitze schießt mir in die Wangen. Dass mich jemand so betrachtet, bin ich nicht gewöhnt. Und hätte ich am allerwenigsten von ihm erwartet. Ich merke, wie ich ihn missbilligend ansehe, so als hätte er mit seinen Blicken irgendein ungeschriebenes Gesetz gebrochen.

»Du trägst wieder Blau.«

Ich blinzele, verwirrt über diesen Kommentar.

»Die Farbe trägst du oft.«

Ich nicke und überlege, ob das eine Frage war oder eine Feststellung. Egal. Ich trage Blau wirklich sehr oft. Maggie glaubt, Blau sei meine Lieblingsfarbe.

Mein Nagellack ist blau, mein T-Shirt, sogar mein Auto.

Mein Bruder kann anmaßend sein und voreingenommen, und er glaubt immer, er hätte recht, auch wenn's nicht so ist. Dass er mich gezwungen hat von der Brücke zu springen, war nicht das erste Mal, dass er Mist gebaut hat. Und es war offensichtlich nicht das letzte Mal. In meiner Jugend habe ich ihn zeitweise geradezu gehasst und er mich. Ich habe versucht diese Erinnerungen zu verdrängen und nur die positiven zugelassen – damals, als Jason verhaftet wurde. Ich verhielt mich so wie manche Leute auf Beerdigungen, die selbst noch die abscheulichsten Menschen zu Heiligen machen, als würden all die schlimmen Dinge, die sie getan haben, mit dem unfreiwilligen Akt des Sterbens einfach ausradiert werden. Das gelingt natürlich weniger gut, wenn die Person nicht tot, sondern im Knast ist. Jason hat jemanden getötet und trotzdem umgebe ich mich mit seiner Lieblingsfarbe. Weil er mein Bruder ist und ich ihn vermisse. Aber Heath das zu sagen wäre nicht fair. Mein Bruder ist am Leben, aber weg; sein Bruder ist tot, aber allgegenwärtig.

Wegen Jason.

Ich kann den Blick nicht von Heath abwenden, selbst dann nicht, als es anfängt unangenehm zu werden. Ich denke an

Jason und Laura und überlege, ob ich hier mit Heath zusammen stehen könnte, wenn unsere Situationen vertauscht wären und *sein* Bruder Schuld hätte am Tod von einem der beiden. Die Antwort ist klar: Nein. Ich hätte *seinen* Namen aus dem Stamm gekratzt. Ich wäre tausendmal lieber durch den Regen gelaufen, als in das Auto einzusteigen. Ich hätte nicht nur geschrien, wenn ich Heath sein Geld vor die Füße geworfen hätte. Ich könnte keine Sekunde lang die Fassung bewahren, wenn er direkt vor mir stünde. Es irritiert mich, dass er so ruhig bleiben kann, auch wenn es ihn sichtlich Mühe kostet.

»Ich hasse dich nicht.« Heaths Gesicht ist so ausdruckslos wie seine Stimme. »Ich dachte, das würde ich. Ich dachte, dass dich oder irgendwen aus deiner Familie zu sehen so wäre, wie *ihn* zu sehen.« Jason. Heath bewegt sich, als wolle er noch einen Schritt nach vorn machen und zu mir in den Schatten treten. »Es tut weh. Aber es ist kein Hass.« Ein paar Sekunden später nickt er, als hätten wir uns gerade auf etwas geeinigt, nur habe ich nicht die geringste Vorstellung, was. Er dreht sich zu seinem Truck um.

Aber dann hält er in der Bewegung inne. Er sieht mich nicht an, als er sagt: »Nach dem nächsten Regen bin ich wieder hier.«

Kapitel 14

Der Mord an Calvin Gaines war das schlimmste Verbrechen, das unsere Stadt je erlebt hatte. Es machte kurz Schlagzeilen in den landesweiten Nachrichten, aber die regionalen Sender berichteten monatelang über nichts anderes. Fernsehteams campierten in unserem Vorgarten, hielten uns Kameras und Mikrofone vor die Nase, sobald wir aus dem Haus traten. Sie folgten Laura und mir zur Schule, Mom bei ihrer Arbeitsstelle in der Bibliothek und bombardierten auch Dad bei jeder Gelegenheit mit Fragen. Eine Reporterin gab sogar vor, sie wäre Krankenschwester in meiner Hausarztpraxis. Und es kamen immer die gleichen Fragen, nur in verschiedenen Varianten:

Hat Ihr Bruder schon vor dem Mord an Calvin Gaines zu Gewalttätigkeit geneigt?

Hat Ihr Bruder Tiere gequält?

Ihr Onkel ist vorbestraft. Hat er bei dem Mord irgendeine Rolle gespielt?

Hat Ihr Bruder von seinen Plänen gesprochen, seinen Freund umzubringen?

Hatten Sie jemals Angst, Ihr Bruder könnte Ihnen oder Ihrer Schwester etwas antun?

Was sagen Sie denjenigen, die für Ihren Bruder die Todesstrafe fordern?

Und dann, als Jason sein Geständnis ablegte, brachen alle

Dämme. Es gab keinen sicheren Ort mehr für uns, keine Person, der wir noch vertrauen konnten. Die meisten unserer sogenannten Freunde waren begierig darauf, Interviews zu geben, in denen sie erklärten, dass sie ja schon immer geahnt hätten, wie gestört Jason war. Nicht *so* gestört, um sich veranlasst zu sehen, mit irgendwem darüber zu sprechen, aber doch genug, um fünfzehn Minuten Ruhm einzuheimsen.

Mom hat nie gesagt, dass sie gefeuert wurde, aber Dad fand ein paar sehr deutliche Worte für die Zweigstellenleiterin der Bibliothek, als sie anrief und erklärte, Mom brauche sich nicht an die zweiwöchige Kündigungsfrist gebunden zu fühlen.

Wir hörten zunächst nicht auf in unsere Kirche zu gehen. Heaths Familie war Mitglied in der großen Baptisten-Gemeinde, wir aber in der etwas kleineren methodistischen Gemeinde. Andernfalls hätten wir den Kirchgang sofort eingestellt. In den Wochen nach Jasons Verhaftung wurde unsere Kirche immer voller; unter den Neuzugängen befanden sich vor allem Gaffer, Tratschtanten und Journalisten, die versuchten uns auf dem Parkplatz abzufangen – die besonders Dreisten stellten sich sogar während der Kommunion direkt neben uns. Nachdem Dad, Laura und ich aufgehört hatten den Gottesdienst zu besuchen, ging meine Mutter noch einen Monat lang hin, aber dann hielt auch sie es nicht mehr aus. Ich glaube, der Großteil der Gemeindemitglieder war erleichtert darüber. Sie gaben sich Mühe, es nicht zu sein, aber was sagt man zu jemandem, dessen Kind ein Mörder ist?

In unserer alten Kirche predigte Pastor Hamilton zwar immer von Vergebung und dass die Gnade Gottes größer sei als all unsere Sünden, aber im kleinen Telford waren die meisten Leute entweder nicht willens uns freundlich zu behandeln oder verunsichert, weil sie glaubten, damit die Gaines-Familie vor den Kopf zu stoßen. Denen, die uns nicht schon aus eigenem Antrieb mieden, wurde letzten Endes keine andere Wahl gelassen.

Und ich weiß, dass sie erleichtert waren.

Jetzt fahren wir ein-, zweimal pro Monat anderthalb Stunden mit dem Auto in die Nähe von Odessa und besuchen Onkel Mikes Megakirche, die so riesig ist, dass ich dort noch nie dasselbe Gesicht zweimal gesehen habe, und wo die wechselnden Pastoren Predigten halten mit Titeln wie »Gott will, dass du im Lotto gewinnst«.

Langsam, aber sicher zogen wir uns von allem und jedem in Telford zurück. Es war schon fast zu einfach. Aufgrund des Eiskunstlaufens hatte ich früher schon mal für kurze Zeit Schulunterricht zu Hause bekommen und so wechselten Laura und ich ohne Probleme an eine Onlineschule. Da wir nicht mitten in der Stadt leben und nachdem mein Dad unserem Briefkasten mit der Axt zu Leibe gerückt war, konnten die Reporter uns nur noch schwer ausfindig machen. Jetzt holt mein Vater unsere Post – zusammen mit den Lebensmitteln, die Mom inzwischen im Internet bestellt – einmal die Woche vom Postamt ab. Abgesehen von Dad bin ich in unserer Familie die Einzige, die sich noch regelmäßig über unsere Grundstücksgrenzen hinauswagt.

Was ich nur wegen der Eissporthalle tue.

Und jetzt wegen Maggie.

Darum also sitze ich an einem Montagnachmittag auf Daphnes Beifahrersitz, während sie uns zu Kellers Eisdiele kutschiert. Kellers hausgemachte Eiscreme ist so cremig und lecker, dass ich nicht protestiert habe, als sie vorhin anrief und mich anflehte, dass wir zusammen dorthin fahren. Maggie glaubt, ich leide an einer milden Form von Agoraphobie. Sie hat das Thema bei mir bisher nicht forciert, da sie ja selbst lieber in der virtuellen als in der realen Welt unterwegs ist, aber sie hat schon recht – für Kellers Eiscreme lohnt es sich, die eigene Komfortzone mal zu verlassen.

Ich hoffe bloß, dass es nicht zu voll dort ist. Es ist allerdings gerade mal Mittag und die Einheimischen warten wohlweislich bis nach ein Uhr, wenn Ann Keller höchstpersönlich im Laden erscheint. Sie ist achtundsiebzig Jahre alt und wird hier in der Gegend abgöttisch verehrt. Ihre Eiscreme ist schon fast ein dekadenter Genuss.

Ich habe mir bereits meine Ausrede zurechtgelegt, warum ich im Wagen sitzen bleiben muss, während Maggie reingeht, aber als wir auf den halb leeren Parkplatz fahren, bleiben mir die Worte im Hals stecken.

Ein silberner SUV parkt drei Lücken von uns entfernt und Mark Keller, Enkel der hochgeschätzten Ann Keller und ihrem Mann Mitch, geht gerade auf seinen Wagen zu. Er ist der Kerl, dem ich meinen ersten und letzten Kuss gegeben habe und dessen Initialen neben meinen in den Stamm der Hackman-Eiche eingeritzt sind. Mark bleibt stehen, als er mich sieht. Ich versuche noch abzutauchen, doch nach kurzem Zögern hält er direkt auf uns zu.

»Nein, nein, nein, nein, nein …«, murmele ich, während er näher kommt. Maggie, die gerade einen selbst komponierten Eiscreme-Song trällert und in ihrer Riesenhandtasche nach ihrem Portemonnaie kramt, bemerkt ihn erst, als er ans Fenster klopft.

»Oh, cool, man kann auch hier draußen bestellen?«, fragt

Maggie. »Sag ihm, ich bin gleich so weit.« Dann leert sie den halben Inhalt ihrer Tasche in ihrem Schoß aus.

Ich gebe ihr keine Antwort; stattdessen hole ich tief Luft und öffne meine Tür. Mark tritt einen Schritt zurück und macht mir Platz, aber nicht, um höflich zu sein. Ich schließe die Tür und schicke ein Stoßgebet gen Himmel, dass Maggie lange genug im Auto bleibt, bis ich Mark wieder los bin.

»Ich bin nur hier, um Eis zu holen«, sage ich und fixiere einen Punkt oberhalb seiner Schulter. »Ich hatte keine Ahnung, dass du hier sein würdest.«

Die Hände in den Hosentaschen lehnt er sich nach vorn. »Hi, Brooke. Ja, ich freu mich auch dich zu sehen. Mir? Oh, danke der Nachfrage. Mir geht's gut.«

Ich sehe ihm in die Augen. Früher fand ich, sie hätten den perfekten warmen Braunton im Zusammenspiel mit seiner leicht gebräunten Haut. In seiner Iris erkennt man zartgoldene Sprenkel, aber nur, wenn man nah genug vor ihm steht. Wonach mir gerade nicht zumute ist. Ich will mich seitlich an ihm vorbeischieben, aber er versperrt mir mit einem Arm den Weg. Eine Sekunde später schwingt Maggies Tür auf. Sie steigt aus, beugt sich aber in den Wagen, um die verstreuten Sachen wieder in ihrer Tasche zu verstauen.

»Sag nichts«, flüstere ich und umklammere Marks Handgelenk.

Mark wirft einen kurzen Blick auf Maggie, dann sieht er wieder mich an. »Was soll ich nicht sagen?«, fragt er, ohne Anstalten zu machen seine Stimme zu senken. »Immer soll alles nach deinem Willen gehen, stimmt's?«

»Falls dir je etwas an mir gelegen hat, dann gehst du jetzt einfach. Bitte.« Ich presse die Worte zwischen zusammengebissenen Zähnen hervor.

»Falls mir je etwas an dir gelegen hat? *Falls? Du* hast Schluss gemacht hat, nicht ich.«

In meiner Hand zuckt es; der Drang, ihm eine zu scheuern, ist beinahe überwältigend. »Was du mir angetan hast, war unverzeihlich.«

»Ach, und ich dachte, dass du im Verzeihen ganz groß bist – oder gilt das nur für ganz bestimmte Leute?«

Ich werde bleich. Mark lässt den Arm sinken und mit jetzt weicherer Stimme sagt er: »Ich habe mich doch schon entschuldigt, Brooke.« Seine Hand streicht über meinen Unterarm. »Wann ist es dir denn endlich genug, hm?«

Ich ziehe ruckartig meinen Arm weg und durchbohre ihn mit meinem Blick. »Ich hatte dir vertraut. Diesen Fehler mache ich nicht noch mal.«

»Weißt du was? Scheiß drauf.« Er stößt sich vom Auto ab und marschiert zu seinem SUV rüber.

Ich zittere immer noch, als Maggie neben mich tritt.

»Alles okay?«

Ich nicke. Er ist weg. »Er und ich, wir waren mal zusammen. Ist schon eine Weile her. Wir sind ziemlich unschön auseinandergegangen.«

»Sag bloß«, erwidert Maggie, als er mit quietschenden Reifen den Parkplatz verlässt. »Was stimmt mit dem nicht?«

»Eine Menge«, antworte ich und hoffe, dass Maggie nicht weiter nachhakt.

Ihm hat mal etwas an mir gelegen, das weiß ich. Andernfalls würde er nicht wie gerade eben auf mich reagieren.

Am Anfang, als die Sache mit Jason losging, hatte er mir noch nach besten Kräften beigestanden. Ich hätte die Beziehung beenden sollen, nachdem er mir den geleakten Polizeibericht gezeigt hat, aber seinerzeit hatte Mark überzeugend beteuert, dass ihm Jasons Verbrechen egal sei, solange ich ihn nur lieben würde.

Unfassbar, wie dämlich ich war.

»Das ist eine Kleinstadt«, sage ich zu Maggie und schlucke das Schuldgefühl herunter, weil ich ihr nur die halbe Wahrheit erzähle. »Und die Leute tragen es einem nach, wenn man das Herz von Ann Kellers Enkelsohn bricht.«

»Ann Keller wie in …« Sie zeigt auf das Schild von Kellers Eisdiele.

Ich nicke. »Aber ist schon okay so.«

Durchs Ladenfenster erkenne ich ein Grüppchen Mädchen, ein paar von ihnen waren letztes Jahr in meinem Chemiekurs, einschließlich meiner damaligen besten Freundin Tara Hudson. Sie sehen alle nett und harmlos aus, wie die Art Mädchen, die eine fremde Gleichaltrige ansprechen würden, wenn sie irgendwo allein rumsteht. Zumindest Tara würde das tun. Ich werfe einen Blick zu Maggie rüber und schiebe mich unauffällig vor sie, um ihr die Sicht auf die Mädchen zu versperren. Oder noch wichtiger: Um *ihnen* die Sicht auf Maggie zu versperren.

»Weißt du, irgendwie habe ich plötzlich gar keine Lust mehr auf dieses Eis. Wie wäre es, wenn wir einfach zurück zu dir nach Hause fahren und Coke Floats machen? Du hast doch Vanilleeis zu Hause, oder?«

Maggie sieht sehnsüchtig zur Eisdiele rüber, aber dann bemerkt sie die Mädchen, die ich erspäht hatte, und ihr Blick wird weich. »Weißt du, ich habe schon mitgekriegt, dass die Leute dich teilweise so komisch angucken. Und ich habe das nie verstanden.« Sie schüttelt den Kopf. »Ich brauche dich gar nicht erst zu fragen, ob du gemein warst zu deinem Ex-Freund. Ich weiß, das warst du nicht. Warum also solltest du dich verstecken müssen? Falls die Leute dich arschig behandeln, bin ich direkt an deiner Seite. Vielleicht erlebst du aber auch eine Überraschung und die Leute behandeln dich gar nicht mies. Meine Mom würde sich freuen, wenn ich mehr Anschluss in der Stadt finden würde. Also, nicht dass ich eine beste Freundin suchen würde, denn das bist ja schon du. Einfach ein paar Leute, mit denen ich zusammen in die Mensa gehen kann, wenn die Schule wieder anfängt, weil du ja nicht da sein wirst. Wir könnten versuchen …«

Ich habe es bereits versucht. Nachdem Jason gestanden hatte, machte ich den Fehler und vertraute mich Mark an, hauptsächlich, weil ich mich so furchtbar allein fühlte wie noch nie in meinem Leben. Ich ließ ihn eines Nachts durchs Fenster rein, damit er mich in den Armen halten konnte, während ich weinte.

Am nächsten Tag erschienen Handyfotos von Seiten aus meinem Tagebuch auf einer Online-Nachrichtenseite.

Bei der Erinnerung daran fühlt sich meine Brust wie zugeschnürt an. Meine zu Papier gebrachten innersten, quälendsten Gedanken wurden mir einfach gestohlen und vor den Augen der ganzen Welt zerpflückt. Maggie ist wohl die einzige Person, die nichts davon weiß.

»Brooke?«

Ich drehe mich zu der Stimme um, die zwar nicht so ungläubig klingt wie die von Mark, aber nicht minder überrascht. Tara steht weniger als sechs Meter von mir entfernt. Sie hält die Ladentür offen für die anderen Mädchen, die auf den Parkplatz hinausströmen. Zwei Mädchen sehen mich an und fangen an zu flüstern. Mein Gesicht wird heiß.

»Wow. Dich habe ich ja schon eine halbe Ewigkeit nicht

mehr gesehen. Nicht seit –« Tara bricht ab und ihre Wangen laufen rot an.

Taras Dad ist der Sheriff und sitzt im Ältestenrat unserer früheren Kirchengemeinde. Er hatte meinen Eltern geholfen einen Anwalt für Jason zu finden. Er verbot es aber auch Tara, zu mir nach Hause zu kommen, und schränkte nach und nach jeglichen Umgang zwischen uns ein, bis am Ende jenes entsetzlichen Sommers von unserer Freundschaft so gut wie nichts mehr übrig war und ich nicht mehr an die Telford High zurückkehrte.

Ich weiß, sie hat nur getan, was ihre Eltern von ihr verlangten, und ich bin sicher, dass sie sich dabei schlecht fühlte. So, wie sie jetzt vor mir steht, das blasse Gesicht gerötet, kann ich ihr ansehen, dass sie es immer noch tut. Aber das kittet nichts zwischen uns und es tut weh, dass wir uns wie Fremde gegenüberstehen.

»... und Mark hat gerade hier draußen mit ihr geredet«, flüstert eines der Mädchen aus Taras Gruppe nicht gerade leise. »Ich hoffe, er ist okay.«

Im selben Moment, als Tara einen Schritt auf mich zumacht, weiche ich vor ihr zurück. Sie bleibt jäh stehen. »Mir tut das alles schrecklich leid, aber ...«

Das Mädchen, das Mark erwähnt hat – ich glaube, sie heißt Shannon – zieht Tara am Arm. »Komm, sonst verpassen wir noch den Film. Lass uns gehen.« Sie mustert mich argwöhnisch, dann taxiert sie ebenso missbilligend Maggie.

»Wir müssen noch auf Emily warten«, sagt ein anderes Mädchen und zeigt ins Innere der Eisdiele. Mit Schrecken sehe ich Dawn Beckmann, eine andere frühere Freundin, die ich seit dem Kindergarten kenne. Sie war früher total in meinen Bruder verknallt und als die ersten Nachrichten über die

Hintergründe zu Cals Tod an die Öffentlichkeit drangen, zählte sie zu den vehementesten Verfechterinnen von Jasons Unschuld. Mittlerweile bringt sie es nicht mal mehr über sich, mich anzusehen. Keine Ahnung, ob aus schlechtem Gewissen mir gegenüber, weil sie mich so hängen gelassen hat, oder weil es sie immer noch entsetzt, dass er doch schuldig war.

Es ist mir egal. Tara macht den Eindruck, als könnte sie jeden Moment etwas Furchtbares tun, wie zum Beispiel Maggie und mich fragen, ob wir nicht mit ihnen mitkommen wollen. Und die anderen Mädchen sehen so aus, als würden sie sich schon gedanklich warm machen, um mich gleich mit Fragen zu löchern, wie es denn so ist, einen verurteilten Straftäter als Bruder zu haben.

»Bitte«, sage ich leise zu Maggie. »Können wir jetzt einfach gehen?«

Wir gehen, denn Maggie ist nicht so selbstsüchtig wie ich.

Als wir auf dem Weg nach Hause sind, öffnet der Himmel seine Schleusen und es fällt genug Regen herab, um die Erde reinzuwaschen.

Kapitel 15

Mein Unbehagen begleitet mich auch noch nach Hause, folgt mir die Verandatreppe hinauf und durch die Haustür nach drinnen. Es schnappt nach meinen Fersen, als ich das erstickte Schluchzen hinter der verschlossenen Tür zur Abstellkammer höre. Langsam setze ich einen Fuß vor den anderen, vergesse aber über das eine knarrende Dielenbrett hinwegzusteigen. Das Schluchzen verstummt.

Ein Moment verstreicht.

Und noch einer. Um weiterzugehen, muss ich meinen Fuß zwangsläufig hochheben, aber als ich es tue, knarrt der Boden erneut.

»Brooke?«

Ich verleihe meiner Stimme einen unbeschwerten Ton: »Ich bin's, Mom.«

Sie räuspert sich, bevor sie spricht, was aber nicht darüber hinwegtäuschen kann, dass sie geweint hat, und das wohl schon eine ganze Weile lang. »Ich wollte gerade nachsehen, ob wir noch Dosentomaten dahaben, aber ich fühle mich plötzlich nicht so gut. Könntest du für Dad, Laura und dich die Reste der Lasagne aufwärmen?«

»Ja, klar.«

»Und Brooke?«

»Ja?«

»Im Kühlschrank steht auch Dressing für den Salat.«

»Ist gut.«

Mom schlüpft aus der Abstellkammer und verschwindet die Treppe hinauf, während ich das Abendessen vorbereite. Als ich rufe, dass das Essen fertig ist, erscheinen Dad und Laura, aber nicht Mom. Oben läuft die Dusche und ich weiß, sie wird weiterlaufen, selbst dann noch, wenn kein warmes Wasser mehr kommt.

»Hat Jason angerufen?«, frage ich niemanden im Besonderen, sobald unser schweigsames Mahl begonnen hat. Es ist nicht so, dass Mom *nur* an den Tagen weint, an denen er anruft, aber sie weint *immer* an den Tagen, an denen er anruft.

Dad schluckt einen Bissen herunter und belädt seine Gabel erneut. »Ja.«

Ein Wort, mehr nicht.

Ich werfe ihm einen Blick zu und habe plötzlich kaum mehr die Kraft, meine Gabel zu halten. Ich lasse den Arm auf den Tisch sinken. Wäre Mom jetzt hier, hätten ihre Adleraugen sofort bemerkt, dass ich aufgehört habe zu essen. Sie hätte mich sanft ermahnt weiterzuessen und den Blick nicht von mir abgewandt, bis ich mich gefügt hätte.

Das Abendessen – im Grunde alle Mahlzeiten – sind ihr heilig. Das war schon immer so. Aufgewachsen in sehr ärmlichen Verhältnissen, mit zu wenig zu essen, um alle Mägen zu Hause zu füllen, ist nagender Hunger in ihrer Kindheit ihr täglicher Begleiter gewesen. Niemand von uns war je zur Strafe ohne etwas zu essen ins Bett geschickt geworden. Meine Mutter hätte sich eher Zahnstocher unter die Fingernägel gejagt, als eines ihrer Kinder hungern zu lassen.

Wie viele Mahlzeiten haben wir schon in bleierner Stille eingenommen, seit Jason fort ist? Ein Jahr lang Frühstück, Mittag- und Abendessen … tausend vielleicht? Werden wir jemals wieder alle gemeinsam an diesem Tisch sitzen? Ich blicke zu Moms leerem Stuhl hinüber, dann an die Stelle, wo früher der von Jason stand. Schon bevor er ans College ging, war er manchmal leer geblieben. Nicht oft, aber es kam durchaus vor.

Einmal, kurz nach seinem sechzehnten Geburtstag, war Jason mit Dad in Streit geraten, weil er den Sommer mit Onkel Mike verbringen wollte, statt bei der Reparatur unseres Dachs zu helfen. Wir hatten uns gerade zum Abendessen an den Tisch gesetzt, als Dad aufzählte, welche Materialien sie für die Reparatur besorgen müssten. Da verkündete Jason, dass er nach dem Essen losfahren würde, um Onkel Mike zu besuchen.

»Kann ich mitkommen?«, fragte Laura sofort. Jason schlug ihr so gut wie nie eine Bitte ab, weshalb sie schon halb von ihrem Stuhl aufgestanden war, um ihre Sachen zu packen, als er sie mit einem lauten *Nein* stoppte.

»Dann fangen wir eben mit dem Dach an, sobald du wieder da bist«, sagte Dad, schnitt ein Stück von seinem Steak ab und schmatzte genüsslich. Sein wortloses Kompliment ließ Mom sichtbar erröten.

»Na ja, es ist wirklich gutes Fleisch«, wiegelte sie ab.

»Es liegt nie nur daran«, erwiderte er.

»Warum kann ich nicht mitkommen?« Laura ließ sich zurück in ihren Stuhl fallen. »Onkel Mike würde sich freuen und Ducky liebt Autofahren.« Sie warf dem Nymphensittich auf ihrer Schulter geräuschvoll Küsschen zu, dann hielt sie ihm ein Stückchen Brokkoli hin.

»Lass Ducky hier«, sagte Mom, häufte Laura noch mehr Brokkoli auf ihren Teller und sah sie so lange tadelnd an, bis meine Schwester aufhörte grimmig auf den wachsenden

Gemüseberg zu schauen. »Brooke wird sich um ihn kümmern.«

»Klar doch«, sagte ich, abgelenkt von dem so gut wie unberührten Steak auf Jasons Teller. Normalerweise inhalierte er sein Essen. Auch Mom bemerkte es und runzelte die Stirn.

»Du kannst nicht mitkommen, weil ich nicht bloß für ein paar Tage hinfahre.« Ich beobachtete, wie sein Adamsapfel beim Schlucken hüpfte. »Ich bin den ganzen Sommer über weg.«

»Nein«, sagte Dad, ohne von seinem Teller hochzusehen. »Ich brauche dich hier. Dieses Dach überlebt keinen weiteren Winter.«

Während Mom und Laura darüber stritten, ob Laura den Vogel nun mitnehmen dürfe oder nicht, war da noch irgendetwas anderes an Jason außer seinem vollen Teller, das meine Aufmerksamkeit auf ihn zog.

»Mike hat mir einen Job auf der Bohrinsel besorgt«, sagte er. »Da verdiene ich in zwei Monaten mehr Geld als in den gesamten letzten zwei Jahren auf Tom McClintocks Ranch. Und bevor du irgendwas sagst, ich habe bereits mit Tom gesprochen und ihm gesagt, dass ich diesen Sommer nicht für ihn arbeiten werde.«

Dad begann weiterzuessen. »Du wirst mit sechzehn nicht auf einer Ölbohrinsel arbeiten. Ich rufe Mike nach dem Essen an und –«

»Ich werde fahren und du kannst mich nicht aufhalten.«

»Jason smash!«, krächzte Ducky.

Dad ließ den Blick zu dem Vogel gleiten, der auf der Schulter seiner jüngsten Tochter hockte, dann sah er Mom an. Sie schüttelte kaum merklich den Kopf – auch sie hörte zum ersten Mal davon.

Dad lehnte sich in seinen Stuhl zurück und betrachtete seinen Sohn eingehend. Das allein hätte für Jason ausreichen sollen, um zurückzurudern. So war es in der Vergangenheit immer gewesen, wenn Dad und er wegen irgendetwas aneinandergeraten waren. Was in dieser Zeit immer häufiger vorkam.

»Es tut mir leid wegen des Dachs, aber es gibt genug Jungs hier, die du als Helfer anheuern kannst oder –« Er brach ab und warf einen Blick auf Laura und mich. Ich lief zu dieser Zeit wie eine Besessene Eis und Laura war gerade erst zehn. Und zierlich obendrein.

»Nein«, sagte Laura. »Du kannst nicht den ganzen Sommer lang weg sein. Wir wollten doch jeden Tag schwimmen gehen und ins Kino und abends lange aufbleiben und –«

Jason verzog gequält das Gesicht. »Du und Brooke, ihr könnt doch –«

»Sie denkt doch immer nur ans Eiskunstlaufen und du hast es mir versprochen!«

Ich dachte gar nicht immer nur ans Eiskunstlaufen und öffnete bereits den Mund zum Protest – mittlerweile redeten Mom, Dad und Jason durcheinander –, als Dads dröhnende Stimme uns alle übertönte.

»Ich bezahle doch niemand anderen für die Arbeit, bei der du mir helfen kannst.«

»Ich kann dir aber nicht helfen, nicht diesen Sommer. Ich habe mein eigenes Auto und mein eigenes Geld. Das ist meine Entscheidung. Ich hätte ja gern schon früher mit dir drüber geredet, aber du hättest mir sowieso nicht zugehört.«

»Jason, Schatz –«, hob Mom an.

»Du hast eigenes Geld«, sagte Dad und seine Stimme wurde so dunkel, dass sich die Härchen auf meinen Armen aufstellten, »weil *ich* Tom damals davon überzeugt habe, dich einzustellen, obwohl du erst vierzehn warst und nicht mal einen Heusack allein hochheben konntest. Und jetzt, wo du es kannst, jetzt, wo du stark genug bist mit anzupacken wie ein Mann, da sagst du mir, du hättest beschlossen keiner zu sein?«

Jason war ein wenig Farbe aus dem Gesicht gewichen, mehr aber auch nicht. »Ich bin ein Mann, indem ich meine eigenen Entscheidungen treffe.«

Mom schloss langsam die Augen und schüttelte angesichts der Dummheit ihres ältesten Kindes nur den Kopf. Zumindest schien es mir so.

»Ein Mann zu sein bedeutet sich um seine Familie zu kümmern und ihre Bedürfnisse an erste Stelle zu stellen, verstanden?«

Die hervortretenden Sehnen an Dads Hals sahen aus, als würden sie jeden Moment reißen. »Das Dach, unter dem deine Mutter und deine Schwestern schlafen, muss erneuert werden. Deshalb bleibst du hier, bis es wieder in Ordnung ist.« Er spießte mit seiner Gabel ein Stück Steak auf.

Ich sah meinen Bruder an und versuchte ihn mit jeder Faser meines Körpers dazu zu bewegen, *Ja, Sir* zu sagen. Nicht nur weil ich fand, dass es das Richtige war, Dad bei der Reparatur zu helfen, sondern auch weil in diesem Moment die Beziehung von Dad und Jason auf Messers Schneide stand.

»Das Dach wird in zwei Monaten immer noch da sein, um repariert zu werden«, entgegnete Jason. »Der Job auf der Bohrinsel nicht.«

Dad starrte Jason so lange an, dass ich anfing mich innerlich zu winden. Jason rührte sich nicht.

»Ich habe das Recht, meine eigenen Entscheidungen zu fällen.«

Dad blinzelte eine geschlagene Minute lang kein einziges Mal. »Vielleicht. Aber du hast nicht das Recht, an meinem Tisch zu sitzen und das Essen zu essen, das deine Mutter zubereitet hat und –«

»Dann esse ich es eben nicht.« Jason schob den Stuhl vom Tisch zurück und stand auf. »Ich werde jetzt gleich losfahren.«

»Setz dich hin und iss!« Dads Blick schoss zu Jasons leerem Stuhl hinunter, noch bevor Mom einen leisen Protestlaut von sich gab.

»Nein. Repariere das Dach mit jemand anderem oder warte damit, bis ich am Ende des Sommers wieder da bin, aber ich hau jetzt ab.« Er trat an Moms Stuhl und küsste sie auf die Wange. »Ich verspreche dir, ich esse während der Fahrt etwas und ich rufe an, wenn ich bei Mike angekommen bin.« Er suchte Lauras Blick, aber sie weigerte sich ihn anzusehen und rannte die Treppe hoch. Stattdessen fand Jason meinen Blick und versuchte mir stumm zu erklären, was ich nie verstehen würde.

Als Jason nach oben ging, um seine Tasche zu holen, drückte meine Mutter Dads Hand. »Geh bitte zu ihm und sprich mit ihm.«

Aber als Dad vom Tisch aufstand, ging er nach unten in den Keller statt nach oben.

Nachdem Jason weg war, dachte ich, das sei es jetzt gewesen. Aber zwei Stunden später hörte ich seinen Wagen draußen vorfahren und als ich aus dem Fenster schaute, entdeckte ich Laura auf seinem Beifahrersitz. Sie hatte sich heimlich hinten im Fußraum versteckt und sich erst zu erkennen gegeben, als er schon auf halbem Weg nach San Angelo war. Sie hatte die ganze Rückfahrt über versucht ihn mit Bitten, Betteln und Erpressung dazu zu bringen, zu Hause zu bleiben. Diese Taktik hatte in der Vergangenheit gut funktioniert, aber diesmal stieß sie auf taube Ohren.

Jason setzte Laura ab, ohne aus dem Wagen zu steigen.

Dad brauchte für die Dacharbeiten doppelt so lange, weil er nur mich als Hilfe hatte und ich auf diesem Gebiet komplett ahnungslos war. Er schuftete wie ein Pferd, um meine mangelnde Kraft wettzumachen, und zerrte sich dabei so schlimm den Rücken, dass wir letztendlich doch noch Leute anheuern mussten, die das Dach fertigstellten. Dads Rücken macht immer noch Probleme, sobald er etwas Schwereres als Laura hochhebt.

Aus Jasons Perspektive lief alles glatt. Er verbrachte den ganzen Sommer mit Mike, verdiente zum ersten Mal in seinem Leben ordentlich Geld und das Dach wurde instand gesetzt, bevor es anfing reinzuregnen.

Nach unserem Abendessen räume ich den Tisch ab und den Geschirrspüler ein. Ich bitte Laura nicht um Hilfe und sie bietet mir auch keine an. Oben höre ich Dads schwere Schritte und einen Augenblick später wird die Dusche abgestellt. Ich höre seine dunkle, beruhigende Stimme, dann Moms Versuch zu antworten, bevor sie in Tränen ausbricht. Ich lausche auf die Geräusche, die mir verraten, dass er ihren zittrigen Körper in ein Handtuch einhüllt und sie ins Bett trägt, obwohl sein Rücken dabei schmerzt.

An diesem Abend gehe ich ins Bett, erfüllt mit Liebe für meinen Dad.

Und meinen Bruder hasse ich zumindest ein kleines bisschen.

Kapitel 16

»Hi.« Als ich am nächsten Morgen aus der Dusche in mein Zimmer komme, sitzt meine Schwester auf meinem Bett. Der unerwartete Anblick entlockt mir ein Lächeln. Früher wanderten meine Klamotten ständig in ihren Kleiderschrank rüber, oder besser gesagt auf den Boden ihres Schranks, und Laura selbst verbrachte so viel Zeit in meinem Zimmer, dass ich irgendwann für sie ein zusätzliches Kissen und einen Schlafsack unter meinem Bett deponierte. Aber inzwischen ist es eine halbe Ewigkeit her, dass sie zuletzt bei mir war. Wie schön wäre es, wenn sie auf mich warten würde, um mich zu überreden mit ihr schwimmen zu gehen, oder wenn sie versuchen würde mir weiszumachen, dass der Senffleck auf meinem Tanktop schon da war, bevor sie es sich ausgeborgt hat. Aber schon allein sie hier in meinem Zimmer zu sehen reicht aus, damit ich im besten Sinn nostalgisch werde.

»Was machst du so?« Ich rubbele mir meine nassen Haare mit einem Handtuch trocken, als ich näher an sie herantrete. »Ich hol gleich Maggie ab und dann hängen wir ein bisschen rum, wenn du also Lust hast –« Ich breche jäh ab, als ich den zusammengeknüllten Quilt unserer Großmutter neben ihr auf dem Bett liegen sehe. Ich weiß genau, dass ich ihn versteckt habe, bevor ich ins Badezimmer gegangen bin.

Laura nestelt an einem Zipfel der Decke herum. »Warum

hast du den Quilt hier bei dir?« Sie verzieht leicht das Gesicht. »Warum solltest du den hierhaben wollen?«

Ich gehe einen Schritt näher an sie heran und strecke eine Hand nach dem Quilt aus, aber Laura zieht ihn an ihre Brust.

»Warum hast du unter meinem Bett rumgeschnüffelt?«

Sie zuckt nicht mit der Wimper. Sie weiß, dass meine Gegenfrage reine Verteidigungstaktik ist. »Ich brauchte mein anderes Kissen.«

»Gib ihn mir einfach zurück, okay?« Ich drehe meine ausgestreckte Hand um, sodass die Innenfläche nach oben zeigt. »Und sag Mom nichts davon.«

Laura blickt auf den Quilt hinunter. »Mom hasst den«, sagt sie leise. »Das ist die einzige Sache, die sie noch aus ihrer Kindheit besitzt, ansonsten hätte sie ihn Dad schon längst verbrennen lassen.« Moms Schwester, mit der sie schwer zerstritten ist, hat ihr den Quilt vor ein paar Jahren geschickt, zusammen mit einem Zettel, auf dem stand, dass sie ihn nicht mehr in ihrem Haus haben könne und Mom damit tun solle, was immer sie will. Noch am selben Tag wurde er auf den Speicher verbannt und seitdem hat ihn niemand mehr angefasst. Oder wenigstens nicht, bis ich ihn herunterholte.

Laura ist spürbar verwundert und ihre zusammengekniffenen Lippen signalisieren eindeutig ihre Missbilligung. Ich lasse das feuchte Handtuch fallen. »Ich habe ihn mir angesehen, okay?« Ich weiche ihrem Blick aus, als ich das sage.

»Du hättest ihn dir auch auf dem Speicher ansehen können. Wenn Mom wüsste, dass du ihn –«

Ich fahre sie an: »Aber sie weiß es nicht. Und ich bin mir ziemlich sicher, dass Mom schon genug Sorgen hat wegen –« Ich wollte »wegen Jason« sagen, aber ein Ausdruck von Panik huscht über Lauras Gesicht und ich verkneife mir die Worte.

Meine Stimme wird weicher. »Sie wird es nicht erfahren, okay?« Lauras linkes Augenlid zuckt, aber sie sträubt sich nicht, als ich ihr den Quilt aus den Händen nehme. Sie steht auf und beobachtet mich, wie ich die Decke zusammenfalte und unter mein Bett schiebe.

»Es ist nicht das Gleiche«, flüstert sie und schlingt die Arme um ihren Körper. Ihre Lippen zittern und obwohl ihre Augen sich kaum bewegt haben, weiß ich, dass sie mich nicht länger ansieht. »Das, was du tust, und das, was ich tue.«

Ich versuche den Kloß in meiner Kehle hinunterzuschlucken. »Was tun wir denn?«

Mit einem Anflug ihres alten Trotzes reckt sie ihr Kinn empor und richtet ihren Blick auf mich. »Du versuchst ihr wehzutun, und ich versuche es zu vermeiden.«

Lauras Lippen zittern und auch meine sind das Gegenteil von ruhig. Was glaubt sie eigentlich, was ich jeden Samstag tue, während sie sich hier oben in ihrem Zimmer hinter geschlossener Tür verschanzt? Wenn irgendwer Mom wehtut, ob absichtlich oder nicht, bin das mit Sicherheit nicht ich. Aber das kann ich ihr jetzt nicht sagen. Nicht, wo das eben die offensten Worte waren, die sie seit einem Jahr zu mir gesagt hat. »Du weißt, es gibt da eine Sache, mit der du sie wirklich glücklich machen könntest …«

Laura weicht einen Schritt zurück, das Blut schießt ihr in die Wangen.

»Du könntest klein anfangen, ihm vielleicht einen Brief schrei–«

»Hey! Also, meine Mutter … Oh. Hi.« Maggie kommt in mein Zimmer geschneit und bleibt abrupt stehen, als sie Laura und ihr fleckiges Gesicht sieht. »Ich habe deine Mom in eurer Einfahrt getroffen. Sie wollte gerade los zum Joggen. Sie sagte, ich soll einfach raufkommen.« Ihr Blick schwenkt zwischen Laura und mir hin und her. »Soll ich vielleicht besser unten warten?«

»Nur für eine Minute«, sage ich, während Laura gleichzeitig verneinend den Kopf schüttelt.

»Nein, wir sind fertig.« Sie schlüpft an Maggie vorbei in den Flur hinaus.

»Laura, warte!« Ich berühre Maggie kurz am Arm, als ich meiner Schwester hinterhereile. »Ich bin gleich wieder zurück.«

»Ja, klar. Geh nur. In der Zwischenzeit schnüffle ich einfach ein bisschen in deinem Zimmer rum.«

Ich bleibe wie angewurzelt im Flur stehen, auf halbem Weg zwischen meinem Zimmer mit Maggie und Lauras Zimmer. Ich will meiner Schwester unbedingt hinterher, aber ich kann Maggie nicht allein in meinem Zimmer lassen. Es gibt dort viel zu viele Dinge zu entdecken und zu viele Fragen, die daraus entstehen könnten. Mir gefällt es nicht, wenn sie hier bei mir zu Hause ist, und ich vermeide es normalerweise nach Möglichkeit.

Ich zucke zusammen, als Laura ihre Zimmertür zuknallt.

»Da ist aber jemand angepisst«, sagt Maggie hinter mir.

»Hm«, mache ich und starre immer noch Lauras verschlossene Tür an. Mein Herz fühlt sich so schwer an, dass es unmöglich immer noch schlagen kann.

»Tut mir leid, dass ich hier einfach so aufgekreuzt bin. Meine Mutter hatte die spontane Idee, mich bei dir abzusetzen, damit sie mal deine Mom kennenlernen kann. Ich hätte vermutlich vorher anrufen sollen.«

»Unsere Mütter unterhalten sich draußen?« Mein bleischweres Herz versucht jetzt in meiner Brust zu explodieren und ich wirbele zu ihr herum. »Jetzt, in dieser Sekunde?«

Maggie zieht die Stirn in Falten. »Na ja, nein. Sie haben nur *Hallo, wie geht's? Schön, Sie kennenzulernen* und so gesagt. Meine Mom wollte deine Mutter nicht vom Joggen abhalten.« Die Falten graben sich noch tiefer in ihre Stirn ein. »Wieso?«

Erleichtert lasse ich die Luft aus meinen Lungen entweichen. »Mom mag's einfach nicht, wenn ich sie mit irgendwelchen Leuten überfalle.«

Maggies Augenbrauen klettern unter ihren Haaransatz, statt sich zusammenziehen. »Ohhh. Dann hast du das also von ihr geerbt? Ich meine, dann ist deine Mom in puncto neue Leute und Ausgehen genauso wie du?«

Mein Herz rast immer noch viel zu schnell, deshalb nicke ich nur und gehe zurück in mein Zimmer, wo ich das feuchte Handtuch vom Boden aufhebe.

»Sie wirkte schon ein bisschen …« Maggie zuckt mit den Achseln, »nicht wirklich schroff oder so. Aber wenn man sich mit meiner Mom unterhält, kennt man bereits nach fünf Minuten ihre gesamte Lebensgeschichte. Deine war eher reserviert. Erst habe ich gedacht, sie wäre einfach außer Atem, aber was du sagst, ergibt mehr Sinn. Wie auch immer, meine Mutter hat nichts bemerkt … Oh, wow! Das ist ja schön!« Sie hält geradewegs auf mein mit Blumenschnitzereien verziertes Holzbett zu.

»Das hat mein Dad für mich gemacht. Alles in diesem Raum, was aus Holz ist, ist sein Werk.«

Maggie dreht sich einmal um ihre eigene Achse und mit jeder Sekunde werden ihre Augen größer. »Dann ist er also so was wie der Michelangelo der Möbel. Ich meine, guck dir nur diese Nachttische an! Sie sehen wirklich aus wie riesige Sonnenblumen. Schnitzt er alles per Hand?«

»Bei denen schon. Aber normalerweise benutzt er Maschinen dafür. Hast du ihn nicht unten im Keller gehört, als du gekommen bist?«

Sie bewundert immer noch meine Nachttische und nickt gedankenverloren. »Ich bin froh, dass du sie nicht bunt angemalt hast.«

Automatisch erschaudere ich. »Mein Vater würde sich eher einen Nagel in die Hand jagen, als gutes Holz mit Farbe zu lackieren.«

Maggie zieht einen Mundwinkel zu einem schiefen Lächeln hoch und lässt sich neben mir aufs Bett plumpsen. »Das ist echt der Wahnsinn!« Sie deutet mit einer ausschweifenden Geste durch den Raum. »Sehen die Zimmer von deiner Schwester und deinem Bruder genauso aus?«

Ich zögere bei der Erwähnung von Jason und auch, weil ich die ohnehin schon großen Unterschiede zwischen unseren Vätern nicht noch größer erscheinen lassen will. »Nicht genauso. Aber auch da hat er alles selbst gemacht.«

Sie steht auf. »Darf ich's mal sehen? Ich weiß, du und deine Schwester, ihr hattet gerade Zoff, aber was ist mit dem Zimmer deines Bruders?«

Ich bleibe sitzen. »Ähm, vielleicht später. Laura will ich jetzt nicht nerven und ich glaube auch nicht, dass Jason es lieb wäre, wenn ich in seiner Abwesenheit fremde Leute in sein Zimmer lasse.«

»Fremde Leute?«, fragt Maggie mit gespielter Empörung. »Seit wann bin ich *fremde Leute*?«

»Ich meinte nur –«

Sie macht eine wegwerfende Handbewegung und tritt an meine Kommode heran. »Ist er das?« Sie greift nach dem gerahmten Foto von Jason, Laura und mir, das anlässlich seines letzten Geburtstages gemacht wurde – seines letzten Geburtstages in Freiheit.

So beiläufig wie möglich stelle ich mich neben sie und nehme ihr das Foto aus der Hand, so als wolle ich es selbst näher betrachten, dabei fühlt es sich in Wahrheit einfach ungut an, wenn sie es berührt. »Ja, das ist mein Bruder.«

»Er ist echt niedlich.«

»Danke?«, sage ich und stelle den Rahmen wieder hin.

Sie lacht und beugt sich hinunter, um noch mal genauer sein Gesicht anzusehen. Zum Glück berührt sie es nicht erneut. »Hör mal, ich wollte eigentlich nichts sagen, aber ich weiß, dass er nicht am College ist.«

Die Luft in meinen Lungen gefriert. Maggie betrachtet weiterhin Jason und merkt nicht, wie ich innerlich zu Eis erstarre.

Sie seufzt und richtet sich auf. »Meine Mutter hat deine Mutter gefragt, welches College dein Bruder besucht und –« Sie dreht sich zu mir um. »Ja, genau, ihr Gesichtsausdruck war ungefähr so wie deiner.«

Obwohl ich weiß, dass ich mich jetzt zusammenreißen und ihr widersprechen sollte, kann ich es nicht. Sosehr ich es auch will, ich kann mich nicht bewegen.

»Meine Mom und ich reagieren genauso, wenn uns Leute nach meinem Vater fragen. Ist schon okay«, ergänzt sie, als sie mein angespanntes Gesicht sieht. »Du musst es mir nicht erzählen, wenn du nicht willst. Ich wollte dir nur sagen, dass ich es weiß. Du musst wegen ihm nicht lügen, okay?«

»Maggie, ich –« Ich habe ihr gegenüber nie behauptet, dass

Jason auf dem College sei, aber ich habe sie einfach in dem Glauben gelassen.

»Mit Sicherheit ist es nicht so schlimm wie das, was mein Dad getan hat.« Mit einem Nicken deutet sie auf das gerahmte Foto. »In meinem Zimmer wirst du jedenfalls keine Bilder von ihm finden, also … Ich weiß, dass dein Bruder kein fremdgehender Drecksack ist, der versucht hat euer ganzes Geld zu klauen.«

Die Sache mit dem Geld ist mir neu, aber noch bevor ich den Mund auftun und etwas dazu sagen kann, redet sie weiter.

»Er könnte natürlich ein Mörder sein oder so was, aber dann wäre das Foto wohl auch ein No-Go, also …« Mit einem tiefen Seufzen zieht sie die Stirn kraus. »Ich vermute mal, es sind Drogen.«

Meine Augen fixieren das lachende Gesicht meines Bruders auf dem Foto. An seinem Kinn klebt ein Sahneklecks, weil Laura und Allison es vorher in die Geburtstagstorte gedrückt hatten.

»Ja«, sage ich. »Es sind Drogen.«

In dieser Nacht träume ich wieder von dem Mord. Ich sehe Jason und Cal, die sich auf der Waldlichtung nahe der Highschool treffen. Während der Footballsaison wimmelt es dort jeden Freitagabend nach den Spielen nur so vor Leuten. Aber an jenem Abend muss es dort still und leer gewesen sein, abgesehen von den verkohlten Resten des Lagerfeuers, dessen Flammen manchmal größer sind als ich. Der Boden war noch feucht und durchweicht vom vorangegangenen Regen, sodass die Fuß- und Handabdrücke und die Schlitterspuren von Cal und Jason im Matsch gut zu erkennen waren. Finger, die sich in die Erde krallten, Schleifspuren. Der Abdruck von Cals Körper und Jasons Knie.

In meinem Traum male ich mir ihren Streit aus, dessen Gründe mir durch die Finger rinnen, sobald ich versuche sie zu fassen. Die beiden Jungs schreien sich an, schubsen sich gegenseitig und Cal schlittert rückwärts durch den Matsch. Er findet sein Gleichgewicht wieder und versetzt Jason einen Stoß. Noch mehr Geschrei, mehr Worte, die ich nicht hören kann, weil ich zu weit weg bin. Und dann sagt Cal etwas so Schreckliches, dass Jason alle Farbe aus dem Gesicht weicht, während Cal eine wutverzerrte Grimasse zieht. Cal dreht sich um und sucht nach etwas – das Traumbild verwischt und er sucht nicht mehr … er hat bereits etwas bei sich, etwas, womit er Jason verletzen wird. Angst huscht über Jasons Gesicht – ein Ausdruck, der fremd an ihm aussieht, weil er immer so mutig ist.

Er schüttelt den Kopf, er hat die Hände hochgehoben und versucht auf Cal einzureden. Aber er schafft es nicht; Calvin wird ihm wehtun. Ich kann nicht sehen, wie, aber er hat vor, Jason wehzutun. Das ist die einzige Erklärung für das Messer, das Jason plötzlich in der Hand hält, die einzige Erklärung, warum er es Cal in den Rücken stößt –.

Ich erwache mit einem erstickten Schrei in der Kehle, mein Körper hat sich in den schweißfeuchten Laken verheddert. Und dann strample ich, kämpfe verzweifelt meine Arme und Beine frei, stoße fast meine Lampe um, während ich panisch nach dem Lichtschalter taste, um mich zu vergewissern, dass die Laken nicht feucht von Blut sind.

Kapitel 17

Am nächsten Tag gehe ich nicht wegen Heath zur Eiche. Nein, das tue ich nicht. Freitags beginnt meine Schicht immer erst um sechs und Maggie hat den ganzen Vormittag etwas mit ihrer Mutter zu tun. Wenn ich zu Hause rumsitzen würde, nur in Gesellschaft von Lauras verschlossener Zimmertür, würde ich wahnsinnig werden. Außerdem habe ich nicht genug Geld für Benzin, um zu Walmart oder irgendwo anders weiter weg hinzufahren.

Also bleibt nur der Baum beim Hackman-Teich. Obwohl es am Abend zuvor geregnet hat. Obwohl das bedeutet, dass ich möglicherweise nicht allein dort bin.

Er sitzt auf einem tief hängenden Ast, steht aber auf, als er mich kommen sieht.

»Hi«, sage ich.

»Hey.«

Es dauert ein paar Sekunden, bis ich realisiere, dass es nicht Schmerz ist, was ich fühle, als ich ihn ansehe. Oder wenigstens nicht nur. Ich will gar nicht so genau wissen, was es stattdessen ist.

Ich betrachte das Gras unter meinen Füßen.

Mein Traum von heute Nacht blitzt kurz vor meinem inneren Auge auf.

»Ich wusste nicht, ob du hier sein würdest«, sage ich.

Der Regen hat gestern spätnachts eingesetzt und bis heute

Morgen angedauert. Die Erde ist noch nass und meine Füße haben tiefe Abdrücke in ihr hinterlassen.

»Ja, ich auch nicht.«

Aber wir sind beide gekommen.

»Ich muss erst heute Abend arbeiten, treffe mich aber nachher noch mit einer Freundin.« Was die genaue Uhrzeit angeht, bleibe ich vage, für den Fall, dass ich eine Ausrede brauche, um zu gehen. Maggie und ich wollen uns ein paar Verfilmungen von Jugendromanen ansehen, von denen sie schwört, dass sie mich in ein vor Rührung heulendes Bündel verwandeln werden. Aber bis zu unserer Verabredung sind es noch Stunden hin.

Ein schwülwarmer Windstoß spielt mit dem Saum meines Sommerkleides und lässt einen Spaghettiträger von meiner Schulter rutschen. Heath verfolgt die Bewegung meiner Hand, als ich den Träger wieder zurechtrücke. Meine Haut prickelt warm unter seinem Blick. Dann sieht er an mir vorbei auf die leicht gekräuselte Oberfläche des Hackman-Teichs, der vom Regen angeschwollen ist.

»Ist okay.« Er klingt dermaßen gleichgültig, dass es mich beinahe schon nervt.

Vor allem verunsichert es mich und ich fange sofort an eine Million Dinge infrage zu stellen.

Er runzelt die Stirn und sieht wieder zu mir und den knapp drei Metern, die wir voneinander entfernt stehen. »Tut mir leid. Ich wollte damit nicht sagen, dass es mir egal ist, ob du hier bist oder nicht.« Die Falten auf seiner Stirn werden tiefer, dann glätten seine Züge sich wieder, was ihn sichtlich Mühe kostet. »Ich weiß einfach noch nicht, wie ich mit dir umgehen soll. Du bist nicht …« Er starrt mich an, eher perplex als verärgert. »… wie jede andere.«

Das war eine sehr vage Feststellung, aber ich weiß, was er meint. Es gibt keinen Leitfaden für den Umgang mit ihm. Er ist nicht irgendein Typ, den ich anlächle, in der Hoffnung, dass er zurücklächelt. Ich will ihn weder beeindrucken noch abschrecken. Und ich weiß nicht, ob ich mich mit ihm anfreunden kann oder ob ich das überhaupt wollen darf. Einen Witz zu reißen erscheint mir absolut deplatziert, andererseits will ich auch nicht trübsinnig oder humorlos wirken. Gleichzeitig kennen wir uns ja auch überhaupt nicht und die einzige gemeinsame Erfahrung, auf die wir zurückgreifen können, ist jene, die uns nachts den Schlaf raubt.

Ich beschließe den ersten Schritt zu tun – buchstäblich. Heath beobachtet mich zwar mit einem gewissen Misstrauen, weicht aber nicht zurück. Ich setze mich auf einen Teil des Astes, der so tief reicht, dass meine Zehen gerade noch das Gras berühren.

»Was ist mit dir? Hast du einen Job?«, frage ich.

»Drüben im Gemischtwarenladen. Im Lager. Aber meist spätabends.«

Ich pflücke eines der kleinen, grünen Blätter oberhalb meines Kopfes ab und reibe es zwischen meinen Fingern; es fühlt sich wächsern an. »Nachtschichten?«

»Wenn ich sie kriegen kann, ja.«

Ich denke kurz darüber nach, dann nicke ich. Vermutlich würde auch ich die Nachtschicht übernehmen wollen. Weniger Leute. Ich strecke mich nach einem weiteren Blatt aus, als mir die Worte einfach über die Lippen schwappen: »Kann ich dich was fragen?«

Heath setzt sich mit etwas Abstand neben mich, mit offener Miene abwartend.

Ich habe das Blatt so gut wie in seine Bestandteile zerrieben und betrachte die grünen Überreste an meinem Daumen. »Du hast gesagt, dass deine Familie viel über Ca–, ähm ... deinen Bruder spricht.«

»Cal. Du kannst ruhig seinen Namen nennen.«

Ich sehe ihn nicht an, aber der ruhige Ton seiner Stimme lässt mich weitersprechen. »Ihr redet viel über Cal.«

»Ja.«

»Und ist deine Familie dabei so wie immer? Also klar, sie ist traurig, aber ... ist sie so wie sonst auch oder scheinen sie völlig andere Menschen zu sein?«

Heath lehnt sich mit dem Rücken an den Stamm. »Alle versuchen so wie immer zu sein, aber oft fühlt es sich falsch an. So als wäre es okay, dass er weg ist, weil wir ja noch diese ganzen schönen Erinnerungen haben – denn wir erinnern uns nur an die guten Dinge. Aber dann rutscht irgendwem etwas Falsches heraus und es ist, als würde er aufs Neue sterben. Das Einzige, was uns dann noch bleibt, ist Wut.«

Auf meinen Knien hat sich inzwischen ein kleiner Laubhaufen angesammelt. »Was ist mit deiner Schwester?« Er hat eine deutlich ältere Schwester; ich erinnere mich, dass ich sie im Gerichtssaal gesehen habe, stoisch und mit gefasster Miene, selbst als die schlimmsten Details genannt wurden.

»Gwen wird für den Rest ihres Lebens wütend sein. Wenn sie wüsste, dass ich mit dir rede, würde sie mir den Kopf abreißen und es niemals bereuen.«

Kein Wunder, dass er seiner Familie nichts von unserer Begegnung erzählt hat.

»Und deine Schwester?«, fragt Heath.

»Genau das Gegenteil. Die meiste Zeit benimmt Laura

sich, als würde sie rein gar nichts empfinden. Sie hat meinen Bruder immer vergöttert. Ich glaube, sie findet sich einfach nicht zurecht in einer Welt, in der er …« Ich kann es immer noch nicht aussprechen, also nimmt Heath es mir ab.

»Ein verurteilter Mörder ist.«

In seinen Worten schwingt keine Genugtuung mit.

Ich nicke und sage: »So, wie mein Chef neulich reagiert hat … diese Art von Reaktion kennen wir alle, aber für Laura ist es am schwersten. Sie ist erst vierzehn und die Leute haben sie schon aus dem Auto heraus mit irgendwelchen Sachen beworfen. Meine Eltern haben sie an einer Onlineschule angemeldet, nachdem letztes Jahr ein paar Mitschüler explodierende Blutbeutel in ihrem Schließfach versteckt hatten.«

Heath flucht leise vor sich hin. »Das ist krank.«

Ich nicke.

Nach einem kurzen Moment fragt er: »Was haben sie mit *dir* gemacht?«

»So was nicht«, sage ich und denke dabei an Mark, der mein Zimmer durchstöbert, während ich schlafe. Seinerzeit wollte ich mich nicht aus der Schule vertreiben lassen, aber ich dachte, es wäre leichter für Laura, wenn sie nicht als Einzige zu Hause unterrichtet würde. Dass das irgendwie hilfreich für sie war, ist bislang allerdings nicht erkennbar.

»Mir gefällt Onlineunterricht eigentlich. Ich erledige meine Aufgaben in der Hälfte der Zeit und das sogar im Pyjama, wenn ich will. Und es bleibt mir mehr Zeit zum Eiskunstlaufen, wenn die Halle nicht so voll ist.«

»Nimmst du an Wettbewerben teil oder …?«

»Früher ja.« Ich erkläre ihm, dass Eiskunstlaufen auf Wettkampfniveau Vollzeit-Engagement erfordert, nicht nur von den Athleten, sondern auch von der ganzen Familie. Und plötzlich erzähle ich ihm von *Stories on Ice* und dem Bewerbungsvideo und dass ich das Gefühl habe, es nicht weiter verfolgen zu können.

»Wegen deinem Bruder?«

Erst zögere ich, beschließe dann aber, ihm die Wahrheit zu sagen. So gut, wie ich sie selbst begreife. »Nein, wegen all derer, die er kaputt zurückgelassen hat.«

Und ich glaube, zum ersten Mal seit Jason weg ist, beginne ich das volle Ausmaß dieser Zerstörung zu erkennen. Ich bin nicht sicher, ob ich noch mehr davon sehen will.

Den Blick nach unten aufs Gras gerichtet sage ich: »Falls du dich wegen des Vorfalls neulich mies fühlen solltest, kannst du getrost damit aufhören. Ich bin nicht gefeuert worden und ich verstehe, wieso du über das Geld sauer warst. Also Schwamm drüber. Du musst nicht …« Mein Blick wandert unwillkürlich zu der Stelle am Stamm, an der sich früher mal Jasons Initialen befanden, dann sehe ich wieder Heath an. Seine Wut angesichts der bloßen Erwähnung meines Bruders ist spürbar, sie brodelt unter der Oberfläche. »Du brauchst dir keine Mühe zu geben.«

Plötzlich bin ich wie gelähmt vor Traurigkeit. Es spielt keine Rolle, dass ich persönlich ihm nichts getan habe oder dass *er* nichts dafür kann, dass meine Familie kaputt ist. Es spielt keine Rolle, was wir vom Verstand her wissen; entscheidend ist, was wir ungeachtet dessen fühlen. Ich bin immer noch die, die ich bin, und Heath ist immer noch der, der er ist. »Es ist schon okay«, sage ich.

Er schüttelt energisch den Kopf. »Vorher war es leichter.«

Ich runzele die Stirn. Nichts war leichter. Das weiß er besser als jeder andere.

»Mein Bruder ist tot und die Person, die dafür verantwortlich ist, sitzt im Gefängnis. Mehr kann ich in diesem Leben nicht mehr erwarten. Das ist der Grund, warum ich jeden Morgen aus dem Bett aufstehen kann, der Grund, der mich jeden Tag aufrecht hält, der Grund, warum ich nachts schlafen kann, statt nur die Decke anzustarren und an das leere Zimmer am Ende des Flurs zu denken.« Er sieht mich nicht an. »Aber letzte Nacht habe ich nicht geschlafen.«

»Warum erzählst du mir das?«, frage ich, die Worte leicht zittrig.

Seine Stimme ist ruhig, doch die Finger seiner auf dem Ast aufgestützten Hände pressen sich so fest in die Rinde, dass die Knöchel weiß hervortreten. »Weil ich glaube, dass du auch nicht geschlafen hast. Weil ich glaube, dass du nach einem Grund suchen musst, um jeden Morgen aufzustehen, und dann nach noch einem, um den Tag durchzuhalten.« Heath dreht sich zu mir um. »Sag mir, dass ich mich irre.«

Aber das kann ich nicht. Ich knülle den Stoff meines Kleides in der Faust zusammen, als er mir in die Augen sieht.

»Ich kann's nicht zurückholen«, sagt er halb flüsternd, halb flehend. »Ich kann einfach dieses bestimmte Gefühl nicht mehr spüren.«

Vorsichtig verlagere ich mein Gewicht und drehe mich langsam zu ihm um, bis ich ihm direkt ins Gesicht blicke. Es ist nicht das Gleiche für uns beide. Ich habe meinen Bruder erst vor ein paar Tagen gesehen. Ich sehe ihn jede Woche. Ich kann mit ihm sprechen und höre seine Stimme. Er ist immer noch da. Und eines Tages wird mein Bruder nach Hause kommen. Heaths Bruder nicht.

»Niemand erwartet, dass deine Familie Mitleid mit meiner hat.« Während ich das sage, bildet sich ein Kloß in meiner

Kehle. »Ich tue es auch nicht. Sei so wütend und hart zu mir, wie du willst. Das ist dein gutes Recht. Das will ich dir nicht nehmen.«

»Du bist nicht dein Bruder«, sagt Heath. Plötzlich brennen meine Augen so heftig, dass ich sie fest zusammenkneifen muss. »Anscheinend sehen viele Leute hier in der Gegend das nicht. Aber ich will nicht zu ihnen gehören. Und ich glaube …« Er wartet ab, bis ich ihn wieder ansehe. »Ich glaube, du willst das auch nicht, denn sonst wärst du nicht hier.«

Woher will er wissen, was ich will? Noch nicht mal *ich* weiß, was ich will oder was mir erlaubt ist zu wollen, was ich fühlen oder was ich tun soll, wenn nichts davon mehr eine Rolle zu spielen scheint.

»Deine Familie hat meiner Familie nicht wehgetan«, sagt Heath. »*Du* hast mir nicht wehgetan.«

»Nein«, sage ich, »aber ich tue dir jetzt weh.«

Er streitet es nicht ab. Stattdessen wandert sein Blick zur Straße, wo unsere Autos parken, eines hinter dem anderen. »Nach der Beerdigung fing ich an Cals Truck zu fahren. Meine Mom wollte ihn nicht verkaufen, also habe ich stattdessen meinen verkauft. Mir war speiübel, sobald ich auch nur die Schlüssel in die Hand nahm. Aber ich zwang mich dazu, ihn zu fahren, und dazu, an Cal zu denken, bis ich es konnte, ohne über die nächstbeste Klippe rasen zu wollen.« Sein Adamsapfel hüpft, als er schwer schluckt. »Ich möchte einfach an meinen Bruder denken können und nicht immer bloß an die Tatsache, dass er tot ist.« Er sieht mich an. »Es fällt mir jetzt nicht mehr so schwer wie früher, seinen Truck zu fahren. Manchmal ist es sogar total okay. Manchmal gehe ich raus, setze mich hinters Steuer und es ist der einzige Ort auf der Welt, an dem es nicht mehr wehtut.«

Ich hole tief Luft, will mich losreißen von seinem Blick, schaffe es aber nicht. Er versucht zwei komplett verschiedene Dinge gleichzusetzen. Ich bin keine positive Erinnerung, die unter einer negativen begraben liegt. Ich bin vielleicht nicht mein Bruder, aber weder die Zeit noch eine Annäherung zwischen uns wird je die Tatsache abschwächen können, dass Cal wegen Jason tot ist. Mich zu sehen bedeutet an meinen Bruder erinnert zu werden, an Cals Mörder erinnert zu werden, und das bedeutet ein Gefühlsgemisch aus Schmerz, Zorn und Ekel.

Ich glaube, Heath meint, was er sagt; er will mir keine Schuld zuschieben oder mich verabscheuen. Rein rational weiß er, dass das falsch ist, doch das heißt nicht, dass sein Herz zustimmt. Das weiß ich deshalb, weil ich genauso fühle.

Endlich finde ich meine Stimme wieder, auch wenn sie nur ein Flüstern ist: »Ich bin kein Truck.« Ich wünschte, ich wäre einer. Um seinet- und meinetwillen. »Wenn du mich so ansiehst. Wenn ich merke, dass du dich dazu zwingen musst, meinem Blick zu begegnen, dann ist mein einziger Gedanke, dass ich es wegen meines Bruders nicht anders verdient habe. Ich kann nicht einfach hocherhobenen Hauptes an dir vorbeigehen. Du bist nicht der Einzige, der mit seinem Schmerz fertigwerden muss, damit es vielleicht eines Tages wieder einigermaßen erträglich ist – mir geht's nicht anders. Und im Grunde sollte ich nicht mal das dir gegenüber sagen, denn wie scheußlich ist das bitte? Deine und meine Situation miteinander zu vergleichen …« Galle steigt mir in die Kehle. »Das ist dermaßen falsch. Es steht mir nicht zu, mich in deiner Gegenwart mies zu fühlen. Es steht mir in niemandes Gegenwart zu, aber vor allem nicht in deiner, doch ich kann nichts dagegen tun.«

Ich ziehe so tief Luft ein, dass mir kurz schwindlig wird. So schwindlig, dass ich mir einbilde, dass er aufsteht und sich vor mich hinstellt. Nah genug, dass ich ihn berühren könnte.

Nah genug, dass er mich berühren könnte.

Für einen kurzen Moment will ich nach seiner Hand greifen und sei es nur, um den Schmerz von jemand anderem festzuhalten, damit ich meinen eigenen nicht spüren muss.

Die kleinen Muskeln in seinem Gesicht zucken. Er macht keinen Hehl daraus, wie schwer das hier für ihn ist. Aber er geht nicht weg.

»Du musst nicht –«

»Ich weiß.«

Tränen schießen mir in die Augen, als er sich dicht neben mich setzt. Er sitzt ganz still da und ich auch. Ein Moment vergeht, dann atmet er aus und ich spüre, wie langsam die Anspannung von ihm abfällt.

»Du kannst dich in meiner Gegenwart fühlen, wie du willst, okay?« Er sieht mich nicht an, als er das sagt, und ich habe Angst, dass ich ihn verscheuche, wenn ich jetzt antworte. Stattdessen beobachte ich ihn aus dem Augenwinkel und nicke.

»Es wird mir vermutlich nicht immer gelingen, aber ich verspreche, dass ich versuche daran zu denken, auf wen ich wirklich wütend bin. Und das bist nicht du«, sagt er und klingt dabei so, als würde er nicht nur zu mir, sondern auch zu sich selbst sprechen. »Das warst nie du.«

Mein Telefondisplay leuchtet auf, als ich Daphnes Tür öffne und hinters Steuer rutsche. Ich habe haufenweise verpasste Anrufe von Maggie, aber keine Nachrichten. Ich rufe sie sofort zurück, lande aber prompt bei der Mailbox. Das ist seltsam. Ich ziehe die Tür zu und versuche es erneut.

Hey, hier ist Maggie. Falls du ein Sprachautomat bist, fahr zur Roboterhölle. Ansonsten hinterlasse mir eine Nachricht.

»Ich bin's«, sage ich, starte den Motor und fahre langsam auf die Straße neben Heaths Truck. »Tut mir leid, ich hab völlig verpeilt, wie spät es schon ist. Ich bin, ähm …«

Heath startet seinen Wagen und unsere Blicke treffen sich. Das zittrige, mulmige Gefühl, das ich noch bei unserem ersten Treffen am Baum hatte, ist verblasst wie mein Traum der letzten Nacht; an seine Stelle ist etwas überraschend Zuversichtliches gerückt. Oder wenigstens fühlt es sich für mich so an. »… einfach so durch die Gegend gefahren und hatte das Telefon aus und na ja, wie dem auch sei, ich vermute mal, dass du deswegen angerufen hast. Wir haben immer noch Zeit, uns einen Film anzusehen, bevor meine Schicht anfängt. Ich kann in etwa zwanzig Minuten bei dir sein. Oder warte, sagen wir dreißig, weil ich noch Knabberzeug besorgen will. Okay. Ruf mich zurück, wenn noch irgendwas ist.«

Ich beende den Anruf und checke noch mal meine Nachrichten. Sie hat mir nicht geschrieben. Sie hat nur sehr oft angerufen. Beim Gedanken an die möglichen Gründe überkommt mich ein Gefühl, als würden Steine in meine Magengrube sacken.

Kapitel 18

Ich blicke in Maggies tränenüberströmtes Gesicht, als ich, die Arme beladen mit viel zu vielen Fruchtgummitüten und Dr-Pepper-Dosen, ihr Zimmer betrete. Mir ist auf der Stelle klar, dass sie nicht bloß geweint hat, weil sie keine Lust mehr hatte auf mich zu warten und stattdessen den Film allein angefangen hat.

»Was ist los? Tut mir furchtbar leid, dass ich deine Anrufe nicht mitgekriegt habe. Mein Telefon war aus und –« Ich stelle die Softdrinks und Süßigkeiten ab und klettere zu Maggie aufs Bett.

Sie sieht mich nicht an und die Steine in meinem Magen purzeln noch schneller durcheinander.

»Weißt du noch, was ich gestern gesagt habe, als ich bei dir zu Hause war?«

Einer der Steinbrocken springt in meine Kehle. »Was genau meinst du?«

»Dass meine Mom mich zu dir fahren wollte, damit sie deine Mutter kennenlernen kann? Das war nicht der Grund. Ich musste unbedingt hier raus, deshalb habe ich sie darum gebeten. Ich hatte mein Handy zu Hause gelassen und es vierundzwanzig Stunden lang nicht angerührt, weil …« Sie schnieft, probiert ein Lächeln und deutet kraftlos auf ihr Smartphone, das auf ihren Beinen liegt. »Ich weiß, es sollte mir egal sein, aber …«

Sie hält mich nicht zurück, als ich ihr Telefon nehme und aufs Display schaue.

»Weißt du noch, mein Drachen-Look-Video, das von der Buchserie inspiriert ist, die ich so liebe? Die Autorin hat es auf all ihren sozialen Medien geteilt. Und der Verlag auch.«

»Maggie, das ist doch –« Außer dass es wohl doch nicht so großartig ist, ihren rot verquollenen Augen nach zu urteilen. »Wieso ist das etwas Schlechtes?«

»Sehr viele Leute haben sich das Video angesehen.« Ihre Stimme versagt fast. »Und diesmal sind es nicht nur fiese Leute von meiner alten Schule, die Kommentare hinterlassen.«

Mit mulmigem Gefühl scrolle ich durch die Kommentarspalte. Anfangs verstehe ich immer noch nicht, was sie meint. Die Leute loben Maggies Kreativität und ihr Können, aber dann entdecke ich unter den positiven Kommentaren einige, die deutlich weniger nett sind. Und dann noch weitere. Mein Magen schlingert, je mehr ich lese.

Hübscher Look, aber bevor du noch weitere zeigst, solltest du dir dringend die Zähne richten lassen. Oder hör auf zu lächeln.

Warum sind ihre Augen so geschwollen? Mensch Mädel, mach Serum auf die Glubscher.

Du wärst hübscher, wenn du abnehmen würdest. Dein Hals sieht aus wie eine Packung Würste.

Chinesinnen sind hässlich wie die Nacht. #notenoughmakeupintheworld

Sämtliche Luft entweicht aus meinen Lungen und ich muss aufhören zu lesen. Denn das war noch nicht der gemeinste Kommentar. Ich halte Maggies Handy fest umklammert. Es ist ein Wunder, dass ich es nicht durchbreche.

Eine Flut von Erinnerungen stürzt über mich herein; Erinnerungen aus einer Zeit, als ich noch nicht gelernt hatte mich vom Internet fernzuhalten wegen der Dinge, die die Leute über meine Familie und mich zu sagen hatten.

Es überrascht mich nicht. Ich habe gehört, ihre Kinder werden zu Hause unterrichtet, vermutlich haben sie ihnen alle möglichen gestörten Sachen beigebracht. Die Polizei sollte die Schwestern gut im Auge behalten.

Sie sollten ihn auf dem elektrischen Stuhl grillen und die Familie muss zusehen.

Die ältere Schwester hat bereits in ihrem Tagebuch von seinen Wutausbrüchen berichtet. Man kann ihrer Handschrift ansehen, dass sie Angst vor ihm hatte. Hier ist der Link.

Der Onkel ist ein verurteilter Verbrecher! Natürlich hat er bei der Planung des Mordes geholfen!

Jemand sollte ihr Haus in Brand stecken, während sie alle schlafen.

Ich traue mich nicht Maggie anzuschauen und wenn ich weiter diese gemeinen, hasserfüllten Worte auf dem Display anstarre, werde ich gleich mit ihr zusammen losheulen. Am liebsten würde ich ihr Handy aus dem Fenster schleudern, stattdessen sperre ich es und lege es neben das Bett.

»Ich weiß genau, was du denkst«, sagt Maggie und unterdrückt ein Schniefen. »Ich bin Koreanerin, keine Chinesin! Ich meine … ey, Leute, bitte etwas präziser hassen, ja?«

Ich sehe Maggie an, aber ich lächele nicht über ihren schwachen Versuch, einen Witz zu reißen.

»Du bist wunderschön«, sage ich. »Und du bist talentiert und witzig und die Tatsache, dass es Leute da draußen gibt, die das nicht erkennen …« Mein Kinn zittert. »Du bist umwerfend. Diese Leute –« Wütend fuchtele ich mit dem Zeigefinger in Richtung Handy, »– sind ein Nichts. Ein Nichts.«

Sie nickt zwar, aber nur halbherzig und ich sehe ihr an, dass sie es nur aus Automatismus tut. »Es ist nicht das erste Mal und es wird bestimmt nicht das letzte Mal sein. Die Leute an meiner alten Schule haben tonnenweise gehässige Kommentare unter meinen Videos hinterlassen. Oder sie haben Zettel an mein Schließfach geklebt. Jedes Mal rede ich mir ein, dass es mir egal ist. Ich will, dass es mir wirklich egal ist, aber so ist es einfach nicht.«

Ich schließe die Augen. Das sollte sie sich auch nicht wünschen müssen.

»Ich weiß, dass meine Zähne krumm sind und ich Speckrollen am Hals habe. Selbst mit Abnehmen würde ich die nicht loswerden. Meine Mutter ist ein Strich in der Landschaft und sie hat auch so einen Bockwursthals.« Mit leiser, beängstigend unmaggiehafter Stimme sagt sie: »Vielleicht sollte ich aufhören.«

»Nein«, sage ich und es ist mir egal, dass meine Stimme dabei zittert, weil es ihre ganze Aufmerksamkeit auf mich lenkt. »Lass es nicht so weit kommen, dass du Dinge von dir denkst, von denen du weißt, dass sie nicht stimmen. Versprich es mir!« Ich schlinge beide Arme um meine Freundin. »Du bist so begabt und du liebst, was du tust. Lass dir das nicht von irgendwelchen Idioten kaputt machen.«

Das ist leichter gesagt als getan. Ich selbst kann den Müll, den die Leute im Internet anonym über meine Familie verbreitet haben, immer noch nicht abschütteln.

Worte können so tiefe Wunden hinterlassen.

Maggie nimmt eine Hand von meinem Rücken, um sich über die Wange zu wischen, daher lasse ich sie los, rappele mich hoch und hole von ihrem Frisiertisch ein Päckchen Taschentücher.

Sie nimmt eins und lächelt schmal. »Das sind Anti-Glanz-Tücher.«

»Na, dann ran an den Glanz!«, erwidere ich.

Sie steht auf und tauscht die Anti-Glanz-Tücher gegen eine Packung richtiger Taschentücher aus ihrer Schreibtischschublade aus. Sie hält beide Packungen hoch, um mir den Unterschied zu zeigen.

»Aber hast du nicht mal gesagt, dass man auch Taschentücher zum Mattieren benutzen kann?«

»Kann man.« Sie setzt sich wieder neben mich. »Mit dem Blotting-Papier bleibt dein Make-up zwar besser intakt, aber mit einem Taschentuch geht's auch. Du kannst sogar Klopapier benutzen, wenn du die einzelnen Schichten trennst.« Demonstrativ tupft sie mit dem Taschentuch ihre Tränen trocken, als handele es sich dabei um fettglänzende Hautpartien. Mittendrin wird sie langsamer und bricht ab.

»Siehst du«, sage ich, »du hast es eben drauf. Ich dachte immer, Klopapier wäre nur gut zum Putzen von Nasen und Hintern.«

Maggie versucht sich an einem Lächeln. »Weißt du, ich hatte gehofft, hier würde es anders werden. Dass ich die fiesen Leute einfach hinter mir lassen könnte. Ich dachte, eine kleinere Stadt würde kleinere Probleme bedeuten, nettere Menschen. Aber hier ist es auch nicht besser. Sieh sich einer nur mal dich an – die halbe Stadt hasst dich, nur weil du den Enkelsohn der Sahneeiskönigin in die Wüste geschickt hast.«

Meine Gewissensbisse übertünchen den Ärger über die Internettrolle. Weil Maggie mit mir befreundet ist, sind wir quasi ans Haus gefesselt. Wir unternehmen so gut wie nie etwas; immer hängen wir bei ihr zu Hause rum oder in ganz seltenen Fällen auch mal bei mir. Ich muss daran denken, dass sie bei Kellers Eisdiele möglicherweise Freunde in Tara und Dawn gefunden hätte, wenn ich nicht dabei gewesen wäre. Und daran, wie ich ihr ausgeredet habe sich bei der *Polar*-Halle um einen Job zu bewerben. Nicht, weil sie's dort ätzend fände, wie ich ihr weisgemacht habe, sondern weil ich nicht riskieren wollte, dass ihr das Team die Wahrheit über meine Familie und mich erzählt.

Als Maggie wieder vom Bett aufsteht, schnappe ich mir ihr Telefon und lösche den letzten gehässigen Kommentar unter ihrem Video. Ich mache mir eine Gedankennotiz, dass ich nachher ihre ganzen Videos durchgehen und alle Gemeinheiten löschen werde. Maggie bereitet inzwischen alles fürs Filmgucken vor. Weil ich so spät gekommen bin, schaffen wir nur einen einzigen Film und natürlich hat sie den ausgesucht, der von einer Eiskunstläuferin handelt. Nur mir zuliebe.

Sie schielt auf ihr Handy in meiner Hand, während sie sich neben mir aufs Bett lümmelt. Beinahe trotzig nimmt sie es mir weg und legt es an den äußersten Rand ihres Nachttisches, ungeachtet der Gefahr, dass es herunterfallen könnte. Dann bietet sie mir ein Fruchtgummi an. »Danke, Brooke.«

Meine Kehle wird eng. Dass ich ihr heute Abend geholfen habe, ist so spärlich gemessen an dem, was ich ihr alles vorenthalte.

Der Film beginnt und die versprochene Eissportarena füllt den ganzen Bildschirm aus. In einer der ersten Szenen ist sogar eine Eismaschine von genau der gleichen Firma wie Bertha zu sehen. Es ist allerdings ein nagelneues, glänzendes Modell, das nicht die geringste Ähnlichkeit mit Berthas klappriger Erscheinung hat. Ohne zu Maggie rüberzusehen, weiß ich, dass sie der ersten romantischen Begegnung der beiden Protagonisten keinerlei Beachtung schenkt, sondern nur Augen für das Fahrzeug hat.

»Wie unbedingt möchtest du Bertha fahren?«, frage ich sie. Es ist eine rhetorische Frage, aber Maggie stoppt den Film, dreht sich mit ihrem ganzen Körper zu mir und verharrt stocksteif, bevor sie antwortet.

»Jetzt gerade will ich es so sehr, wie den NYX Face Award gewinnen.« Das ist sozusagen der Oscar für Make-up-Tutorials. Sie will demnach also *unbedingt* in der *Polar*-Eissporthalle arbeiten.

»Es ist kein so toller Job«, sage ich. Ich kann es ihr sowieso nicht ausreden, aber aus purem Selbsterhaltungstrieb unternehme ich einen allerletzten Versuch.

»Aber du wirst da sein!«

»Und Jeff ist schrecklich.«

»Aber ich kann Bertha fahren!«

»Und du musst Klos putzen.«

»Das werden wir dann noch sehen.« Maggie grinst.

Ich unterdrücke ein Schaudern und habe ehrlich Angst, dass meine nächsten Worte das Ende unserer Freundschaft besiegeln werden.

»Meine Kollegen –« Ich bin unsicher, wie ich sagen soll, was ich sagen muss. Mit Jeff wird sie die Kommunikation auf das Nötigste beschränken, da mache ich mir keine Sorgen, aber was ist mit den anderen? Mit Elena? Mein Magen ist ein Riesenklumpen aus eiskalter Angst, denn, was soll ich sagen? *Ich helfe dir den Job zu kriegen, aber du musst mir versprechen, dass du dich niemals näher mit einem der anderen Mitarbeiter unterhältst*? Ich setze von Neuem an, ohne eine klarere Vorstellung, wie ich den Satz beenden will. »Meine Kollegen –«

»Oh ja, alles klar. Lass uns über sie reden. Da gibt es Jeff, das Arschgesicht, dann Elena, die Hexe, die dich eingestellt und dich dann an Jeff, das Arschgesicht, ausgeliefert hat, dann diesen anderen Kerl, der Bertha fährt, wenn du nicht da bist, und sie total verbeult und nach Käseflips stinkend zurücklässt, und noch die Mädchen vom Kiosk, die ich schon mit eigenen Augen vom Klo habe kommen sehen, ohne dass sie sich die Hände gewaschen haben. Habe ich irgendwen vergessen? Nein? Brooke, ich habe nicht vor, mit irgendeinem von denen meine Zeit zu verschwenden.«

Würde ich nicht sitzen, hätte ich jetzt vor Erleichterung ganz weiche Knie. Ich sehe meine beste Freundin an, auf ihren Wangen sind noch blasse Mascara-Spuren zu erkennen. Ihr Blick wird weich.

»Ist es dir darum gegangen? Glaubst du im Ernst, ich freunde mich mit Leuten an, die den lieben langen Tag versuchen dir das kaputt zu machen, was du am meisten liebst? Also, abgesehen von mir.«

Mir ist nach Heulen zumute, so lieb habe ich sie und so wenig verdient. Aber heute Abend sind schon genug Tränen geflossen. Mein Lächeln ist etwas zittrig, aber meine Augen sind trocken. »Du wirst nach einer Woche hinschmeißen wollen.«

Sie grinst. »Ich schmeiße nie irgendwas hin.« Was gleichzeitig eine ihrer besten und schlechtesten Eigenschaften ist. »Heißt das jetzt, was ich glaube, dass es heißt?«

»Die Wahrheit?«, frage ich. Sie nickt. »Bertha zu fahren ist einfach nur cool. Es fühlt sich an, als würde man ein riesiges, prähistorisches Tier bändigen.«

»Ich hab's gewusst!«

»Aber man kann wirklich nicht schnell fahren.«

»Das werde ich nicht tun.« Maggie wartet, dass ich weiterrede, aber ich bleibe stumm. Mir fallen keine weiteren Ausreden mehr ein. Ihr Grinsen wird breiter. »Du sagst also Ja.« Ich versuche meine letzten Bedenken abzuschütteln. *Bitte, Gott, hilf mir.*

»Ich sage Ja.«

Maggie strampelt mit ihren Füßen auf der Matratze wie ein kleines Kind und quietscht. »Oh, das wird genial. Stell dir nur mal vor, ich werde eine offizielle Eismaschinenfahrerin! Und … und …« Sie tätschelt mir aufgeregt das Knie. »Wenn wir erst mal zusammen in der Eishalle arbeiten, können wir auch endlich mit deiner Bewerbungskür für *Stories on Ice* loslegen!«

Kapitel 19

Ich gleite übers Eis und zwinge mich, nicht alle zwei Sekunden zu Jeffs Bürotür hinüberzusehen. Normalerweise vergesse ich beim Eislaufen alles um mich herum, wie die Tatsache, dass Maggies Bewerbungsgespräch nun schon fünfundvierzig Minuten dauert, aber heute fällt es mir schwer. Ich bleibe stehen und führe eine Hand an den Mund, um an meinen Nägeln zu kauen, aber merke dann, dass ich Handschuhe trage.

Ob ich die Tür nun im Auge behalte oder nicht, macht ja doch keinen Unterschied, also vollführe ich eine halbe Drehung und fahre rückwärts. Die Tür ist immer noch zu. Ich nehme Tempo auf und drehe mich wieder nach vorn, breite die Arme aus, hebe den rechten Fuß vom Eis, lasse mein Bein von hinten nach vorne schwingen und springe mit dem linken Fuß ab. Einen Herzschlag lang bin ich in der Luft, dann ziehe ich die Arme an den Körper heran und drehe mich zweieinhalbmal um die eigene Achse, bevor ich wieder rückwärts auf dem rechten Fuß lande. Ich habe mich zu früh eingedreht, das habe ich gleich gemerkt, aber ich kann gerade noch verhindern, dass ich beim Aufsetzen stürze, obwohl meine Hand kurz das Eis berührt. Mit aufgeblähten Nasenflügeln setze ich zu einem weiteren Axel an – diesmal wird's vielleicht sogar ein dreifacher –, als Maggie dicht gefolgt von Jeff aus dem Büro tritt. Sie lächelt.

Ich springe ab und nagele meinen vermutlich perfektesten Axel aufs Eis.

Jason lacht – aufrichtig und aus voller Brust –, als ich ihm ein paar Tage später Jeffs säuerliche Miene beschreibe, mit der er mir meine Schichten zurückgegeben hat. »Er hatte keine andere Wahl, nachdem er David feuern musste.«

»Und der Typ hat die Eismaschine echt gegen die *Wand* gefahren?«

Ich stütze meine Unterarme auf den Metalltisch im Besucherraum. »David sollte Maggie zeigen, wie's geht, allerdings hat das nie irgendwer *ihm* richtig gezeigt, weshalb er nicht auf die Markierung oben an Berthas Schneetank geachtet hat, und so haben sich die Bahnen bei jeder Runde um etwa dreißig Zentimeter überlappt. Und als dann Maggie, die erst seit knapp zwei Tagen angelernt wird, ihn darauf hinwies, hat er sich zu ihr umgedreht, um ihr zu sagen, sie solle gefälligst …« Ich werfe Mom neben mir einen verstohlenen Blick zu und entschärfe Davids eigentliche Worte. »… *ruhig sein* und aufpassen. Und dann ist er voll gegen die Wand gekracht.«

Jason lacht noch einmal. »Was für ein Arsch.«

»Jason«, sagt Mom mit leicht vorwurfsvoller Stimme.

Er sieht sie ironisch lächelnd an und zieht eine Augenbraue hoch. »Echt jetzt, Mom? Ich trage für die nächsten dreißig Jahre einen orangefarbenen Overall und du machst dir Sorgen, weil ich Schimpfwörter benutze?«

Es ist schwer zu sagen, wessen Gesicht nach diesen Worten bleicher ist, Jasons oder Moms, aber sie sind beide weiß wie die Wand und vermutlich sehe ich auch nicht viel besser aus. Schließlich lehnt Jason sich auf seinem Stuhl zurück. »Na ja, ich hätte das jedenfalls zu gern gesehen.«

Ich brauche eine Sekunde, um den Faden meiner Geschichte wieder aufzunehmen. Meine Stimme schwankt leicht. »David behauptete noch, Maggie habe ihn abgelenkt, aber Jeff hatte das Ganze beobachtet und so …« Ich erzähle nicht, dass David daraufhin rumschrie, Jeff würde offenbar lieber gewalttätige Teenager beschäftigen. Maggie war da zum Glück schon zu Bertha rübergegangen und hatte seine letzten Worte nicht mitgekriegt. »Kurzum, David war gefeuert und Jeff brauchte dringend Ersatz«, sage ich, um meine Geschichte mit einer versöhnlichen Note ausklingen zu lassen. »Bertha fährt noch und am Montag kommt jemand für ein paar kleinere Reparaturen vorbei. Und ich arbeite jetzt wieder jeden Tag – und zwar zusammen mit Maggie. Ich weise sie gerade ein und es macht total viel Spaß.«

»Das ist toll, Brooke. Ich freu mich, dass am Ende alles so gut geklappt hat.«

»Ja«, sagt Mom. »Darüber freuen wir uns alle.«

Nach meiner Geschichte lachen wir nicht mehr. Ich höre Mom zu, wie sie Jason Dinge erzählt, die er schon längst weiß, oder über Familienmitglieder plaudert, die so weit weg wohnen, dass wir sie kaum kennen. *So ist das jetzt also*, denke ich, *ein weiterer Besuch mit einem kurz aufglühenden Funken Leben, bei dem wir uns am Ende aber um die kalt gewordene Asche unserer Erinnerungen versammeln.*

Mom berichtet gerade von irgendeinem Cousin aus Tennessee, als Jason sie mitten im Satz unterbricht. »Mom, es tut mir leid, okay? Ich hätte nicht darüber scherzen sollen, dass ich im Gefängnis sitze. Ich tu's nie wieder, versprochen.

Aber du musst mir auch einen Gefallen tun.« Mom neben mir erstarrt. Sie würde alles für ihn tun. »Schluss mit den Geschichten über Leute, die ich nicht kenne und nie kennenlernen werde.« Er wendet sich an mich. »Kümmert es dich vielleicht, ob Cousin So-und-so eine Hütte oder eine Farmvilla baut?«

»Ähm …«, sage ich.

»Nein, tut es nicht«, sagt Jason und zurück an Mom gerichtet: »Ich glaube nicht mal, dass es *dich* kümmert. Erzähle mir also etwas anderes – etwas, an dem ich festhalten kann, nachdem ihr wieder weg seid. Erzähl mir, was in der Bibliothek so los ist. Erzähl mir, welche neuen Worte Laura Ducky beigebracht hat. Erzähl mir davon, was du sonst noch machst, außer das Eis in der Sporthalle zu glätten, Brooke.« Er schließt die Lider. »Erzählt mir etwas, das mich für eine Weile vergessen lässt, wo ich bin. Bitte.«

Moms panischer Blick fliegt zu mir, in stummem Flehen. Sie kann ihm nicht erzählen, was in der Bibliothek los ist, weil sie schon lange nicht mehr dort arbeitet. Und Laura spricht so gut wie mit niemandem, am wenigsten mit dem Vogel, den er ihr geschenkt hat. Und ich – ich kann ihm nicht erzählen, dass ich, wenn ich auf dem Eis bin, weiß, dass ich niemals wieder irgendwo anders eiskunstlaufen werde.

Wegen ihm.

Wegen der Nacht, in der er Calvin Gaines tötete.

Wegen Dingen und Gründen, die nur er kennt und uns nicht verrät. Zu sagen sie hätten gestritten, erklärt nicht, wieso am Ende sein Freund durch seine Hand gestorben ist.

Ich kann ihm also nicht erzählen, was er hören will.

Und er wird mir nicht erzählen, was ich hören muss.

Und ich weiß, ich werde heute Nacht wieder von dem Mord träumen und von meinem eigenen unterdrückten Schluchzen aufwachen.

Als Mom und ich nach Hause kommen, wartet kein Onkel Mike auf uns, um uns aufzumuntern. Erst als ich bereits im Bett liege, höre ich unten seine Stimme im Wechsel mit der von Dad. Obwohl das letzte Mal schon viele Monate her ist, erkenne ich sofort, dass er betrunken ist. Nie wieder würde er sich alkoholisiert ans Steuer setzen, also hat er vermutlich eine Flasche mitgebracht und sie halb geleert, bevor er ins Haus gekommen ist. Er hat jetzt nicht so viel intus, dass er bewusstlos in seinem eigenen Erbrochenen liegen könnte – so weit ist er das letzte Mal an dem Tag gegangen, als Jason ins Gefängnis wanderte –, aber er ist betrunken genug, um Dinge auszusprechen, die er im nüchternen Zustand nie sagen würde.

Darüber geraten Mike und Dad in Streit, dämpfen aus Rücksicht auf uns aber ihre Stimmen. Doch es nützt nichts, ich kann sie trotzdem hören. Ich schlüpfe hinaus in den Flur und treffe dort auf Laura, die im Nachthemd am oberen Ende der Treppe steht und das Geländer umklammert. Ohne ein Wort zu sagen, trete ich neben sie, vorsichtig, damit die Dielen nicht knarren.

»Wo ist Mom?«, flüstere ich. Wenn sie unten wäre, hätte sie sich schon längst in den Streit eingemischt.

»Joggen.«

Es ist kurz nach zehn und stockdunkel draußen und sie ist joggen. Ich schiebe den Gedanken beiseite.

»Dann erkläre es mir!«, sagt Onkel Mike und ein dumpfer

Knall ist zu hören, so als wäre etwas umgefallen. »Denn so, wie ich es sehe –«

»Gerade siehst du wohl eher doppelt. Willst du Carol so unter die Augen treten?«

»Ich will Carol immer unter die Augen treten. Ich will … ich will …«

»Mike, was soll das hier?«, fragt Dad und seine Stimme klingt müde.

»Ich versuche mit dir zu reden.« Wieder ein Poltern, gefolgt von leisem Fluchen.

»Würdest du dich bitte hinsetzen, bevor du noch etwas kaputt machst, das ich nicht reparieren kann?« Schlurfende Schritte und ein Grunzen.

»Lass deine Finger von mir. Ich will stehen.«

»Schön«, sagt Dad. »Du stehst. Also, dann rede.«

»Du musst Jason besuchen gehen.«

Laura neben mir lässt das Geländer los und weicht einen Schritt zurück.

»Wo gehst du hin?«, forme ich lautlos mit den Lippen, weil es unten ganz still geworden ist und flüstern zu riskant wäre. Laura schüttelt einfach nur den Kopf und huscht zurück in ihr Zimmer.

»Das geht dich gar nichts an«, sagt Dad und lenkt meine Aufmerksamkeit wieder auf das Geschehen im Erdgeschoss.

»Und *wie* mich das was angeht, verdammt noch mal. Ich liebe ihn, als wär's mein eigener Sohn und –«

»Aber er ist nicht dein Sohn. Keines meiner Kinder gehört dir und auch nicht *sie*.«

Das Wort *sie* hallt unheilvoll in der plötzlich eingetretenen Stille nach. Jetzt bin ich diejenige, die das Treppengeländer fest umklammert. Ich habe noch nie gehört, dass Dad mit Onkel Mike über Mom spricht.

»Wenn er mein Sohn wäre, würde ich jede Woche zu ihm fahren. Ich würde nicht meine Frau und meine Tochter allein dort hinschicken und sie Ausreden für mich erfinden lassen.«

Der Boden unten knarrt und ich stelle mir vor, wie Dad ganz nah an Onkel Mike herantritt, bevor er sagt: »Ich werde meinen Sohn nicht an diesem Ort besuchen.«

»Dann siehst du ihn vielleicht nie wieder! Was, wenn du keine dreißig Jahre mehr lebst? Wie alt war dein Vater, als er starb – sechzig? Kapierst du's nicht? Vielleicht bist du nicht mehr da, wenn er rauskommt, und falls du's doch noch bist, wirst du ihn nicht mehr kennen!«

»Ich kenne ihn schon jetzt nicht mehr! Wie konnte er –« Dad bricht ab, noch bevor seine Stimme versagt. »Ich rede mit dir nicht darüber, wenn du betrunken bist.«

»Was ist mit deiner Frau – redest du mit ihr darüber?«

Dads Stimme wird so leise, dass ich sie fast nicht mehr hören kann. »Halt dich zurück, Mike!«

»Ja, das ist alles, was ich tue. Ich halte mich zurück, ich schaue zu, ich kann nicht helfen und nie fasse ich an.«

Ein kurzes Handgemenge ist zu hören, dann ein dumpfer Knall. Ich kann nicht anders und schleiche die oberen Stufen hinunter, bis ich in Kauerstellung unten ins Wohnzimmer spähen kann. Dad hält Mike gegen eine Wand gedrückt. Er lässt ihn wieder los, nur um ihn erneut dagegenzustoßen. Dads Brustkorb hebt und senkt sich, er atmet tief und schwer. Das tun beide.

»William, ich –«

»Komm nie wieder her, wenn du getrunken hast. Sprich nie wieder über meine Familie, als würde auch nur ein winziger Teil davon dir gehören. Tu nie wieder so, als hättest du irgendeine Ahnung davon, was es bedeutet, Vater zu sein.« Er geht zum Schrank rüber und holt das Bettzeug heraus, das Mom dort für Onkel Mike bereithält, und wirft es auf die Couch. »Betrunken hin oder her, Freund hin oder her, wenn du noch ein einziges Mal so über meine Frau sprichst, mache ich dich fertig.«

Ich habe gerade noch genug Zeit, zurück in mein Zimmer zu schleichen, bevor Dad die Treppe hochkommt.

Kapitel 20

Tage vergehen, ohne dass es regnet. Trotzdem fahre ich ein paarmal zum Hackman-Teich, aber Heath sehe ich dort nie. Ansonsten ist alles okay. Nicht gut, nicht schlecht, einfach okay.

Ich träume weiter von Cals Tod, davon, wie Jason ihn tötet. Immer wieder projiziert mein Unterbewusstsein die düstere Szene in mein Gehirn, in dem Versuch, die Teile zu einem Bild zusammenzusetzen, das erklärt, wieso mein Bruder getan hat, was er getan hat. Aber die Teile passen nie.

Eines Nachts wache ich um Luft ringend auf und bin sicher, dass ich Cals Blut auf den Boden tropfen höre, aber es ist nur der Regen, der gegen mein Fenster trommelt.

Ich bin nicht wirklich erleichtert, als am nächsten Tag Heaths Truck hinter Daphne bei der alten Eiche zum Stehen kommt. Mein Traum ist mir noch zu frisch im Gedächtnis. Ich nage nervös an der Unterlippe, als er zu mir in den Schatten unter den Baum tritt.

»Ich hab gedacht, ich müsste schon zur Arbeit los, noch bevor du kommst.«

»Ich konnte nicht früher kommen«, ist alles, was er sagt, als er sich auf den Ast setzt, genau an die Stelle, die ich insgeheim bereits als seinen Stammplatz betrachte.

Wir haben keine feste Uhrzeit für unsere Treffen vereinbart und der Regen ist unvorhersehbar. Schlauer wäre es, wir würden Handynummern austauschen oder eine bestimmte Zeit festlegen, aber das haben wir nicht getan und werden es wohl auch nicht tun. Indem wir es in der Schwebe und wetterabhängig lassen, fühlt es sich weniger geplant an. Weniger wie etwas, das wir nicht tun sollten.

»Mein Schichtplan ändert sich beinahe wöchentlich«, sage ich. »Sollte ich also jemals nach einem Regen nicht hier sein, liegt es daran. Nicht an … du weißt schon … irgendwas anderem.«

Heath nickt. Zwischen uns macht sich eine unbehagliche Stille breit. Und ich habe keine Ahnung, wie ich sie ausfüllen soll. Ich sitze schon eine Stunde lang hier und habe vergeblich versucht meine Schuldgefühle, die Heath zu sehen begleiten, zu verdrängen. Der Regen gestern Nacht und zu wissen, was er bedeutet, war das Einzige, was mich nach meinem Traum wieder Schlaf finden ließ.

Ich weiß selbst nicht, warum, vor allem, weil ich mich jetzt mieser und mieser fühle, je länger das Schweigen zwischen uns währt.

»Du besuchst ihn also?« Ich zucke zusammen, als ich Heaths Stimme vernehme. »Du besuchst ihn im Gefängnis?« Er betrachtet die im Sonnenlicht glitzernde Wasseroberfläche des nahen Teichs. Er klingt nicht wütend, aber was sollte er anderes als Wut empfinden, wenn er über Jason spricht? Zur Antwort nicke ich nur.

»Was sagst du so zu ihm?« Ein Muskel an seinem Kiefer zuckt. »Unterhaltet ihr euch ganz normal? Erzählst du ihm Sachen wie dass dein Auto liegen geblieben ist oder dass die Katze wieder ins Wohnzimmer gepinkelt hat?«

»Wir haben keine Katze«, sage ich leise.

Heaths Blick nagelt mich über den etwa einen Meter Abstand zwischen uns auf dem Ast hinweg fest.

»Ich weiß nicht, was du von mir hören willst«, sage ich.

»Vergiss es.«

Doch ich weiß, das kann er nicht. Ich drehe mich so, dass ich ihm gegenübersitze. »Wir unterhalten uns über alltägliche Sachen. Nie über irgendwas Ernstes oder Schwieriges. Sobald ich irgendwas in der Richtung versuche, wechselt meine Mutter das Thema.«

»Und dein Dad?«

»Nur meine Mutter und ich gehen ihn besuchen.«

»Dein Vater und deine Schwester gehen nicht hin?«

Ich schüttele den Kopf. »Nie.«

»Und sagen sie, warum?«

Ich denke an den Streit zwischen Dad und Onkel Mike. »Ich glaube, dass mein Dad sich schuldig fühlt. Als hätte er bei Jasons Erziehung irgendwas falsch gemacht.«

»Und hat er?«

Ich durchbohre Heath mit meinem Blick. »Nein.«

Er sieht nicht weg. »Aber irgendjemand hat etwas Falsches getan, oder?«

Mein Gesicht wird heiß. Er bezieht sich auf die Seiten meines Tagebuchs, die Mark fotografiert und verkauft hat. Die quälenden Fragen, die ich niedergeschrieben habe, weil ich sie Jason nicht selbst stellen konnte.

Warum hast du das getan? Wie konntest du ihn töten?

Ich verstehe es nicht.

Ich verstehe es nicht.

Ich verstehe es nicht. Ich habe dich geliebt. Wir alle haben dich geliebt. Cal war dein Freund und du hast ihn getötet. Warum,

Jason? Wir haben nichts falsch gemacht, oder? Laura und ich? Mom und Dad? Aber jemand hat etwas Falsches getan, nicht? Was hat Cal getan?

Heath lehnt sich zu mir rüber. »Hast du ihn gefragt? Hat dein Bruder dir je erzählt, was mein Bruder getan hat, dass er es verdient hatte zu sterben?«

Ich zucke zurück, als hätte ich eine Ohrfeige bekommen. Heath zeigt keinerlei Anzeichen von Reue.

»Wir müssen hier doch keinen Eiertanz aufführen, oder? Genau darum geht's doch, richtig? Ich darf solche Sachen sagen und du darfst die Gekränkte spielen.«

Ich spiele nicht. Meine Augen brennen, aber ich blinzele die Empfindung weg. »Ich habe das nur *für mich* geschrieben. Das sollte niemand anders sehen –«

»Außer das gesamte Internet.« Dann stutzt er und sieht mich an, als würde ihm gerade dämmern, was ich damit meine. »Du hast diese Seiten gar nicht selbst öffentlich gemacht.«

»So was würde ich meiner Familie *nie* antun. Sie schaffen es mit Ach und Krach gerade so durchzuhalten und damals war es sogar noch schlimmer.«

»Aber jetzt ist es besser, ja?« Der Anflug von Mitleid ist vorüber, jetzt sieht er mich beinahe spöttisch an. »Meine Schwester hat ihren Job verloren und musste wieder bei uns zu Hause einziehen und meine Mom verbringt den Großteil des Tages an Cals Grab, wo sie mit ihm redet, als könnte er sie noch hören. Und mein Dad? Von dem habe ich seit sechs Monaten nichts mehr gehört oder gesehen. Ohne meinen Job und ohne meine Großeltern wäre unser Haus schon längst unter den Hammer gekommen.«

»Das wusste ich nicht«, sage ich leise.

»Aber *es tut dir leid*, stimmt's? Das ist dein Standardspruch. Das ist, was du sagst, aber nicht das, was du fühlst oder schreibst, wenn du für dich selbst bist.« Heaths Züge verhärten sich. Innerlich mache ich mich darauf gefasst, dass er mir gleich noch etwas viel Verletzenderes an den Kopf werfen wird. Weil *er* so tief verletzt ist. Aber seine Worte kommen nicht heraus.

Meine schon.

»Das habe ich an dem Abend geschrieben, als Jason sein Geständnis abgelegt hat. Ich wollte nicht glauben, dass mein Bruder ein …« Ich würge an dem Wort. »Mörder ist. Ich wollte glauben, dass es einen Grund für die Tat gab, irgendeine Erklärung, um verstehen zu können, was ihn dazu gebracht hat.«

Er spuckt mir die nächste Frage förmlich ins Gesicht. »Und hast du deinen Grund gefunden?«

Ich kann ihm nicht antworten. Ich habe den Grund nicht gefunden, aber das heißt nicht, ich hätte aufgehört danach zu suchen. Ich *muss* daran glauben, dass mein Bruder kein Monster ist, auch wenn er etwas Monströses getan hat.

»Was immer in jener Nacht zwischen ihnen vorgefallen ist«, sage ich, »mein Bruder hat verdient, dass er für das, was er getan hat, im Gefängnis sitzt. Das weiß ich. Mit diesem Wissen wache ich jeden Morgen auf.« Ganz, ganz langsam entspannt sich Heaths Miene, bis er mich einfach nur ausdruckslos anstarrt. Und mir wortlos zeigt, mit welchem Wissen *er* jeden Morgen aufwacht. Es schnürt mir die Brust zusammen. »Eigentlich sollten wir nicht aneinander denken oder uns darum scheren, dass nicht nur unsere eigene Familie unter der Situation leidet, aber das kann ich nicht mehr.«

»Nein«, sagt er leise und schüttelt den Kopf. »Das darfst du nicht tun. Ich will nicht, dass du mich jetzt freundlich behandelst. Kapierst du das nicht?« Er atmet zu heftig und blinzelt zu schnell. »Ich will, dass du auch wütend wirst, dass du –« Er holt stockend Luft, während er mit blitzenden Augen den Blick himmelwärts richtet und seine Kiefer zusammenpresst. »Bitte, kannst du nicht einfach …«

Als seine Stimme versagt, denke ich nicht groß nach. Ich greife nach seiner Hand und verschränke meine Finger mit seinen. Er zuckt zusammen, zieht seine Hand aber nicht weg. Auch ich bin überrascht von der Berührung. Seine Haut fühlt sich im Vergleich zu meiner warm und rau an. Heaths Hand zu berühren ist auf eine Weise intim, die mich abschrecken sollte, mich stattdessen aber dazu bringt, ihn länger festzuhalten. Ich ertappe mich bei dem Wunsch, das Eis hätte Spuren an mir hinterlassen, damit er sie berühren und diesen so wichtigen Teil von mir spüren könnte.

Heath betrachtet unsere Hände, sein Brustkorb hebt und senkt sich deutlich, dann streicht sein Daumen über meinen Handrücken, rau über weich. Eine einzige hauchzarte Bewegung, die bewirkt, dass ich fröstele und mir gleichzeitig heiß wird.

Vorsichtig beginne ich meine Hand zurückzuziehen, doch ich merke, wie Heath dagegenhält, und höre sofort wieder auf. Ich schließe meine Augen und spüre, dass er mich ansieht. Ich wollte ihn trösten, ihm zeigen, dass er nicht allein ist und dass mir trotz allem etwas an ihm liegt. Mehr, als gut wäre. Mehr, als mir bis zu diesem Moment bewusst war.

Einen Herzschlag später ist sein Widerstand aufgehoben und unsere Hände lösen sich voneinander.

Die heiße, feuchte Luft fühlt sich fast kalt an im Vergleich zu Heaths warmer Haut.

Um ihn nicht anschauen zu müssen, lasse ich meinen Blick über den Baum und die in die Rinde geritzten Namen gleiten, wobei ich die Stelle meide, an der sich früher Jasons Initialen befanden, und bleibe hier und dort an Namen hängen, die ich nicht kenne.

»Wo steht deiner?«, frage ich Heath. Wenn er als Kind öfter hier war, muss auch sein Name irgendwo zu finden sein.

Heath geht auf die andere Seite des Baums und ich folge ihm, erleichtert die entstellten Reste des Namens meines Bruders hinter mir zu lassen. Heath reckt den Hals und ich folge seinem Blick zu einem der oberen Äste. Normalerweise sind die Namen dort oben zu unsauber gekerbt, als dass man sie lesen könnte. Zur Krone hin werden die Äste immer dünner und man muss sich beim Schnitzen beeilen, weil jederzeit die Gefahr besteht, dass sie unter einem nachgeben.

Heaths Name ist zwar hoch oben, aber sogar vom Boden aus gut lesbar. Tatsächlich ist er mehr als nur lesbar, merke ich, als ich genauer hinsehe. Die Linien sind gerade und gleichmäßig und so breit, dass der Name viel klarer hervorsticht als alle anderen drum herum.

»Hattest du eine Fräse dabei oder so?«, frage ich und denke an das Elektrowerkzeug, das Dad benutzt, um seine Möbel mit dekorativen Details zu versehen. Ich muss nicht explizit sagen, dass das eigentlich Schummeln ist, denn mein Tonfall spricht Bände.

Heath schüttelt den Kopf. »Taschenmesser.«

Ich mustere ihn mit gerunzelter Stirn, bevor meine anerzogene Höflichkeit meine Züge wieder glättet. Um es mit einem Taschenmesser dermaßen akkurat hinzubekommen, hätte er mindestens eine Stunde gebraucht. Und das sind fünfundvierzig Minuten mehr, als der Ast, der sein Gewicht hätte tragen müssen, gehalten hätte.

»Hmmm«, sage ich nur.

Heath verzieht einen Mundwinkel zu einem schiefen Lächeln. Er holt ein Messer aus seiner Gesäßtasche und lässt es aufschnappen, dann bückt er sich und hebt einen armdicken Ast auf, der während des gestrigen Unwetters abgebrochen sein muss. Er zerteilt ihn auf seinem Knie in zwei Hälften. Das Messer blitzt in der Sonne, während er einige Minuten lang schnitzt, dann steckt er das Messer wieder in seine Tasche und hält mir den Ast hin.

Ich gehe einen Schritt auf ihn zu und nehme das raue Stück Holz entgegen. Darauf steht mein Vorname – in so gleichmäßigen, präzisen Buchstaben, dass sie aussehen wie gedruckt.

Sprachlos sehe ich zu ihm hoch.

»Mein Großvater hat mir das Schnitzen beigebracht. Da oben, das ist sein Name.« Heath lenkt meinen Blick auf einen bestimmten Ast und ich schlucke, als ich die gleichermaßen starken Linien sehe, die einen vertrauten Namen bilden. »Cal wurde nach ihm benannt.«

Ich nicke. »Er war anscheinend ein guter Lehrmeister.«

Ich bin nicht sicher, was ich mit dem Ast tun soll. Soll ich ihn zurückgeben? Will er, dass ich ihn behalte? Am Ende strecke ich ihm den Ast zaghaft entgegen, aber Heath schüttelt den Kopf und blickt wieder auf den Baum.

Ich sehe wieder nach oben zu Heaths Namen. »Ich verstehe trotzdem noch nicht, wie der Ast dich so lange tragen konnte.« Heath ist mindestens zwanzig Kilo schwerer als ich und selbst unter mir wäre er abgebrochen.

»Ich war damals noch ein Knirps«, erklärt Heath.

Ich reiße vor Staunen die Augen auf. »Wie alt warst du denn, als du das geschnitzt hast?«

Er zuckt die Schultern. »Acht vielleicht.«

Ich sehe wieder hoch und habe plötzlich das Bild eines kleinen Jungen vor Augen, der den Baum hochklettert und sich mit einem Messer zwischen den Zähnen von Ast zu Ast schwingt. Mein Herz flattert ein wenig. Ich bin groß geworden umgeben von Sägen und Klingen und allen möglichen Dingen, die spielend leicht einen Finger amputieren können. Dad flößte uns Kindern daher eine gesunde Portion Respekt vor solchen Dingen ein, was auch das Klettern in luftiger Höhe mit einem Taschenmesser einschließt.

»Und du hast dich nicht geschnitten?«

Wieder ein Schulterzucken. »Nein. Ich war bereits mit Schnitzen fertig, als ich vom Baum runterfiel.«

Ich schnappe nach Luft.

Heath nickt. »Hab mir das Schlüsselbein und einen Arm gebrochen.« Aus einem unerfindlichen Grund entlockt ihm diese Erinnerung ein Lächeln. »Cal war an jenem Tag bei mir und als er sah, dass ich nicht blutete,« Heaths Lächeln wird breiter, »hat er erst seinen eigenen Namen fertig geschnitzt, bevor er mir geholfen hat.«

»Das ist ja furchtbar!«, sage ich.

»Jup.« Heath setzt sich wieder auf den tief hängenden Ast, immer noch lächelnd. »Er war sauer auf mich, weil ich höher raufgeklettert bin als er. Außerdem hatte er meinen Sturz nicht gesehen und dachte, ich würde übertreiben. Als Mom ihm meine Röntgenbilder zeigte, fing er an zu weinen. Danach trug er sechs Monate lang jeden Tag meinen Rucksack zur Schule, auch nachdem mein Gips wieder ab war.« Mit etwas leiserer Stimme fügt er hinzu: »Das hatte ich schon ganz vergessen.«

Ich setze mich mit einigem Abstand neben Heath und lege den Ast mit meinem Namen vorsichtig auf den Boden zu meinen Füßen.

»Ich kriege immer noch ein schlechtes Gewissen, wenn ich mich an solche Dinge erinnere, weißt du?«, sagt er.

»Dinge, die nicht perfekt an ihm waren?«

Heath stößt ein kehliges Lachen aus und nickt.

Ich sehe hinunter aufs Gras, es ist die gleiche Sorte wie am Ufer des Flusses unter der Eisenbahnbrücke. »Ja, das kenne ich.«

Als ich schließlich aufstehe, fühlt es sich wie Weglaufen an, aber wenn ich noch länger bleibe, würde ich zu spät zu meiner Schicht kommen.

»Das hast du mir doch schon vorhin gesagt«, entgegnet Heath, als ich es ihm stotternd erkläre. »Ich weiß.«

Ich entferne mich ein paar Schritte, dann bleibe ich stehen und drehe mich noch mal zu ihm um.

»Es tut mir leid, was deine Familie durchmachen muss. Das wusste ich nicht. Aber ich hätte es wissen müssen.«

Er nickt. »Das Gleiche gilt für mich.« Dann wird seine Stimme härter. »Wie ist diese Website eigentlich an dein Tagebuch gekommen?«

Ich zögere, unschlüssig, ob ich es ihm erzählen soll. Ich habe mein Vertrauen und mein Herz jemandem geschenkt, der mich nie geliebt hat, und ich kann nicht umhin zu denken, dass das mehr über mich selbst als über Mark aussagt. Aber Heath wartet auf eine Antwort und ich will ihn nicht belügen. Unwillkürlich wandert mein Blick nach oben ins Geäst, wo die ineinanderverschlungenen Initialen von

Mark und mir in der Rinde verewigt sind. »Mein Ex-Freund.«

»Was für ein Drecksack.«

Ich lächele ihn an. »Darum ist er auch mein *Ex*-Freund.«

Er lächelt zurück, dann sieht er hoch zu der Stelle am Baum, zu der ich gerade hingesehen habe. »Sein Name steht irgendwo da oben. Zusammen mit deinem, stimmt's?«

»Das sind nur Buchstaben«, sage ich, während ich unwillkürlich zu den Überresten von Jasons schiele.

»Soll ich sie entfernen?«

Ich schüttele den Kopf. Mein Bruder hätte Marks Namen auch ausgemerzt, wenn ich ihn darum gebeten hätte. Er hätte nicht mal wissen wollen, warum. »Das ist eine ganz gute Erinnerung.«

»Woran?«, fragt Heath.

»Daran, dass ich an der Vergangenheit nichts ändern kann.« Ich mache erneut einen Schritt Richtung Auto, aber etwas Unsichtbares hält mich zurück und ich sehe noch mal Heath an. Die Worte schlüpfen mir über die Lippen, obwohl ich weiß, dass ich sie nicht aussprechen sollte. Ich tue es trotzdem: »Was, wenn es … wenn es nun eine Weile nicht regnet?«

Er senkt den Blick. Ich hätte nicht fragen sollen. »Brooke –«

»Was rede ich da?« Ich setze ein strahlendes falsches Lächeln auf und gehe rückwärts Richtung Straße. »Wir haben Sommer in Texas. Wir *werden* uns sehen … irgendwann.«

Es fehlt nicht viel und ich sprinte zurück zu Daphne, die zum Glück nicht absäuft, als ich ihren Motor starte.

Kapitel 21

Trotz der dicken Wolken, die sich Tag und Nacht über den Himmel wälzen, und gelegentlichem Donnergrollen sowie aufzuckenden Blitzen hier und dort bleibt es für den Rest der Woche trocken in Telford. Ich bin unschlüssig, ob es mir gestattet ist, enttäuscht zu sein, oder nicht. Aber so oder so bin ich es.

Schon die ganze Woche über wird im Radio der amerikanische Unabhängigkeitstag besungen und dank Maggie und mir ist jetzt auch die *Polar*-Halle mit so vielen roten, weißen und blauen Luftschlangen geschmückt, dass Jeff uns für patriotisch genug erklärt, um mit dem Rest der Stadt mitzuhalten, der dem heutigen Tag entgegenfiebert: dem 4. Juli.

Zu Maggies Entsetzen als Vegetarierin sind die Grillmeister schon seit Tagen damit beschäftigt, Fleisch zu räuchern, sodass man keinen Fuß in die Stadt setzen kann, ohne dass einem das Wasser im Mund zusammenläuft bei der Aussicht auf das Grillbüfett, das heute Abend bei der großen Feuerwerksshow aufgefahren wird. Und obwohl ich dieses Jahr nichts davon anrühren werde, würde ich mein sämtliches Geld darauf verwetten, dass Ann Kellers Banana-Cream-Pie beim Backwettbewerb erneut den ersten Platz belegt.

Der Kunsthandwerkermarkt war bereits in vollem Gang, als ich heute Morgen daran vorbeifuhr, und in wenigen Stunden wird die große Kanone aus Bürgerkriegszeiten den Startschuss zur großen Parade abfeuern, die direkt an der Eissporthalle vorbeiführt. Gnädigerweise hat Jeff angeboten mich heute etwas früher gehen zu lassen – allerdings nicht, damit ich an den Feierlichkeiten teilnehmen kann, sondern um sicherzustellen, dass niemand durch meine Anwesenheit daran gestört wird, nach einem Tag in der prallen Sonne noch eine Runde auf dem Eis zu drehen.

Maggie rümpft die Nase, als die Eingangstür aufschwingt und der herrliche Duft von Rippchen hereinweht. Zum nunmehr fünften Mal schaut sie auf die Uhr und seufzt.

Ich schenke ihr ein mitfühlendes Lächeln und wende mich wieder unserer Aufgabe zu, alte Kaugummireste von den Sitzen der Zuschauertribüne zu kratzen. »Noch zwei Stunden, dann haben wir es geschafft!«

»Aber von meinem Haus aus rieche ich es auch! Schade, dass deine Mutter krank ist, sonst hätten wir heute Abend zu dir gehen können. Ausgeschlossen, dass der Geruch so weit aus der Stadt rauszieht!«

Nein, das tut er nicht, leider. Maggie war inzwischen zwar schon ein paarmal bei mir zu Hause, trotzdem ging mir die Lüge mit meiner Mom vorhin, als Maggie diesen Vorschlag machte, leicht über die Lippen. Mir ist immer mulmig dabei, wenn sie auf meine Familie trifft, so als könnte sie bei genauerem Hinsehen die Wahrheit entdecken, die ich so verzweifelt vor ihr zu verbergen versuche.

»Wenn ich doch auch nur zu Hause unterrichtet werden würde!«, jammert Maggie und kratzt wie wild mit ihrem Putzschaber drauflos. »Ende nächsten Monats fängt die Schule wieder an und ich weiß jetzt schon, dass es einfach nur schrecklich wird. Du bist der einzige Mensch in dieser Stadt, mit dem ich reden will, und du bist nicht da. Du erledigst sämtliche Schulaufgaben in wenigen Stunden am Computer und musst nicht mal eine Hose dafür anziehen.« Sie starrt finster auf ihre Jeans. »Ich hasse Hosen. Hasst du Hosen nicht auch?«

»Normalerweise nicht, nein«, erwidere ich. Ich will mich gedanklich gar nicht so weit in die Zukunft katapultieren. Im Moment leben Maggie und ich in unserer eigenen kleinen Blase. Ich weiß, ich kann sie nicht auf ewig für mich allein in Beschlag nehmen, aber noch mag ich nicht daran denken, dass ich sie in ein paar Wochen verlieren werde.

Ich will, dass das Jetzt noch ein bisschen andauert.

Ich stütze mich auf einem Ellenbogen ab, um besser an die Unterseite des Sitzes heranzukommen, als ich etwas sehe, bei dessen Anblick ich unwillkürlich würgen muss.

Maggie, die den Sitz neben mir schrubbt, sieht hoch. »Was ist?«

Ich halte ihr das von mir losgemeißelte Etwas hin, worauf sie aufquiekt und im Krebsgang zurückweicht. *Es* ist ein Klumpen aus Kaugummi und … anderem Zeug, der an einem Wattestäbchen pappt und voller grauer Haare ist.

»Was zur Hölle! Ist es tot?«

»Es riecht zumindest ziemlich tot.« Ich halte das Ding so weit wie möglich von mir weg, werfe es zusammen mit meinem Einweghandschuh in die Mülltüte und knote sie zu. Maggie rennt herbei und fängt an auf der fast leeren Tüte auf- und abzuspringen. Sie hört selbst dann nicht auf, als ich sie irritiert ansehe.

»Willst du etwa riskieren, dass das Ding aus der Mülltüte rauskriecht und uns im Waschraum erledigt?«

Ich überlege nicht lange und eifere ihr nach, sodass wir jetzt zusammen auf der Tüte herumspringen. Nach ungefähr einer Minute hören wir auf und lauschen. Nichts. Sicherheitshalber stampfen wir trotzdem noch ein paarmal auf. Schließlich hebe ich die gerade mal halb volle Mülltüte auf und laufe damit Richtung Ausgang. Maggie huscht voraus und hält mir die Tür auf.

»Der Nachteil vom Unterricht zu Hause ist, dass meine Arbeitsschichten früher beginnen als deine, und das bedeutet, dass immer *ich* solche Sachen finden werde.« Ich halte die Tüte ein Stück höher und Maggie duckt sich weg. »Na, immer noch neidisch?«

»Eklige Haarklumpenmonster hin oder her, Hosen anziehen zu müssen …«

Ich bleibe kurz stehen. »Im Ernst jetzt?«

Maggie betrachtet mit gerümpfter Nase die Mülltüte. »Ich werde Albträume haben von dem Ding. Und ich bin jetzt offiziell ein kleines bisschen weniger neidisch.« Sie folgt mir zu den Müllcontainern. Jeff beobachtet uns, sagt aber kein Wort. Maggie winkt ihm zu und nach kurzem Zögern winkt er zurück. Und das, obwohl ich direkt neben ihr stehe.

Maggie war bereits nach einer Woche fast fertig eingearbeitet, auch was die Handhabung von Bertha angeht, aber irgendwie hat sie es geschafft, Jeff davon zu überzeugen, dass sie mir weiterhin auf Schritt und Tritt wie ein Schatten folgen muss, um seinen »vorbildhaften hohen Ansprüchen, die er an sich selbst und an seine Mitarbeiter stellt« gerecht werden zu können. Im Grunde lerne ich von Maggie viel mehr als sie von mir, vor allem, wie man selbst die hirnrissigsten Anliegen Jeff gegenüber so in Komplimente verpackt, dass er nicht Nein sagen kann.

»Ich schwöre, ich kann's da drinnen atmen hören«, flüstert Maggie, nachdem der Deckel des Containers zugeklappt ist.

»Dann kann es *dich* wahrscheinlich auch hören.« Ich ziehe sie am Arm. »Komm schon.« Wir biegen auf dem Weg zurück zum Eingang um die Hausecke und ich bleibe wie angewurzelt stehen.

Heath steht neben seinem Truck auf dem Parkplatz.

Maggie wirft lediglich einen flüchtigen Blick zu ihm rüber und bleibt erst stehen, als sie bemerkt, dass ich mich nicht mehr vom Fleck rühre. Eine heiße Welle schießt durch mich hindurch. Ich mache einen Schritt in seine Richtung.

»Hi«, sage ich.

»Hey.« Heath geht ebenfalls einen Schritt auf mich zu und zieht die Mundwinkel zu einem schüchternen Lächeln hoch.

»Was tust du hier? Bist du … zum Schlittschuhlaufen gekommen?«

Er bricht den Blickkontakt ab und sieht zum Eissporthallen-Schild rüber, dann schaut er Maggie an. Es dauert drei Sekunden, bis sein Blick zu mir zurückkehrt, was mir genug Zeit lässt meine Fassung wiederzuerlangen. Er kann sich nicht hier mit mir zusammen sehen lassen, nicht, wenn Jeff und meine Kollegen in der Halle sind, und vor allen Dingen nicht, wenn Maggie direkt neben mir steht und neugierig zwischen ihm und mir hin und her blickt. Diese Begegnung hier unterscheidet sich gewaltig von der, die sie zwischen Mark und mir miterlebt hat.

»Äh, hi«, sagt Maggie und wirft mir aus großen, überraschten Augen einen leicht vorwurfsvollen Blick zu, bevor sie sich Heath zuwendet. »Ich habe irgendwie das Gefühl, dass ich dich kennen müsste, trotzdem tu ich's nicht.« Ihre Worte klingen wie ein Tadel, doch sie kann sich sichtlich nur mit Mühe ein Lächeln verkneifen. Ich bin erleichtert, dass sie Heath nicht als den finster dreinblickenden Typen wiedererkennt, an dem wir neulich vorbeigefahren sind. Wahrscheinlich würde es mir an ihrer Stelle nicht anders gehen. Wenn Heaths Züge nicht hassverzerrt sind, hat er die Art von Gesicht, die man unwillkürlich anstarren muss.

»Ich bin Maggie.«

Heath wirft mir rasch einen Blick zu, bevor er sich ihr vorstellt. Bestimmt ist er es gewohnt, dass ihn hier in der Gegend sämtliche Leute kennen, vor allem, wenn sie seinen Namen hören, aber Maggie zeigt keinerlei Anzeichen dafür. Ein wissendes Lächeln kriecht ihr aufs Gesicht, allerdings eines von der Sorte Meine-Freundin-hat-mir-einen-Jungen-verheimlicht-und-ich-kann's-kaum-erwarten-sie-auszuquetschen, mehr nicht. Heath sieht mich wieder an und ich kann förmlich die Frage hinter seiner Stirn lesen: *Sie weiß nicht Bescheid?* Ich schüttele beinahe unmerklich den Kopf. Für den Bruchteil einer Sekunde legt sich seine Stirn in Falten; zweifellos fragt er sich, wie so etwas überhaupt möglich ist. Maggie sieht es zum Glück nicht und Heath sagt nichts.

»Woher kennt ihr beiden euch?«, fragt Maggie.

Aus Sorge, dass Heath das Falsche sagen könnte – nämlich die Wahrheit –, antworte ich einen Tick zu eilig: »Einfach so vom Sehen.«

»Ach, wirklich?« Maggie legt den Kopf schief und taxiert mich. »Aber wir sind doch immer zusammen unterwegs. Wieso kenne *ich* Heath dann nicht?«

Ich spüre, wie mir alles Blut aus dem Gesicht weicht. Mir fällt ums Verrecken keine plausible Erklärung ein. Auf der Stelle bricht mir der Schweiß aus, meine Zunge ist bleischwer und mein Gehirn wie aus Watte. Und mit jeder Sekunde, die ich nichts sage, verwandelt sich Maggies neckendes Lächeln in einen Ausdruck der Verwirrung.

»Das ist wohl meine Schuld«, sagt Heath und lenkt Maggies zunehmend bohrenden Blick auf sich selbst. »Wir haben uns – wie lange, Brooke? –, also mindestens ein Jahr lang nicht gesehen, oder?«

Ich nicke, aus Sorge, was mir beim Versuch zu sprechen womöglich herausrutscht.

»Wir sind uns letzten Monat wieder über den Weg gelaufen und da dachte ich mir, ich komme mal vorbei und sage Hallo.« Er sieht mich an, als gäbe es nur uns beide. »Hallo.«

Diesmal antworte ich hörbar; mir bleibt nichts anderes übrig. »Hallo.«

Maggie muss sich schwer zusammenreißen, um nicht auf – und abhüpfend in die Hände zu klatschen. Ich kenne sie gut genug, um hinter die mühevoll ruhige Fassade zu blicken, die sie um Heaths willen aufrechterhält – innerlich klatscht sie definitiv. Ich kann's ihr nicht verübeln. In meinen kühnsten Träumen könnte ich nicht so entwaffnend und charmant wie Heath rüberkommen. Sogar mich überzeugt er beinahe davon, dass er nicht der verletzte Junge ist, der er sich nur bei mir zu sein traut, sondern ein verknallter Teenie, der hier draußen auf dem Parkplatz auf mich wartet.

»Na ja«, sagt Maggie. »Brooke hat in zwei Stunden Schluss. Eigentlich wollten wir danach noch zusammen rumhängen und mit diesem Eiskunstlauf-Bewerbungsvideo anfangen, aber dafür bin ich jetzt viel zu müde.« Ihre Augen sind hellwach und leuchten wie bei einem Kind, das zum ersten Mal in seinem Leben Disneyland besucht. »Ihr zwei könntet also mehr als nur Hallo zueinander sagen. Und wer weiß, vielleicht gibt's ja sogar ein Feuerwerk.«

Mein Gesicht wird ganz heiß, doch ich beeile mich zu nicken, als Heath mich auffordernd ansieht. »Ja klar, wir können uns gern treffen, wenn ich fertig bin.« Ich sage nicht, wo, aber Heath weiß auch so Bescheid. Das würde Maggie mehr verraten, als mir lieb ist. Aber ich werde nachher so schon ordentlich Schadensbegrenzung betreiben müssen, da sie schon viel mehr herausgefunden hat, als ich je beabsichtigt habe. Ein einziges Wort über Heath der falschen Person gegenüber – und im Grunde genommen zählt jeder dazu – und es ist aus und vorbei. Alles.

Wir verabschieden uns von Heath, dann zerre ich Maggie am Arm zurück in die Halle.

»Du steckst so was von in der Klemme«, säuselt sie mir ins Ohr, woraufhin ich mir ein künstliches Lachen abringe und einen Ellenbogenhieb in die Rippen kassiere. »Ich will *alles* wissen!«

Kapitel 22

Zurück in der Halle schleift Maggie mich geradewegs in die Damentoilette. Zu Alibizwecken schnappt sie sich auf dem Weg dorthin schnell noch den Putztrolley. Sobald die Tür hinter uns zugefallen ist, checkt sie, ob alle Kabinen leer sind. Dann baut sie sich vor mir auf.

»Wann wolltest du mir von ihm erzählen?«, fragt sie, ihre Stimme hallt von den gefliesten Wänden wider.

»Von Heath?«

»Nein, von dem anderen süßen Typen, den du vor mir versteckt hältst.« Sie boxt mir gegen den Arm, lässt die Faust sinken, dann boxt sie mich noch einmal.

»Du hast ihn doch gehört. Da gibt's nichts zu erzählen.«

»Und das sagst du mir, ohne mit der Wimper zu zucken!« Sie schüttelt den Kopf, dann schielt sie auf den Putztrolley, genauer gesagt auf den Saugpömpel. Ich ziehe den Trolley aus Maggies Reichweite und sie seufzt.

»Du guckst nie irgendwelche Jungs an.«

»Das stimmt nicht.« Ich passe nur auf, dass sie weit genug weg sind und *mich* nicht angucken.

Maggie macht ein genervtes Gesicht. »Du guckst *so gut* wie nie irgendwelche Jungs an.«

»Da gibt's normalerweise nicht viel zu sehen.« Jeffs Stimme dringt im Vorbeigehen durch die geschlossene Tür und liefert die passende Untermauerung für mein Argument.

»Na ja, Heath hast du jedenfalls angeguckt und Heath hat definitiv *dich* angeguckt.«

»Was sollte denn dieser Feuerwerk-Spruch?«

»Wieso?« Sie grinst. »Ich meinte das Feuerwerk am Himmel. Welche Art Feuerwerk hast du denn für heute Abend geplant?«

Ich senke den Kopf, damit sie nicht sieht, wie meine Wangen rot werden. »Ehrlich, so ist es nicht.«

»Noch nicht!« Maggie macht ein triumphierendes Gesicht. »Es ist *noch* nicht so.«

Ich weiß nicht, was ich darauf sagen soll. Es wird niemals *so* sein, aber davon ließe sich Maggie nur mit der Wahrheit überzeugen.

»Okay, ich will alle Details hören.« Sie schwingt sich auf den Waschtisch, mit dem Rücken zum Spiegel. »Wie hast du ihn wiedergetroffen? Wo und wann und alle diese Fragen. Schieß los!«

»Er hat's doch schon erzählt. Da gibt's keine großartige Geschichte.«

»Wirklich?«, fragt sie und stemmt die Hände in die Hüften.

»Wirklich.« Ich lege das mir größtmögliche Maß an Aufrichtigkeit in dieses eine Wort.

»Wirklich?« Sie lässt die Hände schlaff herunterfallen. »Ach Mann, ich hasse das. Ich habe keine Ahnung, wie du so bist im Umgang mit Typen, und deshalb weiß ich nicht, ob du die Wahrheit sagst oder nicht. Jedenfalls ist er echt süß und ich kann ihn mir richtig gut auf einem Pferd vorstellen, mit tief in die Stirn gezogenem Cowboyhut. Hinter ihm geht gerade die Sonne unter, während er mich zu sich aufs Pferd hochzieht und mich mit *Liebling* anspricht.«

»*Dich* mit *Liebling* anspricht?« Zu spät bemerke ich meinen

Fehler. Maggies langsames Lächeln ist der Inbegriff von Hinterhältigkeit.

»Ach, ich dachte, es wäre nicht *so.*«

»Ist es auch nicht.«

»Aber du hättest es gern *so* und ich kann dir garantieren, dass du mit diesem Gefühl nicht allein dastehst. Ich schwöre, er hat dich angesehen wie … wie … na genau so, wie du immer das Eis ansiehst.« Sie lacht. »Schau nur, wie rot du wirst!«

Ich spüre, dass mein Gesicht brennt. Also kann ich es schlecht abstreiten. »Können wir bitte das Thema wechseln?«

»Oh nein. Jedes Mal, wenn ich versuche mit dir über das Bewerbungsvideo zu sprechen, machst du komplett dicht. Aber in dieser Sache bleibe ich hartnäckig, weil du ihn nämlich ganz offensichtlich –«

»Dann lass uns jetzt mein Bewerbungsvideo planen«, sage ich lauter als notwendig. Mein Herz schlägt in meiner Kehle aufgrund ihres unvollendeten Satzes. Ich kann nicht zulassen, dass sie es ausspricht, denn es darf keinen Moment lang wahr sein.

Maggies perfekt gewölbte Augenbrauen hüpfen in die Höhe. »Meinst du das ernst?«

Mit noch immer hämmerndem Herzen sage ich: »Ja.«

Auf der Fahrt zum Hackman-Teich überlege ich, warum Heath einfach so bei meiner Arbeit aufgetaucht ist, vor allem, wenn man bedenkt, wie viele Leute anlässlich der Feierlichkeiten zum vierten Juli heute in den Straßen unterwegs sind. Alle Gründe, die mir einfallen, verheißen nichts Gutes. Ich versuche meinen von Panik getriebenen Herzschlag zu beruhigen, während ich mich beeile zur Eiche zu kommen, wo Heath bereits auf mich wartet.

Er sieht mich stirnrunzelnd an, als ich hervorkeuche: »Alles okay? Ist irgendwas passiert?«

»Nein. Alles gut. Ich wollte nur –«

Sämtliche Luft entweicht aus meinen Lungen und ich falle ihm um den Hals – in eine richtige Umarmung mit Ganzkörperkontakt. Meine Arme umschlingen ihn und ich ziehe seinen sich leicht sträubenden Körper an mich. Es dauert einen kurzen Moment, bis er reagiert, aber als seine Arme sich um mich schließen, fühle ich mich so geborgen wie seit Jasons Fortgehen nicht mehr.

Die Umarmung dauert zu lange, so lang, dass sie nicht mehr als Geste der Erleichterung zu verstehen ist. Überdeutlich bin ich mir seines Herzschlags bewusst, der genauso schnell ist wie meiner, sowie seiner festen Brustmuskeln, die gegen meinen Körper drücken. Ich lasse von ihm ab und weiche ein kleines Stück zurück, seine Hände gleiten bis zu meinem unteren Rücken herab, wo sie noch eine halbe Sekunde lang verharren. Dann nimmt er sie weg und lässt seine Arme an seinen Seiten herabhängen.

»Es hat nicht geregnet«, sage ich und sehe ihm fest in die Augen. Zum ersten Mal fällt mir auf, dass Heaths Augen einen blassen Silberschimmer haben, der mich an stumpf gefahrene Schlittschuhkufen denken lässt. »Deshalb dachte ich, dass irgendwas passiert sein muss.«

»Okay, daran hätte ich denken müssen. Aber es ist nichts passiert.« Heath lässt den Kopf hängen und murmelt mit rauer Stimme leise etwas vor sich hin. Eine Sekunde später hebt er wieder den Kopf. »Ich wollte … dich einfach nur sehen.«

Bei seinen Worten krampft sich kurz mein Herz zusammen. Heaths gequälte Miene verrät mir, dass er das Gleiche empfindet.

»Tut mir leid, dass ich bei der Eishalle aufgekreuzt bin. Ich habe nicht nachgedacht.«

»Ist schon okay.«

Er nickt und zieht die Augenbrauen zusammen. »Deine Freundin … sie weiß es echt nicht?«

Ich schüttele den Kopf, gehe an ihm vorbei und setze mich auf den Ast. »Sie ist erst Anfang des Sommers hierhergezogen.«

»Und es hat ihr noch niemand etwas erzählt?«

»Ich glaube nicht, dass die Leute noch so viel darüber reden.« Außerdem sorge ich dafür, dass sie jedem fernbleibt, der darüber reden könnte.

Heath setzt sich neben mich, näher als je zuvor. »Warum hast du's ihr nicht erzählt?«

Ich werfe ihm einen Blick zu. »Würdest du das denn tun?«

Er überlegt eine Weile, bevor er antwortet. »Nein, wahrscheinlich nicht.«

»Sie ist meine beste Freundin. Also eigentlich ist sie meine einzige Freundin.« Ich sehe auf meine übereinandergeschlagenen Knöchel hinunter, die ein kleines Stück über dem grasbewachsenen Boden in der Luft baumeln. »Ich bin nicht sicher, ob es zwischen uns noch genauso wäre, wenn sie es wüsste.« Mit einem energischen Kopfschütteln versuche ich diesen unliebsamen Gedanken zu verscheuchen. »Jedenfalls, momentan weiß sie nichts und ich möchte, dass das so lange wie möglich auch so bleibt.«

»Und das habe ich mit meiner heutigen Aktion sehr viel schwieriger gemacht.«

»Nein«, sage ich und lege meine Hand in die Lücke zwischen uns. Er runzelt die Stirn. »Sie kennt deinen Vornamen und sonst nichts weiter. Sie glaubt …« Ich werde rot, zwinge mich aber dazu, nicht wegzusehen, »sie glaubt, ich hätte dich verschwiegen, weil ich auf dich stehe, nicht wegen unserer Brüder.«

»Ich habe versucht ihr klarzumachen, dass dem nicht so ist«, ergänze ich schnell, als sich seine Kiefermuskeln anspannen. »Früher oder später wird sie merken, dass da nichts ist.« Hoffe ich.

Sein Blick wandert zu meiner Hand auf dem Ast und ich lege sie schnell wieder in meinen Schoß. Nach ungefähr einer Minute nickt er. »Die Bewerbung für diese Eiskunstshow. Ich dachte, du machst da nicht mit.«

Der Schwenk von einem unangenehmen Thema zum nächsten lässt mich kurz seufzen. Wenigstens geht es jetzt nicht mehr um Heath und mich.

»Ich muss es … sowieso filmen. Ich muss das Video ja nicht einschicken und selbst wenn, heißt das noch nicht, dass sie mich zu einem persönlichen Vorstellungsgespräch einladen werden oder dass ich den Job annehme, falls mir einer angeboten würde.«

Doch schon allein der Gedanke, dass ich ausgesucht werden könnte und dann zusammen mit lauter Profis eiskunstlaufen würde, lässt meinen Brustkorb fast explodieren. Ein warmes, prickliges Gefühl breitet sich in meinem Inneren aus, bevor es von der Realität wieder erstickt wird.

»Aber vorher muss ich erst noch ein paar Dinge klären.« Heath sieht mich erwartungsvoll an, also erkläre ich ihm, dass ich mich um genug Eislaufzeiten kümmern und eine Choreografie ausarbeiten und – auf Maggies Beharren hin –

jemanden finden muss, mit dem ich Paarübungen und Hebefiguren trainieren kann. »Hebefiguren sind kein Muss, aber wenn man zeigt, dass man die Grundlagen für den Paarlauf beherrscht, ist das ein Plus. Ich habe einen Freund in Houston, der sich für die eigentliche Bewerbung zur Verfügung stellen würde, allerdings nur für diesen einen Tag. Ich brauche aber noch einen Übungspartner für vorher. Und den in Telford zu finden wird nicht so leicht.«

»Einen anderen Eiskunstläufer?«

»Na ja … ja. Also, ich meine –« Ich breche mitten im Satz ab, weil ich plötzlich daran denken muss, wie stark und muskulös Heaths Arme wirkten, als er mich eben umarmt hat. »Kannst du … Steh mal bitte kurz auf.« Ich hüpfe vom Ast herunter und er folgt mir.

»Ich habe noch nie einen Fuß aufs Eis gesetzt.«

»Das musst du auch nicht.« Ich stelle mich ihm direkt gegenüber und positioniere meine Hände auf seinen Unterarmen. »Kannst du mich hochheben?«

»Wie jetzt? Meinst du –« Seine Hände legen sich rechts und links an meinen Brustkorb und einen Atemzug später schweben meine Füße in der Luft. Meine Hände gleiten zu seinen Schultern, während er mich hochhebt, »– so?«

»Ja«, sage ich leicht atemlos. »So ist gut. Du kannst mich jetzt wieder runterlassen.«

Wir lachen beide ein bisschen, unsicher und verlegen.

Ich versuche mir einzureden, dass das eine super Idee ist, auch wenn mir ein nervöses Kribbeln durch den ganzen Körper rieselt. Ich hätte nicht nur einen Trainingspartner, sondern auch die perfekte Ausrede, um Maggie gegenüber die Treffen mit Heath zu erklären. Und da diese im Zusammenhang mit dem Bewerbungsvideo stattfänden, das ich –

und das kann Maggie gut nachvollziehen – erst noch geheim halten will, könnte ich plausibel begründen, warum sie mit niemandem über Heath sprechen darf. Und Heath und ich, wir könnten uns sehen, egal ob der Himmel bewölkt ist oder nicht. Wir hätten einen Grund, der nichts mit unseren Brüdern zu tun hätte.

Wir würden keinen Regen mehr brauchen.

»Du brauchst also jemanden, mit dem du Trockenübungen machen kannst?«

»Die Bewerbungsfrist geht bis Ende August«, sage ich. »Es wäre also nur für sechs Wochen oder so.«

»Das könnte ich schon machen«, sagt er, obwohl er dabei unbehaglich von einem Fuß auf den anderen tritt, als wäre er auch nicht sicher, ob das eine gute Idee ist.

Bisher haben wir nie mehr als ab und zu mal eine Stunde miteinander verbracht, immer mit gehörigem Abstand zwischen uns auf dem Ast. Und nicht mal diese Treffen sind immer gut verlaufen. Was ich jetzt von ihm verlange, wird uns viel, viel näher zusammenbringen. Und das gemeinsame Training, bei dem körperliche Nähe und gegenseitiges Vertrauen unabdingbar sind, ist eine ziemlich intime Sache.

Die ersten Feuerwerkskörper explodieren am dämmrigen Himmel. Plötzlich kriege ich Angst, dabei stehe ich jetzt noch mit beiden Füßen fest auf dem Boden.

Kapitel 23

Zu unserer ersten Trainingseinheit komme ich zu früh. Heath ist zu spät.

Als er anhält und aus dem Truck aussteigt, springe ich vom Ast herunter und bürste mir mit den Händen die Rückseite meiner schwarzen Leggings ab, als wäre ich bei etwas Verbotenem ertappt worden. Dieses diffuse Schuldgefühl verstärkt sich, als Heath näher kommt, die Hände in den Taschen vergraben, den Kopf zwischen die Schultern gezogen, als wollte er einen eisigen Wind abwehren.

Nichts an diesem Nachmittag ist eisig. Wir schwitzen beide jetzt schon, obwohl wir noch nichts getan haben.

»Tut mir leid, dass ich zu spät bin«, sagt er. Ich warte, dass er noch eine Erklärung liefert. Fehlanzeige.

»Schon okay«, sage ich einen Tick zu vergnügt. »So hatte ich wenigstens Zeit, zu überlegen, welche Bewegungsabläufe ich üben will. Danke noch mal, dass du mir hilfst.«

Heath antwortet nicht. Nach einem langen Moment zuckt er ungeduldig mit den Schultern. »Ist Rumstehen auch etwas, was du üben willst?«

Ich blinzele ihn an, die einzige Reaktion, die ich mir angesichts seiner schroffen Worte gestatte. Die Situation erinnert mich stark an unsere früheren Begegnungen. Ich hatte gedacht – beziehungsweise gehofft –, wir hätten das inzwischen hinter uns gelassen.

»Warum bist du überhaupt hier?«, frage ich, leise, aber bestimmt.

Seine Antwort klingt genauso ruhig. »Ich hab gesagt, ich würde dir helfen, also bin ich hier.«

»Das letzte Mal, als wir miteinander gesprochen haben, schienst du einverstanden damit, mir zu helfen. Jetzt nicht mehr.« Das ist noch milde ausgedrückt. Er vibriert förmlich vor unterdrückter Abneigung. Ich wüsste nicht, was ich getan habe, um diesen Sinneswandel herbeizuführen.

»Es ist verdammt heiß hier draußen«, sagt Heath.

Ja, es ist heiß, aber es ist immer heiß. Manchmal vergesse ich, wie es sich anfühlt, keinen schweißigen, klebrigen Film auf der Haut zu haben. Er ist also offensichtlich nicht wirklich wegen des Wetters so sauer. Ich sage nichts, sondern sehe ihn einfach nur weiter an. Offenbar missfällt ihm das, denn er starrt feindselig zurück.

»Was willst du von mir hören?«

»Warum bist du wütend?«

»Brauche ich dafür plötzlich einen Grund?«

»Um wütend auf mich zu sein? Ja.«

Er gibt einen ärgerlichen Laut von sich. »Der gleiche Grund, neuer Tag.«

Vor zwei Wochen hätte ich diese Antwort noch akzeptiert, aber jetzt nicht mehr. Seine Wut richtet sich nicht gegen mich, jedenfalls nicht direkt, aber jetzt nachzuhaken, um der tatsächlichen Ursache auf den Grund zu gehen, würde die Sache nur umso schlimmer machen. Trotzdem – ich muss nicht hier rumstehen und mir das gefallen lassen.

»Ich will deine Hilfe nicht, wenn sie in dieser Form kommt. Wenn ich mies behandelt werden möchte, kann ich buchstäblich an jeden anderen Ort in dieser Stadt gehen.«

Seine finstere Miene bröckelt. Erst nur ein bisschen, dann immer mehr. Er schluckt, bevor er spricht.

»Tut mir leid.« Seine Stimme klingt jetzt ganz anders als bei seiner kurz angebundenen Entschuldigung fürs Zuspätkommen. Die Worte kommen ihm nicht so leicht über die Lippen, aber diesmal meint er sie ernst. »Ich hatte einen grässlichen Tag, aber das sollte ich nicht an dir auslassen.«

»Cal?«

Heath schüttelt den Kopf. »Nein – keine Ahnung. Irgendwie geht's ja immer um ihn.« Er löst seinen Blick von mir. »Meine Mom hat mich gefragt, wo ich hingehe, als ich von zu Hause los bin. Und ich habe gesagt ›zur Arbeit‹. Ich habe ihr eiskalt ins Gesicht gelogen. Sie hat mich dafür sogar noch auf die Wange geküsst, weil ich so dabei helfe, die Rechnungen zu bezahlen … Und dann bin ich hierhergefahren …« Er deutet auf unsere Wagen, die hintereinander parken, und seine Stimme wird lauter. »In Cals Truck. Und meine Mutter glaubt, ich würde meine gesamte Freizeit opfern, um etwas zum Unterhalt der Familie beizutragen, wenn ich mich in Wahrheit … in Wahrheit …« Er verstummt.

»Wenn du dich in Wahrheit mit der Schwester des Mörders triffst.« Unwillkürlich erschaudere ich.

»Nein«, sagt Heath. »Tu das nicht. Es geht nicht um dich. Ich hab nur keine Ahnung, wie ich es ihr jemals erklären soll. Ich stecke in dieser Lüge fest und werde mich deswegen immer mies fühlen.«

Das verstehe ich gut. Ich musste meiner Mutter heute ausnahmsweise keine Lüge erzählen, wohin ich gehe; allerdings nur deshalb nicht, weil sie nach einer weiteren durchweinten Nacht von Kopfschmerzen geplagt immer noch im Bett lag.

Aber eine Lüge nicht laut auszusprechen macht sie nicht weniger zu einer.

»Hör mal«, sage ich, während Heath zum Baum rübergeht und sich gegen den Stamm lehnt. »Vielleicht sollten wir einfach aufhören –«

»Nein.« Er sieht mir fest in die Augen. »Nein«, wiederholt er, »so habe ich es nicht gemeint. Ich finde es furchtbar, dass ich meine Mutter belügen muss, weil sie es nicht verstehen würde und nicht, weil ich irgendwas Falsches tue. Oder du. Ich muss jetzt nur noch einen Weg für mich finden, dich deswegen nicht wie ein Arschloch zu behandeln.«

Ich stoße ein halbes Lachen aus. »Ja, das wäre ganz gut.«

»Es tut mir leid.«

»Und mir tut es leid, dass wir unsere Familien belügen müssen.«

»Ja.« Er stößt sich vom Baum ab und kommt auf mich zu. Etwa dreißig Zentimeter vor mir bleibt er stehen. »Also, wie soll das Training ablaufen?«

Das ist eine sehr gute Frage und ich bin froh über den Themenwechsel, obwohl ich keine Antwort darauf parat habe.

»Also.« Ich hole tief Luft. »Für meine Bewerbung muss ich bestimmte Fähigkeiten zeigen, größtenteils solo. Aber wenn ich zusätzlich noch einige Paarlauf- und Hebefiguren könnte, würde mir das auf jeden Fall Pluspunkte gegenüber meiner Konkurrenz verschaffen.«

»Heißt das, du willst das Video doch einschicken?«

Ich schaue zur Seite. Er hat keine Ahnung, wie viel Hirnakrobatik ich betrieben habe, um das Ganze vor mir selbst zu rechtfertigen. »Das heißt, ich werde das mir bestmögliche Bewerbungsvideo drehen.«

Nach einem Moment sagt Heath: »In Ordnung.«

Erleichtert, dass er nicht weiter nachhakt, rede ich weiter. »Da ich immer Einzelläuferin gewesen bin, wird's darauf hinauslaufen, dass wir viel rumprobieren müssen. Ich habe zwar schon bestimmte Vorstellungen, welche Hebefiguren ich präsentieren will, aber letzten Endes wird entscheidend sein, welche ich bis zur Deadline am besten beherrsche.«

»Und du hast einen Freund, mit dem du das dann auf dem Eis machen kannst. Ich muss keine Schlittschuhe anziehen?«

»Genau«, sage ich. »Aber Anton, mein Freund, der Paarlauferfahrung hat, wohnt in Houston. Zwischen College und seinem eigenen Training hat er keine Zeit, herzukommen und mit mir zu üben. Ich muss die Teile, bei denen er zum Einsatz kommen soll, off-ice einstudieren, bis sie perfekt sitzen. Er kann sich nur einen einzigen Tag Zeit für mich nehmen und bis dahin muss ich es voll draufhaben, weil wir es dann auch gleich filmen wollen.«

»Dann gibt's ja einen Plan.«

Ich ziehe eine Grimasse, die gleichermaßen an uns beide gerichtet ist. »Eigentlich nicht, nein. Ich muss uns beiden Sachen beibringen, von denen ich selbst null Ahnung habe, und dafür habe ich nur knapp anderthalb Monate Zeit.«

Heath macht langsam einen Schritt auf mich zu, er sieht mich dabei unverwandt an.

»Dann sollten wir jetzt besser anfangen.«

Ich beschließe, dass wir ganz locker mit einer einfachen Hebung beginnen. Ich ergreife Heaths Hände, verschränke sie mit meinen und verlagere mein Gewicht auf meine Arme. Ganz bewusst fixiere ich eine Stelle an seinem Hals, während ich ihm erkläre, was er tun soll. Es ist eine einfache Hebefigur, die tatsächlich typischerweise die erste ist, die sie kleinen Kindern beibringen, wenn sie mit Paarlauf beginnen. Der Junge geht mit angewinkelten Ellenbogen in die Knie, während das Mädchen die Arme durchstreckt, dann stemmt er sie nach oben und sie spreizt dabei die Beine. Klingt einfach, ist es aber nicht.

Die eigentliche Abfolge der Hebefigur ist logisch und Heath hebt mich offenbar mühelos hoch, doch sobald er mich in der Luft hält, unsere verschränkten Hände auf Schulterhöhe, sein Kinn gegen meinen Bauch gepresst, kommt es mir alles andere als leicht vor.

»Und was jetzt?«, fragt Heath. Durch den dünnen Stoff meines blauen Tanktops kann ich seinen warmen Atem spüren. Ein leichtes Zittern geht durch meinen Körper, das er mit Sicherheit spürt.

»Jetzt nichts weiter. Das ist die Hebefigur.«

»Das ist alles?« Ein weiteres Zittern.

»Wenn du Lust hast, kannst du dich noch einmal im Kreis drehen. Ja, so. Langsam. So würden wir es auf dem Eis machen.«

»Sollte ich dich nicht noch ein Stück höher heben? So wie eine Hantel?« Während er spricht, streckt er bereits seine Arme nach oben und hievt mich über seinen Kopf hinweg.

Ich quietsche auf und meine Ellenbogen knicken ein, woraufhin ich mit meinem vollen Gewicht auf ihn falle und wir gemeinsam zu Boden stürzen.

Mit einem *Uff!* landet Heath rücklings im Gras und mir entfährt ein ähnlicher Laut, als ich auf ihn draufknalle. Seine Hände fliegen seitlich an meine Oberschenkel, um mich festzuhalten. Er hebt den Kopf.

»Alles okay mit dir?« Bevor ich antworten kann, flucht er leise. »Du blutest.«

»Echt?« Ich bringe mich auf seiner Brust in eine sitzende Position und rutsche von ihm herunter, während ich mir an die Stirn fasse. Ich spüre etwas Feuchtes. Ein Blick auf meine roten Fingerspitzen genügt und mir wird schwarz vor Augen.

Etwas Warmes drückt fest gegen die Wunde und Heaths beruhigende Stimme dringt durch das Dunkel.

»Brooke, bist du noch bei mir? Brooke, sieh mich an.«

Ich versuche mich auf sein Gesicht zu konzentrieren, das nur wenige Zentimeter von meinem entfernt ist, bis mein Sichtfeld wieder klar wird.

»So ist es gut.« Heath setzt sich nach hinten auf seine Fersen und stößt einen langen Atemzug aus, seinen Daumen hält er noch immer gegen meine Augenbraue gepresst. »Für eine Sekunde sind deine Augen in die Höhlen zurückgerollt. Es ist nur eine kleine Platzwunde.« Er nimmt seinen Daumen weg. »Okay, es hat schon fast aufgehört zu bluten. Siehst du?«

Ich spüre, dass mein Gesicht die gleiche Farbe annimmt wie das Gras um uns herum, kneife die Augen zusammen und stecke den Kopf zwischen die Knie.

»Brooke?«

»Gib mir nur eine Minute«, wiegele ich ab. Ich atme tief ein und aus.

»Ist es wegen dem Blut?«

Ich nicke. Atme erneut tief ein.

»Bei dem bisschen?«

Ich nicke wieder. Atme tief aus.

»Wow. Ich habe noch nie erlebt, dass jemand beim Anblick von Blut so reagiert.«

»Das ist bei fast allen in meiner Familie so«, sage ich, noch immer auf meine Atmung konzentriert. »Einmal, als ich acht war, hat meine Mutter sich beim Tomatenzerkleinern in den Finger geschnitten und Jason und ich rannten in die Küche, als wir sie schreien hörten. Er ist noch im Laufen ohnmächtig geworden und hat sich beim Hinfallen das Kinn aufgeschlagen. Und ich bin als Nächste umgekippt und mit dem Kopf gegen die Kante der Kücheninsel geknallt. Mein Vater musste uns alle drei in die Notaufnahme bringen, wo wir genäht wurden.«

Erst als ich zu Ende erzählt habe, bemerke ich, dass Heaths Atem schwerer geht. Ich blicke zu ihm hoch. Er sieht aus, als würde jetzt *er* jeden Moment in Ohnmacht fallen.

Sofort suche ich ihn mit den Augen nach möglichen Verletzungen ab, aber nichts deutet darauf hin, dass er sich wehgetan hat. Und dann registriere ich, was ich gerade eben gesagt habe. Wie meine Familie auf Blut reagiert. Dass Jason beim Anblick eines harmlosen Fingerschnitts umgekippt ist. Ich kann Heath nur mit weit aufgerissenen Augen anstarren.

Jason hat auf Blut immer so empfindlich reagiert, trotzdem hat er es irgendwie geschafft, lange genug bei Bewusstsein zu bleiben, um auf Cal einzustechen, bis er tot war. Ich weiß nicht, welche extremen Umstände dazu geführt haben, dass er diese reflexartige Reaktion seines Körpers unterdrücken und die Tat begehen konnte. Die Fragen, auf die es keine Antwort gibt, nageln mich leblos am Boden fest. Heath nicht.

Ohne ein Wort zu sagen, rappelt er sich hoch und läuft auf seinen Truck zu.

»Heath! Warte! Ich wollte nicht –«

Er bleibt stehen und wedelt, ohne mich anzuschauen, mit der Hand, um mich zum Schweigen zu bringen. »Hör mal, es ist eh schon spät. Ich muss für heute Schluss machen.« Er hat die Lider gesenkt, fährt sich mit einer Hand durchs Haar und sieht mich schließlich doch an, hält meinem Blick aber nicht länger als zwei Sekunden stand. »Ich habe gesagt, ich würde mir Mühe geben, daran zu denken, dass ich nicht wütend auf dich bin. Momentan muss ich mir dabei aber *verdammt* viel Mühe geben. Wenn ich jetzt bleibe, würde ich mich später schlecht fühlen wegen all der Dinge, die ich dir an den Kopf werfen würde. Okay?«

Ich nicke eilig, so als würde ich ihn absolut verstehen und als wäre ich kein bisschen verletzt, weil er so unbedingt von mir wegwill. Ich verstehe es. Ehrlich. Trotzdem fühlt meine Brust sich beim Atmen eng an. Wir geben uns Mühe, einander nicht zu verletzen.

Aber ich habe ihn verletzt und er mich.

Wir verletzen uns in diesem Moment.

Ich weiß nicht, wie ich zum Ausdruck bringen soll, wie sehr es mir leidtut, außer, indem ich ihn gehen lasse.

»Stimmt, es ist schon spät.« Ich habe noch reichlich Zeit, bis meine Schicht anfängt, aber Heath ist anzusehen, wie viel Kraft es ihn kostet, nicht jede Sekunde die Beherrschung zu verlieren. Ich finde es schrecklich, so auseinanderzugehen, vor allem, weil ich nicht weiß, ob er meint, dass er nur jetzt gehen muss oder für immer. »Wirst du … morgen?«

»Keine Ahnung, ehrlich. Ich muss …« Er zeigt zu seinem Truck hinüber und geht auf ihn zu. Diesmal mache ich keine Anstalten, ihn aufzuhalten.

Es ist spät in der Nacht, so spät, dass bereits ein neuer Tag begonnen hat, als ich seine Nachricht bekomme.

Ich werde morgen da sein.

Kapitel 24

Meine zweite Trainingssession mit Heath verläuft sehr viel besser als die erste, hauptsächlich deshalb, weil wir nicht groß miteinander reden. Wir kriegen die halbhohe Hebefigur gut hin und knöpfen uns – nachdem ich all meinen Mut zusammennehme – die Überkopffigur vor.

»Ich halte dich fest«, sagt Heath, als wir unsere Positionen einnehmen.

»Ich weiß.« Ich habe keine Angst davor, dass er mich fallen lässt. Ich habe Angst davor, so hoch oben zu sein.

Wegen unserer gestrigen Bruchlandung sucht Heath fürs Üben eine mit dichtem Gras bewachsene Stelle aus. Wenn ich falle, wird es zwar trotzdem wehtun, aber hoffentlich lässt sich diesmal ein Blutvergießen vermeiden.

Er quetscht meine Hände zusammen, geht in die Knie und dann bin ich schon in der Luft. Ohne innezuhalten, stemmt er mich in einem Zug über seinen Kopf empor. Es ist hoch. Zu hoch. Meine Arme fangen an zu zittern, während der Horizont in meinem Blickfeld zu schwanken scheint.

»Nicht einknicken!«, ruft Heath und macht einen kleinen Ausgleichsschritt, um uns in der Balance zu halten. »Ich lass dich eiskalt auf den Hintern knallen.«

Angesichts dieser Drohung strecke ich automatisch die Arme durch. Ich schiele zu ihm hinunter und fange seinen Blick auf.

»Das ist mein voller Ernst. Diesmal lasse ich mich von dir nicht platt walzen.«

Es dauert eine Sekunde, bevor es in seinen Augen belustigt funkelt. Das bin ich absolut nicht von ihm gewöhnt.

»Na, geht doch. Siehst du! Gar nicht mal übel, was!«

Ich sehe in sein nach oben gerecktes Gesicht mit dem schiefen Lächeln und nicke. Aber sobald ich den Blick wieder nach vorn richte, überkommt mich erneut ein heftiger Schwindel.

Dank Heaths guter Reflexe landen wir diesmal nicht auf dem Boden, als ich falle, trotzdem knallt mein Brustbein auf dem Weg nach unten gegen seine Nase. Seine Hände fliegen an sein Gesicht, kaum dass er mich auf dem Boden abgesetzt hat.

»Oh, Heath, tut mir so leid.«

Er dreht mir den Rücken zu, seine Worte klingen gedämpft: »Geh weg. Ich will nachsehen, ob's blutet.«

Ich weiche einen großen Schritt zurück und starre seinen Rücken an, während meine Hände nervös den Saum meines T-Shirts zusammenknüllen. »Ich hatte gar nicht das Gefühl, dass ich dich so doll erwischt habe. Es ist doch nichts gebrochen?«

Er dreht sich wieder zu mir um und ich sehe sein gerötetes, aber zum Glück unblutiges Gesicht. »Nein, es ist nichts gebrochen.« Seine Augen tränen ein bisschen, aber davon abgesehen scheint alles intakt zu sein.

Ich beiße mir auf die Lippen. »Es tut mir echt total leid.«

Er betastet seine Nase. »Erklär mir noch mal, warum wir das nicht im Wasser machen?«

»Weil ich von hier aus direkt zur Arbeit muss und nasses Haar und Eishallenluft sind keine gute Mischung.«

»Okay. Ist dir eigentlich jemals der Gedanke gekommen, dass Eiskunstlauf nicht gerade die beste Sportart ist für jemanden, der Angst vor Blut und großer Höhe hat?« Ich höre keinen aggressiven Beiklang heraus, aber seine Frage ist durchaus ernst gemeint. Anscheinend habe ich ihn doch härter erwischt als gedacht.

»Was meinst du wohl, warum ich bislang immer nur solo gelaufen bin?«

Er grummelt eine Antwort, die ich nicht verstehe. »Könnten wir fürs Erste bei den simplen Hebefiguren bleiben, bis du deine Nervosität wegen der Höhe in den Griff gekriegt hast?«

Ich verkneife mir den Hinweis, dass das nichts ist, was ich mal eben »in den Griff kriegen« kann, weil ich bereits mein ganzes Leben darunter leide. Und ich bin selbst nicht scharf darauf, noch mal so weit oben in der Luft zu hängen. Ein kleines bisschen Empathie wäre allerdings schon ganz nett. »Gibt's nicht auch irgendwas, wovor du Angst hast?«

Mir schwebt irgendeine kleine, gewöhnliche Phobie vor wie bei mir – Angst in engen Räumen, Angst im Dunkeln usw., aber ich sehe seiner Miene an, dass er die Frage ganz anders versteht.

Ich spüre einen Nachhall der Emotionen unseres allerersten Treffens – Beklemmung, Unbehagen –, als Heath zum Baum rübergeht. Aber darüber hinaus ist da noch irgendwas anderes in mir; eine Art Sehnsucht, die ich jedoch nicht richtig benennen kann.

Er entfernt sich weiter von mir, als ich es erwartet hätte. Als würde auch er sich an unser erstes Treffen unter diesem Baum erinnern. »Was für eine krasse Frage.«

»Ich meinte nur …«

»Ich weiß, was du gemeint hast.« Heath kommt wieder näher und nach einem kurzen, kaum merklichen Zögern streicht er mit den Fingern über meine Hand. Jedes Mal, wenn er mich berührt, durchzuckt mich ein Kribbeln wie ein Stromschlag. Ich antworte ihm mit einer Berührung meiner Finger und er nimmt meine ganze Hand in seine. Dort verharrt auch sein Blick – auf unseren Händen, nicht auf meinem Gesicht –, als er antwortet: »Cal hatte ein Vollstipendium für die Universität in Toronto. Vielleicht wusstest du das ja.« Er zuckt mit den Schultern.

Ja, das wusste ich. Das war eines der Details, welche die Tat meines Bruders für alle, die darüber berichteten, noch abstoßender machte. Calvin Gaines war nicht irgendein Durchschnitts-Collegestudent. Er war brillant und ehrgeizig und strotzte vor Potenzial. *Die Welt weiß ja gar nicht, was ihr verloren gegangen ist,* war ein Satz, den ich immer wieder gehört hatte. Mein Herz krampft sich zusammen, weil ich nicht an Cal denken kann, ohne an Jason zu denken und mich auch seinetwegen elendig zu fühlen. Die Schuldgefühle angesichts dieser unbewussten gedanklichen Verkettung schnüren mir beinahe die Luft ab, aber ich kann jetzt nicht ohne eine Erklärung meine Hand wegziehen. Und ich kann es Heath nicht erklären. Ich kann es ja nicht mal mir selbst erklären.

»Mein ganzes Leben lang war er dieser krasse Typ.« Ein Lächeln umspielt Heaths Mundwinkel. »An meinem ersten Tag an der Highschool schrien alle Lehrer Hurra, als sie meinen Namen hörten. Calvin Gaines' kleiner Bruder! Sie dachten, wenn ich nur halb so schlau wäre wie er, hätten sie ein weiteres Genie in der Klasse. Vermutlich hat's nicht mal eine Woche gedauert, bis ihnen dämmerte, dass unser Nachname die einzige Sache war, die wir gemeinsam hatten. Ich war weder ein akademischer Überflieger noch eine Sportskanone. Und was sie – also meine Lehrer, meine Mutter und Cal – noch schlimmer fanden, war, dass es ihrer Meinung nach nicht daran lag, dass ich es nicht konnte, sondern daran, dass es mir egal war.« Er drückt meine Hand, dann lässt er sie los und holt Luft. »Ich glaube, mir war eigentlich immer alles egal. Ich hab nur genau so viel getan, dass ich einigermaßen über die Runden kam. Ich hab Cal seinen Goldjungenstatus immer gegönnt, ihm flog alles so zu. Er war einfach gut in allem.«

»Heath.« Ich suche seinen Blick. »Stimmt doch gar nicht, dass du dich nur hast treiben lassen.« Obwohl ich ein Jahrgang unter ihm war und wir uns in verschiedenen Kreisen bewegt hatten, wusste ich, wer er war. Und er war nicht so, wie er sich jetzt darstellt. Vielleicht hatte er sich gemessen an Cal so gefühlt, aber soweit ich weiß, war Heath kein schlechter Schüler.

»Doch, doch, genau das habe ich getan: mich einfach treiben lassen. Und das war okay so. Wegen Cal. Er war derjenige, der die Welt im Sturm erobern und Großes tun würde. Punkt. Aus. Ende.« Er presst die Kiefer zusammen und gibt sich erkennbar Mühe, seine Wut nicht auf mich zu richten. »Studieren war mir egal, also habe ich mich nirgends beworben. Meiner Mutter erzählte ich, dass ich mich am hiesigen Community College einschreiben würde, aber vorher noch eine Weile arbeiten und etwas Geld sparen wolle. Und das war für mich ...« Seine Kiefermuskeln spannen sich noch weiter an und er bringt es nicht über sich, mich anzusehen, »... völlig okay so. Keine Pläne, keine Ziele. Ich wollte hier in dieser Stadt arbeiten und leben und sterben und hätte wohl nie das Gefühl gehabt, irgendwas zu verpassen.«

Wollte. Das ist das Wort, das er benutzt. Er *wollte* alle diese Dinge tun.

Heaths Blick richtet sich auf mich, aber anders als erwartet entdecke ich keine Bitterkeit in seinen Augen. Und ich verstehe.

Das Leben, mit dem er sich zufriedengegeben hätte, ein Leben ohne Höhe- oder Tiefpunkte, ohne Meilensteine oder Erfolge – das reicht jetzt nicht mehr. Es reicht nicht mehr, weil sein Bruder tot ist und er sein Leben nicht mehr damit zubringen kann, am Rand zu stehen und einen Geist zu beobachten.

Und das macht ihm eine Heidenangst.

»Was lässt dein Herz höherschlagen?«, frage ich etwas später, als wir uns im Schatten sitzend eine Flasche Wasser teilen.

»Wie meinst du das?«

»Na, so wie Eislaufen mein Herz höherschlagen lässt.« Mit dem Kinn deute ich auf den Baum. »Schnitzen?«

Heath hat mir ein paar Fotos von Sachen gezeigt, die er zusammen mit seinem Großvater geschnitzt hat, und er ist wirklich gut. Ich weiß, dass mein Vater sich darum reißen würde, mit jemandem zusammenzuarbeiten, der so talentiert ist wie Heath. Wäre Heath jemand anders, hätte ich ihn schon längst mit meinem Dad bekannt gemacht.

Ich beobachte seinen Adamsapfel, während er trinkt. Dann hält er mir die Wasserflasche hin. »Nein, das mache ich mehr meinem Großvater zuliebe.«

Ich nehme die Flasche. »Was dann?«

Er zuckt mit den Schultern. »Keine Ahnung.«

»Du willst mir erzählen, es gibt nichts, was … ich weiß nicht … was dich spüren lässt, dass du hellwach und nicht wie betäubt bist, während sich alles andere wie ein Traum anfühlt?«

»Das bedeutet Eiskunstlauf für dich?«

Ich nicke.

Er nimmt mir wieder die Wasserflasche ab. »Muss ein schönes Gefühl sein.«

Es ist mehr als nur schön; es ist überlebenswichtig für mich. Eiskunstlaufen ist ein Teil von mir, auch wenn dieser Teil inzwischen geschrumpft ist. Es bricht mir das Herz, dass Heath nichts dergleichen hat.

»Gab es vorher für dich so eine Sache?«

»Bevor Cal gestorben ist?« Er wartet, bis ich nicke. »Ich kann mich nicht mehr an eine Zeit erinnern, als Cal noch nicht tot war. Ergibt das Sinn?«

Das tut es. »Ich könnte dir bei der Suche helfen?«

Ich merke, dass ich zu angestrengt lächele, wie um zu kompensieren, dass er es gar nicht tut.

»Ja.«

Heath seufzt, aber es klingt nicht schwermütig, sondern eher so, als würde eine Last von ihm genommen. »Im Moment fühle ich mich jedenfalls nicht wie betäubt. Sollen wir weiterüben?«

Obwohl es von ihm vermutlich gar nicht so gemeint war, fühlt es sich trotzdem an wie das schönste Kompliment, das ich je bekommen habe. Als er seine Hände nach mir ausstreckt, nehme ich mir vor, dass ich alles in meiner Macht Stehende tun werde, damit er weiter hellwach bleibt.

Kapitel 25

Am nächsten Morgen sitzt Laura im Schneidersitz auf ihrem Bett und Ducky pfeift in seinem Käfig vor sich hin, in dem vergeblichen Bemühen, ihre Aufmerksamkeit zu erregen, als ich in ihr Zimmer stürme. Und zwar wirklich stürme. Ich muss es so übertreiben, damit überhaupt der Hauch einer Hoffnung besteht, dass ich sie für mein heutiges Vorhaben gewinnen kann.

Trotz der vielen Zeit, die meine Schwester in ihrem Zimmer verbringt, befindet es sich in einem ähnlich chaotischen Zustand wie der Rest ihres Lebens. Ich rutsche ein Stück zur Seite, damit ich nicht direkt auf dem verdächtig nach alter Schokolade aussehenden Fleck auf ihrer Tagesdecke sitze. Ihre Klamotten sind mit ähnlichen Flecken übersät – die, die sie anhat, und die, die über den Boden verteilt sind. Die Schubladen ihrer Kommode stehen offen und überall liegt Müll außer in ihrem Papierkorb.

Nicht dass sie früher einen Ordnungsfimmel gehabt hätte – sie war immer viel zu sehr mit allem Möglichem beschäftigt, um sich um ein nicht aufgeräumtes Zimmer zu scheren –, aber sie ist auch keine ausgesprochene Chaotin gewesen. Mom, die noch allzu lebhafte Erinnerungen an ihre eigene freudlose Kindheit hatte, verdonnerte uns nie dazu, unsere Zimmer aufzuräumen. Bei Jason und mir war das ohnehin nie nötig. Und Laura ist immer dann, wenn sie ihr jeweiliges Lieblings-T-Shirt nicht mehr finden konnte, frustriert zu mir gekommen und hat mich gebeten ihr beim Aufräumen zu helfen. Danach hielt sie ihr Zimmer ungefähr einen Monat lang halbwegs in Ordnung, bis das Chaos wieder überhandnahm und das ganze Spiel von vorn losging. Aber das hier … Dem Geruch nach zu urteilen hat Laura seit Jasons Festnahme hier nicht mehr geputzt.

Das einzig Saubere im ganzen Zimmer – einschließlich Laura selbst – ist Duckys Käfig.

Durch den Mund atmend gebe ich mir alle Mühe, das Drumherum zu ignorieren, und konzentriere mich nur auf Lauras Gesicht.

»Ich bin beschäftigt«, sagt sie, ohne den Blick vom Display ihres Laptops zu nehmen.

Ich beuge mich vor und klappe den Laptop zu.

»Hey!«, protestiert sie nur halbherzig – immerhin, ein gutes Zeichen. Ich warte darauf, dass ihr Blick von ihrem Computer zu mir wandert.

»Du musst mit mir zusammen auf einen Rummel gehen.«

Meine Schwester starrt mich an.

Ich drehe ihren Laptop zu mir herum, klappe ihn auf und fange an zu tippen. »Es gibt einen, der ist nur zwei Stunden Autofahrt von hier entfernt, und da musst du mit mir hin.« Ich drehe das Display wieder zu ihr herum, damit sie die Bilder der Fahrgeschäfte und aller anderen Attraktionen sehen kann. Ich sorge dafür, dass der Flip Fly, Lauras Lieblingsfahrgeschäft, besonders groß abgebildet ist, obwohl mir schon beim bloßen Anblick schwindlig wird. Sie wirft einen kurzen Blick darauf, dann sieht sie mich an.

»Geh doch mit Maggie hin.«

Ich schüttele den Kopf. »Ihre Mutter will, dass sie zusammen die Zimmer in ihrem Haus neu streichen. Ich will mit *dir* hingehen und … ich kann nicht länger warten, sonst kriege ich einen Nervenzusammenbruch.«

»Wieso Nervenzusammenbruch?« Lauras sonst so ausdruckslose Miene zeigt Irritation. »Warum musst du überhaupt auf diesen Rummel?«

Ich hole tief Luft. »Weil es dort ein Riesenrad gibt und ich meine Angst vor der Höhe loswerden will.«

Ihr Gesicht ist wieder eine starre Maske. »Ist das dein Ernst? Wieso ausgerechnet jetzt?«

Die Tatsache, dass meine Schwester überhaupt mit mir spricht, ist der entscheidende Faktor, dass ich mit der Wahrheit herausrücke – oder wenigstens teilweise.

»Sag Mom bitte nichts davon, aber nächsten Monat läuft die Bewerbungsfrist für *Stories on Ice* ab. Maggie liegt mir deswegen schon die ganze Zeit in den Ohren und da dachte ich mir, es könnte ja nicht schaden, wenn ich wenigstens das Video drehe. Anton hat mir bereits zugesagt, dass er mit mir zusammen den Paarteil dreht, aber ich habe noch totale Schwierigkeiten bei den Hebefiguren und kriege Panik, sobald ich mich zu hoch über dem Boden befinde.«

Ich halte insgeheim die Luft an, als ein merkwürdiger Ausdruck über Lauras Gesicht huscht. Fast meine ich, dass es Erleichterung ist, aber das ergibt keinen Sinn und die Regung ist zu flüchtig, um sicher zu sein.

»Du hast schon so lange nicht mehr von der Bewerbung geredet, dass ich dachte, du hättest die Idee verworfen«, sagt Laura.

»Habe ich auch«, erwidere ich, verwundert, dass sie nicht panischer reagiert, so wie Mom. Ich bewege mich bei dem Thema auf dünnem Eis und muss gut aufpassen, was ich sage. Wenn ich jetzt Jason erwähne, verliere ich sie wieder – so wie beim letzten Mal –, aber ganz und gar herauslassen aus der Sache kann ich ihn auch nicht. »Ich weiß nicht, ob ich euch alle hier zurücklassen möchte. Also wenigstens nicht in der jetzigen Situation.«

Laura dreht sich zu Ducky im Käfig um. »Ich finde, du solltest es tun.«

Ich bin nicht sicher, ob ich sie richtig verstanden habe. »Du meinst, mich bewerben?«

Sie nickt. »Ich bin sicher, dass sie dich nehmen werden. Mach das bloß.«

Ich stupse sie mit zwei Fingern am Knie an, damit sie mich ansieht. »Sie sind ganzjährig auf Tournee«, sage ich sanft. »Ich wäre mehr unterwegs als zu Hause.«

Sie zieht ihre Beine weg, sodass ich sie nicht mehr berühren kann. »Ich weiß.«

Ich richte mich langsam auf. Die Tatsache, dass ihr die Aussicht, mich lange Zeit nicht zu sehen, offenbar rein gar nichts ausmacht, ist wie ein Schlag ins Gesicht. »Du wärst dann die nächsten paar Jahre allein mit Mom und Dad. Bis du aufs College gehst. Wäre das okay für dich?«

Sie zuckt mit den Schultern und selbst das tut sie nur mit halber Kraft.

Es ist nicht so, dass ich es darauf abgesehen habe, Laura traurig zu stimmen. Aber ich hätte von ihr gern eine Reaktion gesehen, die mir gezeigt hätte, dass sie mich vermissen würde. Nicht noch mehr Desinteresse; das schmerzt mich am meisten.

Laura tippt auf die Laptoptastatur und schließt die Internetseite des Jahrmarkts. »Du brauchst kein Riesenrad. Stell dich einfach aufs Verandageländer.«

Ich klappe mit Nachdruck ihren Laptop zu. »Warum bist du bloß so gleichgültig? Allem und jedem gegenüber. Natürlich könnte ich auf alles Mögliche draufklettern oder ich könnte auf Maggie warten. Stattdessen habe ich diesen blöden Markt rausgesucht, mit einem dieser blöden Fahrgeschäfte, die du so liebst, in irgendeiner blöden Stadt, die weit genug weg ist, dass uns dort niemand kennt. Ich wollte etwas *mit dir* unternehmen, Zeit *mit dir* verbringen, mich zusammen *mit dir* dieser Sache stellen, vor der ich echt Schiss habe.«

Ich hole tief Luft und warte auf ihre Antwort. Darauf, dass sie etwas sagt oder tut – aber nichts. Es bricht mir das Herz. »Ich gebe mir wirklich große Mühe und du tust so, als wäre meine bloße Anwesenheit für dich eine Zumutung. Was habe ich getan, hm?« Ich stoße meinen Finger gegen ihre Brust. »Was habe ich *getan*?«

»Nichts!«, schreit sie und ich schrecke zurück. »Du hast eben *nichts* getan! Ich habe dir gesagt, mit ihm würde irgendwas nicht stimmen, als er vom College nach Hause kam, aber du hast nicht zugehört. Wir hätten mit ihm reden sollen – wir hätten ihn an diesem Abend nicht einfach weggehen lassen sollen. Ich hätte ihm hinterherlaufen können …« Der heiße Zorn in ihrer Stimme löst sich so jäh auf, wie er aufgekommen ist, und eine Sekunde lang glaube ich, dass sie anfängt zu weinen, aber sie presst die Lippen zusammen, bis ihre Züge sich wieder glätten und ihre Schultern nach unten sacken.

Laura mag ihre Fassung zurückgewonnen haben, ich nicht. Mit angehaltenem Atem starre ich sie an. »Willst du damit sagen … dass es *meine* Schuld ist? Dass ich … wir ihn hätten aufhalten können?« Sie weigert sich mich anzusehen und meine Sicht verschwimmt. »Laura – du kannst unmöglich glauben, dass irgendwer hätte ahnen können, was an diesem Abend passieren würde. Noch nicht mal Jason hat es geahnt.«

Ihr Blick schießt zu mir, so hart und stechend, dass mir das Herz stockt. »Das spielt jetzt keine Rolle mehr, oder?« Sie zieht ihren Laptop zu sich heran und klappt ihn wieder auf, ihr Zeigefinger gleitet über das Touchpad, als wären die letzten paar Minuten nie geschehen.

Ich bin den Tränen nahe und sie sieht todmüde aus.

»Laura«, sage ich und versuche das Zittern in meiner Stimme zu unterdrücken. »Bitte, fahr mit mir. Wir können reden und versuchen die Sache zu klären. Ich hab nicht gewusst, dass du so empfindest, aber ich hätte es wissen sollen.«

Ohne hochzusehen, sagt sie: »Du kannst ja gehen. Ich habe keine Lust auf den Rummel.«

Ich weiß, dass Heath nicht da ist, dennoch gehe ich zu unserem Baum. Der letzte Morgennebel liegt noch wie ein Schleier über der Wiese. Als ich hindurchwate, scheinen sich fast kleine Wirbel zu bilden. Ich berühre den Stamm der Eiche und lasse meine Finger über den verstümmelten Teil gleiten, auf dem früher Jasons Name stand.

Ich weiß nicht, was ich wegen Laura noch tun soll. Ich habe das Gefühl, mit jedem meiner Versuche verschlechtere ich unsere Beziehung. Jason hätte gewusst, was er zu ihr sagen muss. Wenn ich statt Jason im Gefängnis säße und er hier wäre, dann wären die beiden jetzt auf dem Weg zum Jahrmarkt. Ich lehne mich mit dem Rücken gegen den Baumstamm und lasse mich nach unten gleiten, bis ich im taufeuchten Gras sitze. Ich weiß einfach nicht, ob es Jasons Geständnis ist, das Laura so zu schaffen macht, oder ob sie mir die Schuld an allem gibt oder ob sie sauer ist, weil ihr Lieblingsgeschwisterteil weg ist und sie mit mir vorliebnehmen muss … Wir sind so verschieden. Laura ist immer die Wilde, Ungestüme gewesen, die sich von Brücken herunterstürzte, während ich bereits panisch werde, sobald ich mich kaum einen Meter über dem Boden befinde.

Ich bezweifle, dass ich auch nur einen Fuß in dieses Riesenrad gesetzt hätte, egal wie entschlossen ich vorhin geklungen habe. Das war so eine Fantasie von mir: Laura und ich machen einen kleinen Ausflug, bei dem wir allerlei Frittiertes in uns hineinstopfen und ich mich vielleicht, ganz vielleicht mit ihr zusammen traue, etwas weniger Krasses als das Riesenrad auszuprobieren – das Kettenkarussell zum Beispiel. Bei der Vorstellung muss ich lachen, denn ich weiß, dass Laura und ich auch gelacht hätten.

Mein Lachen verebbt. Es hätte ein schöner Tag werden können. Es hätte der Auftakt zu vielen schönen Tagen werden können. Ich gebe mir alle Mühe, Laura nicht. Ich suche weiter nach Wegen, um ihr zu zeigen, dass mir etwas an ihr liegt, und sie zeigt mir ständig, dass ihr nichts an mir liegt. Nichts, was ich sage oder tue, scheint daran etwas zu ändern. Ich gehe auf sie zu und Laura zieht sich zurück. Buchstäblich. Ich dachte wirklich, diesmal würde es anders laufen. Dass sie mich nicht abweisen würde, wenn ich sie um Hilfe bitte. Hat sie aber. Es war sogar noch schlimmer – sie war mehr als nur gleichgültig. Und zum ersten Mal, seit Jason weg ist, tut sie mir nicht leid.

Ich hole tief Luft, atme Entschlossenheit ein und stemme mich vom Boden hoch. Ohne mich lange mit Nachdenken aufzuhalten, klettere ich auf einen hüfthohen Ast.

Okay. Das ist machbar. Achtzig Zentimeter über dem Boden kriege ich hin.

Ich ziehe mich noch einen Ast höher, die Arme um den Stamm geklammert wie ein Koalabär in Menschengestalt.

Ein Meter über dem Boden. Immer noch okay. Ein Meter dreißig. Schwindelig, schwindeliger. *Nicht fallen. Nicht fallen.*

Ich lege mich bäuchlings auf den Ast, auf dem ich eben noch gestanden habe, und atme durch, bis ich wieder klar sehe und das Dröhnen in meinen Ohren aufhört. Doch statt herunterzuklettern, stehe ich wieder auf.

Kapitel 26

»Was hast du eigentlich gegen mein Gesicht?«

»Ich habe gar nichts gegen dein Gesicht«, antworte ich Heath.

Es ist der nächste Tag, kurz bevor die Sonne untergeht, und obwohl ich beim gestrigen Alleine-Üben nicht höher als anderthalb Meter über den Boden hinausgekommen bin, bin ich fest entschlossen mich nicht länger von meiner Angst vor Höhen aufhalten zu lassen. Irgendwie muss ich mich dran gewöhnen, bäuchlings und in Superman-Pose zweieinhalb Meter über dem Boden zu balancieren. Ich fühle mich bereit den nächsten Schritt zu tun, weshalb ich Heath gerade eröffnet habe, dass ich anfangen will die Überkopfhebefiguren zu üben.

»Haben wir nicht gesagt, wir bleiben erst mal bei den einfachen Hebefiguren, die nicht so hoch sind? Bei denen ich am Ende keine gebrochene Nase habe?«

»Die einfachen Hebungen reichen nicht. Es sind die hohen Hebefiguren, die ich draufhaben muss.« Dann ergänze ich etwas leiser: »Es sind die hohen Hebefiguren, vor denen ich Schiss habe.«

Heath seufzt. »Ja, ich auch.«

Meine Nerven sind immer noch ziemlich angegriffen von gestern, wegen Laura und der Tatsache, dass ich unzählige Male fast von diesem blöden Baum runtergefallen bin. Ich bin gereizt und es ist mir egal, ob Heath es merkt. »Hör zu, ich muss das lernen, okay? Wenn du mir nicht dabei helfen willst, sag's mir besser gleich, damit ich mir jemanden suchen kann, der dazu bereit ist.«

Statt vor meiner Bissigkeit zu fliehen, lehnt Heath sich näher an mich heran. »Wann habe ich gesagt, dass ich dir nicht helfen will?«

»Du beklagst dich.«

»Ja, und? Du bist jetzt schon zigmal voll gegen mein Gesicht geknallt.« Er zuckt mit den Schultern. »Ich werde mich auch weiter deswegen beklagen und die Aussicht, dass es wieder passieren wird, löst keine Begeisterungsstürme in mir aus.«

»Genau mein Punkt«, sage ich einen Tick zu laut.

»Nein«, erwidert Heath mit ruhiger Stimme, in der ein Hauch Herablassung mitschwingt. »Genau *meiner*. Du hast Höhenangst –«

»Daran arbeite ich.«

»– und«, sagt er, ohne auf meinen Einwurf einzugehen, »du willst, dass ich dich in eine Position bringe, in der du Angst empfindest, und diese Angst hat meist ziemlich schmerzhafte Konsequenzen für mich. Das ist bloß eine Feststellung.«

Ich beiße die Zähne zusammen. »In fünf Wochen drehe ich mein Bewerbungsvideo. Und da muss ich Hebefiguren zeigen – und zwar keinen Anfängerkram. Ich muss sie auf dem Eis machen, das heißt, ich kann mir nicht leisten hinzufallen. Wenn man Hebefiguren erlernt, sind Stürze unvermeidbar. Und ich falle lieber jetzt, hier auf der Wiese mit …« Fast wäre mir »mit dir« herausgerutscht, denn Heath ist im Gegensatz zu Anton stark und schnell genug, um uns beide abzufangen und uns vor ernsthaften Verletzungen zu bewahren, aber aus irgendeinem Grund will ich das nicht zugeben. »… genug Zeit, um sie zu perfektionieren.«

Heath tut so, als hätte er meine spontane Umformulierung nicht bemerkt. »Und das verstehe ich, ehrlich. Aber wie willst du denn irgendwas erlernen, wenn du jedes Mal, sobald du keinen festen Boden mehr unter den Füßen hast, halb ohnmächtig wirst?«

Ich funkele ihn an. »So schlimm bin ich nicht.«

Er funkelt zurück. »So gut bist du aber auch nicht.«

»Ich hätte gerade große Lust, dich anzuschreien.«

»Ach ja? Tu dir keinen Zwang an.«

Ich schreie ihn nicht an. Ich bohre meine Fingernägel in meine Handflächen, bis der Drang vorüber ist. »Ich hab's versucht, okay? Gestern habe ich meine Schwester gefragt, ob sie mit mir Riesenrad fährt.«

Heath zieht eine Augenbraue hoch. Ich weiß nicht, ob er beeindruckt ist oder mich für eine komplette Idiotin hält, dass ich es überhaupt für möglich gehalten habe, mich in dermaßen große Höhe zu begeben.

»Und?«, ist alles, was er sagt.

»Und nichts. Wir sind nicht hingefahren. Ich habe sie gefragt und sie antwortete, ich solle mich stattdessen aufs Verandageländer stellen. Also bin ich hierhergekommen und auf diesen Baum geklettert.« Ich drehe mich zur Steineiche um und sehe zum höchsten Ast rüber, auf den ich es geschafft habe. Es sieht lachhaft niedrig aus. Ich lasse die Schultern sinken und seufze. »Na ja, ich bin mehr oder weniger auf diesen Baum geklettert. Zumindest habe ich es versucht.« Ich schnappe nach Luft, als ich mich umdrehe und mich unmittelbar vor Heaths Gesicht wiederfinde. Ich muss den

Kopf etwas in den Nacken legen, um ihm in die Augen sehen zu können.

»Du bist gestern hergekommen und auf diesen Baum geklettert?«

»Ich hab's probiert«, sage ich. Wir stehen so dicht voreinander, dass ich schlucken muss.

»Bist du runtergefallen?«

»Kein Kommentar.«

Er zieht einen Mundwinkel hoch. Sein Blick gleitet an meinem Körper herunter, vom Kopf bis zu den Zehen und wieder zurück. Mir wird schwindlig, obwohl ich mit beiden Füßen fest auf dem Boden stehe. »So wie's aussieht, bist du unverletzt geblieben.«

»Weil ich nur *mehr oder weniger* auf den Baum geklettert bin.«

Der andere Mundwinkel wandert ebenfalls nach oben. »Mehr oder weniger ist doch schon mal was. Dass deine Schwester dich hängen gelassen hat, macht sie mir nicht gerade sympathisch, aber dass du so hoch hinauswolltest, imponiert mir. Wo ist denn das nächste Riesenrad?«

»Zurzeit gastiert ein Jahrmarkt in Lubbock.«

Heath lacht laut auf und ich lächele. »Und da wärst du wirklich hin?«

»Zum Rummel? Ja. Aufs Riesenrad? Das werde ich wohl nie erfahren.« Die Tatsache, dass mein Magen sich schon allein bei der Vorstellung zusammenkrampft, als hätte ich etwas Verdorbenes gegessen, spricht jedoch Bände.

»Ist aber schon ein bisschen extrem, oder?«

Allerdings. Wäre es mir nur um meine Höhenangst gegangen, hätte das Verandageländer locker gereicht. Aber es ging mir auch um Laura. Es fällt mir nicht gerade leicht, über das angespannte Verhältnis zwischen meiner Schwester und mir zu sprechen. Nicht nur weil ich das bisher noch nie getan habe, sondern auch weil ich Gewissensbisse bekomme, wenn ich Heath die Ohren mit etwas volljammere, was irgendwie im Zusammenhang mit seinem Bruder steht. Doch er ermutigt mich weiterzureden und kurz darauf sitzen wir nebeneinander auf dem Boden und ich erzähle ihm alles: wie Laura sich von allem und jedem zurückgezogen hat, mich eingeschlossen, und wie meine wiederholten Versuche, unser altes Verhältnis wiederaufleben zu lassen, bisher allesamt gescheitert sind.

Heath lehnt sich mit dem Rücken gegen den Stamm der Eiche und beobachtet das Blinken der Glühwürmchen am Teichufer. Schließlich dreht er sich zu mir. »Das ist echt scheiße.«

»Ja, das ist es«, sage ich und verlagere mein Gewicht, sodass ich mich jetzt auch gegen den Stamm lehnen kann. Er ist dick genug für uns beide, aber ich hatte Angst, dass sich beim Erzählen unsere Schultern versehentlich berühren könnten, und mich deshalb in einer steifen Haltung von ihm weggelehnt. Als unsere Schultern sich jetzt berühren, verspüre ich nicht den Impuls, von ihm abzurücken. Es ist ein schönes Gefühl, dass er hier neben mir sitzt. Und noch schöner ist, dass er mich versteht und weiß, dass sich die kaputte Beziehung zwischen meiner Schwester und mir nicht so ohne Weiteres kitten lässt.

»Erzähl mir von *deiner* Schwester«, sage ich. Ich würde ihm gern zurückgeben, was er für mich getan hat.

Heath winkelt die Beine an und schlingt die Arme um seine Knie. »Gwen und ich haben uns nie richtig nahegestanden, aber inzwischen haben wir uns vermutlich noch weiter voneinander entfernt. Der Unterschied zwischen uns und dir und deiner Schwester besteht darin, dass sich bei uns überhaupt niemand bemüht.« Er fängt kurz meinen Blick auf und sieht wieder weg. »Als Gwen zur Welt kam, war meine Mutter noch blutjung. Meine Eltern haben das zwar irgendwie hingekriegt, doch mit Cal und mir haben sie dann zehn Jahre gewartet. Gwen hat sich nie so sehr wie unsere Schwester gefühlt, sondern eher wie unsere zweite Mutter. Und jetzt, wo mein Dad die Familie im Grunde verlassen hat, versucht sie erst recht die Elternrolle zu übernehmen. Das ist für keinen von uns besonders lustig. Sie glaubt, sie hilft uns, indem sie allen sagt, was sie tun und lassen sollen, aber meistens drehe ich gleich wieder um und hau ab, sobald ich sehe, dass sie zu Hause ist.«

»Und wo gehst du dann hin?«, frage ich.

»Nirgendwohin. Zur Arbeit, wenn's geht.« Er sieht mich an. »Oder hierher.«

Ich halte seinem Blick unbewegt stand. Es fühlt sich nackt und doch geborgen an, *ich* fühle mich nackt und doch geborgen. Und es fühlt sich prickelnd warm an – zu prickelnd. So, als sollte ich eigentlich wegsehen, aber ich kann nicht.

»Das ist echt scheiße«, sage ich.

Heath lacht, wendet wieder den Blick ab und sieht zu Boden. »Ja und nein«, sagt er nüchtern. »Ich habe keine Ahnung, was ich wegen meiner Schwester tun soll, aber hier … finde ich es schön.«

»Hmmm«, sage ich ausweichend. Ich glaube, ich weiß, was er meint, und es erscheint mir sicherer, alles Weitere ungesagt zu lassen.

»Warum tust du das eigentlich?«

Ich runzele die Stirn. »Warum tue ich was?«

»Du betreibst diesen ganzen Aufwand für ein Bewerbungsvideo, das du nicht mal einreichen willst.«

»Ich habe Maggie gesagt, ich würde –«

Er winkt ab und unterbricht mich: »Nein, du hast gesagt, du machst das Video nur, damit sie endlich Ruhe gibt. Warum also so viel Aufhebens? Warum ist es dir so wichtig, zusätzliche Hebefiguren zu können und dafür dermaßen hart zu trainieren, wenn es doch nie jemand zu sehen kriegen soll?«

Vollkommen überrumpelt von der Frage gerate ich ins Stottern. »Keine Ahnung … Es ist mir halt wichtig, die Sache gut zu machen.«

Er lehnt sich ganz dicht an mich heran. »Ja, schon klar. Aber *warum*? Damit du es dir mit der Bewerbung noch anders überlegen kannst?«

»Nein.« Meine Antwort kommt wie aus der Pistole geschossen und klingt selbst für meine Ohren zu laut.

Heaths Miene macht deutlich, dass er mir nicht glaubt. Ich spüre, wie meine Wangenmuskeln angespannt zucken und sich das Grübchen an meinem Kinn vertieft. »Ich mache keine halben Sachen. So bin ich einfach. Und das hier …« Ich mache eine allumfassende Geste. »… das war für eine lange Zeit mein Lebenstraum.« Meine Kehle wird eng, trotzdem rede ich weiter. »Niemand hat –« Um ein Haar rutscht mir heraus: *Niemand hat Schuld, dass ich diesen Traum aufgeben muss*, aber das stimmt nicht und ich hoffe, dass Heath nichts bemerkt. »Ich habe mich selbst dazu entschieden, diesen Traum an den Nagel zu hängen, aber das war nicht leicht für mich. Ich würde immer noch gerne eiskunstlaufen und ich möchte immer noch das bestmögliche Video drehen, und sei es nur für mich selbst.«

Heath starrt mich eine gefühlte Ewigkeit an, obwohl es tatsächlich nur wenige Sekunden sind. »Nur für dich selbst?«

»Ja.«

Vielleicht bilde ich mir nur ein, dass er traurig aussieht, als er nickt, oder vielleicht hat es auch nichts mit mir zu tun. Verunsichert rappele ich mich hoch und vermeide ihn anzusehen. »Wie auch immer, Maggie würde es mir nie durchgehen lassen, wenn ich nicht mein Bestes gebe. Sie würde misstrauisch werden und womöglich darauf pochen, dabei zu sein, wenn ich meine Bewerbung abgebe. Aber wenn das Video gut wird, hat sie keinen Grund, mir zu misstrauen. Ich will sie einfach nicht anlügen.«

Heath stößt einen Laut aus und lässt den Kopf in den Nacken fallen.

»Was?«, frage ich etwas scharf.

»Es ist nur … du lügst sie doch trotzdem an.«

»Ich habe nie gesagt, dass ich das Video tatsächlich einreichen würde. Es ist keine Lüge, wenn –«

Er nimmt beide Hände hoch. »Okay, ich will mich nicht mit dir streiten. Reiche es ein oder reiche es nicht ein, das musst du wissen. Aber lüg dich nicht selbst an, wozu du das alles tust.« Er rappelt sich hoch.

»Ich lüge mich nicht selbst an, ich will nur niemanden verletzen.«

»Und, funktioniert's?«

Ich ziehe scharf Luft ein, beiße aber die Zähne zusammen, damit mir nichts herausrutscht, was ich später bereue.

»Echt jetzt? Kein Kommentar?«

Ich unterdrücke den Impuls, trotzig die Arme zu verschränken. »Ich habe gerade nichts Nettes zu sagen.«

»Na und? Das hat *mich* noch nie abgehalten.«

»Vielleicht sollte es das ja«, sage ich etwas giftiger als beabsichtigt.

Er lächelt schief. »Das war jetzt nicht sehr nett, Brooke.«

»Hör auf mich anzustacheln.«

»Dann sorg dafür, dass es nicht so viel Spaß macht, dich anzustacheln. Wieso kümmert es dich überhaupt, was ich sage oder denke?«

Ich starre ihn an. »Natürlich kümmert es mich, was du denkst. Du bist mein –«

Sein Lächeln verschwindet und meine Gesichtszüge entgleisen.

Ich scheue mich davor, unserer Beziehung ein Label zu verpassen, aber da er mir eben erst vorgeworfen hat unaufrichtig zu sein, kann ich jetzt schlecht zurückrudern. »Du bist mein Freund«, vollende ich den Satz.

Noch bevor er sich wegdrehen kann, huscht ein schmerzerfüllter Ausdruck über sein Gesicht.

»Bitte, glaub nicht, das sei etwas Schlimmes«, beeile ich mich zu sagen. Ich sehe ihm die Traurigkeit an, die er immer mit sich herumträgt und hinter einer Maske der Verärgerung zu verbergen versucht. »Du bist der einzige Mensch, vor dem ich nichts verheimlichen muss. Ich spreche mit dir über meine Familie und meine Gefühle. Ich erzähle dir sogar von meinen Albträumen.« Jedenfalls soweit ich dazu in der Lage bin. »Ich weiß, wir können die Vergangenheit nicht ungeschehen machen, aber dich in meinem Leben zu haben hilft mir. Es hilft mir, mich weniger allein zu fühlen. Empfindest du nicht … genauso?«

Er hebt den Kopf und sieht mich an, doch statt mir zu antworten, stellt er selbst eine Frage: »Würde es helfen? Alles über jene Nacht zu erfahren?«

Mein ganzer Körper zuckt zusammen. »Weißt du etwa –«

Seine Hand streicht über meinen Arm und er schüttelt den Kopf. »Nein, ich meine nur. Mich quälen auch Albträume, weißt du. Ich denke nur immer, dass die Wahrheit vielleicht noch schlimmer wäre als die Albträume. Wenigstens können wir aus denen wieder aufwachen.«

»Nicht, wenn sie dich nach dem Aufstehen weiterverfolgen«, sage ich.

Er verstummt und in meiner Magengrube bildet sich ein Kloß. »Damit meine ich nicht, dass meine schlimmer sind als deine. Ich weiß, das sind sie nicht.«

»Brooke, es ist okay.« Er berührt mich diesmal nicht, aber seine sanften Worte wirken dennoch tröstlich auf mich. »Freunde, hm?«

»Ich weiß, wir können es niemandem erzählen, aber …« Ich ziehe eine Schulter hoch, plötzlich und unerklärlicherweise von Schüchternheit ergriffen.

Er schüttelt den Kopf und tritt nah an mich heran. Mir stockt der Atem, als sich seine Hände um meine Hüfte legen. »Versuch einfach die Art von Freundin zu sein, die mir nicht die Nase zertrümmert, okay?«

Er geht leicht in die Knie, um sich für die Hebefigur bereit zu machen. Ich könnte schwören, er schnappt kurz nach Luft, als er mich lächeln sieht.

Kapitel 27

Es ist Freitagabend und ich starre, nervös an meiner Lippe kauend, zum Baum hoch, während ich mich selbst zu überzeugen versuche, dass der Vollmond am Himmel eine gute Sache ist. Dass ich so jeden Ast, den ich erklimme, viel besser sehen kann. Aber andererseits werden sich dieselben Äste beim späteren Herunterfallen im Gegenlicht des Mondes wie Scherenschnitte in mein Gedächtnis prägen.

Tatsächlich wird mir in letzter Zeit viel weniger schnell schwindelig, wenn Heath mich hochhebt, aber auch wenn ich allein klettere. Bei Ersterem hilft mir, dass Heath die ganze Zeit, während ich in der Luft hänge, mit mir spricht und seine Stimme mich am Boden festhält, selbst wenn ich mich kilometerweit davon entfernt fühle.

Ich sehe zu dem waagerechten Strich hoch, der als Drei-Meter-Markierung in den Stamm eingeritzt ist. Im Geist höre ich Heath, wie er mich anspornt, während ich tief Luft hole und nach dem ersten Ast greife.

Ja, so ist gut, das erste Stück ist einfach, nicht?

Nein, ist es nicht, aber ich schwinge mich trotzdem hinauf.

Nicht nach unten schauen! Ich habe dich schon viel höher hochgehoben als so.

Mit wackligen Knien stelle ich mich auf den hüfthohen Ast und tue so, als würde ich tatsächlich Heath sprechen hören statt nur meine eigene Stimme in meinem Kopf.

Siehst du den Strich? Noch zwei Äste mehr und du hast es geschafft.

Mein Blick wandert nach unten, ohne dass ich den Kopf bewege. Ich habe das Gefühl, als würde der Boden seitlich wegkippen.

Komm schon, Brooke. Du bist so nah dran. Wie sehr willst du es?

Ich presse meine Wange gegen die raue Rinde, gebe mir innerlich einen Ruck und sehe nach oben zur Ziellinie. Dort angekommen würde ich mich höher über dem Boden befinden, als Heath mich je heben könnte.

Hey. Du schaffst das. Ich weiß, dass du's kannst.

Und plötzlich weiß auch ich, dass ich es kann. Nicht nur weil Heath es mir schon seit zwei Wochen sagt, sondern auch weil ich inzwischen mehr Angst davor habe, für immer unten am Boden zu bleiben, als vorm Herunterfallen.

Es braucht keine fremden Anfeuerungsrufe, damit ich nach dem Ast über mir greife und mich wieder ein Stück höher ziehe. Ich schaffe es noch nicht ganz bis zur Markierung, aber ich bin näher dran denn je, und als ich wieder herunterklettere, fühlt es sich nicht nach Kapitulation an. Als ich den Fuß auf den Boden setze, bin ich voller Gewissheit, dass ich die Markierung erreichen werde – nur nicht heute Abend.

»Guck mal an, du bist nicht gefallen.«

Meine Hand fliegt an meine Brust, während mein bereits vom Klettern aufgeputschter Puls hochjagt bis zum Anschlag. »Boah, hast du mich erschreckt!«

»Hast du meinen Wagen nicht kommen hören?«

Ich schüttele den Kopf und frage mich, ob man mit siebzehn schon einen Herzinfarkt kriegen kann. Trotzdem muss ich darüber lächeln, Heath zu sehen. »Was tust du hier? Ich dachte, du müsstest arbeiten.«

»Ich habe meine Schicht abgegeben. Ich musste noch etwas erledigen. Und ich dachte mir, du würdest vielleicht gern einen zusätzlichen Tag trainieren.« Er sagt das mit heiterer Stimme, aber an der Art, wie er meinem Blick ausweicht, erkenne ich, dass er nicht ganz ehrlich zu mir ist. Mein Lächeln erlischt.

»Du hast deine Schicht abgegeben?« Ich weiß, dass seine Familie auf seinen Lohn angewiesen ist. Eher würde er Zusatzschichten übernehmen, als die, die er hat, herzugeben. Und erst recht nicht *hierfür*, nicht, um mir einen Gefallen zu tun. »Stimmt irgendwas nicht?«

Er schüttelt den Kopf, sieht mir aber nicht in die Augen.

»Heath, du kannst mit mir … über alles reden.« Er schüttelt immer noch den Kopf und mir sträuben sich langsam vor Unbehagen die Nackenhaare. »Was musstest du denn noch erledigen?«

»Ich musste jemanden sehen.«

»Wen?«, hauche ich. Ich könnte schwören, dass er beinahe schuldbewusst aussieht.

Er hebt den Blick und sieht mich fest an, seine Nervosität ist auf einmal wie weggeblasen. »Hattest du letzte Nacht einen Albtraum?«

Ich blinzele irritiert. »Ich – ja. Und du? Hast du deswegen …«

Heath runzelt die Stirn, sein starrer Blick lässt mein Herz bis zum Hals schlagen.

Schließlich sagt er: »Heute war einfach einer dieser Tage, okay? Ich wusste, dass du hier sein würdest, also bin ich hergekommen. Aber ich will da jetzt kein großes Ding draus machen. Können wir nicht einfach …?«

Ich nicke und entscheide nicht weiter nachzubohren, denn

offenbar ist er nicht bereit mir mehr zu erzählen. Ich spüre, dass er mir etwas verschweigt. Er hat mir nichts Genaueres über seine Albträume erzählt, aber ich ahne, dass sie noch grausamer sind als meine eigenen. Und von meinen wird mir schon schlecht.

Trotzdem, ich bin froh, dass er zu mir wollte – warum auch immer. So froh, dass ich den Rest beiseiteschiebe.

Er sieht am Baum hoch. »Wie weit nach oben hast du's diesmal geschafft?«

»Fast zwei Meter achtzig. Zweifünfundsiebzigeinhalb, mindestens.«

»Brooke, das ist grandios.« Er zögert nur einen kurzen Moment, bevor er einen Schritt auf mich zumacht und mich umarmt. Und ich ihn. In den vergangenen Wochen habe ich mich daran gewöhnt, Heath zu berühren, aber normalerweise geschieht dies im Rahmen unseres Trainings oder zum Trost, wenn wir über unsere Familien sprechen. Wir berühren einander nicht einfach nur so und diesmal spüre ich den Unterschied genau. Ich spüre Heath, ohne dass mich irgendetwas anderes davon ablenkt. Ich spüre seine Kraft und seine Wärme, ich spüre seinen Herzschlag und seinen Atem, der meinen Hals streift. Plötzlich kommt es mir wieder so vor, als würde sich der Boden unter mir bewegen, obwohl ich mit beiden Füßen fest darauf stehe.

Heath lässt mich los, bevor ich ihn losgelassen hätte, und wirkt kein bisschen befangen durch unsere Umarmung. »Zweifündundsiebzigeinhalb, was? Heißt das, wir probieren jetzt den *Dirty-Dancing-Move*?«

»Diese Hebefigur heißt *der Schwan.*«

Heath sieht mich einfach nur an.

»Die hieß so schon lange bevor der Film rauskam.«

Heath sieht mich weiter einfach nur an.

»Und ich muss meine Beine ein bisschen anders positionieren.«

»Brooke.«

»Schon gut. Ja. Ich glaube, ich bin bereit es zu probieren«, sage ich. »Vielleicht.«

»Das ist genau die Art von unerschütterlichem Selbstvertrauen, die ich sehen will. Los geht's!«

Heath joggt zu seinem Truck rüber und schaltet die Scheinwerfer ein, damit wir mehr Licht haben. Das ist auch dringend nötig. Als sich Heaths Silhouette wieder auf mich zubewegt, galoppiert mein Herz in meiner Brust los.

Er bleibt vor mir stehen und ich recke das Kinn, um ihn anzusehen. Ich höre mich selbst schlucken.

Er sieht mich erwartungsvoll an. »Nimmst du dafür jetzt Anlauf?«

»Nein, ich stütze mich von hier aus auf dich, packe deine Handgelenke und sobald du mich in die Luft hochgehievt hast und ich in der Balance bin, lasse ich los.«

»Klingt kinderleicht.«

Ich sehe Heath strafend an.

»Das ist kein Witz.«

Ich gucke weiter streng, bis sein Lächeln mich ansteckt.

»Ich habe dir ja gesagt, dass ich dich nicht fallen lassen werde, und sobald ich merke, dass du kippst, sorge ich dafür, dass du auf *mir* landest und nicht auf dem Boden, versprochen.« Er sagt das mit solcher Ernsthaftigkeit, dass mein Puls komplett verrücktspielt.

»Ich vertraue dir.«

Heath schließt die noch verbliebene Lücke zwischen uns. »Wo sollen meine Hände hin? Hierhin?« Er legt sie an meine

Hüften. Da ich heute Abend ja eigentlich nur auf einen Baum klettern wollte, habe ich Jeansshorts und ein lockeres Tanktop an statt der Yogahose und dem eng anliegenden Sporttop, die ich normalerweise trage, wenn wir zusammen trainieren. Die Shorts sind sehr kurz und das Top reicht nicht mal knapp bis zum Hosenbund. Als seine Hände den schmalen Streifen nackter Haut an meiner Taille berühren, zucke ich um ein Haar zusammen.

»Ähm, nein. Hierhin.« Ich platziere seine Hände so, dass seine Handballen auf meinen Hüftknochen liegen und seine Fingerspitzen schräg nach außen zeigen.

Zunächst üben wir ein paarmal, dass ich mich voll auf ihn stütze, während er die richtige Position für seine Hände findet. Dann machen wir uns an die eigentliche Hebung, wobei ich nur mit wenig Kraft abspringe, damit er sich an die Last meines Gewichts gewöhnen kann.

An seine Hände auf meiner nackten Haut werde ich mich hingegen nie gewöhnen können, egal wie gering die Berührung ist.

Wir machen weiter und Heath hebt mich etwa auf Kopfhöhe hoch, aber noch nicht darüber hinweg. Wir arbeiten länger daran als eigentlich nötig, vor allem damit ich mich langsam an die Höhe herantasten kann. Es fühlt sich zwar hoch an, doch ich bin so abgelenkt von dem Haut-an-Haut-Gefühl, dass ich die Grenze zur Angst nicht überschreite. Zumindest nicht die zur Angst vorm Fallen.

Ich gehe einen Schritt zurück und sehe Heath an. »Diesmal bis ganz nach oben?«

Er nickt und ich hole Schwung.

Ein Gefühl wie ein Stromschlag jagt durch mich hindurch, als seine Hände mich berühren, und noch einer, als meine

Füße den Boden verlassen, und noch einer, als ich über seinen Kopf hinweg in die Luft gehoben werde. Ich merke, dass ich es rasch hinter mich bringen und schnell die Schlusspose einnehmen will, damit Heath mich wieder auf dem Boden absetzen kann. Ich konzentriere mich auf seine Hände und seine Stimme, die mich anspornt, und als ich mich sicher genug fühle, lasse ich seine Handgelenke los und breite die Arme aus.

Und dann stürze ich ab.

Heath hält Wort. Irgendwie wirft er sich nach hinten, als ich wegkippe, und bewahrt mich vor einer Landung auf dem Gesicht. Und noch beeindruckender: Kein einziger Körperteil von mir kommt in Kontakt mit seiner Nase.

Nachdem er mich wieder auf die Füße gestellt hat, sagt Heath: »Okay, fürs erste Mal gar nicht übel.«

Ich muss ihm zustimmen. Ich hatte mich auf Schlimmeres gefasst gemacht.

»Wie ging's dir mit der Höhe?«

»Gut«, antworte ich, überrascht, dass ich es ernst meine. »Das war eigentlich okay. Es war eher ein Gleichgewichtsproblem.« Ich merke, wie mir die Hitze in die Wangen schießt. Die Wahrheit ist, es war eher ein Er-und-ich-Problem.

»Okay, wollen wir's gleich noch mal versuchen?«

Ich fange bereits an zu nicken, dann stocke ich. »Deine Schultern sind bestimmt schon ziemlich ausgepowert.« Wir üben jetzt schon fast eine Stunde lang, was bedeutet, dass er mich wahrscheinlich an die hundert Mal hochgehoben hat.

Er lässt seine Schultern kreisen. »Mir geht's gut.«

Ich zögere trotzdem.

Heath seufzt, aber sein Mund ist zu einem halben Lächeln verzogen. »Komm her.«

Eine warme Welle durchläuft mich, als ich vor ihn hintrete. Er streckt die Arme aus, seine Hände schmiegen sich rechts und links an meinen Brustkorb, dann winkelt er langsam, ganz langsam die Ellenbogen an und hebt mich hoch, bis wir auf gleicher Augenhöhe sind. »Meinen Schultern geht's bestens.«

Meinem Herzen nicht. Seine Arme sind ganz ruhig, mein Herz schlägt umso wilder. Und er hält mich einfach so in der Schwebe, als wäre ich eine Feder, die er bis in alle Ewigkeit so festhalten könnte.

Das einzige Anzeichen der Anstrengung ist sein allmählich verblassendes Lächeln.

Als seine Augen zu meinem Mund wandern, weiß ich sofort Bescheid. Ich weiß, was er tun wird, noch bevor er mich auf den Boden absetzt, aber weiter in seinen Armen hält. Und als ich mein Gesicht zu ihm hochhebe, weiß ich, dass er genauso viel Angst hat wie ich.

Als seine Lippen meinen Mund berühren, scheint es, als würde ich wieder vom Boden abheben, nur dass es sich diesmal mehr anfühlt wie beim Absprung auf dem Eis: Ich empfinde das gleiche berauschende Freiheitsgefühl und die gleiche angstverstärkte Euphorie. Es fühlt sich einfach richtig an und ich bin sicher, dass es die Sache wert ist, selbst wenn ich am Ende hinfallen sollte. Eine Sekunde lang gebe ich mich vollkommen dem Kuss hin, schmiege mich eng an Heath und lasse meine Hände an seinen starken Armen hinaufwandern, während er meinen Brustkorb eng umschlungen hält. Ich habe am ganzen Körper Gänsehaut über Gänsehaut. Seine Lippen scheinen wie für meinen Mund gemacht, so perfekt passen sie aufeinander. Ich merke, wie ich mich in diesem Kuss verliere, in dieser Mischung aus Sanftheit und Stärke, in ihm. Es ist so perfekt, dass es wehtut.

Doch eine Sekunde ist alles, was ich habe, bevor die Realität mich von seinen Lippen reißt, unter einem leisen Keuchen von mir, das keiner Erklärung bedarf. Sofort nimmt die Erinnerung an diesen perfekten Moment eine neue Gestalt an und das schlechte Gewissen reißt an meinen Gliedern und beraubt mich der ganzen Wärme, die ich eben noch in seinen Armen gespürt habe.

»Das können wir nicht tun«, stammele ich und blicke in seine Augen, in denen sich das Mondlicht widerspiegelt. Ob in meinen wohl auch so viel Schmerz liegt?

Ich weiß, was ihm durch den Kopf schwirrt, weil mich die gleichen Gedanken anklagen.

Mein Bruder hat seinen Bruder getötet.

Er kann nicht mit mir zusammen sein, ohne Cal zu verraten.

Selbst wenn er es jetzt noch nicht tut – er wird sich letztlich dafür hassen, dass er mich geküsst hat.

Und er wird mich dafür hassen, dass ich ihn – wenn auch nur für einen kurzen Augenblick – habe vergessen lassen, dass ich ihm egal sein muss.

Aber Heath lässt mich nicht los. Seine Finger an meinen Rippen krümmen sich zuckend, als wollte er mich jeden Moment wieder an seine Brust ziehen, während ich mit schmerzlicher Klarheit erkenne, dass ich nie wieder zulassen darf, dass er mich küsst.

»Ich muss jetzt los.« Ich muss mich quasi aus seinem Griff loswinden. »Heath, du weißt, dass ich gehen muss.« Meine Stimme bricht.

»Ich weiß, aber …« Er runzelt die Stirn, so als könne er nicht recht begreifen, was wir gerade getan haben. Oder warum er jetzt nicht vor mir die Flucht ergreift. Aber ich begreife es und es fühlt sich an, als würde ich am Rand einer Klippe balancieren.

»Wir können das nicht mehr machen«, sage ich und starre dabei auf den Boden.

»Uns sehen oder uns berühren?«

Ich blicke zu ihm auf. »Beides.«

Ein Anflug von Verärgerung huscht über seine Züge. »Weil ich dich geküsst habe?«

Ich schüttele den Kopf, diese kleine Bewegung und mein nachfolgendes Geständnis kosten mich alle meine Kraft: »Weil's mir gefallen hat, dich zu küssen.«

Seine Brust hebt sich unter einem tiefen Seufzen und ich kann kaum glauben, dass er angesichts meiner Worte erleichtert scheint, aber dann sagt er: »Komm einfach morgen wieder hierher, okay? Ich finde jemanden, der meine Schicht übernimmt und dann treffen wir uns hier und reden –«

Mit einem Kopfschütteln bringe ich ihn zum Schweigen. Es gibt nichts, das er oder ich sagen könnte, was wir uns nicht schon beide selbst millionenmal gesagt hätten. Der Unterschied besteht darin, dass wir jetzt endlich darauf hören müssen. Und wenn er es nicht kann, dann muss ich die eine Sache aussprechen, die er nicht ignorieren kann.

»Morgen ist Samstag«, sage ich. »Da besuche ich meinen Bruder.«

Kapitel 28

Ich bin bereits wach, als am nächsten Morgen Moms leises Pochen an meiner Tür zu hören ist. Ich habe kaum geschlafen und wenn ich doch mal weggedöst bin, katapultierten meine Albträume mich gefühlt nur wenige Minuten später wieder in den Wachzustand zurück.

In meinen Träumen befand ich mich im Wald und sah zu, wie Jason und Cal miteinander kämpften, und dann stand plötzlich Heath direkt vor mir. Ich versuchte mich an ihm vorbeizudrängen, um sehen zu können, was mit unseren Brüdern passierte, oder forderte Heath sogar dazu auf, mit hinzusehen und mit mir zusammen dazwischenzugehen, aber er versperrte mir standhaft den Weg, bis ich mich gegen ihn warf und aus voller Kehle schrie, dass er mich vorbeilassen solle, weil ich Cal sterben hören konnte …

Meine Haut ist klamm, als ich aus dem Bett steige. Selbst nachdem ich geduscht habe, fühlt sie sich noch klebrig und juckend an.

Heath hatte nicht schroff reagiert nach unserem Kuss und meiner Ankündigung, dass ich Jason heute besuchen würde. Ich hatte ihn daran erinnern wollen, dass es weitaus wichtigere Dinge gab als uns beide; Dinge, die wir nicht vergessen durften. Wobei ich selbst genau das für einen winzigen Augenblicke getan hatte, als seine Lippen meinen Mund berührten.

Ich habe dafür mit den Albträumen bezahlt, die ich jedes Mal, wenn ich die Augen schließe, noch sehen kann.

Als ich Mom in der Küche antreffe, schenke ich ihr ein extra herzliches Lächeln, um meine Schuldgefühle zu kompensieren. Dann registriere ich ihre Aufmachung – sie trägt immer noch ihren Morgenmantel.

»Mom?«

Sie wirft mir einen Blick über die Schulter zu, als im selben Moment zwei Brotscheiben aus dem Toaster hüpfen. »Brooke, ah, da bist du ja, gut.« Sie legt das Brot auf das Tablett, das ich erst jetzt bemerke; es stehen eine Flasche Ginger Ale, Salzcracker und eine große leere Schale darauf. »Laura hat sich die ganze Nacht lang übergeben. Ich dachte, es ginge ihr schon wieder besser, aber eben hat sie noch mal gespuckt.«

»Oh, tut mir leid«, sage ich. »Ich kann hier bei ihr zu Hause bleiben, wenn – wenn es okay für dich ist, alleine zu fahren.« Mein Magen krampft sich zusammen vor schlechtem Gewissen, denn ich will unbedingt, dass sie Ja sagt und mir nur dieses eine Mal erspart Jason gegenüberzusitzen.

Mom hebt kopfschüttelnd das Tablett hoch. »Dad ist bei ihr, aber sie wollte nicht mal, dass ich nur kurz in die Küche gehe. Ich kann sie nicht allein lassen.« Sie bleibt an der Schwelle stehen, das Tablett in ihrer Hand zittert fast unmerklich. »Ich ertrage den Gedanken nicht, dass Jason eine Woche lang niemanden sieht, der ihn liebt. Würdest du trotzdem hinfahren?«

Sie sieht mich dabei nicht an, vermutlich aus Furcht, dass mein Gesichtsausdruck die Worte, von denen wir beide genau wissen, dass ich sie sagen muss, womöglich Lügen straft.

»Natürlich fahre ich hin.«

Moms Erleichterung ist beinahe greifbar. Sie stellt das Tablett wieder hin, kommt zu mir und drückt mir einen Kuss auf die Stirn. »Sag deinem Bruder, dass ich nächste Woche wieder da bin. Versprochen. Und sag ihm –« Sie unterbricht sich, als oben ein würgendes Geräusch ertönt, gefolgt von einer wimmernden Stimme, die nach ihr ruft.

»Ich sag Jason, dass du ihn liebst«, sage ich, hebe das Tablett hoch und drücke es ihr in die Hand. »Geh jetzt.«

Ich habe Jason noch nie ganz allein besucht. Jedes Mal, wenn er bei uns zu Hause anruft, spreche ich ein paar Minuten mit ihm, aber Mom lungert immer im Hintergrund herum, ungeduldig darauf wartend, den Hörer wieder an sich zu nehmen, sodass ich nie das Gefühl habe, dass wir unter uns sind. Das ist das erste Mal seit seiner Verurteilung, dass ich mit ihm unter vier Augen sprechen werde – wenn man von den anderen Häftlingen, Besuchern und Wärtern mal absieht.

Ich versuche mir meine Nervosität nicht anmerken zu lassen, als ich die Sicherheitskontrolle passiere, aber ich bin dermaßen angespannt und flattrig, dass es beinahe ein Wunder ist, dass mich niemand herauswinkt, um mich eingehender zu befragen. Und dann fühlt es sich auch viel kürzer an als sonst, bis Jason ins Besucherzimmer geführt wird.

Ich stehe auf, um ihn zu umarmen, und zum ersten Mal reagiert er nicht wie ein gut gedrillter Hund, der vor den Wachen kuscht und ängstlich auf ihre Zustimmung wartet. Nachdem er sich wieder von mir gelöst hat, setzt er sich auf seinen Stuhl, die Augen vor Panik weit aufgerissen.

»Wo ist Mom?«

Meine Mutter versäumt nie einen Besuchstermin. Einmal

hatten wir auf dem Weg zum Gefängnis einen Unfall, ein anderes Auto war uns in die Seite gekracht. Mom versicherte mir, dass alles in Ordnung sei und sie nicht ins Krankenhaus müsse, und da unser Wagen noch fuhr, setzten wir unsere Fahrt einfach fort. Erst nach dem Besuch bei Jason gab Mom zu, dass sie linksseitig Schmerzen hätte. Wie sich herausstellte, war ihr Schlüsselbein gebrochen und ihre Schulter ausgerenkt. Dad war stinksauer, als er davon erfuhr, aber Mom hätte jeden Schmerz der Welt auf sich genommen, um Jason zu sehen. Erst der Schmerz von jemand anderem hat sie jetzt davon abhalten können.

Ich setze mich Jason gegenüber. »Laura hat sich die ganze Nacht übergeben und heute Morgen auch noch. Mom wollte sie nicht allein lassen.«

Jasons Gesichtsausdruck wandelt sich von besorgt zu erschrocken, als ihm die Bedeutung des leeren Stuhls neben mir klar wird. Mom ist immer der Prellbock, wenn die Dinge etwas ungemütlich werden. Sie ist diejenige, die schnell das Thema wechselt, wenn ich mich einem Terrain nähere, das nicht betreten werden soll. Aber jetzt ist sie nicht hier, um dafür zu sorgen, dass alles nett und neutral bleibt. Und das wissen wir beide.

Nach gestern mit Heath habe ich alles andere als nette, neutrale Gefühle.

Jason lehnt sich weit auf seinem Stuhl zurück, seine Knie unter dem Tisch wippen im Stakkato-Takt nervös auf und ab, das Geräusch seiner Absätze auf dem Betonboden ist beinahe ein durchgehendes Dröhnen. Er beäugt mich, als hätte ich eine Bombe um die Brust geschnallt und einen nervös zuckenden Finger am Zünder. Noch nie hat mein starker, mutiger großer Bruder dermaßen klein und ängstlich gewirkt. Mein Magen ist in Aufruhr, als wollte er sich jeden Moment seines Inhalts entledigen. Wenn ich es nicht besser wüsste, könnte ich glatt meinen, der Grund dafür sei der gleiche Virus wie bei Laura.

Also öffne ich meinen Mund, solange ich noch kann, aber all die Fragen, die ich stellen sollte – die, die mich nachts quälen und tagsüber so müde machen –, wollen mir einfach nicht über die Lippen kommen.

»Das Auto fährt sich super.«

Jasons flackernder Blick kommt auf meinem Gesicht zur Ruhe.

»Ja«, fahre ich fort, so als würde ich seine alarmierte Miene als Aufforderung verstehen weiterzuerzählen. Mehr als alles andere – sogar mehr als die Wahrheit – will ich, dass dieser gehetzte Ausdruck auf seinem Gesicht verschwindet. »Ich kann auf halber Strecke hügelaufwärts zur Hackman Road anhalten, ohne den Wagen abzuwürgen. Nicht schlecht, oder?«

Inzwischen sieht er schon etwas weniger so aus, als würde er sich jeden Moment – und noch bevor ich es tue – übergeben.

»Das ist toll. Ich wusste, dass du's schnell draufkriegst.«

»Die Tipps, die du mir gegeben hast, waren wirklich Gold wert«, sage ich. »Und meine Freundin Maggie hat mit mir geübt die Strecke zur Eissporthalle zu fahren. Ehrlich gesagt fahre ich inzwischen lieber mit Schaltung als Automatik.«

Jason probiert ein Lachen, aber es klingt so erstickt, dass ich zusammenzucke.

Ohne es zu wollen, übernehme ich automatisch Moms Rolle. Ich mache noch weiter ein wenig Small Talk, wobei ich die Hälfte der Dinge, die ich sage, selbst kaum wahrnehme, geschweige denn die verhaltenen Antworten von Jason. Ich beobachte ihn, warte darauf, dass sein wippendes Knie zur Ruhe kommt, dass seine Schultern sich entspannen und er nicht mehr so aussieht, als wollte er sich durch die Rückenlehne seines Stuhls hindurchdrücken. Seine Augen brauchen am längsten. Selbst wenn Mom dabei ist, spiegelt sich darin immer eine nervöse, übermäßige Wachsamkeit, so als müsste er jederzeit alles um sich herum genau wahrnehmen. Manchmal, wenn ich nachts wach liege, sehe ich ihn mit diesem Blick in den Augen vor mir und kann bei der Vorstellung, wie er allein in seiner Zelle hockt, nur mit Mühe ein Weinen unterdrücken.

Ab und zu lasse ich unauffällig meinen Blick zur vergitterten Wanduhr schweifen, aber Jason entgeht es trotzdem nicht.

»Du musst nicht bis zum Ende der Besuchszeit bleiben«, sagt er ruhig, nachdem ich wieder einmal auf die Uhr geschaut habe. »Fahr einfach ganz langsam nach Hause. Mom wird's schon nicht merken.«

»Nein.« Ich lehne mich in meinem Stuhl nach vorn und muss mich schwer beherrschen, um nicht nach der Hand meines Bruders zu greifen. Sobald wir sitzen, ist keinerlei Körperkontakt mehr erlaubt. »Es ist gar nicht so, dass ich früher gehen will.«

Ganz im Gegenteil, ich behalte die Uhr im Blick, weil die Zeit zu schnell vergeht. Sofern Laura sich nicht noch das Pfeiffersche Drüsenfieber oder Ähnliches einfängt, wird das wohl vorerst meine letzte Chance sein, allein mit Jason zu sprechen. Eigentlich wollte ich warten, bis er sich einigermaßen entspannt hat, doch mehr als diese trotzig-müde Haltung, die er mir gerade zeigt, ist vermutlich nicht drin.

Ich lasse meine übertrieben lächelnde Maske fallen, die, die immer den Anschein erweckt, als sei alles in schönster Ordnung, damit niemand sich mies fühlen muss, denn vielleicht kann ich ihm genau das diesmal nicht ersparen.

»Jase, ich vermisse dich.« Meine Stimme bricht, aber das ist mir egal. »Ich vermisse dich so sehr. Die ganze Zeit.«

Seine Kiefermuskeln zucken, während er versucht seine Gefühle zu unterdrücken, was meine nur noch umso mehr anfacht.

»Es ist wirklich schwierig zu Hause. Schwieriger, als ich es mir jemals hätte vorstellen können.«

»Mom sagte doch, dass es euch allen gut geht.«

Das hat Mom tatsächlich gesagt. Jedes Mal, wenn wir ihn besuchen, beteuert sie, wie gut es uns allen geht. Und diesmal wäre es *mein* Job gewesen, das zu tun. Aber ich schaffe es nicht.

Jasons Kiefermuskeln zucken erneut. »So schlimm kann's schon nicht sein. Ich meine, du läufst immer noch Eis und bald musst du dich ja auch für diese Eisshow bewerben. Wann ist das noch mal?«

»Nächsten Monat«, sage ich leise. »Aber –«

»Wow. Das ist echt bald. Aber du bist bereit, oder?« Er lächelt angestrengt. »Natürlich bist du bereit. Du hast dein ganzes Leben darauf gewartet.«

Ich schlage mir eine Hand vor den Mund, um den Laut, der aus mir herausbricht, zurückzuhalten. Den Laut, der einem Schluchzen gefährlich ähnlich ist.

»Brooke –«

Ich schüttele den Kopf und verberge meine freie Hand schnell unter dem Tisch, bevor er danach greifen kann. Die Wächter behalten uns ständig im Auge. Als ich meine Fassung wiedererlangt habe, lasse ich meine andere Hand sinken. »Ich bewerbe mich nicht.«

»Wie meinst du das, du bewirbst dich nicht? Weiß Mom davon?«

»Sie weiß es.« Mein Tonfall lässt keinen Zweifel offen, wie sie dazu steht. Es kommt mir so vor, als hätte ich begonnen eine fremde Sprache zu sprechen, von deren Existenz er nicht mal wusste. Ich erzähle ihm, dass Laura nur wenig spricht und noch seltener das Haus verlässt. Ich erzähle ihm von Dads brodelnder Wut, von seinen hemmungslosen Ausbrüchen, die nie gegen uns gerichtet sind, die aber dafür sorgen, dass er manchmal tagelang in seiner Werkstatt verschwindet.

Ihm von Mom zu erzählen ist am schwersten, denn während Jason ihr das fröhliche Bild von Laura und Dad vermutlich nie so ganz abgekauft hat, war sie, was ihre eigene Person betrifft, sehr viel überzeugender. Jason weiß nichts von ihren Weinkrämpfen zu Hause, von den Tränen, die sie nach seinen Anrufen mit unter die Dusche nimmt.

Ich erzähle ihm das alles nicht, damit er ein schlechtes Gewissen bekommt. Ich erzähle es ihm, damit er versteht, dass das Nichtwissen uns alle kaputtmacht. Dass ich ihm die nächste Frage stelle, weil ich die Antwort wissen *muss*.

»Was ist in der Nacht, in der Cal getötet wurde, wirklich passiert?«

Kapitel 29

Ich hätte meinen Bruder nichts Furchtbareres fragen können. Es ist die Frage, die für mich absolut tabu ist, die Frage, die für alle tabu ist. Als Jason sein Geständnis ablegte, sagte er, Cal und er seien in einen dummen, betrunkenen Streit geraten, in dessen Verlauf er den schlimmsten Fehler seines Lebens begangen hätte. Alle akzeptierten diese Geschichte, aber ich weiß, dass mehr dahinterstecken muss. Es *muss* einen Grund geben.

Meine Augen verschwimmen hinter Tränen. Soweit ich mich erinnere, ist es das erste Mal, dass mein Bruder mich weinen sieht, seit die ganze Sache ihren Anfang nahm.

»Nicht, Brooke.« Jasons Gesichtsmuskeln sind angespannt und sein Kinn zittert leicht.

»Ich muss es wissen«, sage ich, während mir die erste Träne über die Wange rollt. »Ich weiß, irgendwas muss vorgefallen sein, dass du … so was getan hast.«

Er sieht mir unbeirrt in die Augen. »Es gibt dazu nichts weiter zu erzählen.«

Noch eine Träne rinnt herab. Nicht weil ich ihm glaube, sondern weil ich bezweifle, dass es die Wahrheit ist. »Ich weiß, dass du ihm einfach nur wegen eines blöden Streits niemals so etwas angetan hättest«, sage ich und halte seinem starren Blick stand, ohne mit der Wimper zu zucken. »Ich kenne dich. Ich weiß, du kannst wütend und aufbrausend sein.

Aber beim Anblick von Blut wird dir sofort schwindelig, genau wie mir.« Ich mache keine Anstalten, meine Wangen trocken zu wischen. »Also sag mir jetzt, was passiert ist. Sag mir, warum es diesmal anders war. Gib mir einen Anhaltspunkt, Jase.«

Inzwischen zittert Jasons Kinn unübersehbar. Er versucht es vor mir zu verbergen, aber das ist zwecklos. »Wir haben uns geprügelt. Ich habe ihn getötet.«

Ich schüttele den Kopf.

»Doch, verdammt noch mal!«, stößt Jason zwischen zusammengebissenen Zähnen so vehement hervor, dass ich erschrocken zusammenzucke. Er nutzt die Gelegenheit und legt gleich nach. »Ich hatte ein Messer dabei und als er sich umgedreht hat, habe ich ihn erstochen.« Seinem Gesicht nach zu urteilen ist ihm von seinen eigenen Worten speiübel. Er sieht mich zwar noch an, wirkt aber wie abwesend. Er scheint gedanklich wieder in dem Waldstück nahe der Highschool zu sein. Ich kann es auch vor mir sehen, so, wie es in jener Sommernacht dort gewesen sein muss, als Cal starb – ruhig und menschenleer. Jason redet weiter, spult die einstudierten Worte ab, die ich noch von seinem Geständnis her kenne.

»Er ist gestorben.« Sein Blick führt an mir vorbei ins Leere. Es gibt nichts im Besucherraum zu sehen, aber Jasons Gesicht ist zu einer Grimasse verzerrt, als würde man ihm gerade das Herz aus der Brust reißen. Ich sage nichts; ich halte sogar den Atem an, als er weiterredet und Dinge sagt, die er mir gegenüber bisher noch nie laut ausgesprochen hat. »Er lag einfach da, auf dem Boden, mit offenen Augen, weißt du? Aber er sah gar nicht tot aus, er sah aus wie … Cal.« Diesmal versagt meinem Bruder die Stimme. »Aber er lebte nicht mehr. Er war tot und ich rannte hinter i–« Jason fährt zusammen und richtet sich unvermittelt auf. »Und ich rannte weg.«

Meine Hände halten die Tischkante so fest umklammert, dass es mich nicht wundern würde, wenn ein Stück davon abbräche. »Du bist jemandem hinterhergerannt. Das wolltest du sagen.« Ich sehe, wie sich Jasons Blick wieder schärft. Sein Kinn hört auf zu zittern, aber seine Wangenmuskeln sind immer noch angespannt. Es ist beinahe beängstigend zu sehen, wie sich die gebrochene Version meines Bruders wieder in einen scheinbar hartgesottenen Häftling verwandelt.

»Wem bist du hinterhergerannt?«

»Niemandem.«

Aber das ist nicht, was er sagen wollte. Auch ich setze mich aufrechter hin, mein Herz schlägt immer schneller.

»Jason, war noch jemand anders dort?«

Er versucht eine stoische Miene aufzusetzen – aber vergeblich.

»Nein.«

»Ich glaube dir nicht.« Es klingt wie ein geflüstertes Gebet. »Du hast nie irgendjemand anders erwähnt. Weder der Polizei gegenüber noch dem Richter. Du hast nie von einer dritten Person gesprochen, die in jener Nacht dabei war.«

»Da war auch niemand.«

Aber ich höre ihm nur halb zu. Eine Mischung aus Angst und Hoffnung macht sich in mir breit, die er auch mit seinen stammelnden Rückrudermanövern nicht mehr eindämmen kann. Es ist zu spät.

»Du musst es mir erzählen.«

»Das habe ich schon.«

»Du musst mir alles erzählen.«

»Ich habe dir alles erzählt. Du hast nicht zugehört.«

»Ich höre dir jetzt zu.« Meine Augen und Ohren sind weit aufgesperrt. »Warum lügst du?«

»Tue ich nicht.«

Er hat keinen Grund zu lügen. Wenn noch jemand anders dabei war, dann könnte vielleicht diese Person Licht in das Dunkel bringen und ich müsste nicht mehr nachts aufschrecken und in mein Kissen schreien.

»Hast du deshalb auf schuldig plädiert?« Da! Er zuckt erneut zusammen.

Ich lehne mich über den Tisch vor. »Schützt du jemanden? Hast du vor irgendwem Angst?«

Alles Blut weicht aus Jasons Gesicht und er sieht aus, als würde er jeden Moment in Ohnmacht fallen, so bleich ist er.

»Du hast an dem Abend keinen Alkohol getrunken.«

Er sagt nichts.

»Und du kannst kein Blut sehen.«

Er sagt immer noch nichts.

»Cal war dein bester Freund. Ich verstehe immer noch nicht, wie du ihn verletzen konntest. Warum willst du es mir nicht erzählen?«

»Es würde nichts ändern.«

Jason zieht sich in sich zurück, schrumpft vor meinen Augen zusammen, macht komplett dicht. Immer wieder sage ich seinen Namen, immer lauter und energischer, aber er hört mich nicht. Sämtliche Leute drehen ihre Köpfe nach uns um. Wächter verlassen ihre Posten neben der Tür und eilen auf uns zu. Und Jason wiederholt bloß in einer Tour dieselben vier Worte: »Ich habe ihn getötet.«

»Wer war noch da?«

»Ich habe ihn getötet.« Jason steht von seinem Stuhl auf.

»Wer war noch da?«

Die Wachen stehen neben uns und stellen Fragen, aber ich habe nur Augen und Ohren für meinen Bruder.

»Wer war noch da?«

»Ich will zurück«, sagt Jason zu den Wächtern.

Jetzt stehe ich ebenfalls auf. »Warum willst du es mir nicht sagen?«

»Jetzt sofort!« Jason sieht die Wachen halb flehentlich an. »Kann ich bitte jetzt sofort gehen?«

Ich rufe wieder und wieder, während er weggeführt wird: »Wer war noch da?«

Mein Bruder blickt nicht zu mir zurück.

Kapitel 30

Nur eine einzige Person kann all die Fragen beantworten, die mir durch den Kopf wirbeln, und eben diese Person ist für mich buchstäblich unerreichbar. Ich sitze auf dem Gefängnisparkplatz in meinem Auto und beobachte die anderen Besucher, die herauskommen, manche weinend, andere ärgerlich, wieder andere in Eile, auf der Flucht vor einer Realität, die sie nur für zwei Stunden pro Woche ertragen. Auf mich trifft alles drei zu und trotzdem starte ich nicht Daphnes Motor. Ich greife nicht mal nach meinem Schlüssel.

Ich habe immer dieselben Fragen gehabt: Was brachte meinen Bruder dazu, jemanden zu ermorden? Wie überwand er seine angeborene Blutphobie, um jemanden totzustechen? Warum floh er blutverschmiert vom Tatort und kam nach Hause, während er immer wieder sagte: *Ich hab ihn getötet, aber ich wusste es nicht. Ich schwöre, ich wusste es nicht.*

Ich war das erste Mal seit einem Jahr mit meinem Bruder unter vier Augen und habe jetzt mehr Fragen als je zuvor. Wem ist er hinterhergerannt? Warum sollte er verheimlichen wollen, dass Cal und er in jener Nacht nicht allein waren, außer wenn er vor irgendetwas noch größere Angst hätte als davor, sein halbes Leben hinter Gittern zu verbringen?

Ich sehe aus dem Fenster auf das aufragende graue Gebäude mit seinen Wachtürmen und dem sechs Meter hohen, stacheldrahtbewehrten Stahlzaun. Ich kann mich noch gut an das erste Mal erinnern, als Mom und ich herkamen, und daran, dass ich ihre Hand beim Betreten vor Nervosität halb zerquetscht habe. Ich schnappe nach Luft bei der Erinnerung daran, wie Jason auf uns zugetrottet kam und meine Knie unter mir nachgaben, als er seinen Kopf hob. Seine Lippe war aufgeplatzt und erst halb verschorft. In einer Augenbraue klaffte ein Schnitt und sein linkes Auge war so stark zugeschwollen, dass er darauf vermutlich nichts sah. Mom schlug entsetzt die Hand vor den Mund, aber noch bevor sie etwas sagen konnte, erklärte Jason ihr mit leiser, kratziger Stimme, dass er sie nie wiedersehen wolle, sollte sie sich bei irgendwem beschweren. Dann hatte er mich mit seinem unversehrten Auge angesehen, als wollte er klarstellen, dass diese Warnung auch mir galt.

Er sagte, es sei nichts weiter gewesen, bloß ein Missverständnis. Aber es dauerte Monate, bis ich im Gesicht meines Bruders keine frischen Wunden mehr sah, und sogar noch länger, bis ich aufhörte mich vor jedem Besuch vorsorglich innerlich dagegen zu wappnen, möglicherweise welche zu entdecken.

Während ich auf das Gefängnisgebäude starre, in dem Jason eingesperrt ist, wird die Scheibe von Regentropfen gesprenkelt, aber durch meinen Tränenschleier hindurch sehe ich sie kaum.

Ich lege die Strecke nach Telford schneller zurück, als Mom und ich es je zuvor geschafft haben. Ausnahmsweise brauche ich mal nicht so zu tun, als wären mir die neugierigen Blicke egal, als ich den Parkplatz vom Gemischtwarenladen überquere und durch die automatische Schiebetür trete. Ich steure schnurstracks die erstbeste Person mit Namensschild an, die ich entdecke, eine rundliche Frau mit fuchsiarot geschminktem Mund, der sich missbilligend verzieht, als ich mich ihr nähere. »Entschuldigung, könnten Sie mir vielleicht sagen, wo ich Heath Gaines finde?«

»Heath arbeitet gerade.«

Ich ignoriere, dass sie stirnrunzelnd mein vom Weinen gerötetes Gesicht mustert. »Ich weiß, dass er gerade arbeitet.« Ich bin so aufgewühlt, dass ich vergesse, sie mit *Ma'am* anzureden. »Ich muss ihn kurz sehen. Bitte.«

Sie schürzt die Lippen, eine Hand in die Hüfte gestemmt, und sagt mit unerwartet sanfter Stimme: »Ich glaube, damit tust du wirklich niemandem einen Gefallen. Warum gehst du nicht nach Hause und denkst noch mal drüber nach, ob es wirklich so eine gute Idee wäre, ihn zu sehen.« Womit sie eigentlich meint, dass es keine gute Idee wäre, wenn *er mich* sähe.

Ich weiß, ich sollte gar nicht hier sein, aber als ich endlich den Gefängnisparkplatz hinter mir ließ, zog es mich automatisch hierher.

Ich sehe an ihr vorbei und entdecke den Lagereingang neben der Fleischtheke am Ende des Ganges und marschiere los, ohne auf die Protestrufe der Frau zu achten. Heath arbeitet im Lager, also wird er jetzt dort sein. Ich werfe einen flüchtigen Blick auf das NUR FÜR PERSONAL-Schild und trete durch den Plastikvorhang, der die Türöffnung ausfüllt.

Im Raum dahinter reichen massive Schwerlastregale voller Kisten und Kartons bis unter die Decke. Es sind ein paar Typen da, die sich bei meinem Eintreten nach mir umdrehen, aber ich habe nur Augen für einen.

Heath zieht die Augenbrauen zusammen, als ich mich ihm

nähere. Zum ersten Mal, seitdem ich den Gefängnisparkplatz verlassen habe, zögere ich. Wie viele Leute haben mich da draußen im Laden gesehen? Wie viele haben gehört, wie ich nach Heath fragte, bevor ich Richtung Lager losstürmte? Alle Leute, die uns jetzt beobachten, sind seine Kollegen. Es sind Leute, die er tagtäglich sieht, die von ihm erwarten, dass er in einer bestimmten Weise auf mich reagiert – in einer Weise, auf die er *nicht* reagiert.

»Ist das –«, setzt einer der Typen an. »Ist sie das? Die Schwester des Kerls, der …«

»Brooke? Was ist los?« Heath kommt auf mich zu, ohne den Blicken, die zwischen uns hin- und hersausen, Beachtung zu schenken. Er fasst mich am Arm und mustert besorgt mein Gesicht. Entweder er merkt nicht, wie viel Aufsehen wir erregen, oder es ist ihm egal.

»Ich hätte anrufen sollen.« Ich sehe zu ihm hoch. »Wir hätten uns draußen treffen können.« Zur Antwort streicht seine Hand Trost spendend über meinen Arm. Den Trost kann ich gut gebrauchen, wobei ich weiß, dass er der letzte Mensch ist, von dem ich mich trösten lassen sollte.

»Erzähl mir, was los ist.«

Ich öffne den Mund, aber bevor ich irgendetwas sagen kann, raschelt hinter mir der Plastikvorhang und die Frau, die ich nach Heath gefragt habe, tritt hindurch. Ihre Augen bohren sich in meine.

»Egal warum – du kannst hier nicht einfach so reinmarschieren. Komm jetzt.« Sie tritt einen Schritt zur Seite und fordert mich mit einer Handbewegung auf aus dem Lager herauszukommen. »Tut mir leid, Heath. Ich habe versucht sie aufzuhalten.«

»Ist schon gut, Irene«, sagt Heath. »Sie ist meine –« Er

bricht jäh ab und wirft mir einen Blick zu, als würde ich wissen, wie der Satz zu Ende geht. Tu ich nicht und erst recht nicht unter den zahlreichen Augen des gespannten Publikums, das sich inzwischen versammelt hat.

Ich erkenne zwei Jungs, mit denen ich früher zur Schule gegangen bin, darunter auch Eddie Leonard, einer von Jasons früheren selbst ernannten besten Freunden, der für jeden dahergelaufenen Reporter das Leid meiner Familie ausgeschlachtet hat, um seine fünfzehn Minuten Aufmerksamkeit zu kriegen. Er war derjenige gewesen, der das Gerücht in die Welt gesetzt hatte, Jason hätte das Auto von irgendeinem Typen demoliert, weil dieser ein Date mit einem Mädchen hatte, das mein Bruder mal in der Oberstufe mochte. Unter seinem musternden Blick suche ich unwillkürlich Schutz hinter Heaths Rücken, bis mir aufgeht, dass ich damit die Spekulationen aller anderen nur weiter befeuere.

Irene sieht Heaths Hand auf meinem Arm und wie er sich vermeintlich unauffällig vor mich stellt und seufzt vernehmlich. Der Blick, mit dem sie ihn betrachtet, ist beinahe mütterlich. Der, den sie mir zuwirft, ist voll Missbilligung. Plötzlich dämmert mir, dass sie mich vorhin, als sie mich abzuwimmeln versuchte, nicht vor den Kopf stoßen, sondern vielmehr Heath genau eine solche Situation ersparen wollte. Und ob er sich der Konsequenzen, die mein Erscheinen hier für ihn haben wird, bewusst ist oder nicht, *sie* zumindest hegt diesbezüglich keine Zweifel. »Sie sollte nicht hier sein«, sagt sie.

»Ist schon okay«, erwidert Heath. Irene nickt, nicht zustimmend, sondern resignierend.

»Ihr könnt mein Büro benutzen.« Sie bedenkt mich mit einem letzten tadelnden Blick, bevor sie unter Händeklatschen alle um uns herum zurück an die Arbeit scheucht.

Heaths Hand ergreift meine und ich zucke überrascht zusammen. Dann führt er mich zu einer Tür mit einem Schild, auf dem »Irene Willis, Filialleitung« steht. Sobald wir drinnen sind und der Rest der Welt draußen ausgesperrt ist, schlinge ich die Arme um meinen Körper und rücke von ihm ab.

»Das tut mir schrecklich leid.« Mit einem Nicken deute ich auf die Tür und die Leute dahinter. »Ich hätte daran denken sollen, was passiert, wenn ich einfach hier aufkreuze, wo alle Leute dich kennen.« *Und meinen Bruder*, füge ich insgeheim hinzu.

»Irene wird es bestimmt verstehen und der Rest ist mir egal.« Heath macht einen Schritt auf mich zu und runzelt die Stirn, als ich zurückweiche.

»Ich weiß nicht mal, warum ich überhaupt hergekommen bin«, sage ich. »Du bist der letzte Mensch, den ich aufsuchen sollte, um über meinen … meinen …«

Die Sehne an seinem Hals tritt hervor, aber sein Blick bleibt unbeirrt auf mir ruhen. »Geht es um deinen Bruder?«

Ich sehe in Heaths graue Augen und eine unglaublich warme Welle rollt durch meinen Körper, doch als ich den Blick senke, verebbt sie und lässt mich kalt und wie betäubt zurück. »Es geht doch immer um meinen Bruder, oder?« Ich zwinge mich dazu, mein letztes bisschen Schutzhaltung aufzugeben, und nehme meine vor der Brust verschränkten Arme herunter.

»Was wir tun … was wir getan haben … Heath, was tun wir hier?«

»Ich habe dich nicht dazu gezwungen, zur Hackman-Eiche zu kommen.« Seine Stiefelspitzen schieben sich in mein Sichtfeld und ich blicke hoch. Er steht jetzt so dicht vor mir, dass er mich wieder berühren könnte, wenn er wollte, und mit Irenes Schreibtisch im Rücken bleibt mir nicht viel Platz für den Rückzug. Als er fortfährt, klingt seine Stimme wie ein Streicheln: »Du bist gekommen, weil du etwas von mir wolltest, genauso, wie ich etwas von dir wollte. Brooke, ich …«

»Es geht um meinen Bruder«, sage ich, um seine Hand auf dem Weg zu meinem Gesicht zu stoppen. »Ich habe dir doch erzählt, dass ich ihn heute besuchen würde. Normalerweise gehen meine Mutter und ich immer zusammen hin, aber Laura ist krank, sodass Mom zu Hause geblieben ist. Es war das erste Mal, seit … das alles angefangen hat, dass ich allein mit Jason gesprochen habe.«

Heath hält meinem Blick immer noch stand, aber er ist sichtlich angespannt. So als wappne er sich gegen eine Bombenzündung. Womit er nicht ganz falschliegt.

»Ich habe ihn nach jener Nacht gefragt, damit ich es besser verstehen kann.«

»Brooke.« Mein Name aus seinem Mund hat noch nie so schwer, so traurig geklungen. Er warnt mich und gleichzeitig fleht er mich an, sodass mir nach Heulen zumute ist, als ich weiterspreche. Aber ich muss es ihm sagen.

»Ich kann an nichts anderes mehr denken. Ich habe den gleichen, immer wiederkehrenden Traum, wie Jason und Cal miteinander kämpfen, nur dass ich nie verstehe, was sie sagen. Ich sehe nie den Moment, in dem mein Bruder –«

»Stopp!«, blafft Heath und ich fahre zusammen, kneife instinktiv die Augen zu. »Du musst damit aufhören. Er hat meinen Bruder umgebracht. Nicht mehr und nicht weniger, und wenn du weiter nachbohrst –« Er zieht tief Luft durch die Nase ein und atmet sie stoßartig aus. »Glaub mir, wenn ich dir sage, dass das nicht hilft. Nichts hilft.«

»Was soll das heißen?« Er hat noch nie so mit mir gesprochen, so als wüsste er etwas, von dem ich keine Ahnung habe. Jede Faser meines Körpers ist zum Zerreißen gespannt, während ich auf eine Erklärung warte.

Er sieht mich an. »Das soll heißen, dass wir unsere Zukunft nicht länger von unserer Vergangenheit beherrschen lassen dürfen. Das soll heißen, wir sollten keine Vorwände mehr finden müssen, um uns zu treffen, wenn wir das wollen.« Er ergreift meine Hand. »Wenigstens will *ich* das.«

Innerlich schreie ich ihn an. Das *kann* er *nicht* wollen. Mich. Uns. Wir wären füreinander die Hölle und falls er dafür einen Beweis braucht, muss er nur die Tür öffnen und einen Blick in die fassungslosen Gesichter da draußen werfen. Oder ich könnte ihn zu mir nach Hause mitnehmen und ihn meinen Eltern und Laura vorstellen und beobachten, wie sie entsetzt Reißaus nehmen und in eine Million Stücke zerbrechen.

Will er mich zum Abschlussball begleiten? Und seine Mom bitten ihm dabei zu helfen, ein Handgelenksträußchen für mich auszusuchen? Werden unsere Familien gemeinsame Grillpartys feiern und Seite an Seite freitags das Footballspiel verfolgen? Wird Laura zu unseren Dates mitkommen wollen, so wie bei Jason und Allison? Wird er mich bei sich haben wollen, wenn Cals Todestag sich jährt, oder wird der bloße Gedanke an mich bei ihm Brechreiz auslösen?

Jetzt habe *ich* das Gefühl, mich übergeben zu müssen, weil ich weiß, dass es nur eine Antwort auf all diese Fragen gibt, und die hat nichts damit zu tun, was ich will. Ich mache meine Hand von Heaths los. »Jason hat mir heute etwas erzählt. Er hat noch versucht es zurückzunehmen und sagte, ich würde ihm das Wort im Mund verdrehen, aber ihm ist herausgerutscht, dass in jener Nacht noch jemand anders im Wald mit dabei war.«

Heath weicht so abrupt zurück, dass ich meine Hand nach ihm ausstrecke, um ihn zurückzuhalten. Sein Blick, das schnelle Auf und Ab seiner Brust und die geballten Fäuste an seinen Seiten sind ein Appell an mich aufzuhören, aber es geht nicht.

»Ich kann's einfach nicht gut sein lassen. Ich habe es versucht, aber ich schaffe es nicht. Nicht, bis ich weiß, ob –«

»Ob was, Brooke? Ob der wahre Mörder noch draußen frei herumläuft, während dein unschuldiger Bruder im Gefängnis schmort?«

»*Nein*, ich sage nicht, dass er unschuldig ist. Ich weiß, das ist er nicht, aber wenn es wahr ist, dass noch jemand anders dort war –«

»Das ändert rein gar nichts!« Er schreit beinahe. »Selbst wenn zehn Leute da waren, die gesehen haben, wie er's getan hat – ist mir egal. Er hat es trotzdem getan!« Heath beißt die Zähne zusammen und versucht sich wieder zu beruhigen. »Willst du wissen, warum die Polizisten nie eine dritte Person erwähnt haben? Weil außer ihnen beiden niemand dort war. Dein Bruder hat meinen Bruder in jener Nacht in den Wald gelockt –«

Ich fange an den Kopf zu schütteln und meine Augen füllen sich mit Tränen. »Ich weiß, was passiert ist. Ich muss nicht hören, wie –«

»– und hat ihn dann betrunken gemacht und dann, als Cal stolperte oder sich aus welchem Grund auch immer umdrehte –«

Ich schließe meine Augen und wünschte, ich könnte das Gleiche mit meinen Ohren tun.

»– hat dein Bruder meinem Bruder ein Messer in den Rücken gerammt und ihm dabei das Rückenmark durchtrennt, sodass er nicht mal mehr versuchen konnte zu fliehen!«

Meine Lider springen auf, als Heath mich plötzlich am Arm packt – nicht kräftig genug, um mir wehzutun, aber genug, um meine Aufmerksamkeit wider Willen auf seine Worte zu zwingen. Vorhin, als er mich im Lagerraum wegen meines spontanen Auftauchens beschwichtigen wollte, hatte Heath mich ebenfalls am Arm berührt. Diesmal jedoch hat die Geste nichts Tröstliches.

»Sieh mich an! Glaubst du etwa, ich stelle mir gern vor, wie mein Bruder gestorben ist? Er lag am Boden und konnte nicht mal mehr wegrobben, aber er war noch am Leben. Sie haben Kratzspuren in der Erde und Dreck unter seinen Fingernägeln gefunden von seinen vergeblichen Versuchen. Dein Bruder ist der Einzige, der Cals letzte Worte kennt. Ich wette, er sagte *Hilfe* und *Stopp* und *Gott, bitte* und –«

Ich reiße mich von Heath los und funkele ihn an. »Warum tust du das?«

Heaths Augen leuchten. »Weil es die Fußabdrücke deines Bruders waren. Das Messer deines Bruders. Sein –« Er schluckt das Wort herunter und schüttelt um Selbstbeherrschung ringend den Kopf. Heath macht einen Schritt auf mich zu. Seine Stimme klingt jetzt sanft, seine Augen glänzen vor unterdrückten Tränen. »Mehr muss *ich* nicht wissen. Wenn das für dich nicht ausreicht …« Er geht wieder einen Schritt zurück und ich kann spüren, wie die Wut und Abscheu, die er für meinen Bruder empfindet, die zwischen uns entstandene Lücke ausfüllt.

Ich mache einen zittrigen Atemzug und wünschte, ich könnte ihm sagen, was nötig ist, damit er mich wieder in den

Arm nimmt, aber ich kann nicht. Mit jedem Blinzeln sehe ich Cals leblosen Körper, der im mondhellen Gras liegt, vor mir.

Ich blinzele erneut und sehe jetzt die blutverschmierten Hände meines Bruders, die sich verzweifelt nach dem Waschbecken ausstrecken, während mein Vater ihn versucht zurückzuhalten.

Ich sehe meine Schwester, die in einen Teller kalt gewordener Spaghetti hineinweint.

Ich sehe Mom, die in der Dusche kauert und wimmert.

Ich sehe Jason in seinem orangefarbenen Overall und die Falten, die ihm die Angst ins Gesicht gemeißelt hat.

Ich sehe die Angst, die vorhin zu blanker Panik anschwoll, als ich angesichts seines Versprechers nicht lockerlassen wollte.

Ich sehe Heaths nicht vergossene Tränen und seine zu einem dünnen Strich zusammengekniffenen Lippen, als er mich anblickt. Wobei er nicht mehr *mich* sieht – er sieht, was er von nun an immer sehen wird: die Schwester des Mörders seines Bruders.

Ich verlasse Irenes Büro erhobenen Hauptes, obwohl ich mit jedem Schritt innerlich zusammenbreche. Ich sehe weder die Angestellten noch die glotzenden Kunden an, als ich aus dem Laden rausche. Es ist offensichtlich, dass Heaths lauter werdende Stimme bis nach draußen gedrungen ist und die Leute hinter der Tür Bruchstücke unserer Unterhaltung aufgeschnappt haben. Die Nachricht wird sich schneller verbreiten als ein Waldbrand. Ich kann nicht davor fliehen, als ich zu meinem Auto renne und mich das Getuschel von allen Seiten verfolgt.

Kapitel 31

Mom weiß genau, wann die Besuchszeit im Gefängnis endet und wie lange die Heimfahrt dauert. Mein Telefon hat in den letzten fünfundvierzig Minuten in einer Tour gebimmelt.

Fünfundvierzig Minuten, in denen ich keinen Anruf getätigt und keinen angenommen habe. Fünfundvierzig Minuten, in denen Mom sich in den lebhaftesten Farben ausgemalt hat, wie abgrundtief verlassen Jason sich fühlt, weil sie ihn nicht besucht hat. Fünfundvierzig Minuten, in denen sein Zusammenbruch so verheerende Folgen hatte, dass ich es nicht über mich bringe, nach Hause zu gehen und es ihr zu erzählen. Fünfundvierzig Minuten, in denen mir alles Mögliche hätte zustoßen können und in ihrer Vorstellung fast sicher zugestoßen ist.

Fünfundvierzig Minuten der Sorge, dass ich gar nicht bei Jason war, sondern ihn und meine ganze Familie im Stich gelassen habe.

Ich bremse an einer gelben Ampel ab und komme zum Stehen. Mein Handy klingelt pausenlos, weil Mom jedes Mal, wenn meine Mailbox anspringt, sofort auf Wahlwiederholung drückt. Und jedes Mal erfüllt das altmodische Telefonschrillen, das ich als Klingelton eingestellt habe, den Innenraum des Wagens, aber meine Finger machen keine Anstalten, sich in Bewegung zu setzen.

Ich weiß nicht, was ich ihr sagen soll oder ob ich die Tränen aufhalten könnte, die mir meine Kehle zuschnüren. Ich kann das Handy nicht ansehen, als ich schließlich eine zittrige Hand ausstrecke und es ausschalte. Ich muss jetzt aufhören an Heath zu denken. Und ich muss aufhören an das zu denken, was Jason gesagt hat. Und dann muss ich mir eine Ausrede für Mom zurechtlegen, um zu erklären, warum ich so spät komme und nicht ans Telefon gegangen bin.

Und dann kann ich mich in mein Zimmer zurückziehen und mich in mein Bett verkriechen, und wenn ich ganz leise bin, kann ich weinen, ohne dass jemals jemand davon erfährt.

Ich biege auf die geschotterte Zufahrt und fahre bis zu unserem Haus hinauf. Es ist schlimmer, als ich es mir vorgestellt habe.

Mom reißt sich aus Dads Armen los und stürmt die Verandatreppe herunter, das Telefon so fest umklammert, dass die Knöchel ihrer Hand weiß hervortreten. Ich sehe auf zwanzig Metern Entfernung, dass ihr Tränen über das Gesicht laufen. Dad tritt an die oberste Verandastufe heran und bleibt dort stehen, den Blick auf mich gerichtet, abwartend.

Mom schluchzt und ringt nach Luft, als ich ihr entgegeneile. In mir rumoren Schuldgefühle und aufrichtige Reue, dass ich ihr, Dad und Laura so etwas zumute. »Mom, es tut mir so leid. Mein Handydisplay ist zerbrochen und ich konnte nicht rangehen –« Sie hat einen Arm ausgebreitet und ich mache mich auf eine schmerzhaft feste Umarmung gefasst. Stattdessen trifft mich eine schallende Ohrfeige.

»Carol!«, ruft Dad von der Veranda, als ich unter der Wucht des Schlages taumele.

Meine Hand fliegt an meine Wange. Die Haut fühlt sich heiß und pochend an, aber der Schock über den Schlag verdrängt den Schmerz. Ich bin noch nie geschlagen worden. Von niemandem. Meine Eltern haben mich als Kind nie übers Knie gelegt und das Schlimmste, was Jason, Laura und ich einander angetan haben, war uns zu beißen.

Für einen Moment fühlt es sich einfach nur unwirklich an. Bis ich in Moms tränenverhangene Augen sehe. Sie zittert am ganzen Körper. Sie öffnet ihre bebenden Lippen, aber es kommt kein Wort heraus. Ich bin genauso unfähig zu sprechen, aber ich hebe mein Telefon hoch und zeige ihr das Display, das ich vor wenigen Minuten, keine zwei Kilometer von hier, unter meinem Absatz zermalmt habe. Sie streift es mit einem Blick und holt tief und stockend Luft. Ich zucke unwillkürlich zusammen, als sie die Hände nach mir ausstreckt, aber diesmal schlingt sie ihre Arme um mich und drückt mit der Hand meinen Kopf an ihren. Sie sagt etwas, aber ihre Worte werden von Tränen erstickt. Ich erwidere ihre Umarmung, sage wieder und wieder, dass es mir leidtut, und beteuere, dass es Jason gut geht. Aber ich weine nicht.

Ein paar Minuten später macht Dad ihre Arme von mir los und sie lässt ihn gewähren, aber nur, weil sie sich stattdessen an ihm festhalten kann. Sobald wir im Haus sind, fragt Dad meine Mutter, ob sie sich das Gesicht waschen gehen wolle, worauf sie nickt und mich kurz anblickt, sodass ich ein letztes Mal ihr tränennasses Gesicht sehe. Als sie die Treppe hinaufsteigt, gehe ich ins Wohnzimmer, wobei ich mir wünsche, der Boden würde sich auftun und mich verschlingen. Ich beobachte, wie Dad seiner gebrochenen Frau hinterhersieht, und unwillkürlich sinkt mein Kinn auf meine Brust.

Der Dielenboden knarrt, als Dad zu mir herüberkommt, seine abgewetzten Arbeitsstiefel schieben sich in mein Blickfeld.

Mom hat mich zwar geschlagen, aber ich mache mich darauf gefasst, dass Dads Worte mich niederwalzen werden. Stattdessen finde ich mich in einer Umarmung wieder, die nur einen Hauch zu kräftig ist.

»Willst du mir erzählen, wo du warst?«

»Im Gefängnis«, sage ich und versuche, nicht daran zu denken, wie lange es her ist, seit Dad mich zum letzten Mal umarmt hat.

»Willst du mir erzählen, wo du außerdem warst?«

Ich vergrabe mein Gesicht an seinem verblichenen Baumwollhemd. Meine Stimme klingt dumpf. »Nein.«

»Brooklyn Grace.«

Ich spüre, wie seine Brust vibriert, als er meinen Namen sagt. Er hat seine Umarmung kein bisschen gelockert, aber das wird er gleich tun, wenn ich ihm keine Antwort gebe.

»Ich war danach nicht in der Lage, gleich loszufahren und habe noch eine ganze Weile auf dem Parkplatz im Auto gesessen.« Wäre meine Wange nicht an seine Brust geschmiegt, hätte ich den scharfen Atemzug, den er nimmt, nicht bemerkt. Doch so scheint es, als könnte ich spüren, wie ihm das Herz bricht.

»So etwas darfst du nie wieder machen. Das *darfst* du deiner Mutter nicht antun. Und mir auch nicht.«

Ich nicke und spüre, wie seine Hand sich auf meinen Kopf legt, bevor er mich loslässt.

»Lass mich mal dein Telefon sehen.«

Ich halte es immer noch in der Hand, sodass ich nur meinen Arm hochzuheben brauche. Seine rauen, schwieligen

Finger, die viel geschickter sind als meine, untersuchen vorsichtig das Handy.

»Sieht kaputt aus.«

»Ja.« Falls er mich als Nächstes fragt, ob ich es absichtlich zerbrochen habe, wird meine Antwort genauso lauten.

»Ich besorge dir ein neues Display und dann gucken wir mal, ob es wieder funktioniert.«

Meine Augen heben sich langsam, bis sich unsere Blicke treffen. Seine Augen haben den gleichen warmen Braunton wie Lauras.

Dad nimmt seine freie Hand hoch, zögert kurz, dann streichelt er sachte mit dem Daumen über meine brennende Wange. »Sie hätte dich nicht schlagen dürfen.«

Mein Kinn zittert. »Sie hat sich Sorgen gemacht«, sage ich. »Wegen Jason. Und mir.«

Dad schüttelt den Kopf. »Das ist keine Entschuldigung.«

Vielleicht nicht, aber ich verstehe trotzdem, warum sie es getan hat. Ich wusste, dass sie von der Sekunde an, wenn ich das Haus verlasse, bis zur Sekunde meiner Rückkehr an nichts anderes denken würde als an Jason und die Tatsache, dass sie nicht bei ihm war. Dass es an ihr nagte, während sie sich um Laura kümmerte. Vermutlich hatte sie ihr Telefon schon eine halbe Ewigkeit nur in der Hand gehalten, bevor sie mich zum ersten Mal anrief. Dann hatte Panik eingesetzt, als sie mich nicht erreichte, die irgendwann dermaßen eskalierte, dass weder Dad noch Laura sie beruhigen konnten.

Ich hätte tausend Dinge tun können, um zu verhindern, dass das passiert, selbst wenn mein Handy wirklich die ganze Zeit defekt gewesen wäre statt nur in den letzten paar Minuten. Ich hätte auf direktem Weg nach Hause kommen oder irgendwo auf dem Weg anhalten und von einem anderen

Telefon aus anrufen können. Dad spricht es nicht aus, weil mein Gesicht knallrot ist von Moms Hand, aber er weiß es genauso gut wie ich.

Dad nimmt wieder seine Hand herunter. »Na komm.«

Ich folge ihm in die Küche und lehne mich gegen die Kochinsel, während er mir einen Beutel Tiefkühlerbsen aus dem Eisfach gibt. Die erste kalte Berührung der Tüte mit meiner glühenden Wange lässt meine Hand unwillkürlich zurückzucken, aber Dad drückt sie wieder sanft gegen mein Gesicht.

»Geht es deinem Bruder gut?«

Ich zögere, geschockter von seiner Frage als von der Kälte der Tiefkühlerbsen. Ich weiß, dass er sich mit Mom über Jason austauscht, aber nie mit Laura oder mir. Ich weiß, dass es hart ist für ihn, aber ich kann mir nicht mal im Ansatz vorstellen, wie es sich anfühlen muss, zu erleben, wie dein erstgeborenes Kind verhaftet wird und eine so unfassbar grausame Tat gesteht und du nicht weißt, ob du lange genug leben wirst, um dieses Kind noch mal in Freiheit wiederzusehen. Der Kummer und die Wut und das Schuldgefühl und die Hilflosigkeit müssen überwältigend sein. Obendrein muss er mit ansehen, wie Laura sich mehr und mehr aus dem Leben zurückzieht, während Moms gezwungenes Lächeln immer bröckliger wird. Es wäre vermutlich einfacher für ihn, wenn er Jason ganz und gar aus seinem Herzen ausschlösse. Die ganze Zeit dachte ich, er hätte schon genau das getan.

Es ist nur eine kleine Frage, fünf Wörter lang – *Geht es deinem Bruder gut?* –, aber es entgeht mir nicht, dass Dad den Atem anhält, während er auf meine Antwort wartet.

Ich nicke und Dad stößt die Luft aus und nickt ebenfalls.

»Sagst du's ihr? Nicht jetzt, aber –«

»Ich sag's ihr«, sage ich, lege die Tüte Erbsen auf den Küchentresen und wende mich zur Treppe. Aber weiter komme ich nicht, denn Dad hält mich zurück und begutachtet meine Wange. Sie brennt, was darauf schließen lässt, dass die Haut immer noch gerötet ist. Bestimmt fühlt Mom sich schon mies genug, auch ohne die Spuren ihrer Ohrfeige zu sehen. Ich drücke mir die Erbsen wieder ans Gesicht. »Morgen«, sage ich. »Ich sag's ihr morgen.«

Er nickt, sein Blick ruht auf der Erbsentüte und er lächelt. »Daran kann ich mich noch sehr gut erinnern.« Sein Lächeln wird breiter. »An Tiefkühlgemüse auf deinen Knien und deinen Knöcheln. Aber auch nach einem Sturz auf dem Eis hast du immer weitergemacht. Ich kannte kein Kind, das so oft geweint hat wie du. Trotzdem wolltest du nie das Handtuch werfen, oder?«

»Nein, nie«, erwidere ich. Ich will gleichzeitig lächeln und weinen bei der Erinnerung daran, wie Dad und ich nach dem Training immer nach Hause gefahren sind, ich auf dem Beifahrersitz, eingedeckt mit allerlei Tiefkühlpackungen der verschiedensten Gemüsesorten – mit was immer mein Dad im nächstbesten Laden bekommen hatte. Er hatte mich die ganze Fahrt lang ungestört weinen lassen, sorgte aber dafür, dass ich aufhörte, bevor ich Mom unter die Augen trat. Er sagte immer, dass Mütter es nicht aushalten würden, ihre Babys weinen zu sehen. Dass es sie mitten ins Herz träfe und sie es niemals wieder vergessen könnten.

»Ich vermisse es, dir beim Eislaufen zuzusehen«, sagt Dad, als ich die Tiefkühlerbsen von meinem Gesicht herunternehme. »Du auf dem Eis – das war der schönste Anblick, den ich je gesehen habe.«

»Ich laufe immer noch Eis«, sage ich, aber es ist nicht das Gleiche und das wissen wir beide. Ich hole tief Luft und drehe mich schnell von ihm weg, aus Angst, dass ich ihn sonst vielleicht weinen sehe.

Es ist schon beinahe Nacht und ich liege noch wach im Bett, als draußen vor meiner Tür leichte, leise Schritte zu hören sind. Kein Zweifel, das ist Mom. Ich ziehe den Quilt aus ihrer Kindheit bis ans Kinn hoch und warte. An meiner Tür ertönt kein Klopfen, keine geflüsterten Worte. Es herrscht nur Stille, lang und quälend, von ihr und von mir, dann entfernen sich die Schritte wieder.

Kapitel 32

Ich steuere Berthas uralte, rostige Karosse an den Rand der Eisfläche und mache mich bereit für unsere erste Runde, um Kondenswasser und Unebenheiten, die aufgrund der niedrigen Luftfeuchtigkeit in der Halle über Nacht entstanden sind, vom Eis zu entfernen. Obwohl ich keinen Fuß auf die Eisfläche setzen werde, macht mein Herz, das so schwer ist seit den gestrigen Ereignissen und der stillen Leere unserer Küche heute Morgen, bei ihrem Anblick einen kleinen Hüpfer – so wie immer. Und es hüpft noch ein Stückchen höher, als ich Maggie durch den Eingang kommen sehe.

Indem ich gestern mein Handy geschrottet habe, habe ich mich auch meiner letzten Verbindung zur Außenwelt beraubt und zunehmend das Gefühl gehabt, keine weitere Minute ohne meine Freundin überstehen zu können.

Ich bremse dermaßen abrupt, dass ich ins Schlittern geraten wäre, läge Berthas Höchstgeschwindigkeit nicht im Schneckentempobereich. Ich springe vom Fahrersitz und rufe winkend Maggies Namen, obwohl klar ist, dass sie mich längst gesehen hat. Da die Eishalle offiziell noch nicht geöffnet ist, dröhnt auch keine laute Musik aus den Lautsprechern. Wären nicht bereits ein paar Mitarbeiter hier, würde ich jetzt zu ihr rübersprinten, so aber gehe ich ganz normal.

Ich laufe an dem einen Ende um die Eisfläche herum, in der Erwartung, dass Maggie mir auf dem langen Stück entlang der Tribüne entgegenkommt und wir uns auf halber Strecke treffen, doch sie ist nirgends in Sicht. Dann sehe ich, dass sie von Jeff aufgehalten wurde, und mein Wunsch, zu ihr zu gelangen, verstärkt sich jetzt nicht nur um meinet-, sondern auch um ihretwillen. Aber was auch immer er zu sagen hatte, die Sache war schnell erledigt, da er sich schon wieder entfernt, als ich sie erreiche.

»Ich bin ja so froh, dass du hier bist«, sage ich und werfe Maggie meine Arme um den Hals. »Ich hatte gestern einen schrecklichen Tag. Und eine furchtbare Nacht. Und bis jetzt einen grässlichen Morgen.«

Maggie sagt nichts.

Und sie erwidert nicht meine Umarmung.

Ich friere eigentlich nie, wenn ich in der Eishalle bin. Aber jetzt schon. Ich lasse sie los und sehe sie an. Sie nimmt ihre Pilotensonnenbrille ab und dahinter kommen rote, verquollene Augen zum Vorschein, die aussehen, als hätte sie die ganze Nacht durchgeweint. Und sie trägt nicht den leisesten Hauch Make-up. Maggie würde eher ohne Hose aus dem Haus gehen als mit ungemachten Augenbrauen, doch sie sind gänzlich naturbelassen. Irgendetwas stimmt hier nicht.

Ich ergreife ihre Hände und für den Moment sind meine eigenen Sorgen wie weggeblasen. »Maggie, was ist –«

»Meine Mom war gestern in Porters Geschäft einkaufen«, sagt sie mit tonloser Stimme und zieht ihre Hände zurück.

Jede Zelle meines Körpers wird von einer Eiseskälte erfasst. Sie kriecht meine Beine und Arme hoch, dringt in meine Brust ein und umschließt mein Herz, das zu einem Eisblock wird. All die Blicke, all das Getuschel. Ich weiß nicht, was Maggies Mom gehört hat, aber eine einzige Suchanfrage im Internet reicht, um die Lücken dazwischen zu füllen. Sämtliche blutigen, erschreckenden Details in Farbe auf dem Monitor.

Ich schaffe es kaum, Maggie anzusehen, und als ich es doch tue, möchte ich am liebsten gleich wieder wegsehen. Es geht nicht nur darum, dass sie kein Make-up trägt – Maggie sieht nicht aus wie sie selbst, wenn sie nicht lächelt. Ich spüre, wie der erste Riss durch mein gefrorenes Herz geht, als ihre Lippen zittern.

»Du hast mich die ganze Zeit belogen. Warum, Brooke?«

»Ich wollte dich nicht verlieren.«

»Dein Bruder hat jemanden umgebracht.«

Ich schüttele den Kopf, es ist ein Reflex, kein Versuch, irgendetwas zu leugnen, aber Maggie gibt einen erstickten Laut von sich.

»Lüg mich nicht weiter an.« Ihr Atem kommt in kurzen, keuchenden Stößen, als versuche sie mit aller Macht, nicht zu weinen. Oder nicht *wieder* zu weinen. »Du hast mir gesagt, er hätte ein Drogenproblem.« Ihre Stimme wird immer leiser. »Deshalb willst du nicht, dass ich mit irgendwem spreche – mit Jeff, Elena und allen anderen. Nicht weil sie solche gemeinen Menschen sind, die sich nach einer unschönen Trennung auf die Seite deines Ex geschlagen haben, sondern weil dein Bruder jemanden umgebracht hat.«

Ich winde mich innerlich, ihre Worte zerreißen mir das Herz.

»Ich habe gedacht, du wolltest mich beschützen, so wie vor den Trollen, die meine Videos kommentieren, aber das stimmte gar nicht. Als ich dich getroffen habe, kannte ich hier keine Menschenseele, und ich war überglücklich, dass die einzige liebenswerte Person der ganzen Stadt meine Freundin wurde.«

»Ich *bin* deine Freu–«

Der Vorwurf in ihren tränennassen Augen lässt mich verstummen.

»Du warst meine beste Freundin und du hast mich seit dem Tag unseres Kennenlernens wieder und wieder belogen.«

»Wie hätte ich dir die Wahrheit sagen sollen? Wie?«

Sie schüttelt den Kopf. »Indem du's tust.«

»Es tut mir leid.« Aber das sind nur Worte und angesichts der vielen Lügen bedeuten sie weniger als nichts.

»Hättest du mir jemals die Wahrheit gesagt?«

Sie kann die Antwort an meinem Gesicht ablesen; ich versuche es nicht zu verstecken. »Ich hätte es nicht ertragen, wenn du mich so angesehen hättest, wie alle anderen es tun.«

»Diese Wahl hatte ich ja nicht. Stattdessen hast du mir gesagt, von wem ich mich fernhalten und wann ich den Mund halten soll. Und du hattest auch immer einen Grund dafür parat. *So-und-so hasst mich, weil* … oder *Wie-heißt-er-doch-gleich ist ein Arschloch, weil* … Vielleicht war es ja nicht immer gelogen, aber *alle* Leute? Jeder Einzelne von ihnen? Ich habe dir geglaubt und wegen dir habe ich die Leute hier wie den letzten Dreck behandelt.« Sie strafft die Schultern, während ihr weitere Tränen in die Augen steigen. »Ich habe einigen buchstäblich den Rücken zugekehrt, als sie sich mir vorstellen wollten. Das habe ich aus Loyalität dir gegenüber getan. Es hat mir sogar ein gutes Gefühl gegeben, dabei habe ich deinetwegen Leute mies behandelt, die das in Wahrheit gar nicht verdient haben.«

»Es tut mir leid.«

»Es tut dir leid, dass du aufgeflogen bist. Du hast gerade zugegeben, dass du mir nie die Wahrheit erzählt hättest, und das heißt, dass die Liste der Leute, die ich wegen dir in den Wind geschossen hätte, immer länger und länger geworden wäre. Kapierst du das eigentlich? Du sagst, ich sei deine einzige Freundin gewesen, aber du hast auch dafür gesorgt, dass es mir genauso geht.«

»Es tut mir leid«, flüstere ich wieder und wieder. Ich habe nichts zu meiner Verteidigung zu sagen, weil sie recht hat. Ich habe alle Leute in dieser Stadt in eine Schublade gesteckt. Viele von ihnen haben sich meine Geringschätzung verdient, aber nicht alle und keiner von ihnen hat sich Maggies verdient. Es war nie meine Absicht, sie genauso zu isolieren, wie ich es selbst bin, aber jetzt, wo sie es in Worte fasst … in Wahrheit habe ich genau das getan. Ich weiß nicht, was schlimmer ist – die Lügen oder die Manipulation.

»Hör auf zu sagen, dass es dir leidtut.« Sie wischt sich erst die eine Wange trocken, dann die andere. »Ich will nicht hören, dass es dir leidtut.«

Aber es tut mir leid und ich weiß nicht, was ich ihr sonst sagen soll.

»Als ich dich kennenlernte, war ich am absoluten Tiefpunkt in meinem Leben angekommen. Ich hatte keine Freunde, keine Zukunft und keinerlei Hoffnung, meine Familie jemals wieder glücklich zu erleben. Jeder in dieser Stadt kennt mich, zumindest vom Sehen, aber du kanntest mich nicht. Mit dir konnte ich die sein, die ich früher war, bevor ich für alle Welt zur Schwester eines Mörders wurde. Ich hätte es dir sagen sollen, aber jedes Mal, wenn ich es versuchte, habe ich die Worte einfach nicht herausgebracht. Es war so schön, Zeit mit jemandem zu verbringen, der mich nicht so behandelte wie Jeff oder Mark oder meine alten Freundinnen. Ich konnte ich selbst sein. Ich hatte solche

Angst davor, irgendwer könnte dir erzählen, was passiert ist, dass ich die Leute schlechtgemacht habe. Aber ich habe über niemanden Lügen erzählt. Mein Ex-Freund und ich *hatten* eine unschöne Trennung, nachdem er Auszüge aus meinem Tagebuch an die Presse verkauft hat. Und mit Elena rede ich nicht mehr, weil sie mich an dem Tag, an dem Jason sich schuldig bekannt hat, in eine Reporterfalle gelockt hat. Die Leute, denen ich vertraut hatte und die mir wichtig waren … so viele von ihnen haben mich verraten und fallen lassen, dass ich dem Rest keine Chance geben wollte, das Gleiche zu tun.«

Maggie sieht aus, als wäre ihr übel, sie hat ihre Arme um den Körper geschlungen und ich weiß nicht, ob sie mir überhaupt noch zuhört.

»Aber du hast recht. Nicht alle waren so.« Doch an den meisten Tagen hatte es sich exakt so angefühlt. »Aber auch selbst wenn alle so gewesen wären – ich hatte kein Recht, dir vorzuschreiben, mit wem du befreundet sein kannst und mit wem nicht, auch nicht indirekt.« Ich ziehe die Schultern hoch. »Um ehrlich zu sein, ich weiß nicht mal, wer mich vielleicht alles anlächeln würde, wenn ich ihnen die Chance dazu geben würde. Es ist so einfach, in den Gesichtern der Menschen Hass zu sehen, wenn man danach sucht.«

Maggie sieht aus, als würde sie jeden Moment in Tränen ausbrechen. Als hätte ich sie irreparabel verletzt. Sie holt zittrig Luft.

»Du hast mir sehr wehgetan.«

»Ich weiß.«

Sie schüttelt den Kopf. »Das glaube ich nicht.« Dann dreht sie sich um und geht davon. Erst als ich meine Schicht beendet habe und im Begriff bin zu gehen, teilt Jeff mir mit, dass Maggie gekündigt hat.

Kapitel 33

Als ich heimkomme, ist meine Familie über das ganze Haus verstreut – Dad ist im Keller, Laura in ihrem Zimmer. Ich habe keine Ahnung, wo Mom steckt, aber mir ist auch nicht danach zumute, sie zu suchen und ihr über meinen Besuch bei Jason haarklein Bericht zu erstatten.

Ich stapfe die Treppe hoch. Lauras Zimmertür ist zu, genau wie meine, aber ein Stück den Gang hinunter steht Jasons einen kleinen Spaltbreit offen. Als wäre beim Verlassen des Zimmers der Türschnapper nicht richtig eingerastet.

Mom ist die Einzige, die sein Zimmer betritt, und es sieht ihr nicht ähnlich, dass sie seine Tür offen stehen lässt, nicht mal ein kleines Stück. Mit gerunzelter Stirn gehe ich auf die angelehnte Tür zu.

Jasons Zimmer ist für mich kein Schrein wie für Mom, kein hartnäckig ignorierter Ort wie für Dad und keine Minenzone, der es gilt, unbedingt fernzubleiben, wie für Laura. Es ist einfach das Zimmer meines Bruders. Ich habe sein Zimmer weder gemieden noch gezielt aufgesucht; es ist kein Ort, an dem ich die Realität verdrängen oder klarer sehen kann.

Aber es ist lange her, seit ich es zum letzten Mal betreten habe – mehrere Monate schon –, und die Zögerlichkeit, mit der meine Hand den Knauf anpeilt, sagt mir, dass es mich doch nicht so kaltlässt, wie ich dachte.

Ich drücke die Tür auf. Sie quietscht nicht – das hätte

Mom auch nicht zugelassen – und das Zimmer sieht aus wie immer, nur dass es aufgeräumter ist und besser riecht als zu der Zeit, als Jason es noch bewohnte.

Es ist leer. Ich hatte nicht erwartet Dad oder Laura auf dem Bett sitzend vorzufinden, von einem plötzlichen Gefühlsausbruch übermannt, aber trotzdem bin ich ein wenig enttäuscht. Marineblaue Tagesdecke, weiß getünchte Wände, der Schreibtisch und das Bettkopfteil, beides selbst geschreinert von Dad. Mom hatte ein paar Bilder von Segelbooten an die Wände gehängt, mehr des Farbschemas wegen, als dass Jason irgendeine besondere Vorliebe fürs Nautische hätte. Er hat sich nie drüber beschwert. Die einzige Zeit, die er je wirklich in seinem Zimmer verbrachte, war, wenn er schlief. Jason hat immer zu den Menschen gehört, die nicht lange still sitzen können. Er war ständig in Bewegung, stürzte sich von einer Aktivität in die nächste; unfähig längere Zeit an einem Ort zu verweilen. Ich schiebe diesen Gedanken beiseite, um nicht weiter darüber nachgrübeln zu müssen, dass er sich jetzt an einem Ort befindet, an dem er genau dazu gezwungen ist.

Ich lasse meine Finger über die geschmeidig glatte Oberfläche seines Schreibtisches gleiten. Ich kann die stundenlange Arbeit spüren, die Dad mit dem Entwurf des Möbels und dem Schleifen des rauen Holzes verbracht hat, mit dem tagelangen Aufbringen von Wachsschichten, bis das Walnussholz seidig glänzte. Der Tisch sieht noch genauso makellos aus wie an dem Tag, als Dad ihn fertiggestellt hat, da Jason ihn im Grunde nur als Bücherablage benutzt hat. Laura und er waren sich auch dahingehend ähnlich, dass sie es beide vorgezogen hatten, ihre Schulaufgaben, wenn möglich, draußen auf der Veranda zu erledigen.

Im Gegensatz zu meinen Geschwistern brauche ich die ruhige Abgeschiedenheit meiner vier Wände, frei von Ablenkungen, um mich zu konzentrieren. Von meinem Fenster aus konnte ich die beiden immer zusammen auf der Hollywoodschaukel sitzen sehen – Jasons lange Beine ruhten auf dem Verandageländer, während Laura ihre unter den Körper gezogen hatte, ihre beiden Köpfe über Bücher oder Laptops gebeugt. Ohne ein Wort miteinander zu reden, genossen sie einfach nur die Gesellschaft des jeweils anderen, bis Jason grinsend sein Buch zuklappte und damit signalisierte, dass er fertig war. Er war von uns dreien schon immer der Schlauste gewesen und erledigte mit links Aufgaben, für die ich doppelt so lange brauchte. Laura hatte es ebenfalls deutlich schwerer, aber immer, wenn Jason mit seinen Hausaufgaben fertig war, rückte er näher an sie heran und zog ihre Arbeitsblätter halb zu sich auf den Schoß, damit sie sie zusammen beenden konnten. Durch das jahrelange gemeinsame Lernen mit Jason kommt Laura inzwischen besser zurecht, aber jedes Mal, wenn ich sie mit Schulaufgaben kämpfen sehe, vermisse ich Jason so sehr, dass es mir die Luft abschnürt.

Die Bettfedern quietschen leise, als ich mich auf seine Matratze setze. Ich atme die abgestandene Luft ein und versuche Jason nicht zu vermissen, versuche nicht diesen scharfen, pochenden Schmerz in meiner Brust zu spüren, der vermutlich nicht weggehen wird, solange Jason weg ist. Vor einem Jahr glaubte ich, bereits alles verloren zu haben, aber innerhalb von zwei Tagen habe ich zusätzlich Heath und Maggie verloren – zwei Menschen, die mir Hoffnung gaben; der eine für die Gegenwart, die andere für die Zukunft.

Ein Schluchzen schlüpft mir über die Lippen. Ich versuche es zu ersticken, aber eine Sekunde später kündigen

Schritte auf dem Flur Lauras Erscheinen an. Mein Schluchzen erstirbt, bevor es von mir völlig Besitz ergreifen kann. Wenn ich seit Jasons Abwesenheit etwas über meine Schwester gelernt habe, dann, dass man nicht vor ihr weinen darf. Sie bricht jedes Mal völlig zusammen, noch schlimmer als Mom.

Laura bleibt in der Tür stehen, die Hände rechts und links am Rahmen. Ihre Zehen biegen sich an der Kante der Schwelle nach oben, als wollte sie verhindern, dass auch nur ein Stückchen ihres Körpers in Jasons Zimmer gelangt. Nicht zum ersten Mal frage ich mich, wie sie ihn einfach so abschreiben und beschließen konnte, dass eine lebenslange Liebe auf einen Schlag bedeutungslos ist. Ich weiß, es ist schmerzhaft, dass Jason fort ist, dass wir alle leiden wegen dem, was er getan hat. Aber er ist trotzdem noch unser Bruder. Wir sind trotzdem noch eine Familie und sollten uns gegenseitig lieben und bestärken und einander nicht im Stich lassen, auch wenn alle anderen uns dazu ermuntern.

»Warum kommst du nie mit, ihn besuchen?«, frage ich sie mit belegter Stimme. »Er vermisst dich. So sehr«, sage ich. »Und du vermisst ihn bestimmt auch, Laura. Ich weiß, dass du es tust.«

Sie sagt nichts, aber zwinkert nervös.

»Er weiß, dass er etwas Unverzeihliches getan hat. Darum müssen wir ihm verzeihen. Ihm geht's … ihm geht's nicht gut.«

Laura hört auf zu blinzeln und ich sehe, dass ihre Augen feucht schimmern. Kaum lauter als im Flüsterton sagt sie: »Mom hat gesagt …«

Ich muss ihr nicht erzählen, dass Mom sieht, was sie sehen will.

Laura darum zu bitten, Jason zu besuchen, ist womöglich zu viel verlangt, aber sein Zimmer zu betreten? Das kann nicht zu viel sein. Ausgeschlossen.

Ich strecke eine Hand nach ihr aus. »Setzt du dich zu mir?«

Lauras Augen weiten sich ängstlich, ihre Finger umklammern den Türrahmen noch fester.

Der Schmerz in meiner Brust wird immer stechender. »Bitte?«

Aber sie tut es nicht. Jason hat sie so geliebt – liebt sie immer noch so sehr – und sie will nicht mal einen Fuß in sein Zimmer setzen.

»Er wäre dich immer besuchen gekommen, das weißt du. Egal was du getan hättest. Er hätte in einem Zelt vor deiner Zelle campiert, damit du dich nicht allein fühlst. Er hätte einen Weg gefunden, dass sie ihn mit dir zusammen einsperren. Weißt du noch, als er Ducky für dich besorgt hat, nachdem wir die Katze weggeben mussten, weil du allergisch warst? Wochenlang ist er morgens um vier Uhr aufgestanden und hat noch vor Schulbeginn in Mr Zellners Tierhandlung Käfige geputzt. Und was war mit diesem Weltall-Modell in der dritten Klasse, das dir am Abend vorm Abgabetermin runtergefallen und kaputtgegangen ist? Er ist die ganze Nacht aufgeblieben und hat es mit dir neu gebastelt. Er hat dir sein Hemd gegeben, als du beim Kirchenwanderausflug gestürzt bist und dabei deine Hose zerrissen ist. Erinnerst du dich eigentlich noch daran, was für einen schlimmen Sonnenbrand er da hatte? Danach konnte er ein paar Tage lang nicht zur Schule gehen.«

Mir bricht das Herz bei meinen eigenen Worten, denn jedes davon ist wahr. Lauras sollte auch brechen, aber das tut es nicht. Sie lässt den Türrahmen nicht los und ihre Zehen bewegen sich kein Stück vorwärts. »Wie kannst du ihn dermaßen im Stich lassen?« Ich senke den Kopf und blicke in eine andere Richtung. Ich kann nicht mit ansehen, wie sie ihm selbst diese Kleinigkeit verwehrt, wenn er sein Leben für sie hergegeben hätte oder für mich. Für alle, die er liebt. Denn wenn er liebt, dann mit ganzem Herzen.

Mein Blick bleibt an der Fotogalerie über Jasons Schreibtisch hängen. Sein einziger Dekoversuch. Auf den meisten Bildern ist er umringt von Freunden zu sehen, auf einem ist er mit Dad beim Angeln, ein anderes zeigt Laura und ihn lächelnd auf der Hollywoodschaukel. Ich stehe auf, weil ich dieses Foto abnehmen und ihr zeigen möchte, aber beim näheren Herantreten entdecke ich noch ein anderes Foto, das von meinem Sitzplatz auf dem Bett aus von der Schreibtischlampe verdeckt war.

Ich habe es schon unzählige Male gesehen. Vor Jasons Verhaftung war es das Profilbild all seiner Social-Media-Accounts sowie sein Smartphone-Hintergrundbild gewesen. Es zeigt ihn und seine damalige Freundin Allison. Er trägt sie huckepack und sie hat lachend ihre Arme um seine nackten Schultern geschlungen. Sie sind beide nass vom Schwimmen. Jason dreht sich lächelnd zu ihr um, sein Gesicht ist im Profil zu sehen. Als ich das Foto zum ersten Mal sah, glaubte ich meinem Bruder aufs Wort, dass er dieses Mädchen eines Tages heiraten würde. Und ich dachte, dass Allison genauso empfand.

Meine Hände suchen Halt an der Kante von Jasons Schreibtisch, als meine Beine plötzlich unter meinem Gewicht nachzugeben scheinen. Jason hat behauptet, Allison sei am Abend der Tat nicht in der Stadt gewesen. Aber hätte er es zugegeben, wenn sie doch da gewesen wäre? Oder hätte er gelogen, um sie so vor Fragen und Unterstellungen zu schützen, die auf sie als mögliche Zeugin eingeprasselt wären?

»Brooke?«

Ich drehe mich zu meiner Schwester um, das Foto von Jason und Allison in meiner zitternden Hand, aber ich sage nichts. Meine Gedanken rasen so schnell, dass ich sie nicht zu fassen kriege. Etwas ist in jener Nacht vorgefallen, das dazu führte, dass Jason die Kontrolle verlor, da bin ich mir sicher. Ich blicke auf das Foto, auf den verliebten Jungen und das Mädchen, das ihm nie von der Seite wich.

Wenn in jener Nacht noch jemand anders dort war, kann es sich dabei nur um eine einzige Person handeln.

Kapitel 34

Obwohl ich seit einem Jahr nichts mehr von ihr gehört habe, brauche ich nicht lang, um Jasons Ex-Freundin ausfindig zu machen. Laut der Facebook-Seite ihrer alten Zimmergenossin vom College arbeitet Allison abends in einem Restaurant, um sich ihre Ausbildung an der Krankenpflegeschule zu finanzieren. Von derselben ehemaligen Zimmergenossin erfahre ich außerdem, dass sie sich inzwischen nicht mehr Allison nennt und auch nicht Ali, und dass ihre berühmte hüftlange blonde Mähne der Vergangenheit angehört. Doch all dieses Wissen bereitet mich nicht auf den Moment vor, als ich sie zum ersten Mal hinter der großen Fensterscheibe des Diners sehe.

Anders als bei Allison reicht *Lissas* Haar nur bis knapp auf die Schultern ihrer beige-braunen Kellnerinnen-Uniform. Und es ist auch nicht goldblond, wie ich es in Erinnerung habe, sondern stumpfer und auch ein bisschen dunkler, so als hätte es schon eine ganze Weile keine Sonne mehr getankt. Gar nichts an ihr sieht aus, als hätte es in letzter Zeit mal Sonne getankt. Sie ist zwar nicht so blass wie Jason, aber ihre Haut scheint trotzdem beunruhigend fahl.

Ich beobachte sie ein paar Minuten lang und versuche in der Kellnerin, die unbeteiligt Bestellungen aufnimmt und Essen serviert, das Mädchen zu erkennen, das ich einst kannte. Ab und zu lächelt sie auch, allerdings weniger unbekümmert als früher.

Ich kann mich noch daran erinnern, wie Jason Allison zum ersten Mal mit nach Hause brachte, um sie uns vorzustellen. Das war während ihres ersten Studienjahrs an der University of Texas. Sie waren erst seit Kurzem ein Paar, aber dass mein Bruder bis über beide Ohren verliebt in sie war, sah ein Blinder mit Krückstock. Es war andersherum schwer zu sagen, wie gern sie ihn hatte, aber mit Allison zusammen zu sein schien ihn wahnsinnig glücklich zu machen. Glücklicher, als ich ihn je zuvor gesehen hatte. Ein weiterer Pluspunkt in meinen Augen war, dass sie nicht versuchte ihn von seiner Familie zu entfremden, so wie es einige Mädchen vor ihr getan hatten.

Wenn sie gemeinsam auf Besuch nach Hause kamen, war meist sie diejenige, die Laura und mich fragte, ob wir mit ins Kino oder zum Essen gehen wollten, und ich fühlte mich dabei nie wie das fünfte Rad am Wagen. Allison half Mom und mir beim Backen, während Jason Laura Nachhilfe gab, und danach klemmte sie sich glücklich und zufrieden zwischen uns auf die Couch, um mit uns fernzusehen, statt sich mit ihrem Freund in eine stille Ecke zu verdrücken – auch wenn Jason wenig subtil durchblicken ließ, dass er eine Pause von seinen Schwestern vertragen könnte.

Allison liebte es, Zeit mit uns zu verbringen, und machte keinen Hehl daraus, wie sehr sie es genoss, ein Teil unserer Familie zu sein. Ihre eigene Familie war ziemlich zersplittert. Sie war bei ihrer kränkelnden Großmutter aufgewachsen und hatte ansonsten nur noch eine deutlich ältere Halbschwester.

Ich fand es schön, Allison bei uns zu haben, und ich fand es schön, dass sie meinen Bruder so glücklich machte. Sie und ich waren zwar sehr verschieden und obwohl wir ohne

Jason als Bindeglied vermutlich nie beste Freundinnen geworden wären, dauerte es nicht lange, bis nicht nur mein Bruder sie als ein zukünftiges Familienmitglied betrachtete.

Weshalb sie auch der erste Mensch war, den ich nach Jasons Verhaftung anrief.

Ich erhielt nie eine Reaktion auf meine panische Nachricht, die ich auf ihrer Mailbox hinterließ, genauso wenig auf sämtliche danach. Auch Mom versuchte sie zu erreichen, doch Allison meldete sich kein einziges Mal zurück und ließ sich kein einziges Mal bei uns blicken.

Die einzige Erklärung, die Jason uns lieferte, war, dass er sich von ihr getrennt und ihr geraten hätte sich von allem fernzuhalten, was mit Cals Tod in Verbindung stand. Ich verstand seine Beweggründe, aber ihr plötzliches Verschwinden ist mir heute wie damals ein Rätsel. Sie waren knapp ein Jahr ein Liebespaar gewesen und doch war sie fort ohne ein Abschiedswort an einen von uns. Sie hatte Jason im Stich gelassen, als er sie am dringendsten brauchte. Keine Frage, es wäre hart geworden und am Ende hätte sie ihn wohl so oder so verlassen, aber sie ging zu einem Zeitpunkt weg, als es noch Grund zur Hoffnung gab. Ich weiß nicht, ob ich ihr das jemals verzeihen kann.

All das geht mir durch den Kopf, während ich sie beobachte, wie sie beim Verlassen des Diners ihren Kolleginnen noch einmal lächelnd zuwinkt.

Ich drücke meine Fahrertür auf und überquere den Parkplatz. Auf ihren Hinterkopf fixiert warte ich, bis sie noch etwa drei Meter von mir entfernt ist, dann rufe ich den Namen, den sie hinter sich lassen wollte: »Allison.«

Sie bleibt beinahe schlitternd stehen. Als sie sich zu mir umdreht, liegt nicht der Hauch eines Lächelns auf ihrem

Gesicht. Sie hat ihre freundliche Miene zusammen mit ihrem Namensschild abgelegt, so als wäre es ein Teil ihrer Uniform. In dem Moment, als unsere Blicke sich treffen, erstarrt sie.

Aus der Nähe betrachtet bemerke ich weitere Veränderungen an ihr, die nicht nur ihrer Erschöpfung nach einer anstrengenden Spätschicht in einem gut besuchten Diner geschuldet sein können. Sie sieht so aus, wie ich mich die meiste Zeit fühle. Völlig ausgehöhlt. Ich kann in ihr kaum mehr das unbeschwerte Mädchen erkennen, das meinem Bruder das Herz stahl. Das Mädchen vor mir sieht aus wie jemand, der einen schweren Verlust erlitten und immer noch damit zu kämpfen hat. Ihr schleppender Gang, der nach unten geneigte Kopf – sie macht den Anschein, als wäre sie bisher noch keinen einzigen Tag ihres Lebens glücklich gewesen.

»Brooke?« Allison sagt meinen Namen und beugt sich vorsichtig ein Stück vor, wie wenn man ein dunkles Haus betritt und Angst hat, es könnte sich jemand darin befinden. Sie hat Angst vor mir. So viel Angst, dass ihre Stimme zittert. Dann wird sie still und leichenblass, ihre Hände umklammern den Schulterriemen ihrer Tasche. »Ist was mit Jason? Hat er –, ist er –?«

Ich starre sie an und versuche zu ergründen, ob sie Angst hat, dass meinem Bruder etwas zugestoßen ist, oder Angst hat um ihretwillen. Es macht mich sauer, dass ich es nicht sagen kann. Ersteres würde meine Worte abmildern, Letzteres würde sie nadelspitz machen. Aus Unsicherheit halte ich sie neutral: »Jason geht es gut.« Ich ersticke beinahe an dem Satz. Als ob es ihm dort, wo er jetzt ist, je gut gehen könnte. Aber ich bin so gespannt auf ihre Reaktion, dass ich alles andere ausblende.

Allison schließt langsam ihre Lider und holt so tief Luft, dass sich die Bluse über ihrer Brust spannt. Sie lockert den Griff um ihren Schulterriemen, bevor sie die Augen wieder öffnet und mich anblickt. Ich sehe sie mit gerunzelter Stirn an, während in meiner Kehle ein Kloß steckt, der zu groß ist, um ihn herunterzuschlucken. Sie rührt sich nicht vom Fleck, dennoch kommt es mir so vor, als würde sie einen Schritt auf mich zugehen. »Ich hätte dich anrufen sollen«, sagt sie. »Ich hätte da sein sollen. Deine Mom und Laura – ich wollte nicht einfach so verschwinden. Aber ich konnte nicht bleiben. Ich … ich denke jeden Tag an Jason. Manchmal kann ich an nichts anderes denken.« Eine Träne rinnt über ihre Wange. Der Anblick dieser einsamen Träne, nachdem sie keine für Jason übrig hatte, als er sie gebraucht hätte, löst den Kloß in meinem Hals schlagartig auf.

»Warum warst du es dann nicht? Ich weiß, dass Cal auch ein Freund von dir war, aber du hast Jason geliebt und du bist auf und davon, noch bevor er sein Geständnis ablegte. Du bist gegangen, als noch gar nicht klar war, ob er wirklich schuldig ist.«

Allison zieht scharf die Luft ein – mit nur einem leisen Laut, den ich trotz des brausenden Verkehrs auf der Straße hinter uns höre. Ihr Gesicht spiegelt eine unerwartete Gefühlsregung wider: Schuld. Ich gehe einen Schritt auf sie zu, befehle meinen Händen mit dem Zittern aufzuhören und lege meine ganze Überzeugungskraft in meine Stimme: »Warst du dabei in der Nacht, als Calvin getötet wurde?«

Sie reagiert dermaßen panisch, als würde ich mit einem Messer in der Hand auf sie zustürzen. Sie strauchelt rückwärts gegen ihr Auto und schüttelt vehement den Kopf, während ihr Tränen übers Gesicht strömen.

»Nein, war ich nicht. Ich hätte nicht – ich hätte nicht –« Ihr ganzer Körper wird von einem Schluchzen geschüttelt und sie sackt in die Knie.

Reflexartig hechte ich nach vorn, um sie aufzufangen. Sie klammert sich so fest an meine Arme, dass ich stolpere und beinahe mit ihr zusammen hinfalle.

»Ich habe ihm gesagt, dass es besser ist, wenn ich mitgehe.«

Sie nagelt mich mit ihrem Blick fest und aus jeder Pore ihres Körpers scheint nackte Angst zu strömen. Ihre Augen sind so weit aufgerissen, dass ich das Netz roter Äderchen darin sehen kann.

»Wem gesagt – Jason? Wann hast du mit Jason gesprochen?« Aber über ihr Schluchzen und Japsen hinweg kann sie mich nicht hören.

»Ich hätte dort sein sollen. Ich hätte ihn aufhalten können. Ich hätte alles verhindern können. Ich hätte – ich hätte –«

Ich muss jeden ihrer Finger einzeln lösen, um mich aus ihrem Griff zu befreien, und stolpere ein paar Schritte rückwärts. Kraftlos sucht sie Halt an ihrem Auto, um nicht auf dem Asphalt zusammenzusacken.

»Er hat gesagt, dass noch jemand anders dort war. Das kannst nur du gewesen sein«, sage ich und hole stockend Luft. »Bitte, sag mir einfach, was passiert ist. Sie haben miteinander gestritten, aber es muss noch etwas anderes passiert sein, etwas, das Jason dazu gebracht hat …«

Ihr Mund schnappt auf und zu, aber es kommt nur ein Schluchzen heraus.

»Er will es mir nicht sagen und auch sonst niemandem, aber ich weiß, dass er versucht dich zu schützen. Vielleicht war es nur ein Unfall, vielleicht wollte er Cal gar nicht wehtun und vielleicht –«

»Nein«, sagt sie und es fühlt sich an, als würden mir eine Million Klingen das Herz zerschlitzen. »Er wollte ihn töten, das weiß ich. Ich hätte dort sein sollen. Ich hätte –«

»Ich glaube dir nicht.« Meine Stimme ist kaum lauter als ihr Wimmern. Ich rücke von Allison ab und je weiter ich mich entferne, desto heftiger scheint sie zu weinen. Ich nehme ihr ihre Tränen ab, ich nehme ihr sogar ihr Bedauern ab, aber sonst nichts.

»Ich habe ihn geliebt«, flüstert sie vor sich hin. »Ich habe ihn so sehr geliebt. Sag ihm –« Aber mehr Worte bringt sie nicht zustande und selbst wenn, ich würde sie meinem Bruder eh nicht ausrichten. Sie hätte ihm selbst sagen sollen, dass sie ihn liebt. Sie hätte es ihm von Anfang an zeigen sollen, aber das hat sie nicht getan.

Erst als ich in meinem Wagen sitze und zum dritten Mal vergeblich probiere den Schüssel ins Zündschloss zu stecken, bemerke ich, dass meine Wangen nass von Tränen sind.

Kapitel 35

Die Rückfahrt nach Hause kommt mir viel länger vor. Immer wieder spiele ich die Szene mit Allison in meinem Kopf ab und als ich endlich zurück in Telford bin, fühle ich mich leerer denn je. Es kann nur Allison gewesen sein, die in jener Nacht im Wald mit dabei war. Aber wenn sie nun auch nicht mit mir redet … Ich weiß nicht, was ich tun soll, und glücklicher- oder vielleicht auch unglücklicherweise bleibt mir gerade keine Zeit, um mir weiter den Kopf darüber zu zerbrechen.

Ich komme ein paar Minuten zu spät zu meiner Schicht – zum allerersten Mal, seitdem ich in der *Polar*-Eissporthalle angefangen habe zu arbeiten, aber Jeff tut so, als hätte ich eine ganze Woche lang blaugemacht. Nachdem Maggie eingestellt wurde, schien er mir gegenüber wieder etwas wohlwollender gestimmt, aber seitdem sie gekündigt hat, ist er unausstehlicher denn je. Egal was ich auch tue, ich kann ihm nichts recht machen, den ganzen Tag lang reibt er mir meine zahlreichen Unzulänglichkeiten unter die Nase.

Die strahlend sauberen Kloschüsseln sind nicht so sauber wie sonst. – »Ich putze sie noch mal.«

Die blitzblank geschrubbten Fliesenböden sind nicht so makellos wie an dem Tag, als sie vor zehn Jahren verlegt wurden. – »Ich schrubbe sie noch mal.«

In einem der von mir ausgeleerten Mülleimer ist ein Kaugummipapier übrig geblieben. – »Ich hol's sofort raus und werfe es weg.«

Ich setze mich nicht zur Wehr. Ich gebe lediglich knappe, tonlose Antworten und wende mich wie auf Autopilot der nächsten Aufgabe zu und dann der nächsten, während Jeffs Stimme auf mich eindröhnt, ich solle meinen Job ernster nehmen und pünktlich sein und ja nie vergessen, wie leicht ersetzbar ich bin. Den letzten Spruch bekomme ich serviert, nachdem ich eine Stunde lang von der Sonne festgebrannte Nacho-Käsereste von der Backsteinwand draußen gekratzt habe und mir meine schmerzenden Knie reibe.

»Ja, Sir«, sage ich. Ich sollte zurückfauchen, wenigstens innerlich, aber ich fühle mich verloren und so ausgehöhlt vor Kummer um meinen Bruder, dass es mich bereits meine ganze Kraft kostet, aufrecht auf beiden Beinen stehen zu bleiben. Die Backsteinwand hier ist noch warm von derselben Sonne, die mein Bruder nur eine Stunde pro Tag auf dem Gefängnishof spüren darf. Die Tränen, die sich in meinen Augen sammeln, drohen jeden Moment überzulaufen. Als Jeff meine feucht schimmernden Augen sieht, lässt er mich endlich in Ruhe und geht zurück in die Halle.

Ich raffe die Mülltüten und eine achtlos weggeworfene Nacho-Verpackung zusammen und schmeiße alles in den Container. Noch bevor ich mich umdrehe, spüre ich, dass ich nicht allein bin. Ich rechne damit, Jeff zu sehen, der zurückgekehrt ist, um mir weitere Predigten zu halten.

Ich rechne nicht mit Maggie.

Sie sieht selbst einigermaßen überrascht aus hier zu sein. Sie steht heute nicht auf dem Dienstplan; das habe ich vorhin als Erstes gecheckt, kurz bevor Jeff loslegte, mir wegen zwei Minuten Verspätung die Hölle heißzumachen. Aber sie weiß, dass ich heute arbeite, und selbst für den Fall, dass sie es vergessen hätte und lediglich ihren Lohnscheck abholen wollte, wäre es ein Leichtes für sie gewesen, unbemerkt von mir herzukommen und wieder zu verschwinden.

In dem Moment fällt mir die schwarze Kameratasche auf, die über ihrer Schulter hängt. Sie folgt meinem Blick und beobachtet, wie ein Ausdruck der Verwirrung über mein Gesicht huscht, erst dann beginnt sie zu sprechen.

»Das heißt nicht, dass ich dir verziehen habe oder darüber hinweg bin, was du getan hast. Habe ich nicht und bin ich nicht. Aber ich habe ein Versprechen gegeben«, erklärt sie, zieht die Tasche vor ihren Bauch und guckt in eines der Fächer. »Und du auch.« Sie hebt herausfordernd ihr Kinn, wie eine Warnung an mich, jetzt ja keinen Rückzieher zu machen.

So wie Jeff ist sie nah genug, um den Tränenschleier in meinen Augen zu erkennen, aber anders als Jeff ergreift sie angesichts meiner schlecht verborgenen Gefühle nicht die Flucht. Wenn überhaupt reckt sie ihr Kinn nur noch höher empor.

Meins dagegen zittert. Für den Bruchteil einer Sekunde habe ich gehofft, sie wäre hier, weil sie mir vergeben hat, oder zumindest, weil sie mit mir reden will. Meine Hoffnung bricht in sich zusammen und rührt sich nicht mehr. »Du musst nichts filmen. Ich bewerbe mich nicht.«

»Ich habe Jeff bereits zugesagt, dass wir nachher den Laden dichtmachen, damit er früher abhauen kann. Ich glaube nämlich, er hat ein Date.«

Wie gekonnt Maggie ihn ausgetrickst hat, entlockt mir beinahe ein Lächeln. »Ich bewerbe mich trotzdem nicht.«

Maggie stellt ihre Tasche vorsichtig auf dem Boden ab und zuckt die Schultern. »Warum nicht?«

»Das weißt du doch«, sage ich, weil sie es schließlich endlich wirklich tut.

Maggie nickt vor sich hin. »Wegen deines Bruders.«

»Ja«, sage ich und knie wieder vor der Backsteinmauer nieder, um den Rest des angetrockneten Käses wegzukratzen.

»Weil du ihn nicht alleinlassen kannst.«

»Weil ich keinen von ihnen alleinlassen kann.« Meine Familie im Stich zu lassen ist für mich undenkbar. Ich kann es nicht tun. Ich werde es nicht tun. Meine Hände verharren. »Sie brauchen mich.«

»Dann darfst du sie also lieben, aber sie dürfen dich nicht lieben?«

Ich drehe mich zu ihr um, runzele die Stirn.

Seufzend geht sie neben mir in die Hocke, schnappt sich eine Drahtbürste und beginnt eine andere Stelle der Mauer zu bearbeiten. Sie geht dabei aggressiver vor als nötig, lässt den Frust, der eigentlich mir gilt, an der Wand aus. »Weiß er überhaupt davon, Brooke? Hast du ihm erzählt, was du wegen ihm alles aufgibst?« Mein Geschrubbe wird langsamer, während sich ihres intensiviert. Ich habe Jason nicht gesagt, dass ich wegen ihm verzichte.

Maggie schnaubt und sagt, während sie mich nur aus dem Augenwinkel anblickt: »Ich weiß so gut wie nichts über deinen Bruder. Ich habe mir einen einzigen Onlineartikel angesehen und der reichte mir.«

Meine Ohren fangen an zu glühen beim Gedanken an all die Beiträge, die ich gelesen habe, bevor Dad es uns verbot. Sie zu lesen hatte sich angefühlt, wie öffentlich nackt ausgepeitscht zu werden. Allein bei der Erinnerung an die mit wilden Spekulationen gespickten Artikel und die Analysen der sogenannten Experten zum Geisteszustand eines jugendlichen Mörders treten mir Schweißperlen auf die Stirn. Ich bin zu feige, um Maggie zu fragen, welchen Artikel sie gelesen hat.

»Aber«, redet sie weiter, »wo bleibt da die Logik? Inwiefern hilft es ihm oder deiner Familie, wenn du auf etwas verzichtest, worauf du dein ganzes Leben hingearbeitet hast? Du lässt dir die Chance auf eine Profi-Eiskunstlauf-Karriere durch die Lappen gehen, um bei deiner Familie bleiben zu können. Willst du das jetzt etwa die nächsten dreißig Jahre so handhaben?«

Die Luft entweicht aus meinen Lungen, als hätte mich eine Faust in den Magen getroffen, aber Maggie ist noch nicht fertig. Sie wirft ihre Bürste hin und dreht sich zu mir um. »Ist keine schöne Vorstellung, was? Aber genau darüber solltest du mal nachdenken.« Dann wird ihre Stimme wieder weicher und plötzlich ist sie durchdrungen von Schmerz. »Überleg doch nur mal, was du getan hast, seit er im Gefängnis ist. Du hast dich von allen und allem abgeschottet. Eiskunstlauf war das Einzige, an dem du noch festgehalten hast, und jetzt gibst du das auch noch auf.«

»Ich gebe ni–«

»Doch, das tust du. Und was noch schlimmer ist: Du hältst dich dabei auch noch für nobel.« Mit einer energischen Bewegung wischt sie sich eine Wutträne aus dem Gesicht. »Aber das bist du nicht. Ich wette, dein Bruder würde es hassen.«

Mein Herz krampft sich schmerzhaft zusammen, aber Maggie gibt mir keine Chance, etwas zu erwidern.

»Du sagst immer, du liebst deinen Bruder. Aber liebt er dich auch? Tut er's? Würde es ihn glücklich machen, dich hier draußen zu sehen, wo wir doch alle wissen, dass du nach drinnen aufs Eis gehörst? Würde es deine Eltern mit Stolz erfüllen? Würde deine Schwester dafür zu dir aufschauen?«

Ich würde am liebsten einfach nur die Augen vor Maggies wutverzerrtem Gesicht verschließen. »Meine Mutter ist der Meinung, dass es besser ist, wenn ich hierbleibe. Ja, vielleicht will ich eiskunstlaufen, aber sie hat recht.« Trotz der Nachmittagsschwüle fange ich an zu zittern. »Ohne die Besuche von Mom und mir würde Jason es an diesem Höllenort nicht überstehen. Und meine Mutter würde es nicht packen, allein dorthin zu gehen. Mein Dad würde vielleicht nie wieder aus dem Keller hochkommen und Laura würde einen Käfig um sich errichten und den Schlüssel wegwerfen.«

Maggie sagt kein Wort mehr, bis wir die Wand fertig geputzt haben und zurück in die Halle gehen. »Brooke. Tu mir einen Gefallen und geh jetzt aufs Eis. Versuch es wenigstens.«

Ich sehe von der Eisfläche zu ihr und wieder zurück. »Es ist ohnehin schon egal. Ich habe Anton, meinem Freund, der mit mir zusammen laufen sollte, bereits abgesagt.« Das war das Erste, was ich nach dem Treffen mit Allison getan habe.

»Du hast nie einen Partner gebraucht. Bewirb dich allein. Partnersachen sind nett, aber du brauchst so was nicht. Du weißt, dass ich recht habe.« Sie seufzt. »Ich kann dich nicht dazu zwingen, dich zu bewerben. Aber ich finde, du solltest es tun. Ich glaube, du irrst dich, was die Menschen angeht, die dich lieben. Und ich hoffe, dein Bruder ist einer von ihnen. Wenn ja, dann wette ich, dass ihn die Vorstellung, dass du auf dem Eis stehst, glücklich machen würde, selbst wenn es bedeutet, dass er dich seltener zu sehen kriegt.«

Aber sie liegt falsch. Nichts wird meinen Bruder je wieder glücklich machen und mein Fortgehen schon gar nicht.

Zurück zu Hause bin ich auf dem Weg in die Küche, als ich die Stimme meiner Mutter höre und stehen bleibe. Es ist nicht die echte Stimme meiner Mutter, es ist die falsche, hohe – die, die für eine einzige Person reserviert ist.

»– viel besser. Keine Ahnung, ob es eine Magen-Darm-Grippe oder eine Lebensmittelvergiftung war, aber sie ist wieder auf dem Damm und es hat sich niemand angesteckt.« Pause. »Ich werde ihr ausrichten, wie froh du bist, dass es ihr wieder gut geht.«

Ich bleibe eine Weile am Fuß der Treppe stehen, um zu lauschen, und wünsche mir, die unbeschwerte, heitere Realität, die Mom Jason vorgaukelt, wäre wahr.

Mom und ich haben seit Samstag nicht mehr richtig miteinander geredet, aber kurz nach einem Telefonat mit meinem Bruder ist auch nicht der richtige Zeitpunkt dafür. Als ich merke, dass sich das Ende der Unterhaltung anbahnt, schleiche ich auf Zehenspitzen die Treppe hinauf und schlüpfe ins Arbeitszimmer, um mir das Telefon zu schnappen und damit in meinem Zimmer zu verschwinden.

Ich drücke die Konferenztaste und klinke mich ins Gespräch ein. Zum Glück lacht meine Mutter im selben Moment, sodass das leise, verräterische Klicken übertönt wird.

»Schön, Mom. Das ist schön«, sagt Jason. »Ich wollte mich nur vergewissern, dass es allen gut geht.« Es klingt, als würde er schlucken. »Und Brooke?«

Mom zögert nicht eine Sekunde; das tut sie nie, wenn sie mit Jason spricht. »Ja, alles in Ordnung bei ihr.« Und dann fügt sie mit kaum wahrnehmbarer Unsicherheit in der Stimme hinzu: »Wieso sollte es nicht?«

Jason geht souverän über diese Frage hinweg, so, wie er es von Mom gelernt hat. Es gibt kein weiteres Zögern und keine weiteren zittrigen Worte, als sie sich voneinander verabschieden. Mein Herz wird aus zwei verschiedenen Richtungen zerrissen.

»Wir sehen uns nächste Woche.«

»Auf jeden Fall.« Moms eiserner Schwur. »Ich hab dich lieb, Jason.«

»Ich dich auch. Tschüs.«

»Tschüs.«

Sobald Mom mit einem hörbaren Klicken aufgelegt hat, stoße ich schnell seinen Namen hervor. »Jason?« Es folgt eine Pause und ich befürchte schon, dass ich zu langsam war.

»Brooke?«

Ich seufze vor Erleichterung. »Ich bin's. Ich dachte, du hättest bereits aufgelegt.«

Wieder tritt eine Pause ein. »Ich bin noch da.« Seinem Tonfall nach zu urteilen kann sich das aber schnell ändern, falls ich etwas Falsches sage.

»Ich habe gerade … ich habe gehört, dass Mom mit dir telefoniert und wollte …« Tief durchatmen. Nicht weinen. »Ich wollte sagen, dass es mir leidtut.« Ich beiße mir fest auf die Lippen, kaum dass die Worte heraus sind. Ich bin nicht so gut wie Mom darin, meine Gefühle vor ihm zu verbergen, und ich will auf keinen Fall, dass er mir die quälende Angst anhört, die mir die Brust zuschnürt.

»Leidtut?«

»Ja, wegen Samstag«, sage ich. »Keine Ahnung, warum ich dich so heftig angegangen bin. Ich weiß … ich weiß, es ist schwierig für dich, wenn ich so auf Antworten und Erklärungen dränge, mit denen du nicht herausrücken magst. Ich wollte von dir einfach etwas hören, das mir dabei hilft, das Ganze zu verstehen.« Meine Stimme bröckelt, aber ich spreche weiter. »Ich hoffe, dass du es mir eines Tages erzählen wirst, aber ich werde nicht … ich werde weder dich noch irgendwen sonst noch mal so bedrängen.« Meine Augen schweifen ziellos durch den Raum, während ich auf Jasons Antwort warte. Es dauert eine Weile, bis er antwortet, und als er es tut, kann ich seiner Stimme nicht anhören, was er fühlt.

»Ja, okay – warte mal. Was meinst du mit *irgendwen sonst*?«

Meine Finger schließen sich fester um das Telefon. »Dich. Ich werde *dich* nicht mehr so unter Druck setzen.«

»Brooke.« Die Stimme meines Bruders hat einen dunklen, fremden Beiklang, fast wie eine Warnung – mir stockt das Herz. »Was hast du getan?«

»Ich hab es einfach nicht aus meinem Kopf rausgekriegt«, beeile ich mich zu sagen, um es so schnell wie möglich heraus- und hinter mich zu bringen. »Du hast gesagt, du bist jemandem hinterhergerannt.«

Am anderen Ende der Leitung gibt Jason einen erstickten, gurgelnden Laut von sich, möglicherweise hat er noch mal meinen Namen gesagt.

»Und – und dann ist mir klar geworden, dass nur eine einzige Person mit euch beiden dort gewesen sein kann, also war ich … bei Allison.«

Ich glaube, er hat aufgelegt. Ich habe zwar kein Knacken gehört und auch kein Freizeichen, aber es ist so still.

»Jason? *Jason?*«

Ein laut zischender Atemzug dringt an mein Ohr. »Du. Lässt. Allison. In. Ruhe.«

Meine Lungen machen dicht, lassen keine Luft herein oder heraus.

»Hörst du?«, sagt mein Bruder zwischen zusammengepressten Lippen hindurch.

Ich nicke, obwohl er mich nicht sehen kann, und zucke dann zusammen, als ich an seinem Ende der Leitung einen lauten Knall höre.

»HÖRST DU? DU WIRST SIE IN RUHE LASSEN!«

Das Brüllen, das durch den Hörer dröhnt, lässt mich zusammenfahren. Vor Schreck lasse ich das Telefon fallen und sammle es hektisch auf allen vieren wieder auf.

Wie aus weiter Ferne höre ich Gerangel und unverständliche, gerufene Befehle im Hintergrund, ein Grunzen, das nach Jason klingt.

»Finger weg! Ich sagte, lasst mich –«

Und dann ein Freizeichen.

Ich sitze auf meiner Bettkante, das Telefon in meiner zitternden Hand, während das Freizeichen leise vor sich hin tutet. *Das* war nicht mein Bruder. Ich weigere mich das zu glauben. Das war *nicht* mein Bruder.

Ich konnte sein Gesicht nicht sehen, aber ich kann mir nicht mal vorstellen, wie es in den letzten paar Minuten ausgesehen haben soll. Sein gutmütiges, freundliches Gesicht könnte sich nie zu einer Wutfratze verziehen, sein lächelnder Mund mich nicht anschreien. Das würde er nie tun, das hat er nie getan.

Ich versuche mir einzureden, dass ihm ein anderer Häftling das Telefon entrissen haben muss, denn Jason würde mir nie so viel Hass entgegenbringen. Er würde mich niemals bedrohen.

Wie ferngesteuert drücke ich die Auflegen-Taste und das Telefon verstummt. Stille erfüllt den Raum. Ich lasse mich vom Rand meines ungemachten Bettes zu Boden rutschen und ziehe meine Knie vor die Brust. Meine Hand mit dem Telefon liegt schlaff auf den Holzdielen.

Jedes Mal, wenn die Zahnräder meines Hirns sich in eine Richtung in Gang setzen, kommen sie knirschend wieder zum Stehen. Ich versuche es mit der anderen Richtung, aber sie lassen sich nicht drehen.

Nichts ergibt einen Sinn. Nichts.

Kapitel 36

Am nächsten Nachmittag schlüpfe ich aus der Haustür und in meinen Wagen. Ich weiß, wohin ich fahren muss – es gibt nur ein Haus am Ende der Mulberry Street, aber ich weiß nicht, was ich tun werde, sobald ich dort bin. Ich will nur sein Gesicht sehen. Vielleicht werde ich dafür nicht mal aus dem Auto steigen.

Aber natürlich steige ich doch aus.

Diesmal stelle ich mich schlauer an als zuvor. Ich rufe ihn zuerst an, statt einfach hereinzuplatzen.

»Hallo?«

»Ich bin hier draußen«, sage ich, als er ans Telefon geht.

Einen Moment später schwingt die Haustür auf und Heath tritt hinaus auf die Veranda. Ich spüre, wie mein Herz einen Satz auf ihn zumacht, bevor meine Füße folgen. Ich verlangsame meine Schritte, als ich mich der Verandatreppe nähere, nicht, weil mein Verlangen, bei ihm zu sein, abgenommen hätte, sondern weil er noch keinen einzigen Schritt in meine Richtung gemacht hat. Seine Hand ruht nach wie vor auf dem Knauf der Fliegengittertür.

Ich bin davon ausgegangen, dass niemand sonst zu Hause ist. Heath erzählte mal, dass er das Haus nachmittags normalerweise für ein oder zwei Stunden für sich allein habe, und bevor ich ihn anrief, habe ich mich noch vergewissert, dass außer seinem Truck keine anderen Autos vorm Haus parken. Aber plötzlich bin ich mir nicht mehr so sicher. Ich will, dass es einen Grund dafür gibt, warum er auf Abstand bleibt – abgesehen von dem, den ich ihm bei unserer letzten Begegnung geliefert habe.

Ich zögere kurz, bevor ich die Stufen hinaufsteige, den Blick nervös auf das Haus hinter ihm gerichtet. Es ist ein hübsches Ranchhaus, eines von der Sorte, das sich so natürlich in die umliegende Landschaft einfügt, dass man meinen könnte, es wäre zusammen mit den Schatten spendenden Honigdorn-Bäumen, die zu beiden Seiten der Veranda stehen, einfach aus der Erde gesprießt. Die Dachschindeln wölben sich und die steingraue Fassadenfarbe ist stellenweise verblichen und rissig. Doch es gibt jede Menge weites Land drum herum, so viel, dass das nächste Haus nicht mehr als ein Fleck in der Ferne ist.

Ich bin noch nie zuvor hier gewesen. Es gab für mich keinen Grund herzukommen, bevor ich Heath kennenlernte, und danach …

Plötzlich kommt es mir wie die dümmste Idee aller Zeiten vor, einfach so hier bei ihm zu Hause aufzukreuzen, sogar noch dümmer, als ohne Vorwarnung bei seiner Arbeit reinzuplatzen. Da hatte er wenigstens noch einen Grund, mich sehen zu wollen. Schon möglich, dass ich seine Nähe gerade brauche, aber das heißt nicht, dass sich für ihn irgendetwas geändert hat.

Und das ist *sein* Haus. Das Haus, in dem sein Bruder gelebt hat.

»Ich wollte dich sehen«, sage ich aus dem Gefühl heraus, wenigstens versuchen zu müssen mich zu erklären, obwohl an seinem Gesicht deutlich abzulesen ist, dass er nicht genauso empfindet. Ich stehe ganz stocksteif da, mein Herz hämmert in meiner Brust – werde ich begnadigt oder hingerichtet?

Heaths Augen sind starr auf mein Gesicht gerichtet, seine Brauen zusammengezogen und so reglos wie der Rest an ihm, aber dann entspannen sie sich. Nur ein bisschen, aber ich bemerke es.

»Komm.« Er macht einen Schritt zurück und hält die Tür für mich auf. Ich trete ins Haus ein.

Irgendwo läuft ein Fernseher, Heath verschwindet den Korridor hinunter und schaltet ihn aus. Ich will ihm folgen, doch dann sehe ich all die Fotos an der Wand und bleibe stehen.

Es sind so viele, dass die Wandfarbe dahinter kaum mehr erkennbar ist. Sie reichen vom Boden bis unter die Decke – Fotos, die sich offenbar über eine Spanne von mehreren Generationen erstrecken, wobei viele von ihnen vor diesem Haus aufgenommen wurden. Mein Blick gleitet über Gesichter hinweg, die anscheinend zu Heaths Ururgroßeltern gehören, bis zum Ende des Flurs, wo Calvin mit Absolventenhut und Talar bei seiner Highschool-Abschlussfeier zu sehen ist.

»Meine Familie ist verrückt nach Fotos«, sagt Heath hinter mir und ich zucke erschrocken zusammen.

Ich kann den Blick nicht von dem letzten Bild abwenden. Ich erinnere mich an Cal, jedoch nur vage, wie man ein Gesicht erinnert, das man nur ein paarmal gesehen hat und zu dem Zeitpunkt noch nicht wusste, dass es wichtig ist. Natürlich war sein Gesicht eine Zeit lang überall präsent gewesen, im Fernsehen, im Internet und in den Zeitungen, aber es waren immer dieselben ein oder zwei Bilder gewesen und ich hatte sie mir nie lange genug angesehen. Jetzt habe ich keine

Möglichkeit wegzusehen und selbst wenn doch, ich würde es nicht tun.

Stattdessen schaue ich ausgiebig und Heath lässt es zu und kommentiert das ein oder andere Foto, wenn mein Blick länger darauf verweilt. Zuerst klingt seine Stimme hölzern, aber je länger er spricht, desto geschmeidiger wird sie, so wie ein Muskel, der sich erst aufwärmen muss, nachdem er längere Zeit nicht benutzt wurde. Und je lockerer er wird, desto unbehaglicher ist mir zumute.

Heath reagiert nicht peinlich berührt, als seine Stimme bricht, und er dreht sich auch nicht von mir weg. Noch nie hat sich jemand mir gegenüber so verletzlich und unverstellt gezeigt und es fällt mir schwer hinzusehen. Es fällt mir schwer hinzuhören.

Cal war für mich immer eine reale Person gewesen. Ich habe nie um meines Bruders willen versucht seine Existenz unter den Tisch zu kehren. Ich weiß, dass er eine Familie hatte, Eltern, Lebenspläne, die auf grausame Weise beendet wurden. Aber dieses Wissen blieb stets im Hintergrund, unter Schichten von Traurigkeit verborgen, während im Vordergrund der Fokus auf Jason lag. Jetzt ändert sich die Perspektive.

Heath und ich stehen inzwischen am Ende des Flurs. Die Fotos setzen sich um die Ecke herum fort, aber diese hier sind die letzten von Calvin. Das vom Highschool-Abschluss und eines, auf dem er vor seinem roten Truck steht, der voll beladen ist für seinen Umzug ans College. Wie auf vielen Bildern ist er darauf zusammen mit Heath und ihrer größeren Schwester zu sehen.

»Das ist das letzte Foto von uns allen dreien. Meine Mutter war sich sicher, wir hätten noch andere, von Weihnachten und ihrem Geburtstag, aber –« Heath schüttelt den Kopf und tippt mit dem Finger gegen das Glas des Rahmens, »– es gibt nur das hier.«

Ich drehe mich zu ihm um, betrachte Heath, wie er seinen Bruder betrachtet, während er sich an diesen Tag zurückerinnert, leise lächelnd, mit leicht stockender Stimme. Als ich meine Hand in seine schlüpfen lasse, zieht er sie nicht weg, er zuckt nicht mal zusammen. Sein Daumen streichelt über meinen Handrücken und er erzählt weiter. Die Geschichte hört nicht auf, weil sie zu Ende ist, sondern weil Heaths Gefühle ihm die Kehle zuschnüren. Sein Gesicht verschwimmt vor meinen tränenverhangenen Augen, als ich ihn an mich heranziehe, mich auf die Zehenspitzen stelle und meine Lippen sacht auf seinen Mund drücke.

Es sollte nur ein kleiner Kuss sein, eine aus dem Herzen sprechende Geste, da keiner von uns mehr Worte formulieren kann. Aber als ich mich wieder auf die Fersen herunterlassen will, zieht Heath mich mit beiden Armen eng an seine Brust, während sein Mund sich auf meinen presst und ich unsere vermischten Tränen schmecke.

All die vielen Stunden, die ich trainingsbedingt in Heaths Armen gelegen habe, und sogar unser erster Kuss verblassen im Vergleich zu diesem Augenblick. Dieser Kuss ist immer noch verboten, aber während unser allererster Kuss noch zögerlich war, ist dieser hier mutig, leichtsinnig. Unsere ganze angestaute Sehnsucht und unser unterdrücktes Verlangen brechen sich Bahn und überschwemmen uns. Es wäre beinahe beängstigend, wie fest Heath mich an sich drückt, würde ich ihn nicht ebenso leidenschaftlich umarmen.

Ich gebe mich ganz seinem Kuss hin und den Tränen, die

nicht versiegen wollen. Ich schmecke sie auf seinen Lippen. Ich höre sie in unseren leisen Atemstößen. Meine Brust hebt und senkt sich, als wir uns schließlich voneinander lösen und einander tief in die Augen sehen.

Wir stehen immer noch dicht aneinandergeschmiegt und ich atme seinen Atem. Heaths Hände gleiten seitlich an meinem Körper hoch, sie streicheln über meine Rippen und lösen kleine Beben in meinem Körper aus.

»Es tut mir leid, dass ich dir wehgetan habe«, sage ich.

»Ich hasse es, dass ich dir wehgetan habe. Ich werde es nie wieder tun.« Eine seiner Hände wandert über die weiche, empfindliche Haut an meiner Schulter und eine Gänsehaut überläuft mich. Langsam hebe ich mein Kinn und finde wieder seine Lippen. Und schmecke diesmal eine andere Süße, ohne das Salz der Tränen.

Ich verliere jedes Zeitgefühl und schwelge einfach in dem Kuss, in Heaths Umarmung. Es geht ewig so weiter, flammt auf und schwächt ab, ohne je zu versiegen.

Das Erste, was mich aufmerken lässt, ist kein Geräusch, sondern eine Bewegung. Heath zuckt zusammen wie von Hieben getroffen. Sein Kopf hebt sich und mein von Gefühlen vernebelter Blick wird klarer, sodass ich die Panik in seinen weit aufgerissenen Augen bemerke. Ich drehe den Hals und sehe gerade noch zwei Frauen, die durch die Eingangstür ins Haus marschieren. Die eine ist Anfang fünfzig, die andere Anfang dreißig. Der jüngeren bricht die Stimme, als sie Heaths Namen ruft.

»Was in aller Welt? Heath Christopher Gaines, wer in –« Die Worte seiner Mutter gehen in einem erstickten Gurgeln unter, während Heaths Arme mich loslassen und schlaff an seinem Körper herunterfallen. Er sieht mich nicht an und ein eiskalter Schauer vertreibt die letzten Reste Hitze zwischen uns.

Heath sieht mich nicht an, aber seine Mutter und Schwester tun es.

Ich dachte, ich würde diesen Blick kennen, den, der mit geschürzten Lippen einhergeht und jede Menge Distanz zu mir sicherstellt. Doch das, was ich in den Augen von Mrs Gaines und ihrer Tochter Gwen sehe, geht weit über Abscheu und Wut hinaus.

Mrs Gaines' Arm schnellt nach vorn und packt den ihrer Tochter, als ich meine Füße bewege. Erst vermute ich, sie will sich Halt suchen nach dem Schock, mich hier in ihrem Haus vorzufinden, aber dann begreife ich, dass ich mit dieser Annahme falschliege. Sie versucht nicht sich aufrecht zu halten – sie hält ihre Tochter zurück.

»Mit *ihr*? Du bist mit *ihr* zusammen?« Gwen mustert ihren Bruder, als hätte sie ihn gerade beim Bau einer Bombe erwischt und nicht beim Rumknutschen mit einem Mädchen. Und mich sieht sie an, als würde sie mich ohne mit der Wimper zu zucken in die Luft sprengen. »*Ihr Bruder hat Cal ermordet!*« Cals Name bricht aus ihr heraus, ein verzerrtes schmerzerfülltes Kreischen, das mich beinah dazu bringt, mir die Ohren zuzuhalten.

Heath neben mir sagt nichts, tut nichts. Er hält dem Blick seiner Mutter stand und ich kann fast spüren, wie ihm die Scham aus allen Poren quillt.

»Hat dir Allison nicht gereicht? Erst die Freundin deines Bruders und jetzt die Schwester seines Mörders!« Gwen würgt fast an ihren Worten. »In unserem Haus. In *Cals* Haus!«

»Gwen –«

Gwen fegt das geflüsterte Wort ihrer Mutter zusammen mit deren Hand beiseite und stürzt auf Heath zu.

»Schaff sie raus. Schaff die verdammt–« Ihre übrigen Worte gehen im Fausthiebhagel unter, den sie auf ihren Bruder niederprasseln lässt. Er hat einen Schritt nach vorn gemacht, um sich ihr entgegenzustellen, ich weiche zurück. Heath wehrt die Schläge kaum ab und lässt sich von seiner schreienden Schwester mit Fäusten traktieren.

Ich kann nicht denken und ich kann Heath nicht ansehen. Ich presse mich flach gegen die Wand und Mrs Gaines weicht an die gegenüberliegende zurück. Unsere Blicke prallen aufeinander. Sie wirft mir keine Schimpfwörter an den Kopf, aber sie will genauso verzweifelt wie ihre Tochter, dass ich ihr Haus verlasse.

Ich renne zur Haustür hinaus und nur die Geräusche einer gebrochenen Familie folgen mir.

Kapitel 37

Im Seitenspiegel sehe ich die rotbraunen Staubwolken, die Daphnes Reifen aufwirbeln, als ich schärfer als sonst vor unserem Haus bremse. Laura sitzt auf der Veranda und erhebt sich, sobald sie mich sieht. Ausnahmsweise beachte ich sie kaum, als ich aufs Haus zueile, es hallt nur ein einziger Gedanke in meinem betäubten Kopf wider.

Allison war … *Cals* feste Freundin?

Doch oben auf der Verandatreppe angekommen macht mich ein ungewohnter Anblick stutzig. Dass Laura auf der Hollywoodschaukel sitzt, ist nichts Ungewöhnliches, aber Laura ohne Kopfhörer und ohne ihr Smartphone?

»Was ist los?«, frage ich und mein Gehirn kommt mit dem Rest von mir schlitternd zum Stehen. »Ist irgendwas passiert?«

»Nein, nichts. Ich wollte nur –« Ohne ihr Handy weiß Laura nichts mit ihren Händen anzufangen. Sie knetet sie dermaßen vehement, dass ich schon befürchte jeden Moment Blut hervorquellen zu sehen. »Ich wollte mit dir quatschen. Wir quatschen gar nicht mehr.«

Ich blinzele meine Schwester an. *Ich* bin nicht der Grund, warum wir nicht mehr miteinander quatschen. Ich bin diejenige, die wiederholt probiert hat an unsere alte Beziehung anzuknüpfen, aber jedes Mal hat sie mich abblitzen lassen. Egal ob ich weinte oder bettelte, sie kehrte mir immer den Rücken zu.

Und jetzt, wo mein Magen zu einem brennenden Knoten verschlungen ist, bin ich diejenige, die ihr den Rücken zukehrt.

Ich sage etwas zu ihr, während ich die Haustür aufziehe. *Nicht jetzt* oder *Wir reden später.* Ich kenne nicht mal die Worte, die aus meinem Mund kommen, und als ich die Treppe hinaufrenne, sehe ich nicht zurück, ob meine Abfuhr sie auch nur halb so verletzt zurückgelassen hat wie mich ihre immer. Ich kann jetzt nicht an meine Schwester denken. Ich kann überhaupt nicht denken.

Oben angekommen hat sich mein Drang, zu fliehen und mich zu verstecken, in Luft aufgelöst. *Sie muss sich irren wegen Allison und Cal.* Meine Schritte werden immer schwerer und neues Entsetzen wühlt in meinen Eingeweiden, als ich auf Jasons Zimmertür zuhalte, die diesmal geschlossen ist. Ich strecke die Hand nach dem Knauf aus, krümme und strecke noch einmal die Finger, dann packe ich zu und öffne die Tür. Seit ich Heaths Haus verlassen habe, weiß mein Verstand, was mich erwartet, aber ich muss es noch einmal sehen, um das letzte Puzzlestück anzufügen.

Damit Mom ja nichts merkt, habe ich neulich das Foto mit der lachenden Allison auf Jasons Rücken genau an seine alte Stelle über dem Schreibtisch zurückgehängt. Als ich näher herantrete, scheinen beide mich anzulächeln.

Jason hat dieses Foto geliebt, obwohl Allisons Kopf oben leicht abgeschnitten ist und irgendein Typ im Hintergrund das Bild crasht. Aber ich habe ihn nie gefragt, warum. Es ist irgendwas an ihrem Lächeln, an der Art, wie sich ihre Hände um seine Schultern schmiegen und sich ihr Kopf seinem zuneigt. Hätte ein Fremder das Bild betrachtet, wäre er sofort zu dem Schluss gelangt, dass sie total verliebt ist.

Nur dass sie nicht meinen Bruder ansieht, sie sieht die Person an, die das Foto schießt. Meine Augen scannen die anderen Bilder ab, denn in meinem Hinterkopf rührt sich etwas. Keine richtige Erinnerung, eher eine Lücke, an deren Stelle eine Erinnerung stehen sollte.

Da.

Eine kleine Ecke, die hinter seinem Schreibtisch hervorlugt. Ich rücke den Tisch ein Stück nach vorn, dann bücke ich mich und hebe das heruntergefallene Foto auf.

Es ist derselbe Tag. Allison trägt denselben himmelblauen Bikini und denselben mit einem Gänseblümchen geschmückten geflochtenen Zopf. Sie hat einen Arm um Jasons Schultern gelegt, während er sein Handy in Position für das Selfie hält, und den anderen um Cal.

Sie sieht nicht meinen Bruder an.

Ihr Gesichtsausdruck ist derselbe wie auf dem anderen Foto. Es ist genau derselbe.

Das Bild wurde in der Mitte geknickt, sodass Allison von Cal durch eine scharfe Kante getrennt ist.

Ich fange am ganzen Körper zu zittern an.

»Brooke?«

Ich antworte meiner Schwester nicht; ich drehe mich nicht mal zu ihr um. Ich kann nur die beiden Fotos vor mir sehen, Fotos, die vielleicht endlich das scheinbar Unmögliche erklären.

»Er sagte, dass noch jemand anders in jener Nacht dort war.« Ich nehme das erste Foto von Jasons Wand. »Es ist ihm aus Versehen herausgerutscht, aber er hat es gesagt. Ich wusste, dass es Allison gewesen sein muss, aber ich habe nicht verstanden, warum sie nie etwas gesagt hat.« Ich drehe mich zu Laura um – sie steht im Türrahmen, außerhalb von

Jasons Zimmer, niemals innerhalb. Auch sie zittert, obwohl ich ihr die Fotos noch nicht gezeigt habe.

Ich fange langsam an zu erzählen, vorsichtig und mit Bedacht, damit Laura nicht gleich schreiend davonläuft. Als ich sehe, dass sie dableibt, kommen mir die Worte immer flüssiger über die Lippen. Ich erzähle meiner Schwester alles über meinen letzten Besuch bei Jason, alles über meine Begegnung mit Allison, alles, was ich Heath nicht erzählen konnte.

Alles, was auf furchtbare Weise einen Sinn ergibt.

Jason liebte Allison mit jeder Faser seines Körpers. Ich habe ein knappes Jahr lang mehr Beweise für diese Liebe gesehen, als mir lieb war. Er wäre für sie gestorben.

Und er hat – da bin ich mir jetzt sicher – für sie getötet. Allison war der Grund für den Streit zwischen Cal und Jason. Und wenn sie dort gewesen war, wenn sie vielleicht aufgetaucht war, kurz bevor … Vielleicht war sie weggerannt. Jason sagte, er wäre jemandem hinterhergerannt. Das würde Allisons Schuldgefühle erklären. Wäre sie nicht weggerannt, hätte sie es vielleicht verhindern können. Wäre Jason ihr nicht hinterhergerannt, wäre er vielleicht dort geblieben … vielleicht hätte er seine Tat bereut und es wäre noch genug Zeit gewesen, Hilfe für Cal zu holen. Vielleicht … Ich kann nicht weiter darüber nachdenken oder ich breche zusammen wie ein Kartenhaus.

Je mehr ich rede, desto größer werden Lauras Augen und als ich mich Richtung Tür bewege, fallen sie ihr beinah aus dem Kopf. »Ich muss noch mal mit Allison reden.«

»Nein!« Es ist nicht der Schrei meiner Schwester, der mich innehalten lässt; es ist die Tatsache, dass sie zu mir *in* Jasons Zimmer stürmt und sich an meinen Arm klammert. »Bitte, du darfst nicht gehen. Du kannst nicht gehen. Nicht du auch noch. Nicht –« Sie vergräbt ihr Gesicht an meiner Schulter, sie schluchzt und bettelt.

Die Fotos flattern zu Boden, als ich meine kleine Schwester in die Arme schließe, und jedes Zucken ihres Körpers treibt mir Tränen in die Augen. Lauras Panik ist förmlich greifbar und ich verstehe sie durch und durch. Meine Arme umschließen sie noch fester. Laura hat bereits eines ihrer Geschwister verloren und ich habe ihr gerade eröffnet, dass ich die Person konfrontieren will, die Jason möglicherweise dazu gebracht hat, einen Mord zu begehen.

Aber ich muss trotzdem gehen. Ich muss wissen, was in jener Nacht wirklich passiert ist, aber jedes Mal, wenn ich Laura loslassen und es ihr erklären will, klammert sie sich nur umso fester an mich und weint noch bitterlicher. Ich habe sie noch nie so erlebt. Ich habe Angst, dass Mom uns hört und jeden Moment hochkommt, um nachzusehen, was los ist.

»Okay, okay«, besänftige ich sie und streichele dabei über ihren Rücken. »Ich gehe nirgendwohin. Laura, ich verspreche es dir, ich bleibe hier.«

Sie hebt ihr schmales, tränenüberströmtes Gesicht zu mir hoch. »Du darfst nicht gehen.«

»Tu ich auch nicht. Komm, wir gehen in mein Zimmer, okay?«

Laura hält sich wie eine Ertrinkende an mir fest, bis wir in meinem Zimmer sind, wo wir in mein Bett kriechen und uns in den Armen halten wie früher, wenn Jason uns dazu gebracht hatte, mit ihm einen Horrorfilm anzusehen.

Wir sehen uns keinen Horrorfilm an. Wir gucken *Manche mögen's heiß*. Mit dem Kopf meiner Schwester auf meiner Schulter und ihrem seidig weichen Haar unter meinem Kinn vergesse ich beinahe die beiden Fotos auf dem Boden von Jasons Zimmer am Ende des Flurs.

Marilyn Monroes Figur Sugar singt bereits zum zweiten Mal *Runnin' wild* im Zug, als Laura endlich eingeschlafen ist und ich vorsichtig aus dem Bett schlüpfen und in Jasons Zimmer schleichen kann.

Die Fotos liegen noch an derselben Stelle am Boden, wo ich sie fallen gelassen hatte.

Es ist nach Mitternacht. Aber statt in mein Zimmer zurückzukehren, schnappe ich mir meine Schlüssel und schleiche auf leisen Sohlen die Treppe hinunter und durch die Haustür nach draußen.

Kapitel 38

Auf meinem Weg zu Allison nehme ich kein einziges Auto wahr, keine einzige Landmarke, keinen einzigen Menschen, obwohl ich kilometerweit fahre und sicher an unzähligen von ihnen vorbeikomme.

Das Erste, was ich wieder registriere, ist das rot-goldene Neonschild vom Diner, welches die Nacht erhellt. Es ist sehr spät, nach zwei Uhr, sodass der Diner sogar noch leerer ist als bei meiner letzten Stippvisite früh am Morgen. Aber Allison ist da. Ich sehe sie durch die großen Fenster, als ich mich nähere.

Und sie sieht mich.

Hat dir Allison nicht gereicht? Erst die Freundin deines Bruders und jetzt die Schwester seines Mörders!

Das hat Gwen zu Heath gesagt. Mein Magen schlingert vor Übelkeit. Heath hat sie in keinem unserer Gespräche erwähnt, er hat zu keinem Zeitpunkt etwas durchblicken lassen, während ich ihm anvertraute, dass ich unbedingt verstehen müsse, was in jener Nacht geschehen ist. Ist sie der Grund, warum er mich so vehement abgewiegelt hat, als ich bei seiner Arbeit erschien? Wusste er, dass sie an jenem Abend mit dabei war? Schützt auch er sie? Und warum? Um seines Bruders oder seiner selbst willen?

War ich wirklich so dumm? Jeder, dem ich vertraute, hatte mich verraten. Wieso glaubte ich da, Heath wäre anders?

Weil er wissen sollte, wie es sich anfühlt. Weil ich glaubte, wir empfänden dasselbe.

Unter Kopfschütteln versuche ich diese Gedanken zu vertreiben, doch die Übelkeit in meinen Eingeweiden rumort weiter, während ich beobachte, wie Allison ihren Notizblock abrupt einer anderen Kellnerin in die Hand drückt, die Tür aufstößt und zu mir auf den Parkplatz hinauskommt. Sie wendet nicht für den kleinsten Moment den Blick von mir ab.

»Ich weiß über dich und Calvin Bescheid«, platze ich heraus. Ich bin darauf gefasst, dass sich Allison angesichts dieser Enthüllung geschockt zeigt und ihre Beine wieder unter ihr nachgeben. Ich bin nicht darauf gefasst, dass sie langsam die Augen schließt und einen so langen Atemzug ausstößt, als hätte sie ihn schon jahrelang in ihrer Brust bewahrt.

»Woher?«, fragt sie mit immer noch geschlossenen Augen.

»Ich habe ein Foto von euch beiden gefunden.« Ich schlucke. »Und außerdem weiß ich es von Heath.«

Allisons Lider springen auf, als ihr klar wird, was ich andeute. Die Erinnerung daran, wie ich in Heaths warmen Armen liege, als seine Mutter und Schwester uns überraschen, trifft mich wie ein Schwall Eiswasser. Und dann denke ich an Laura – ein zitterndes, kleines Bündel in meinen Armen.

Mit neu erwachtem Mut unterbreche ich die Fragen, die aus Allison herausschwemmen.

»Wann?«, frage ich, ohne es genauer spezifizieren zu müssen.

Sie fleht mich stumm an, aber ich zucke mit keiner Wimper. Schließlich senkt sie den Blick und sieht auf ihr goldenes Armband hinunter. »Wir wollten uns nicht ineinander verlieben und wir haben es lange geleugnet, weil wir beide Jason liebten. Aber es hörte nicht auf, obwohl wir uns voneinander fernhielten.«

»Ihr habt euch nicht sonderlich viel Mühe gegeben.« Ich hole das geknickte Foto hervor, das mit Jason, Allison und Cal, das, auf dem sie nicht ihren damaligen Freund anschmachtet. Allison bringt es kaum über sich, einen Blick auf das lädierte Bild zu werfen.

»Deshalb war uns klar, dass wir Jason die Wahrheit sagen mussten, bevor … noch irgendwas passiert. So viel waren wir ihm schuldig. Ich wollte es allein machen, aber Cal bestand darauf, dass wir ihm zusammen gegenübertreten. Und das haben wir dann auch getan … und …« Allisons Lippen beben. »Es war schrecklich. Er glaubte uns nicht … und dann …« Ihre Stimme wird tonlos. »Tat er es schließlich doch und es wurde noch schlimmer.«

Ich kneife automatisch die Augen zusammen bei dem Gedanken, wie am Boden zerstört Jason gewesen sein muss, nicht nur über den Verlust des Mädchens, das er liebte, sondern auch über den Verlust seines besten Freundes. So wie Onkel Mike Mom verloren hatte. Und ich hatte nichts davon gewusst. Keiner von uns. Er hatte nie ein Wort darüber verloren. Ich öffne die Augen und eine einsame Träne rollt mir über die Wange, während Allison weitererzählt.

»Er war so wütend. Er … er schlug das Fenster von Cals Truck mit der Faust ein. Er musste sich übergeben wegen … wegen des Blutes, weißt du, aber als wir ihm helfen wollten … zertrümmerte er auch noch die andere Scheibe.«

Mir wird eiskalt bei der Schilderung von Jasons Gewaltausbruch und ich denke daran, wie er mich vor wenigen Tagen am Telefon angeschrien hat. Und an die Gerüchte von damals über sein aufbrausendes Temperament an der Highschool.

»Das war eine Woche bevor Cal starb. Jasons Reaktion

hatte ihn so fertiggemacht, dass er sich von mir trennte. Er sagte, dass unsere Beziehung ein Fehler sei und uns das hätte klar sein müssen, bevor wir Jason dermaßen verletzten.« Sie nestelt an ihrem Armband herum. »Am Tag vor seinem Tod erzählte Cal mir sogar, dass er an eine andere Uni wechseln und den Bundesstaat verlassen würde. Das war das letzte Mal, dass ich ihn sah. Ich war nicht dort, Brooke, aber ich weiß …« Tränen steigen ihr in die Augen. »Sie haben sich an jenem Abend getroffen, weil Cal ihm sagen wollte, dass er wegziehen würde. Die letzte Sache, die er tun wollte, war, die Dinge zwischen ihm und Jason wieder geradezurücken.«

Diesmal bin ich diejenige, der die Knie wegsacken. Ich schüttele den Kopf und versuche Allisons Worte abzuwehren. »Und du wolltest einfach zu meinem Bruder zurückkehren, als wäre nichts gewesen?«

»Nein«, flüstert sie. »Wenn ich nicht mit Cal zusammen sein konnte, wollte ich mit niemandem zusammen sein.«

»Hast du das Cals Bruder erzählt?«, frage ich, obwohl es keine Rolle mehr spielen sollte. Nichts sollte mehr eine Rolle spielen.

Sie zögert, dann nickt sie. »Vor etwa einem Monat. Ich war bei ihm zu Hause und …«

Ich taumele fast. An dem Tag, als er mich geküsst hat. Ich hatte gewusst, dass es da etwas gab, das er mir verschwieg.

Warum tut das so weh? Warum kümmert es mich, dass mir das Herz bricht, wo es doch eh schon irreparabel kaputt war?

»Es tut mir so wahnsinnig leid.« Allison weint jetzt hemmungslos. Sie macht einen Schritt auf mich zu, aber ich weiche automatisch zurück. »Ich habe Jason geliebt. Wirklich. Gott weiß, ich habe ihn geliebt.«

Sie bricht zusammen. Nicht körperlich – sie bleibt aufrecht stehen –, doch innerlich zerbricht sie. Was sie sagt, ist so tränenerstickt, dass ich nur jedes zweite Wort verstehe und in meinem Kopf die Lücken füllen muss.

Sie musste verschwinden, nachdem Cal gestorben war. Sie gibt sich die Schuld daran, was Jason in jener Nacht getan hat, und sie hatte Angst, dass die Anklage möglicherweise in vorsätzlichen Mord geändert würde, wenn sie sich über ihre Beziehung zu Cal und Jason äußert. Und das hätte lebenslänglich bedeutet, wenn nicht sogar die Todesstrafe. Sie konnte nicht zulassen, dass die einzigen zwei Menschen, die sie je geliebt hatte, beide wegen ihr zu Tode kommen.

Unerwünschte Bilder von Jasons Verhaftung und Anklageerhebung drängen sich in mein Bewusstsein. Beweise, die Allisons Erzählung untermauern, Dinge, die ich ignoriert habe, Dinge, die mein bis über beide Ohren verknallter Bruder unmöglich getan haben konnte … aber möglicherweise ja ein mit der schmerzhaften Wahrheit konfrontierter, betrogener?

»Es tut mir leid … so leid …«

Ich unterdrücke den Impuls, sie in den Arm zu nehmen. Wie kann ich ihr Trost schenken, wenn sie mir jede Hoffnung genommen hat?

Aber ich kann auch nicht einfach nur dastehen und zusehen, wie sie weint. Gäste aus dem Diner haben Notiz von uns genommen, von den klagenden Lauten, die Allison von sich gibt. Einige von ihnen bewegen sich sogar Richtung Tür.

»Was kann ich tun?«, fragt sie, während ihr Tränen übers Gesicht laufen.

Ich schüttele den Kopf. »Keine Ahnung.« Ich habe keine Ahnung, was irgendwer tun kann.

Ich schiebe die Gedanken an sie mit Heath und an den Schmerz, den Jason gefühlt haben muss, als sie Cal statt ihn wählte, beiseite und betrachte das Mädchen, das nur noch ein Häuflein Elend ist. »Ich wollte, dass du schuld bist«, sage ich sanft. »Aber das bist du nicht.«

Sie schluchzt noch einmal, ein herzzerreißender, japsender Laut, der klingt, als hätte sie seit Cals Tod den Atem angehalten.

Mein eigenes Schluchzen bleibt in meinem Hals stecken.

Nachdem ich zu Daphne rübergegangen bin, lege ich meine Handflächen auf die kalte, glatte Karosserie und betrachte mein Spiegelbild in der trüben Scheibe. Ich versuche mir vorzustellen, wie es sich anfühlt, mit meiner Faust gegen das Fenster zu schlagen, nicht nur einmal, sondern zweimal, so kräftig, dass es zersplittert, obwohl mir beim Anblick des hervorquellenden Blutes speiübel wird.

Um dann zu merken, dass ein Fenster zu zertrümmern nicht genug ist.

Ich straffe die Schultern, ziehe die Fahrertür auf und rutsche hinters Lenkrad. Ich glaube nicht länger, dass Allison in der Nacht, in der Cal getötet wurde, mit im Wald war. Aber jemand anderes war dort.

Jemand, der alles mit angesehen hat.

Kapitel 39

Ich weiß selbst nicht, wie ich die Zeit bis Samstag überstehe. Ich arbeite. Ich laufe Eis. Ich vermisse Maggie. Ich kann nicht an meinen Bruder denken, also denke ich an Heath, bis das Blut in meinen Adern kalt wird. Und dann fange ich mit allem wieder von vorn an.

Als ich am Freitagabend von der Arbeit nach Hause komme, sitzt Mom auf meinem Bett. Es ist nicht zu übersehen, dass sie geweint hat. Ihre Augen sind rot, aber ihre Wangen sehen trocken aus und ihre Schminke ist aufgefrischt. Es behagt mir selbst nicht, dass ich an meiner Türschwelle zögere. Ich weiß, wir müssen reden – wir haben seit knapp einer Woche kaum ein Wort miteinander gewechselt. Ich habe keine Angst vor ihr, aber trotzdem zögere ich. Sie sieht es und steht auf. Sie macht einen unsicheren Schritt auf mich zu und hält inne, macht einen weiteren und dann folgen mehrere schnelle Schritte, bis sie nah genug ist, um mich in die Arme zu schließen.

Zum ersten Mal in meinem Leben erwidern meine Glieder nicht automatisch die Umarmung. Meine Arme bleiben schlaff an meinen Seiten hängen und meine Augen brennen. Sie spürt, wie stocksteif ich dastehe, trotzdem löst sie sich nicht von mir; sie streichelt über mein Haar.

»Schätzchen, es tut mir leid. Es tut mir ganz schrecklich leid.«

Ich weiß, dass es ihr leidtut. Ich wusste es in der Sekunde, als sie mir die Ohrfeige gab, sogar noch bevor ihre Augen sich vor Entsetzen weiteten. Die ganze letzte Woche wusste ich, dass es ihr leidtut und dass sie sich schämt. Die ganze letzte Woche wusste ich, dass ich zu ihr gehen und sagen sollte, dass es okay ist, dass ich sie lieb habe und ihr verzeihe. Weil es die Wahrheit ist. Ich hatte sie angelogen. Ich wusste, dass mein Handeln sie in Panik versetzen würde, dass sie halb wahnsinnig vor Angst wäre, wenn ich nach dem Besuch bei Jason nicht auf direktem Weg nach Hause käme. Ich wusste es, aber ich habe sie trotzdem nicht angerufen. Ich habe sogar eigenhändig mein Handy zerstört, um es nicht tun zu müssen.

Aber meine Arme bleiben unten, während Mom mich weiter festhält, nur wenige Meter von der Stelle entfernt, an der ich den Quilt ihrer Mutter verstecke.

Mir ist klar, dass sie mich erst loslassen wird, wenn ich reagiere. Ich umarme meine Mutter wie eine Fremde und verspüre dabei einen Stich im Herzen. »Ist schon gut, Mom.«

Endlich lässt sie mich frei. Ihre Mascara ist verlaufen, doch ich habe es mit reiner Willenskraft geschafft, nicht zu weinen. Meine Mutter streichelt meine Wangen, meine Arme, meine Hände, fast so, als wollte sie die versäumte Nähe der letzten Tage mit einem Mal nachholen. Wir setzen uns zusammen auf mein Bett und sie sagt Dinge, die ich schon längst weiß, Dinge, die ihre eigene Mutter ihr nie gesagt hat.

Sie wird niemals wieder die Hand gegen mich erheben.

Sie wird niemals wieder etwas tun, ohne mir vorher die Chance zu geben mich zu erklären.

Sie liebt mich.

Es tut ihr so leid.

So furchtbar leid.

Sie erträgt das Gefühl von so viel Distanz zwischen uns nicht.

Kann ich ihr vergeben?

Ich antworte wahrheitsgemäß. Ich glaube ihr und ich verzeihe ihr, aber sie umarmt mich wieder und ich muss mich dazu zwingen, die Geste zu erwidern. Es fühlt sich wie eine Lüge an, aber ich verstehe nicht, warum.

»Mom«, sage ich und winde mich von ihr los. »Ich muss dich um etwas bitten.«

Ihre Hand umfasst mein Kinn. »Alles, was du willst.«

Ich hole tief Luft. »Ich will Jason morgen noch einmal allein besuchen gehen.«

Ihre Hand, die meine Wange streichelt, verharrt in der Bewegung, dann lässt sie sie in ihren Schoß sinken.

Mir ist klar, worum ich sie hier bitte. In ihren Augen um das Unmögliche. Sie würde sich eher den Arm abhacken, als ihren Sohn eine weitere Woche nicht zu besuchen. Dass ich sie ausgerechnet kurz nach ihrer verzweifelten Versöhnungsoffensive um so etwas Großes bitte, ist grausam. Das wissen wir beide.

Ich muss sie trotzdem darum bitten.

Ich muss Jason unbedingt unter vier Augen sprechen und sie würde es einfach nicht schaffen, ruhig an einem anderen Tisch oder auf dem Parkplatz darauf zu warten, bis sie an der Reihe ist. Mein Bruder und ich müssen ganz allein sein.

Moms Augen sind feucht von Tränen, als sie mich ansieht. Ich stelle sie vor die Wahl und noch nie zuvor habe ich mich selbst dermaßen verabscheut.

Sie sagt nichts.

»Wir haben uns das letzte Mal gestritten«, erkläre ich, in

der Hoffnung, dass ihr die Vorstellung, dass ihre Abwesenheit dazu beiträgt, zwischen den Geschwistern wieder Eintracht zu stiften, die Sache etwas erträglicher macht. »Es war blöd, aber ich muss ihn allein treffen, um die Sache wieder ins Lot zu bringen.«

Ihr ist anzusehen, wie sehr sie meine Bitte quält. Innerlich windet sie sich. Ich glaube nicht, dass sie sich dazu durchringen wird, sich einverstanden zu erklären, also tue ich etwas Furchtbares.

»Diesmal rufe ich an, versprochen. Dad hat mein Handy ja wieder repariert und ich kann auf dem gesamten Heimweg mit dir sprechen. Dann musst du … dich nicht wieder so aufregen, wenn ich nach Hause komme …«

Sie gibt einen Laut von sich – ein leises, wimmerndes Keuchen –, als wäre ihr Herz in zwei Teile zerbrochen. Mit blinzelnden Lidern halte ich die aufkommenden Tränen zurück und warte auf die einzige Antwort, die sie mir jetzt noch geben kann.

»Okay, Brooke.«

An diesem Abend bringe ich den Quilt meiner Großmutter wieder zurück auf den Dachboden.

Kapitel 40

Jason hält mitten in der Bewegung inne, als er an diesem Samstagmorgen den Besucherraum betritt und mich erneut allein am Tisch sitzen sieht. Von sechs Metern Entfernung aus sehe ich ihn schlucken, bevor ihn der Wärter drängt weiterzugehen. Er pirscht sich förmlich an mich heran. Seine ersten Worte drehen sich nicht um Mom.

»Was hast du zu Allison gesagt?«

Ich lehne mich auf meinem Stuhl zurück, während er sich über den Tisch beugt und mich anfunkelt.

»Mom geht's gut, danke der Nachfrage«, sage ich. Ich lasse mich nicht so leicht einschüchtern. »Laura und Dad ebenso. Und Onkel Mike war neulich zum Essen da, ihm geht's auch bestens.«

Jasons zornige Miene gerät ins Wanken, aber nur kurz.

»Was hast du getan, Brooke?«

»Was *ich* getan habe?« Sein fortwährender Groll entfacht meine eigene Wut. »Was glaubst du habe ich getan? Du hast durchblicken lassen, dass in der Nacht, als Cal getötet wurde, noch jemand anderes dabei war, jemand, an dem dir so viel liegt, dass du sie oder ihn schützen willst, und dafür bereit bist, möglicherweise sogar länger als nötig an diesem Ort hier auszuharren. Wer kommt außer Allison noch infrage?«

Jason zuckt zusammen, als ich ihren Namen sage.

»Ich dachte, dass sie diejenige war, weil … weil …« Meine Wut verraucht so schnell, wie sie gekommen ist. »Ich die Sache mit ihr und Cal herausgefunden habe.«

Jason verzieht sein Gesicht zu einer Grimasse und schüttelt leicht den Kopf, während seine Hand sich zur Faust ballt und wieder öffnet. Seine Hand, die – wie ich jetzt bemerke – an den Knöcheln mit kleinen weißen Narben übersät ist. Sich an die heimliche Beziehung zwischen seiner Freundin und seinem besten Freund zu erinnern schmerzt ihn noch sichtlich. Anscheinend mehr, als die Erinnerung daran, wie er mit der bloßen Faust die Fensterscheiben eingeschlagen hat.

Auf einmal fühle ich mich wieder wie die Achtjährige von damals, die ihren großen Bruder um irgendwas anbettelt. Ständig lag ich ihm in den Ohren, dass er mit mir etwas unternehmen oder spielen soll. Er hätte Nein sagen oder mich abwimmeln können, aber das tat er so gut wie nie – im Gegenteil, er ließ es immer so aussehen, als hätte er jede Menge Spaß. Zusammen mit mir.

Ein Riss geht durch mein Herz, wenn ich ihn jetzt hier sitzen sehe, wie er vor meinen Augen immer mehr verblasst. Nicht einmal mehr Wut ist genug, um ihn für längere Zeit aus seiner Apathie zu reißen.

»Jason, bitte. Du musst es mir sagen. Ich weiß, dass Allison nicht dort war, aber irgendjemand anders, stimmt's? Warum schützt du denjenigen? Bitte.« Meine Stimme bricht und ein Zucken geht über sein Gesicht, er lässt sein Kinn auf die Brust sinken. »Weißt du, nicht nur du sitzt im Gefängnis. Mom und Laura und Dad und ich – wir sind alle eingesperrt, Jase.«

Ich weiß, dass er jetzt an das denkt, was ich ihm beim letzten Mal erzählt habe – dass Mom weint, Dad sich zurückzieht und Laura sich von der ganzen Welt abschottet. Aber über mich weiß er nichts.

»Ich schlafe nicht mehr«, erzähle ich. »Sobald ich die Augen schließe, sehe ich Cal vor mir, wie er stirbt. Immer wieder aufs Neue. Und jedes Mal ist es anders. Nichts an Cals Tod ergibt für mich einen Sinn. Ich wache nach Luft ringend und tränenüberströmt auf und es gibt niemanden, mit dem ich darüber reden kann, weil Mom und Dad und Laura schon genug belastet sind.« Jason sieht weg, als wollte er das alles nicht hören, aber *er muss.* »Du hast nie gefragt, warum ich mich nicht bei *Stories on Ice* bewerbe. Ist es dir egal?«

»Brooke, hör auf.« Normalerweise hätte mich der gepresste Ton seiner Stimme zum Schweigen gebracht, aber ich kann nicht mehr länger still sein.

»Es geht nicht nur um Mom, Dad und Laura.« Meine Hand, die auf dem Tisch ruht, schiebt sich ein Stück in seine Richtung. »Ich hasse den Gedanken, sie zu verlassen, aber den Gedanken, *dich* zu verlassen, kann ich keine Sekunde ertragen.«

Ich weiß, dass er weint. Er hält den Kopf gesenkt und rührt sich nicht, um keine Aufmerksamkeit auf sich zu lenken, aber ich kenne meinen Bruder.

»Allison hat angedeutet, dass du das Ganze geplant hast. Ich kann nicht glauben, dass das stimmt. Also bitte, Jason, sag's mir!«

Langsam, ganz langsam hebt Jason den Kopf. Seine Augen sind glasig feucht. Es liegt keine Wut und kein Groll darin, sondern etwas anderes. So wie er mich ansieht, mit zitterndem Kinn, scheint er mir etwas offenbaren zu wollen, das er nicht laut auszusprechen vermag.

»Jase –« Ich warte, dass er etwas sagt oder dass er blinzelt oder auf eine Weise atmet, die mir mehr verrät als sein stummes Gesicht, aber vergeblich.

»Ich bin gestorben, als sie es mir gesagt hat. Als sie beide es mir gesagt haben.« Seine Worte sind wie Glassplitter, so scharf und schneidend, dass ich zusammenzucke. Seine Hände ballen sich zu Fäusten und öffnen sich wieder und mein Blick fällt erneut auf die Narben, die er beim Zertrümmern von Cals Autoscheiben davongetragen hat. »Ich konnte nicht fassen, dass sie mir so was antun würde. Dass *er* mir so was antun würde. Tagelang fühlte es sich so an, als wäre ich in meinem schlimmsten Albtraum gefangen. Egal was ich auch tat, nichts half. Ich ging sogar zu dem Baum, du weißt schon, dem am Teich, und kratzte mit einem Messer unsere Initialen aus dem Stamm.«

Mit hämmerndem Herzen denke ich an die brutale Attacke gegen die Baumrinde und dass ich anfangs glaubte, Heath würde dahinterstecken. Es war ein gewalttätiger, hasserfüllter Akt gewesen, der jedoch – anders, als ich bisher dachte – nicht meinem Bruder gegolten hatte. Sondern Allison.

»Dort war ich, als Cal mich anrief. Er war betrunken und sagte, dass er wegziehen würde, mich vorher aber noch mal treffen wolle.«

»Nein«, sage ich mit zitternden Lippen. Er sieht mich unverwandt an, also sage ich es noch einmal: »Nein, Jase.«

»Ich habe es nicht gewollt, Brooke. Ich dachte, er würde sich wehren.«

Tränen laufen mir übers Gesicht. »Du hattest ein Messer dabei, Jase. Du hättest es einfach im Auto liegen lassen können, aber du hast es mitgenommen.«

Jason sagt nichts.

Angewidert und erschüttert stehe ich auf, um zu gehen,

aber dann stelle ich ihm noch die eine Frage, die mich ununterbrochen quält. »Wem bist du in jener Nacht hinterhergerannt?«

Jasons Gesicht wird aschfahl. »Ich wusste nicht, dass sie da war. Ich schwöre, ich hatte keine Ahnung.« Ein Tränenkloß sitzt in seiner Kehle. »Ich habe sie erst danach gesehen, erst, als es zu spät war …«

Ich kann ihren Namen nicht laut aussprechen und flehe Jason innerlich an es auch nicht zu tun.

»Sie hatte sich in meinem Auto versteckt«, flüstert er.

Ich kann nicht mehr aufhören den Kopf zu schütteln, während mein Bruder weiterredet und mein Herz in tausend Stücke zerspringt. Laura war ihm gefolgt. Immer ist sie ihm überallhin gefolgt – beim Sprung von der Brücke, zu seinen Dates, überallhin.

Sie war die ganze Zeit dort, sie hat alles gesehen. Sie rannte weg, als er sie entdeckte. Die ganzen sechseinhalb Kilometer bis nach Hause ist sie gerannt und er konnte sie nicht einholen, weil er ständig ausrutschte wegen all dem Blut.

Ein Schluchzen bricht aus meiner Kehle hervor und Jason streckt sich nach meiner Hand aus. Bevor er mich berühren kann, bellt der allgegenwärtige Wächter eine Warnung. Jasons Finger, nur wenige Zentimeter von meinen entfernt, ziehen sich zurück.

Ein erneutes Schluchzen bricht aus mir hervor.

»Bitte, Brooke, bitte.«

Ich drehe mich um und laufe so schnell ich kann von meinem Bruder weg.

Kapitel 41

Ich bin früh zu Hause. So früh, dass Mom noch nicht mit meinem Anruf rechnet. Ich schlüpfe ins Haus und schleiche die Treppe hinauf, ohne dass jemand Notiz von mir nimmt.

Ich gehe schnurstracks zu Lauras Zimmer.

Als ich die Tür öffne, sieht sie von ihrem Platz auf dem Bett zu mir auf, zwischen ihren ausgestreckten Beinen steht Ducky in seinem Käfig. Ohne eine Reaktion von ihr abzuwarten, lasse ich mich auf ihrem Bett vor ihr nieder. Ich habe mich auf der Heimfahrt völlig leer geweint. Jetzt fühle ich mich nur noch hohl und gebrochen. Laura stellt Duckys Käfig auf den Boden.

»Ich hatte ja keine Ahnung«, sage ich. »Es tut mir so leid, dass ich keine Ahnung hatte.«

Laura versteinert, als ich ihre Hand ergreife.

»Nein, nein, bitte nicht«, flüstere ich. »Schluss damit.«

Nie hätte ich es für möglich gehalten, dass mir etwas noch mehr wehtun könnte als Jasons Geständnis. Doch als ich jetzt Laura ansehe und mir vorstelle, dass sie miterlebt hat, wie Jason jemanden tötete, und danach ganz auf sich allein gestellt war, spüre ich einen noch nie da gewesenen Schmerz.

»Es tut mir so leid, Laura. Ich wusste es nicht.« Ich wiederhole einfach immer wieder dieselben Worte, bis ihr stocksteifer Körper mit einem gewaltigen Schaudern erschlafft und sie sich nicht mehr von mir wegstemmt.

»Warum hast du es mir nicht erzählt?« Ich strecke mich wieder nach ihrer Hand aus und diesmal lässt sie mich gewähren.

Sie senkt den Bick, aber wir werden uns nicht mehr voreinander verschließen. Das lasse ich nicht mehr zu.

»Laura.« Ich sage ihren Namen leise, aber bestimmt und sie sieht hoch.

»Es ist nicht so gewesen, wie er erzählt hat.« Sie forscht in meinen Augen, prüft meine Reaktion. »Sie haben sich nicht geprügelt. Cal … er …« Ihre Stimme bricht und ihr Kinn zittert.

Und dann erzählt sie es mir.

Der Sommer hatte gerade erst angefangen, aber es war bereits so heiß, dass sie Jason jeden Tag seit seiner Heimkehr vom College angebettelt hatte mit ihr schwimmen zu gehen. Er hatte uns erzählt, dass Allison noch bei einer Freundin zu Besuch sei und in ein paar Tagen nachkäme, und so wusste Laura, dass die Zeit, in der sie ihren großen Bruder für sich allein hatte, knapp bemessen war. Nachdem er sie den dritten Tag in Folge vertröstet hatte und sie auch nie mitnahm, wenn er abends loszog, beschloss sie einfach heimlich mitzugehen.

Es war kinderleicht, hinten ins Auto zu schlüpfen, ehe er aus dem Haus kam. Und sie war immer noch klein genug, um sich unauffällig im Fußraum zusammenzukauern.

Zuerst war er einfach nur durch die Gegend gefahren. Er nahm sein Handy in die Hand, so als wollte er jemanden anrufen, warf es dann aber wieder auf den Beifahrersitz. Und er fuhr schnell, so schnell, dass sogar ihr adrenalinhungriges

Herz in Angst geriet. Schließlich bog er von der Straße ab und holperte einen unebenen Weg entlang, bis er auf die Bremse trat und seine Tür aufstieß – alles in einer einzigen Bewegung. Als er ausstieg, ließ er sie einfach offen stehen.

Laura reckte den Hals, bis sie von ihrem Versteck aus etwas sehen konnte, und erkannte den Baum am Hackman-Teich. Sie wollte sich gerade durch lautes Rufen bemerkbar machen, weil sie dachte, dass er jetzt, da sie nur noch ein paar Meter vom Ufer entfernt waren, bestimmt einwilligen würde mit ihr schwimmen zu gehen, aber irgendetwas hielt sie zurück. Es war nicht nur das Glänzen der aufspringenden Klinge in seiner Hand – das war ein vertrauter Anblick in der Nähe der Eiche –, nein, es war die Art, wie seine geballte Faust das Messer fest umklammert hielt, als er Richtung Baum marschierte. Und dann fuhr sie zusammen, als er zum ersten Mal ausholte, nicht um eine Schnitzerei zu hinterlassen, sondern um eine zu vernichten. Sie kannte die Stelle, die er attackierte, und die Namen, auf die er wieder und wieder einhackte, obwohl sie nicht nah genug dran war, um sie zu erkennen.

Jasons und Allisons.

Und sie hörte sein verzweifeltes Schluchzen.

Laura erschrak, als sein Handy auf dem Beifahrersitz klingelte, und kauerte sich noch enger zusammen, als er zum Auto zurückkam und den Anruf annahm. Mit einer ihr fremden, vor Hass triefenden Stimme sagte er Cals Namen. Was Cal von sich gab, hörte sie nicht, nur Jason, der ihm immer wieder sagte, er solle aufhören und dass es nichts zu erklären gäbe. Doch dann schlug er so plötzlich einen anderen Ton an, dass sie einen Blick nach vorn zum Fahrersitz riskierte. Sie sah nur ein Stück von Jasons Oberschenkel sowie das

Messer, das er langsam zwischen seinen Fingern drehte, während er zustimmte Cal zu treffen.

Kalter Schweiß trat ihr aus sämtlichen Poren, als er wieder losfuhr, ohne zu rasen diesmal. Und die ganze Zeit lag das aufgeklappte Messer in seiner Hand. Schließlich hielt er wieder an, aber statt das Messer zurück ins Handschuhfach zu werfen, ließ er es in seine Gesäßtasche gleiten und verdeckte es mit der Hand, als er in den Wald hineinging.

Sie wollte nicht länger zuschauen, aber mit jeder Minute, die in Stille verstrich, wuchs ihr Unbehagen, bis eine dumpfe, unbestimmbare Angst sie aus dem Wagen klettern und auf die Waldlichtung treten ließ.

Nach dem Telefongespräch von vorhin hatte sie damit gerechnet, erregte, laute Stimmen zu hören, aber nichts dergleichen. Stattdessen standen Cal und Jason nur knapp einen Meter voneinander entfernt und redeten. Sie stritten nicht. Cal gestikulierte eifrig beim Sprechen und brachte immer wieder die gleiche Entschuldigung vor. Zuerst wies Jason sie zurück, er schüttelte den Kopf und hob Einhalt gebietend die Hand, sobald Cal Anstalten machte, einen Schritt auf ihn zuzugehen. Nur einmal erhob Jason die Stimme.

»Wie konntest du sie mir einfach so wegnehmen? Alles hast du dir immer unter den Nagel gerissen, aber *sie* gehörte mir!«

Was immer Cal darauf antwortete, war zu leise, als dass sie es hören konnte, doch anhand der Art, wie er mit ernster Miene die Hand aufs Herz legte und Jason beschwörend ansah, vermutete sie, dass er ein Versprechen ablegte. Und eine Minute später nickte Jason. Sein ganzer Körper blieb steif, doch er hob einen Arm und streckte ihn nach Cal aus, als sein Freund vortrat, um ihn zu umarmen.

Jason stand mit dem Rücken zu Laura, darum sah sie, wie er die freie Hand in seine Gesäßtasche gleiten ließ und das Messer zückte. Sie behauptet, sie habe das Geräusch der aufschnappenden Klinge gehört, doch Cal zuckte nicht zurück. Erst als Jason das Messer in seinen Rücken stieß.

Die Einzelheiten dessen, was danach geschah, sind wie in Nebel gehüllt. Sie erinnert sich daran, wie Cal ins Straucheln geriet, als Jason das Messer aus seinem Rücken zog, dann knickte sein Unterkörper weg und er sackte zu Boden. Sie hörte ihn gurgeln, als er mit dem Gesicht zuerst auf die feuchte Erde schlug. Dann hörte sie nichts mehr außer ihrem eigenen stummen Schrei, während ihr Bruder sich neben seinen Freund kniete und ihm erneut das Messer in den Rücken trieb.

Cals Hände tasteten am Boden herum, seine Finger krallten sich in die Erde, als Jason zum dritten Mal auf ihn einstach. Cal blickte hoch, fing Lauras Blick auf und hob eine Hand in ihre Richtung, als Jasons Messer erneut niederfuhr.

Dann schrie sie.

Jason sah sie.

Und sie rannte.

Kapitel 42

Ich muss kotzen. Ich muss kotzen. Ich muss kotzen.

Meine Haut ist klamm und ich kann kaum schnell genug gegen die ätzende Galle in meiner Kehle anschlucken. Aber das ist nichts im Vergleich zu den Krämpfen, die Lauras Körper schütteln.

»Ich habe nichts gesagt. Ich habe einfach nichts gesagt. Nicht, als ich das Messer sah, nicht, als –«

Ich rechne halb damit, dass Laura sich steif macht, als ich sie umarme – so, wie ich es gestern bei Mom getan habe –, aber sie lässt sich bereitwillig in meine Arme sinken, fast so, als hätte sie sich die ganze Zeit genauso verzweifelt nach mir gesehnt wie ich mich nach ihr.

»Es ist nicht deine Schuld«, flüstere ich, meine Tränen fallen auf ihre ungewaschenen Haare, während ihre auf mein T-Shirt tropfen. »Es war nie deine Schuld.«

Ich wiederhole den Satz wie eine Beschwörungsformel, versuche für Laura entschlossen und stark zu klingen, denn sie soll die Gewissheit in meiner Stimme hören, nicht die Traurigkeit in meiner Seele.

Ungefähr eine Stunde später hat sie aufgehört zu weinen, aber nicht – da bin ich mir sicher –, weil sie fertig ist, sondern weil sie körperlich zu ausgelaugt ist, um noch weitere Tränen zu vergießen. In den letzten Minuten hat sie nichts anderes getan, als zitternd dazuliegen, während ich ihr übers Haar streichle und tröstende Laute von mir gebe. Als das Zittern nachlässt, lege ich meine Wange auf ihren Scheitel und sage sanft: »Wir müssen mit Mom und Dad reden.«

»Nein!« Laura fährt hoch und schüttelt heftig den Kopf.

Ich strecke mich nach ihr aus und ziehe ihren kummermüden Körper wieder an mich heran, ohne dass sie sich dagegen sträubt. »Laura, du brauchst Hilfe.« Meine Stimme bricht beim letzten Wort. »Wir brauchen alle Hilfe.«

Mir ist übel vor Scham, weil ich mich so sehr vom Schmerz meines Bruders habe vereinnahmen lassen, dass ich den Schmerz meiner Schwester übersehen habe. Weil ich versucht habe ihr ein schlechtes Gewissen zu machen, weil sie sich weigerte Jason zu besuchen, während sie doch Zeugin von all dem war.

Es gab damals keinen Kampf oder blindwütigen Ausbruch, so wie ich es mir immer vorgestellt habe. Kein blankes Entsetzen in Folge seiner Tat, das Jason auf die Knie zwang, im verzweifelten Bemühen, die Blutung zu stillen. Keinen hilflosen Versuch, nach Hause zu rennen, um Rettung zu holen, obwohl es zu spät war.

Ich erschaudere und Laura hebt den Kopf, um mich anzusehen. »Ich habe Angst.«

Gern würde ich so tun, als wüsste ich nicht, was sie meint. Aber ich weiß es. Vom ersten Augenblick an, als ich erfuhr, was Jason vorgeworfen wurde, hatte ich mich vehement und lautstark dagegen gewehrt. Mein Bruder war kein Mörder und wehe, irgendjemand wagte, etwas anderes zu behaupten. Damals führte ich mich auf wie eine Furie, vor allem in den ersten zwei Wochen. Aber auch noch nach seinem Geständnis, als selbst ich nicht mehr leugnen konnte, dass Cal durch die Hand meines Bruders gestorben war, versuchte ein Teil von mir weiterhin die Tat zu relativieren. Seitdem hatte ich mir alle möglichen Situationen und Provokationen ausgemalt, die ihn dazu gebracht haben könnten, Cal zu töten.

Und alles, was auf eine andere Version der Ereignisse hindeutete, hatte ich beharrlich ignoriert.

Wir sprachen zu Hause zwar kaum über Jason, aber zumindest Mom und ich hegten unterschwellige Zweifel an seiner Schuld und hatten das Gefühl, dass uns Unrecht widerfahren war, doch wir gestatteten uns nicht, diese Einstellung zu hinterfragen. Das wurde zunehmend schwieriger, nachdem Heath in mein Leben trat, weil ich gezwungen war mich mit dem wahren Opfer auseinanderzusetzen, statt Jason als ein solches zu betrachten.

Es tut furchtbar weh, etwas loszulassen, das man so lange und so verzweifelt festgehalten hat, doch als ich Laura enger an meine Brust ziehe, verschiebt sich der Schmerz. Er wird nicht schwächer – ich weiß nicht, ob er das jemals tun wird –, aber er distanziert sich und rückt in weite Ferne von dem Mädchen in meinen Armen.

»Keine Angst, ich bin bei dir«, flüstere ich ihr zu.

Laura folgt mir wie ein Geist die Treppe hinunter in die Küche. Sie ist so still, dass ich mich immer wieder zu ihr umdrehe, um mich zu vergewissern, dass ich wirklich sie an der Hand halte und nicht nur ein Hirngespinst.

Mom sitzt auf einem Barhocker an der Kücheninsel und sieht mit starrem Blick auf die Wanduhr statt auf den Topf, der auf dem Herd droht überzukochen. Onkel Mike sitzt auf dem Hocker daneben, massiert mit kreisenden Bewegungen ihren unteren Rücken und spricht mit sanfter Stimme zu ihr. Er hält inne, als sie bei unserem Anblick hochfährt – sie hat noch nicht mit meiner Rückkehr gerechnet –, und zieht seine Hand ruckartig weg, als wäre Moms Rücken plötzlich glühend heiß. Einen Moment lang starre ich ihn einfach nur an.

Er rückt ein Stück von ihr weg, so als könnte der eine Meter Abstand zwischen ihnen darüber hinwegtäuschen, wie eng sie eben noch beieinandersaßen. »Hey, Brooke. So früh haben wir dich noch gar nicht zurückerwartet. Deine Mutter und ich haben die Uhr nicht aus den Augen gelassen.«

Mom hat die Uhr nicht aus den Augen gelassen, meint er wohl. Wir wissen beide genau, was *er* nicht aus den Augen gelassen hat. Und das versetzt meinem Herzen einen zusätzlichen Stich, trotz allem Schmerz, den es schon tragen muss.

Laura tritt von hinten näher an mich heran, während Mom anfängt eine Frage nach der anderen auf mich abzufeuern: »Warum bist du so früh von ihm los? Ist mit Jason alles in Ordnung? Ist er verletzt oder krank? Warum hast du nicht angerufen?«

Statt zu antworten, sehe ich Richtung Herd. Mom folgt meinem Blick und springt vom Hocker herunter, um die Gasflamme auszudrehen und die übergekochte Suppe wegzuwischen. Onkel Mike macht Anstalten, ihr zu helfen, aber er fängt meinen Blick auf und bleibt klugerweise, wo er ist. Ich schnappe mir einen Lappen, um ihr selbst zu helfen, und bedeute Laura mit einem Nicken, dass sie in den Keller gehen und Dad holen soll.

»Alles wird gut«, sage ich zu ihr, als sie zögert, und ich sehe einen Funken ihrer früheren Stärke in ihren Augen aufblitzen, bevor sie nach unten verschwindet.

»Also«, sagt Onkel Mike mit angestrengter Leichtigkeit in seiner Stimme. »Deine Mutter ist sehr gespannt darauf, zu hören, wie's deinem Bruder geht.«

»Ihm geht's gut.« Ich drehe mich zur Seite und lege den Lappen ins Spülbecken, um einen Moment lang nicht das besorgte Gesicht meiner Mutter ansehen zu müssen. »Ich erzähle dir alles, sobald Laura und Dad oben sind.«

»Ich bin gerade mitten in einer Sache«, höre ich Dad sagen, als er mit schweren Schritten die Treppe hochpoltert. »Was ist so wichtig, dass deine Mom mich unbedingt dabeihaben will ...«

»Nicht Mom«, sage ich. »Ich. Ich und Laura.«

Dad runzelt die Stirn, als er mich sieht, aber nicht vor Verärgerung über die Unterbrechung, sondern vor Überraschung. Sein Blick huscht zur Wanduhr und er registriert die Zeit sowie die Tatsache, dass ich ungewöhnlich früh zu Hause bin. »Ist was mit deinem Bruder?« Seine Stimme klingt gelassen, aber die Muskeln in seinem Gesicht zucken verräterisch. Ich weiß, innerlich hat er genauso viel Angst vor der Antwort wie ich.

Hinter Dads ruhiger Fassade verbirgt sich eine Verzweiflung, die mich jedes Mal, wenn ich sie hervorblitzen sehe, zutiefst erschüttert. Sein einziger Sohn, der Junge, den er zu Freundlichkeit und Anstand erzogen hat, ermordete seinen Freund auf brutale Weise. Mom mag diejenige sein, die unter der Dusche weint, aber Dads Trauer ist genauso bodenlos. Und dass er hilflos mit ansehen muss, wie wir anderen leiden, wo es für ihn immer das Wichtigste ist, dass es uns allen gut geht, macht alles noch umso schlimmer für ihn.

Mit Mom klarzukommen fand ich immer schwieriger. Keine Ahnung warum, aber so ist es nun mal. Dads und

Lauras Verhalten kann ich verstehen – sie haben sich aufgrund ihrer Schuld- und Reuegefühle in sich zurückgezogen, weil sie nicht wussten, was sie anderes tun sollten. Im Gegensatz dazu stürzte Mom sich voller Elan in die aussichtslose Aufgabe, uns mit Macht zusammenzuschweißen, ob wir nun wollten oder nicht. Es schien fast so, als hätte sich für sie durch Jasons Geständnis und seine Inhaftierung nichts geändert außer seinem Aufenthaltsort. Sie tut so, als sei er unschuldig, und mir drängt sich der Gedanke auf, dass ich womöglich früher erkannt hätte, was in Wahrheit mit Laura los ist, wenn sie dies nicht getan hätte.

Ich sehe zu Onkel Mike rüber, dessen Blick unentwegt zwischen meinen Eltern hin- und herhuscht; zwischen der, die er so verzweifelt trösten will, und dem, der das nie zulassen wird. Mikes Schultern sacken nach vorn, als Dad tut, was er selbst nicht tun kann: neben Mom treten und einen Arm um sie legen.

Noch nie hat Onkel Mike mir so leidgetan.

Aber dann stellt Laura sich neben mich und ich kann kein Mitgefühl mehr für ihn erübrigen.

Mein Mund öffnet sich und schließt sich und öffnet sich wieder. Wie soll ich das Ganze in Worte fassen? Wie etwas erklären, gegen das Teile meines Gehirns immer noch ankämpfen?

Das ist der Moment, als Laura für mich einspringt.

Sie erzählt ihnen die Geschichte, die sie mir erzählt hat, wie sie sich an jenem Abend in Jasons Auto versteckte, so mit ihm im Wald landete und Zeugin wurde, wie er Cal tötete. Sie lässt kein Detail aus und beschönigt nichts. Sie hört nicht auf, als Dad in die Knie sackt, und auch nicht, als sie ihre Stimme erheben muss, um Moms Schluchzen zu übertönen.

Die Geschichte ein zweites Mal aus ihrem Mund zu hören ist noch schlimmer als beim ersten Mal. Weil ich ihre Worte sowie das eiskalte Grauen, das sie hervorrufen, vorausahnen kann. Und diesmal gesellt sich auch noch Angst dazu, denn obwohl die roten Striemen an meiner Wange längst verschwunden sind, ist mir Moms Ohrfeige noch gut in Erinnerung.

Ich habe Laura versprochen, dass sie nichts zu befürchten hat, dass sie ihr keine Schuld geben werden. Aber in der Gewissheit, dass sich meine Schwester ihr Leben lang daran erinnern wird, wie unsere Eltern jetzt reagieren, dreht sich mir der Magen um. Denn ich weiß nicht, wie ihre Reaktion ausfallen wird. Bis zu dem Moment, als Dad vor ihr auf die Knie fällt, sie wie eine Puppe hochhebt und Mom nur einen Herzschlag später bei ihr ist.

Kapitel 43

Die erste Augustwoche ist hart. Meine Familie kennt zwar jetzt die Wahrheit, aber diese Wahrheit wurde immerhin ein Jahr lang unterdrückt – da ist es mit einer tränenreichen Nacht nicht getan.

Aber mit Laura geht es bergauf. Wir haben begonnen uns mit einem Seelsorger zu treffen, sowohl als Familie als auch jeder einzeln. Laura und ich verbringen viel Zeit miteinander und reden jeden Abend bis spät in die Nacht hinein, mitunter bis zum Morgengrauen. Manchmal über Jason, aber meistens nicht. Es gibt vieles, was zu lange ungesagt geblieben ist. Ich weiß nicht, ob sie jemals in der Lage sein wird, die endlose Liebe, die sie für unseren Bruder empfand, mit ihren jetzigen Gefühlen für ihn in Einklang zu bringen. Ich habe das selbst noch nicht versucht.

Was ich jedoch getan habe, ist eiskunstlaufen. Laura sagt, ich sei süchtig, und damit hat sie nicht ganz unrecht. Ich verbringe Stunden auf dem Eis, so viele, wie ich kann, trotz Jeffs wachsamen, missbilligen Blicken. Maggie ist jetzt allerdings weg – ihre Kündigungsfrist ist vorbei und seither habe ich sie nicht mehr gesehen. Sie hat mich nicht kontaktiert und ist auch nicht mit ihrer Kameraausrüstung aufgekreuzt. Der Gedanke, dass ich sie tatsächlich verloren habe, tut weh. Ich weiß, ich könnte versuchen noch einmal mit ihr zu reden, aber ich habe keine Ahnung, was ich ihr sagen würde. Ich bin nicht sicher, ob es irgendwas zu sagen gibt. Ich kann mein Verhalten durch nichts rechtfertigen.

Jeff ist immer noch auf der Suche nach Ersatz für sie und springt in der Zwischenzeit selbst ein – beim Fahren von Bertha, nicht beim Kloputzen. Aber seine Gegenwart juckt mich nicht, denn ich laufe wieder so gut Eis wie vor Jasons Inhaftierung.

Ich arbeite an einer Choreografie und an Sprüngen, an Pirouetten und Kombinationen. Ich stelle nicht gezielt eine Bewerbungskür zusammen, aber letzten Endes läuft es genau darauf hinaus.

Als Laura fragt, woran ich arbeite, nehme ich sie eines Abends, als es nicht so voll ist und Jeff freihat, mit in die Eissporthalle.

»Ich mach das nur so zum Spaß«, sage ich Laura, als ich meine Schlittschuhe fertig geschnürt habe. »Also erwarte nicht, dass es perfekt ist.«

Mit einem knappen Nicken sagt Laura: »Notiert. Hiermit schraube ich offiziell meine Erwartungen herunter.«

Ich lächele und es fühlt sich absolut unglaublich an, dass sie zurücklächelt. Und dann bin ich auf dem Eis, wo sich immer alles absolut unglaublich anfühlt. Ich muss aufgrund der anderen Läufer um mich herum die Abfolge der Figuren etwas ändern, trotzdem kann ich einige der eindrucksvolleren Elemente zeigen und nagele meine Sprünge so sauber aufs Eis, dass zwei kleine Mädchen Beifall klatschen. Danach gehe ich in eine Waagepirouette über, neige den Oberkörper weit zurück, greife die Kufe meines freien Spielbeins, nehme den zweiten Arm dazu und strecke mein Bein mit beiden Händen über den Kopf in Spagathaltung bis in die Biellmann-Pirouette. Ich habe mich nicht ausgiebig genug gedehnt, bevor ich aufs Eis bin, deshalb protestiert mein Rücken unter der extremen Neigung, während ich versuche die Pirouette fünf volle Umdrehungen lang zu halten. Falls Laura bemerkt, dass ich die Figur zu früh beende, lässt sie es sich nicht anmerken; tatsächlich dreht sie sich genau in dem Moment weg, als ich wieder zum Stehen komme.

»Laura?«, rufe ich, bevor ich zu ihr hinübergleite. Sie dreht sich erst wieder zu mir um, als ich direkt vor ihr an der Bande anhalte.

Ihre Augen sind tränenverhangen, als sie zu mir hochblickt. »Als ich dir sagte, du sollst dich bewerben, habe ich noch … gedacht, du seist nicht mehr so gut wie früher.«

Ich mustere sie eindringlich. »Deshalb habe ich dich aber nicht mit hierhergebracht«, sage ich und schlucke gegen den Kloß an, der sich in meiner Kehle bildet. »Ich wollte dir zeigen, dass ich kein *Stories on Ice* brauche, um Eiskunstlauf zu machen.« Der Kloß wird immer größer. »Ich will das gar nicht mehr.«

Sie nickt und blinzelt schnell. »Die Deadline für die Bewerbung ist in gut einer Woche?«

»Ja, aber –«

»Du musst ein Bewerbungsvideo hinschicken.«

Eine Sekunde lang glaube ich, dass sie vergessen hat, was das bedeuten könnte. Wenn sie mich wirklich auswählen, würde ich direkt nach dem Highschool-Abschluss auf Tournee gehen. Dann wäre ich unter Umständen sechs Monate lang, vielleicht sogar acht, unterwegs. Die Vorstellung ist jetzt, wo ich das gesamte Ausmaß von Jasons Schuld kenne und weiß, dass meine Familie erst am Anfang eines langen, schwierigen Heilungsprozesses steht, nicht weniger schmerzhaft. Vielleicht sogar noch schmerzhafter. Ich weiß, wie sehr Laura mich braucht und wie sehr ich sie brauche.

»Das spielt keine Rolle mehr.« Ich versuche ihren Blick aufzufangen, aber sie schaut aufs Eis zu den vorübergleitenden Eisläufern und nimmt einen tiefen Atemzug.

»Du musst es probieren, damit ich nicht das Gefühl habe, dass ich schuld daran bin, dass auch *dein* Leben vorbei ist.«

»Du bist nicht schuld daran«, sage ich mit so viel Überzeugungskraft in der Stimme wie möglich. »An gar nichts.« Das sage ich ihr ständig, seit ich erfahren habe, dass sie Zeugin von Jasons Verbrechen war – das tun wir alle –, aber ich weiß, dass sie sich trotzdem die Schuld gibt.

Ihr Blick kehrt zu mir zurück. »Aber wenn du dich nicht bewirbst, *ist* es meine Schuld.«

Der Samstag nähert sich langsam und gleichzeitig schnell. Ich werde von einem Klopfen an meiner Tür geweckt, aber es ist nicht Moms behutsames Pochen, sondern Dads lautes Doppelwummern. Ich springe aus dem Bett, um zur Tür zu flitzen, verheddere mich in den Laken und falle um ein Haar hin. Als ich die Tür öffne, starrt Dad mich an.

»Gehst du heute deinen Bruder besuchen?«

Mein noch vom Schlaf vernebeltes Hirn ist noch nicht ganz aufnahmebereit, aber ich zwinge mich dazu, klar zu denken. Ich habe versucht nicht an Jason zu denken und mich stattdessen auf Mom, Dad und Laura konzentriert, aber unbewusst war mir klar, dass ich heute zu ihm fahren würde. Ich muss meinen Bruder wiedersehen, ihm in die Augen blicken, mit dem Wissen, was er getan hat.

»Ich … Ja.«

Dad nickt, dreht sich um und geht den Flur hinunter. Ich rufe ihm hinterher: »Kommt Mom mit?«

»Heute nicht.« Das ist alles, was er sagt, bevor er die Treppe hinunter verschwindet. Ich drehe den Kopf und starre auf die Schlafzimmertür meiner Eltern am anderen Ende des Flurs.

Ich ziehe mich in aller Eile an, um Dad noch zu erwischen, aber als ich unten in die Küche komme, finde ich dort nur Laura vor. Dem leisen Maschinengesurr aus dem Keller nach zu urteilen wird Dad sich so bald nicht wieder hier bei uns blicken lassen.

Als ich Laura sehe, hämmert mein Herz in meinem Brustkorb los. Sie ist samstagmorgens nie in der Küche.

»Wo ist Mom?«, frage ich und schlendere zu Laura hinüber, die vor einer fast unangetasteten Schüssel Müsli an der Kücheninsel sitzt. Als sie meine Stimme hört, zuckt sie zusammen und mein Puls jagt in die Höhe. Sie wird doch wohl nicht mitkommen wollen … Jason besuchen?

Laura nimmt einen Löffel zur Hand, als handele es sich dabei um ein Außerirdischen-Werkzeug, das sie noch nie zuvor gesehen hat. »Dad sagt, er braucht heute jemanden, der ihm hilft.« Sie rührt in ihrem Müsli herum.

»Er hat was?« Ich drehe mich zur Kellertür um. »Wann hat Dad jemals …« Ich breche ab, als ich bemerke, dass Laura mich anstarrt.

»Sie ist gerade unten bei ihm und ähm … kann heute also nicht mit dir mit. Du musst allein fahren.«

Ich setze mich auf den Hocker neben Laura und blicke auf die leere Arbeitsplatte vor mir. »Ich spreche Jason also allein.«

»Wenn es das ist, was du willst.« Laura rührt immer noch in ihrem Müsli. »Und willst du das?«

Will ich das? Es gibt keine Geständnisse mehr, die ich ihm

entlocken könnte, aber insgeheim muss ich zugeben, dass ich erleichtert bin, dass Mom nicht hinfährt.

Laura sieht mich nicht an, als ich zu ihr hinüberblicke. Ich bin froh, dass sie heute Morgen nur Nachrichten-Überbringerin ist und nicht Begleiterin. Der Gedanke, danebensitzen zu müssen, wenn sie Jason zum ersten Mal seit seiner Inhaftierung wiederbegegnet, ist unerträglich.

Aber die Antwort auf ihre Frage lautet Nein. Ich habe Angst und der Gedanke, Jason allein besuchen zu fahren, ist die reinste Folter, egal ob es nun so am besten ist. Ich rutsche an den Rand des Hockers, um aufzustehen, aber Laura legt ihre Hand auf meine und ich bleibe, wo ich bin.

»Du musst nicht gehen. Wenn du nicht willst. Ich glaube … ich glaube, das war einer der Gründe, warum Dad heute Hilfe brauchte.« Damit ich nicht Moms gekränkte Reaktion ertragen müsste, falls ich mich gegen einen Besuch bei meinem Bruder entscheiden würde, meint sie.

Ich umarme Laura mit meinem freien Arm. »Ist schon okay. Ich muss hingehen. Wir ähm … sehen uns, wenn ich zurück bin, ja?« Laura hält immer noch meine Hand auf der Küchenoberfläche fest und ich muss etwas Kraft aufwenden, um sie frei zu kriegen. »Mach dir keine Sorgen.«

Als ich die Haustür aufdrücke, sehe ich Maggie, die auf Daphnes Motorhaube sitzt und auf mich wartet.

»Damit du nicht allein hinmusst«, erklärt Laura hinter mir. Sie lächelt mich zaghaft an, als ich ihr über die Schulter hinweg einen Blick zuwerfe, dann schließt sie die Haustür.

Maggie trägt ihre rosa Pilotensonnenbrille, die, die perfekt mit ihren Haaren harmonierte, bevor sie sie wieder umgefärbt hat. Ihren aktuellen Farbton hatte ich noch nicht gesehen: Es ist ein bunter Farbverlauf von Lavendel zu Grün, bei dem ich unwillkürlich an ein Einhorn denken muss. Die Sonnenbrille auf der Nasenspitze stützt Maggie sich nach hinten auf ihre Arme ab, als ich mich ihr nähere.

»Laura hat dich angerufen?«

»Na ja, *du* hast es nicht getan.«

Hitze kriecht mir den Nacken hinauf. »Ich wusste nicht, was ich noch anderes sagen soll.«

»Dann sag doch einfach dasselbe. Immer wieder. Bis ich es höre.«

»Es tut mir leid, Maggie. Ich hab echt Mist gebaut.«

Maggie kippt den Kopf und sieht mich über den Rand ihrer Sonnenbrille hinweg an. »Das ist alles?«

»Ich hätte dir die Wahrheit anvertrauen und nicht versuchen sollen sie von dir fernzuhalten, indem ich dich manipuliere.«

»Das eine hättest du tun sollen, das andere nicht«, stimmt sie mir zu und sieht mich auffordernd an, damit ich weiterrede.

»Und die letzten paar Wochen waren einfach nur schrecklich, aus den unterschiedlichsten Gründen – von denen ich dir auch noch erzählen werde –, und dass ich nicht mit dir darüber reden konnte, hat alles umso schlimmer gemacht«, sage ich und gehe einen Schritt auf sie zu. »Ich habe das ja verdient und ich bin selbst an allem schuld, aber ich vermisse dich wirklich sehr.«

Maggie rutscht von der Motorhaube herunter und nimmt die Sonnenbrille ab. »Laura hat mir im Grunde alles erzählt. Ich dachte immer, sie wäre so eine blöde Ziege, weißt du? Hat kaum die Zähne auseinandergekriegt, wenn ich mal versucht habe mich mit ihr zu unterhalten.« Sie zuckt mit der Schulter. »Aber sie ist gar nicht so übel.«

»Sie ist der Wahnsinn«, sage ich und sehe meine beste Freundin an, die nur dank meiner Schwester jetzt vor mir steht. »Ich kann nicht fassen, dass sie dich angerufen hat.«

»*Du* hättest mich anrufen sollen.«

»Ich weiß. Ich bin einfach nur froh, dass du hier bist. Und diesmal höre ich nicht auf es dir zu sagen: Es tut mir leid!«

»– und du liebst mich und vermisst mich und deine Welt ist bedeutungslos ohne mich.«

Ich lächele und spüre, wie mein Herz ganz weit wird.

Maggies Gesicht, das sich beinahe zu einem Lächeln verzogen hatte, wird schlagartig leer. »Es muss sich etwas ändern. *Wir gegen den Rest der Welt* hat ausgedient. Das will ich nicht mehr.«

Nach vergangener Woche ist mir klar, dass ich das auch nicht mehr will. »Ich weiß.«

»Ich spreche ja nicht von *allen* Leuten, aber ich will mir meine Freunde selbst aussuchen. Kein *Daumen hoch* oder *Daumen runter* von dir, Cäsar, okay?«

»So hätte es auch nie sein dürfen«, sage ich mit gepresster Stimme, wegen des dicken Kloßes in meiner Kehle. Selbst wenn Maggie mir verzeiht, werde ich in absehbarer Zeit nicht vergessen, was meine Selbstsüchtigkeit sie gekostet hat. »Und was noch?«

»Na ja …«

»Alles, was du willst«, sage ich und meine es ernst.

Maggie blickt auf ihre Füße herunter. »Sosehr ich Bertha auch vermisse, ich glaube, ich kann nicht wieder zurück und für Jeff arbeiten. Es ist ein Wunder, dass ich es überhaupt so lange ausgehalten habe. Noch einen Tag länger und ich hätte irgendwas Krasses getan. Etwas, das aktenkundig geworden wäre und mir endgültig meine College-Chancen versaut hätte. Das kann ich nicht riskieren.«

»Das ist alles?«

»Was soll das heißen, *das ist alles*? Das ist eine Riesensache. Ich werfe dich wieder den Wölfen zum Fraß vor – allein. Zumindest einem Wolf, aber der ist so richtig mies.«

Ich lächele meine beste Freundin an und mein Herz flattert, als sie zurücklächelt. »Ich hab dich wirklich vermisst.«

»Ich hab dich auch vermisst.«

Als wir uns umarmen, fühlt es sich an, als würde mir ein fehlendes Stück meines Herzens zurückgegeben. Aber dann mache ich den Fehler, die Augen zu öffnen, und sehe Daphne, die auf mich wartet. Maggie spürt die Veränderung in mir und dreht sich um, sodass wir jetzt beide mein Auto anstarren.

»Du fährst also hin?«

Ich werfe ihr einen Blick zu, unsicher, wie viel Laura ihr erzählt hat.

»Alles«, sagt Maggie. »Sie hat mir alles erzählt.«

In gewisser Hinsicht bin ich erleichtert. Ich will nicht, dass es noch irgendwelche Geheimnisse zwischen Maggie und mir gibt, aber der alte Teil von mir, der Teil, der seit dem Tag, an dem wir uns kennenlernten, alles Mögliche vor ihr geheim gehalten hat, fühlt sich unbehaglich und nackt. Und erschreckend schlecht vorbereitet auf das, was jetzt vor mir liegt.

Maggie holt tief Luft, dann bewegt sie sich Richtung Auto. »Los geht's.«

»Maggie.« Ich liebe sie, aber ich muss es ihr abschlagen. »Du kannst nicht mit mir mitkommen. Du stehst nicht auf der Besucherliste und … ich muss ihn allein sprechen.«

»Ich komm doch nicht mit rein, du Dummie. Ich bleibe im

Auto sitzen und sorge dafür, dass du auch wirklich da reingehst. Und bin für dich da, wenn du wieder rauskommst.« Ihr Gesichtsausdruck wird zusammen mit ihrer Stimme ganz weich. »Egal in welchem Zustand du wieder rauskommst.«

Kapitel 44

Eine Flut von Eindrücken überrollt mich, als ich das Gefängnisgebäude betrete. Der beißende Geruch von Desinfektionsmittel, das leise Klirren von Schlüsseln an den Gürteln der Wächter um mich herum und das Quietschen der dicken schwarzen Stiefel-Gummisohlen auf dem Linoleumboden. Hände und Fragen und Metalldetektoren. Das Kratzen des Stiftes, als ich das Besucherformular unterschreibe. Die Nerven unter meiner Haut sirren und brummen wie unter Strom, als ich ins Besucherzimmer geführt werde. Ich bin immer nervös, wenn ich diesen Raum betrete, aber diesmal stehe ich kurz davor, einfach wieder Reißaus zu nehmen. Ich zähle die Risse in der Decke und lausche den Gesprächen an den Nachbartischen, aber nichts kann mich von der einzelnen Tür vor mir ablenken. Als sie sich schließlich öffnet, ergreife ich um ein Haar die Flucht.

Ich bin noch nicht bereit ihm gegenüberzutreten, noch nicht bereit mich diesem Grauen zu stellen, der sicheren Gewissheit, dass mein Bruder einen kaltblütigen Mord begangen hat. Und doch, so abstoßend die Realität auch ist, als ich Jason schließlich sehe, seine fahle Haut, die im Kontrast zu dem orangefarbenen Overall beinahe grünlich wirkt, und seinen halb erstaunten, halb erleichterten Gesichtsausdruck, empfinde ich keine Abscheu. Ich empfinde auch keine Abscheu, als er sich mir gegenüber hinsetzt und die zitternden

Hände auf dem Tisch faltet. Sein Kinn bebt kurz, bevor er anfängt zu sprechen.

»Ich dachte, ich würde dich vielleicht nie wiedersehen.«

Ich ziehe scharf die Luft ein, denn ich hatte ja das Gleiche gedacht. Selbst jetzt weiß ich nicht, was ich zu ihm sagen soll. Es tut weh. Es tut so weh, dass ich den Wunsch verspüre ihm auch wehzutun, und sei es nur durch mein Schweigen.

Jasons Augen füllen sich mit Tränen, als er mich ansieht. »Ich hätte es dir jedenfalls nicht verübeln können. Ich verüble es auch Dad und Laura nicht.« Seine Stimme bricht, als er ihren Namen sagt und mein Herz zieht sich schmerzhaft zusammen. »Ich kann Cal nicht wieder zum Leben erwecken, nicht mal, indem ich den Rest meines Lebens hier drin verbringe. Ich kann nur sagen, dass es mir leidtut. Es tut mir so unendlich leid.« Tränenerstickte Entschuldigungen purzeln ihm über die Lippen und auch mein Kinn fängt an zu zittern. »Ich habe meinen besten Freund getötet und ich verdiene es nicht, dafür Vergebung zu erfahren –« Ihm versagt beinahe die Stimme. »Ich wünschte, ich könnte es ungeschehen machen, Brooke. Alles. Ich wünschte, Cal wäre noch am Leben und ich to–«

»Nein!«, flüstere ich und kneife die Augen fest zusammen, während mein Herz droht stehen zu bleiben. »Sag so was nicht.«

»Er ist nicht derjenige, der jetzt im Grab liegen sollte«, sagt Jason mit weicher Stimme, die nicht zu seinen harten Worten passt.

Eine Träne rinnt mir aus dem Augenwinkel. Auch ich wünsche mir, Cal wäre noch am Leben, aber nie habe ich mir gewünscht, dass Jason tot wäre.

Weil er mein Bruder ist.

Und ich liebe ihn noch immer.

Ich liebe ihn aus all den Gründen, die ich auch schon Laura genannt habe: weil wir zusammen im Hackman-Teich geschwommen sind; weil er mich mitten in der Nacht aufgeweckt hat, um mit mir draußen im Schnee zu spielen, das einzige Mal, als es in Telford geschneit hatte; weil er einmal einen Frosch in die Müslischachtel gesteckt hat und ich fast das ganze Haus zusammenschrie, als er in meine Schale hüpfte; weil er mir sagte, dass ich hübsch aussehe, als ich meine Zahnspange bekam; weil er mich ein Ekel nannte, als ich nicht den Schal anziehen wollte, den Laura extra für mich zu Weihnachten gestrickt hatte; weil er mir sagte, Mark sei nicht gut genug für mich und dass nie *irgendwer* gut genug für mich sein würde.

Die Erkenntnis, dass ich ihn trotz allem liebe, durchfährt mich wie ein Stromschlag. Der Schock ist beinahe so groß wie in dem Augenblick, als ich die Wahrheit über jene Nacht erfuhr. Beide Tatsachen passen nicht zusammen, erst recht nicht, wenn ich an Cals Familie denke. Die eine Familie hat der anderen den größten vorstellbaren Schmerz zugefügt. Die widerstreitenden Gefühle krampfen meine Eingeweide zusammen und die Gewissheit, dass das, was ich mit Heath hatte, unwiederbringlich vorbei ist, tut ihr Übriges.

Ich versuche diesen Gedanken beiseitezuschieben, während ich mit meinem Bruder am selben Tisch sitze, ohne an ihn heranzukommen – im buchstäblichen wie auch im übertragenen Sinn –, und er mir zu erklären versucht, wie es dazu kam, dass er Cal mit so viel Hass im Herzen gegenübertrat.

»Es ist meine Schuld«, sagt er schniefend. »Ich erzähle dir das jetzt nicht, um an dieser Tatsache zu rütteln. Ich werde bis an mein Lebensende bereuen, was ich tat. Aber ich wollte einfach nicht wie Onkel Mike werden.«

Ich schrecke zurück. »Du wolltest *was* nicht?« Aber dann verstehe ich, was er meint, noch bevor er antwortet.

»Er ist seit dem College in Mom verliebt und er schwört, dass sie ihn auch geliebt hat, bis sie irgendwann Dad kennenlernte.«

»Jason.« In meiner Stimme schwingt so viel Traurigkeit mit. »Das ist nicht das Gleiche. Mom war mit Onkel Mike noch nicht mal richtig zusammen und Allison und du, ihr wart praktisch verlobt.«

»Trotzdem hat sie ihn gewählt.«

Ich bin nicht sicher, ob er von Mom oder von Allison spricht, aber sosehr ich Onkel Mike auch liebe, die Parallelen, die Jason zieht, sind einfach lächerlich. »Aber du hättest jemand Neues kennengelernt. Du wärst nicht wie Onkel Mike geworden und … und …«

Aber Jason sieht mich einfach nur an, bis ich verstumme. Ich muss daran denken, wie er am Telefon ausgerastet ist, weil ich mit Allison gesprochen hatte.

»Doch, das wäre ich«, sagt er im Brustton der Überzeugung und eine weitere Träne rinnt mir die Wange hinab. »Ich hätte für den Rest meines Lebens dasselbe Mädchen geliebt, hätte bei ihrer Hochzeit neben dem Mann stehen müssen, der *ich* hätte sein sollen, hätte Patenonkel für ihre Kinder gespielt und insgeheim verflucht, dass sie nicht von mir sind. Vermutlich wäre ich auch Alkoholiker geworden. Ich hätte Allison beobachtet und mich mit jedem Atemzug nach ihr verzehrt.«

»Das weißt du doch gar nicht«, sage ich, aber der Einwand klingt selbst in meinen Ohren schwach.

Jasons Blick führt an mir vorbei ins Leere. »Wenn Onkel Mike betrunken auf unserer Couch eingepennt ist, was hat er dann immer als den größten Fehler seines Lebens bezeichnet?«

Er zwingt mich nicht, die Antwort zu geben, von der wir beide wissen, dass ich sie genauso gut kenne.

»Dass er die Frau, die er liebte, kampflos aufgegeben hat.«

Tränen laufen mir übers Gesicht. »Jase, er meinte nicht … er hat nie gemeint …«

Mit einer Stimme, die kaum lauter ist als ein Flüstern, sagt Jason: »Manchmal bin ich mir da nicht so sicher.«

Ich presse die Hand vor den Mund. Er glaubt, Mike wünscht sich, er hätte Dad das Gleiche angetan, was er Cal angetan hat? Jasons Blick fokussiert sich wieder auf mich. In dem Moment, als er mir in die Augen sieht, brechen seine mühsam zurückgehaltenen Tränen aus ihm heraus. Jetzt bin ich diejenige, die gegen die Tränen ankämpft. Er darf hier drinnen nicht weinen. Ich weiß, das darf er nicht. Auch wenn er das für einen Moment zu vergessen scheint. Und wenn ich jetzt mit ihm mitweine …

»Nicht«, sage ich und blinzele meine Augen trocken. »Nicht. Jason, das darfst du nicht.«

Eine Sekunde lang kommt es mir so vor, als verlange ich zu viel, als hätte er einen Tiefpunkt erreicht, an dem ihm völlig egal ist, was mit ihm geschieht, sobald ich weg bin. Aber dann schnieft er leise und wischt sich mit der Schulter die Augen trocken, mit einer Geste, die so beiläufig aussieht, dass sie keine Aufmerksamkeit erregt.

Ich atme aus.

»Nein«, sagt Jason. »Ich weiß, dass Onkel Mike nie darüber nachgedacht hat, so etwas zu tun, was ich getan habe. Das wusste ich auch in dem Moment, als das Messer in meiner Hand lag.« Er lässt den Kopf hängen, sodass niemand im Raum – nicht einmal ich – sein Gesicht sehen kann. Aber ich muss es nicht sehen, weil ich die Tränen in seiner Stimme hören kann. »Weil ich jetzt keinen von beiden mehr habe und das Mädchen, das ich liebe, ist weg, genau wie er. Hätte ich nur einen Tag länger darüber nachgedacht, wäre mir klar geworden, dass ich nur möchte, dass sie glücklich ist – notfalls auch ohne mich.«

Ich beiße mir von innen auf die Wange und hoffe, dass der scharfe, stechende Schmerz die aufsteigenden Tränen zurückdrängt. Ich würde gern etwas sagen, um die traurigen Gedanken aus seinem Kopf zu vertreiben, aber das liegt nicht in meiner Macht. Das hat nie in meiner Macht gelegen.

As ich endlich wieder imstande bin zu sprechen, ist meine Stimme belegt und ich weiß nicht, ob es die richtigen Worte sind, die ich finde, aber andere habe ich nicht. »Was du getan hast, Jase …« Ich schlucke ein Schluchzen herunter. »Das war schrecklich. Ich verstehe es jetzt, aber nicht ich kann … Nicht ich bin es, die dir vergeben muss. Und ich weiß, dass du das weißt. Aber ich liebe dich. Du bist mein Bruder und ich werde dich immer lieben.«

Eine Minute verstreicht, bevor er in der Lage ist den Kopf zu heben, und genauso lange brauche ich, um meine Fassung wiederzuerlangen. Jason wischt sich so diskret wie möglich übers Gesicht und als er mich ansieht und seine Finger in meine Richtung zucken, bin ich froh, dass ihn doch irgendetwas zurückhält. »Ich möchte, dass du nachts wieder schlafen kannst, Brooke. Wirst du jetzt wieder schlafen können … wo du es weißt?«

Nach einem Moment nicke ich, aber die Wahrheit ist, dass

alles, was er mir erzählt hat, dermaßen falsch und traurig ist und ich mir so sehr wünsche, ich könnte die Vergangenheit ändern, dass ich nicht weiß, ob die Albträume mich jemals verlassen werden.

Als die Besuchszeit zu Ende geht, hebt Jason mit einer herzzerreißend hilflosen Geste seine Arme.

Ich muss ihn nicht umarmen, das wissen wir beide. Es ist schon ein Riesenschritt, dass ich ihn besuchen gekommen bin. Ich bin noch nicht wieder bereit ihn zu umarmen, nicht, wo es mir noch so schwerfällt, ihn überhaupt anzusehen. Ich liebe meinen Bruder, wirklich, aber er hat trotzdem etwas unfassbar Böses getan. Er hat jemanden getötet, jemanden, von dem er behauptete, er würde ihn lieben, jemanden, dessen Verlust einen Menschen schmerzt, an dem mir sehr viel liegt.

Ich bin noch nicht bereit meinen Bruder zu umarmen. Aber ich verspreche ihm, dass ich ihn nächste Woche wieder besuchen werde.

Kapitel 45

Als ich den Parkplatz erreiche, kollabiere ich beinahe in Maggies wartenden Armen. Sie nimmt mir die Schlüssel ab, damit ich auf dem Beifahrersitz Rotz und Wasser weinen kann, während sie fährt. Als die Abfahrt Richtung Telford nur noch wenige Kilometer entfernt ist, fährt sie rechts ran und zieht alle Register ihrer Make-up-Magie, um mein Gesicht so weit wiederherzurichten, dass man mir die stundenlange Heulerei kaum noch ansieht.

»Danke«, sage ich, als sie ihr Schminktäschchen, das sie in weiser Voraussicht extra mit meinen Farbnuancen bestückt hat, wieder einräumt.

»Ich hab mir gedacht, dass du wohl nicht so gern nach Hause kommen und dabei aussehen möchtest, als hättest du dir auf dem Weg durch halb Texas die Seele aus dem Leib geflennt.«

Mein Lachen klingt feuchter, als mir lieb ist. »Nein, das stimmt.«

Maggie dreht sich mir zu. »Ich kann mir nicht mal vorstellen, was du gerade durchmachst.«

Ich schniefe und nicke. »Es tut weh, dass ich mich so in Jason getäuscht habe, trotzdem empfinde ich für ihn in vielerlei Hinsicht noch genauso wie früher. Ich weiß, dass er es verdient, für das, was er getan hat, im Gefängnis zu sitzen – und das weiß er selbst auch –, aber ich …«

»Du wünscht dir trotzdem, er wäre nicht dort.«

Ich begegne Maggies Blick, ihre Augen schimmern feucht. »Ich weiß, dass das nicht richtig ist, aber ich kann nicht anders.«

»Warum solltest du auch?«

Dann erzähle ich Maggie, wer Heath ist. Und wer Heath *für mich* ist.

Sie wird vollkommen still.

Ich sage: »Egal ob ich Cals Familie nun kenne oder nicht, sie verdienen Gerechtigkeit. Das würde ich ihnen auch niemals wegnehmen wollen, aber ich fühle nun mal beides – Liebe für meinen Bruder, aber auch Heaths Schmerz. Ich fühle ihn sogar stärker denn je, weil ich genau weiß, was Jason getan hat.«

Maggie sagt immer noch nichts.

Also berichte ich ihr von dem Vorfall bei Heath zu Hause. Als ich fertig bin, muss sie mein Make-up noch mal auffrischen. Und ihr eigenes.

Ich glaube, es hilft mir, alles rauszulassen. Laura und ich haben in der vergangenen Woche endlos über alles geredet, außer über Heath. Ich schäme mich nicht wegen ihm, aber in meinem Kopf erschien das Ganze so unmöglich, dass mir die Worte nicht über die Lippen kamen. Jetzt, da ich es Maggie erzähle, erscheint es mir nicht weniger unmöglich, aber ich fühle mich damit nicht mehr so allein.

»Was heißt das überhaupt, Heath war mit der Freundin seines Bruders zusammen?«

Ich lasse den Kopf etwas hängen. »Ich hab keine Ahnung. Ich will mir nicht vorstellen, dass sie wirklich *zusammen* waren – also, nicht dass *wir* das je waren …«

»Brooke.«

Ich seufze. »Das heißt, dass er mich angelogen hat. So viel im Mindesten.«

Maggie überlegt kurz, dann sagt sie. »Und im schlimmsten Fall?«

Ich wiegele die Frage mit einem Achselzucken ab. Denn im schlimmsten Fall heißt es, dass ihm nicht so viel an mir lag wie mir an ihm.

»Wirst du mit ihm reden? Ihn fragen?«

»Er hat mich einfach so weggehen lassen, Maggie. Er hat weder einen Erklärungsversuch unternommen noch versucht mich zurückzuhalten. Ich glaube, er hat mich nicht mal angesehen.«

»Ich wette, er stand unter Schock.«

»Aber ich doch auch.«

Sie lehnt ihren Kopf seitlich gegen die Kopfstütze. »Was, wenn ihr in eurem Haus gewesen wärt? Was, wenn deine Eltern und Laura reinmarschiert wären und euch erwischt hätten? Wie viele deiner Gedanken hätten da ihm gegolten und wie viele deiner Familie?« Sie legt eine Hand auf meinen Arm. »Und das Ergebnis multipliziere mit einer Million, weil er für deine Familie nicht das Gleiche bedeutet wie du für seine Familie.«

Sie bringt mich wieder zum Weinen. Alles bringt mich zum Weinen. Ich weiß, dass sie recht hat. Das wusste ich schon, bevor sie es gesagt hat. Aber es war leichter, mich darauf zu versteifen, dass er mich belogen hat, statt daran zu denken, was Heath vergangene Woche durchmachen musste. Mit Sicherheit hat er sich massive Selbstvorwürfe gemacht, weil er mich in sein Haus, vielleicht sogar, weil er mich in sein Leben gelassen hat.

Der Gedanke durchzuckt mich schmerzhaft – weil Lüge

hin oder her, ich werde die Sache mit Heath niemals bereuen.

»Ich finde, du solltest mit ihm reden. Und sei es nur, damit er sich erklären kann. Und vielleicht lässt du ihn auch wissen, an welchem Punkt du selbst gerade stehst.«

Ich nicke stumm. Ich kann mir nicht vorstellen ihn wiederzusehen und ihm die Wahrheit zu offenbaren, die ich letzte Woche erfahren habe. Ob er das mit Allison nun erklären kann oder nicht, ich glaube, er wird nie mehr imstande sein mich wiederzusehen.

Ich weiß nicht, ob er es je wieder versuchen möchte.

Laura wartet auf der Veranda, als Maggie und ich vor unserem Haus halten. Ich muss nicht groß nachfragen, um zu wissen, dass Mom nirgends zu sehen ist, weil Dad dafür sorgt, dass sie mir noch etwas Raum lässt.

Laura steht auf, als wir die Verandatreppe hochkommen, und ich umarme sie.

»Es ist okay«, sage ich zu ihr. »Es tut weh, aber es ist okay.«

Sie nickt und wischt sich über die Augen, dann macht sie sich von mir los und sieht Maggie an. »Danke, dass du mit ihr hingefahren bist.«

»Danke, dass du mir Bescheid gesagt hast.«

Meine beste Freundin und meine Schwester zusammen zu sehen ist wie Balsam für mein geschundenes, zerschrammtes Herz. Und mit einem Mal steht mein Entschluss fest. Ich weiß, dass Maggie vor Freude ausflippen wird, wodurch Laura hoffentlich erkennt, dass es nicht das Ende für unser aller Leben bedeutet.

»Ich möchte gern mein Bewerbungsvideo für *Stories on Ice* drehen«, sage ich. »Helft ihr mir?«

Maggie stößt ein paarmal die Faust in die Luft, dann sieht sie Lauras Gesicht und lässt die Hände sinken.

Meine Schwester lächelt mich an, auch wenn sich ihre Augen mit Tränen füllen.

»Du musst es versuchen, nicht? Wir müssen es alle versuchen.«

Kapitel 46

Laura sagt Mom und Dad Bescheid, wo wir hinwollen, und sobald ich mich umgezogen habe, steigen wir zu dritt wieder in Daphne. Die Eishalle wird zu dieser Tageszeit recht voll sein und Jeff wird es nicht gerade freuen, dass sich gleich zwei Covington-Schwestern während der Hauptgeschäftszeit blicken lassen, aber wenn ich die Sache jetzt nicht durchziehe, fürchte ich wieder den Mut zu verlieren.

Zum Glück ist die Eisfläche nicht zu überfüllt, als wir ankommen, und sobald die Leute Maggie mit ihrer Kamera sehen, machen sie mir sogar noch Platz. Die Musik, die aus den Hallenlautsprechern plärrt, ist nicht die beste Küruntermalung, aber Maggie sagt, dass sie bei der Nachbearbeitung des Videos einfach eine andere Audiospur einfügen wird.

Ich kenne die Abfolge meiner Figuren in- und auswendig; in den vergangenen Wochen habe ich sie nonstop geübt, trotzdem krampft sich mein Magen zusammen, als ich das Eis betrete. Beziehungsweise als ich Lauras strahlendes Gesicht neben Maggies sehe. Danach sehe oder höre ich gar nichts mehr.

Der erste Durchgang ist nicht ganz fehlerfrei. Ich wackle bei meiner Sitzpirouette und die Landung nach meinem doppelten Toeloop ist alles andere als sauber. Aber Maggie beeilt sich mir zu versichern, dass sie so viele Takes filmen wird, wie ich möchte. Also filmen wir den Sprung noch mal und ich mache eine Pirouette nach der anderen, bis sich die ganze Welt im Kreis zu drehen scheint.

Ich laufe Eis um des puren Vergnügens willen. Ich laufe Eis, weil ich weiß, dass meine Schwester zusieht und stolz auf mich ist. Ich laufe Eis, weil meine beste Freundin nie aufgehört hat daran zu glauben, dass ich es kann. Ich laufe Eis, weil es die einzige Sache ist, die ich je tun wollte, und weil es sich nicht länger so anfühlt, als müsste ich dafür einen Teil meiner Seele eintauschen. Meine Familie wird ohne mich nicht einfach dahinwelken. Zum ersten Mal seit Langem sind wir wieder ein Stück gewachsen.

Und ich liebe meinen Bruder, aber ich weiß jetzt, dass ich wegen seiner Vergangenheit nicht meine Zukunft zu opfern brauche. Und ich kann Laura beweisen, dass sie das auch nicht tun muss.

Als ich fertig bin, halte ich vor Maggie und Laura an und weiß auch ohne ihre Gesichter zu sehen, dass ich richtig gut gelaufen bin. Nie habe ich mich besser gefühlt, nie hoffnungsvoller. Ich habe mich frei gefühlt. Und ich fühle mich immer noch frei.

Wir reden alle drei durcheinander, während ich mich hinsetze und meine Schlittschuhe aus- und die Turnschuhe wieder anziehe. Plötzlich schnappt Laura neben mir leise nach Luft, eine Sekunde später lässt Maggie einen ähnlichen Laut vernehmen. Mir sträuben sich die Haare im Nacken, als ich mich aufrichte.

Maggie zieht eine zur Statue erstarrte Laura auf die Füße hoch und wispert ihr hektisch ins Ohr, als Heath langsam auf mich zukommt. Er blickt auf meinen offenen Schuh herunter, kniet sich hin und bindet mir den Schnürsenkel zu, während ich zu perplex bin, um irgendetwas zu sagen. Als er fertig ist, bleibt er am Boden hocken und sieht zu mir hoch.

»Ich hätte nie gedacht, dass du so dabei aussehen würdest.« Er deutet mit einem Nicken in Richtung Eisfläche, ohne den Blick von mir abzuwenden. »Es war wunderschön. Du warst wunderschön.«

Ich fühle mich nicht wunderschön. Dieses herrliche, euphorische Gefühl, das mich übers Eis schweben ließ, hat mich in der Sekunde verlassen, als Heath sich vor mich hinkniete. »Was tust du hier?«, frage ich leicht atemlos, weil meine Brust wie zugeschnürt ist.

»Ich habe dich beim ersten Mal hier gefunden und beim zweiten Mal auch. Dachte mir also, es könnte nicht schaden, es wieder hier zu probieren.« Sein Lächeln, so schwach es ist, erreicht nicht seine Augen.

»Heath.«

Sein Blick huscht zwischen meinen Augen hin und her. »Ich wusste nicht, was ich sagen soll.« Ich versuche an ihm vorbeizusehen, aber er bewegt den Kopf, sodass er wieder in meinem Sichtfeld ist. »Du warst in meinem Haus. Und es war nicht gut.«

Nein, es war nicht gut, aber es war real. Es hat von Anfang an diese riesige, klaffende Schlucht zwischen uns gegeben, in der Cal und Jason immer anwesend sind. Es gab sie damals unter der Steineiche, als wir noch den Regen als Vorwand für ein Treffen brauchten, und es gibt sie auch jetzt noch. Es ist ausgeschlossen, dass wir sie je überwinden können, und je länger wir versuchen diese Tatsache zu ignorieren, desto mehr Menschen – wie seine Mom oder seine Schwester – drohen wir zu verletzten.

Von uns selbst ganz zu schweigen. Heath stützt seine Hände, die bis eben auf meinen Fußrücken ruhten, rechts und links von mir auf der Bank auf, sodass er mir jetzt gefährlich nahe ist. Seine Augen wandern über mein Gesicht, es fühlt sich an, als würde sein Blick mich liebkosen. »Aber ich bin hier, weil ich dich vermisst habe. Sag mir, dass du mich auch vermisst hast.«

Ich kann nicht. Ich kann nicht mal wegrutschen, weil es sonst so aussähe, als wollte ich abstreiten, dass ich ihn ebenfalls vermisst habe. »Die Leute werden langsam auf uns aufmerksam.« Mein Blick erfasst eine Eisläuferin, die so langsam an uns vorbeizieht, als würde sie einen Unfallwagen am Straßenrand beäugen.

»Brooke«, sagt Heath.

Ich reiße meinen Blick von der Frau los, obwohl ich spüre, wie sich immer mehr Augen auf uns heften. Heath starrt mich an. Nur mich. Und im Gegensatz zu mir hat er keine Sekunde lang woanders hingesehen.

»Es kümmert mich nicht, wer guckt. Das habe ich schon lange nicht mehr getan.«

»Das sollte es aber«, sage ich. »Außerdem kümmert es dich sehr wohl.« Ich verurteile ihn nicht für sein Verhalten in seinem Haus. Er hätte nichts anderes tun können. Sein Gesichtsausdruck wird weich und ich weiß, dass er die Andeutung verstanden hat.

Er schiebt sich ein kleines Stück zurück und umfasst die Kante der Bank. »Ich wünschte, es wäre anders gelaufen. Ich sage nicht, dass es leicht gewesen wäre, dich meiner Familie vorzustellen, aber es hätte nicht auf diese Art laufen dürfen. Das war dir gegenüber nicht fair. Ich habe versucht ihnen die Sache zwischen dir und mir zu erklären … aber …« Er lässt den Satz unvollendet in der Luft hängen. »Das ist ganz schön viel verlangt.«

»So viel wie bei der Sache zwischen Allison und dir?« Ich bin darauf gefasst, dass ich mir wegen der Frage kleinlich und armselig vorkomme. Denn welche Rolle spielt das noch, wenn sein Bruder tot und meiner im Gefängnis ist? Aber sobald ich die Frage ausgesprochen habe, stelle ich fest, dass sie mich nicht so fühlen lässt.

Ich habe zugelassen, dass ich Heath gernhabe – sogar mehr als das. Er war der erste Mensch, der von meinem Bruder wusste und den ich nicht weggestoßen habe. Ich muss einfach wissen, ob ich mich in ihm getäuscht habe oder nicht. Selbst jetzt noch, wo es zwischen uns vorbei ist.

Zum ersten Mal wendet er seinen Blick von mir ab. »Es ist nicht so gewesen, wie du denkst.«

»Du –«, sage ich, muss dann aber erst mal schlucken, bevor ich weitersprechen kann. »Du hast nie etwas von ihr und ihnen erzählt. Und von dir.« Ich bin froh, dass er mich nicht ansieht, denn ich spüre, wie mein Kinn zittert. »Ich habe dir von meinen Albträumen erzählt und du hast die ganze Zeit gewusst –«

»Nein.« Sein Kopf schnellt hoch. »Ich habe sie erst nach Cals Tod kennengelernt. Ich wusste über Allison und meinen Bruder Bescheid, weil er mir davon erzählt hatte. Ich wusste von seinen Schuldgefühlen und von seiner Liebe zu diesem Mädchen, von dem er meinte sich fernhalten zu müssen. Von dem er sich lieber fernhalten wollte, als seinen Freund zu verletzen.« Seine Augen finden mein Gesicht und ich kann mein Zittern nicht verbergen. »Und ich wusste auch, dass es vorbei war, dass Cals Mörder im Gefängnis saß, und jetzt war ich derjenige mit dem Mädchen, von dem ich mich eigentlich fernhalten sollte. Denn wenn ich es nicht täte, würde ich meiner Familie restlos das Herz brechen – und mir auch.« Tränen brennen hinter meinen Augenlidern. Ich kann sein Herz fast brechen sehen, direkt vor mir.

»Als ich dich kennenlernte, ahnte ich nicht, dass mir jemals so viel an dir liegen würde. Ich hatte nicht vor, das Mädchen, das mein Bruder geliebt hatte, ausfindig zu machen. Dazu war ich nicht in der Lage, während ich nur von meinen eigenen Albträumen gequält wurde. Aber dann kam das Wissen über deine dazu.« Heath verzieht das Gesicht, als hätte er Schmerzen. »Ich fand ihre Nummer in seinem alten Handy und bat sie zu uns nach Hause zu kommen, weil es ein paar Dinge gäbe, von denen Cal bestimmt gewollt hätte, dass sie sie bekommt.« Er schluckt, als würde er sich an etwas Unliebsames erinnern, und ich halte den Atem an. »Sobald sie sein altes Zimmer betrat, fing sie an zu weinen, und ich redete mit ihr und wir trauerten gemeinsam. Bis Gwen nach Hause kam.«

»Hat sie Allison überhaupt erkannt?«

Heath nickt. »Es gab Bilder von ihr auf Cals Handy. Nichts Kompromittierendes«, beeilt er sich hinzuzufügen. »Einfach mehr Bilder von ihr als von irgendjemand anderem. Gwen war klar, dass Cal etwas für sie empfunden haben musste, und sie beschloss auf der Stelle, dass ich nichts mit ihr zu tun haben dürfte, egal wie unschuldig unser Kontakt auch war. Und er war vollkommen unschuldig, Brooke.«

Ich versuche keine Miene zu verziehen, als er meinen Namen sagt. Es gelingt mir nicht. Ich glaube seinen Worten, was es nur umso schlimmer macht.

»Trotzdem, du hast mir nichts davon gesagt. An dem Tag auf deiner Arbeit. Ich war so –« Ich schließe die Augen. »– am

Boden zerstört, doch statt mir zu sagen, was du wusstest – dass es da noch mehr zu wissen gab –, hast du mich einfach so weggehen lassen.«

Heath schüttelt den Kopf. »Nein. Ich habe Allison ausfindig gemacht, weil ich hoffte von ihr etwas zu erfahren, das dir helfen könnte, nicht etwas, das deinen Schmerz noch vergrößern würde. Das hatte ich für dich gewollt, aber ich habe es nicht gefunden.«

Jetzt bin ich diejenige, die den Kopf schüttelt, weil ich mit jeder Sekunde, die verstreicht, ohne dass ich ihm von Laura erzähle, genau das tue, was ich ihm vorwerfe.

»Hey.« Heath nimmt mein Kinn sanft in die Hand. »Es liegt nicht an uns. Es lag nie an uns, okay? Egal wie schwer manchen Leuten vielleicht fällt das zu akzeptieren, aber du hast das Verbrechen nicht begangen.« Er streichelt mit dem Daumen über meine Wange. »Ich habe mich geirrt. Ich war ein Idiot, dass ich dich jemals so behandelt habe, als wärst du schuld.«

Behutsam – obwohl mir genau nach dem Gegenteil zumute ist – ziehe ich seine Hand von meiner Wange weg und folge ihr mit dem Blick, um Heath nicht ansehen zu müssen.

»Und was, wenn *ich* etwas gefunden hätte?«, frage ich und meine Kehle ist so eng, dass das Sprechen mir Schmerzen bereitet. »Wenn ich etwas gefunden hätte, was deinen Schmerz noch vergrößern würde, sollte ich es dir sagen? Oder sollte ich dich auch vor der Wahrheit schützen?« Ich halte immer noch seine Hand fest und spüre, wie seine Sehnen sich anspannen, obwohl sein Gesicht ausdruckslos bleibt.

»Es gibt nichts, was meinen Schmerz noch vergrößern könnte.«

Aber er irrt sich. Er irrt sich gewaltig.

»Meine kleine Schwester … Sie war in jener Nacht im Wald dabei, versteckt im Auto. Sie –« Mir versagt die Stimme. »Sie hat alles gesehen. Es gab keinen Kampf. Cal … Er war dort, um meinem Bruder zu sagen, dass er wegziehen würde, dass es ihm leidtue. Jason hat ihn in einen Hinterhalt gelockt. Er hat so getan, als würde er Cals Entschuldigung annehmen, damit dein Bruder so nah an ihn herangeht, dass er …« Den Rest kann ich nicht sagen. Den Rest muss ich nicht sagen.

Heath packt sich mit seiner freien Hand an den Kopf. »Hat sie –« Seine Worte sind kaum mehr als gehaucht. »Hat sie gehört, ob er irgendwas sagte, bevor er starb?«

»Er hat nichts gesagt.« Tränen steigen mir in die Augen und als unsere Blicke sich treffen, sehe ich, dass auch seine feucht sind. »Ich weiß, was er getan hat, aber er ist immer noch mein Bruder und ich werde ihn immer lieben, auch wenn ich zutiefst verabscheue, was er getan hat. Und ich weiß, das bedeutet, dass du und ich …« Ich schüttele den Kopf. »Heath, es tut mir so schrecklich –« Noch bevor ich *leid* sagen kann, hält Heath mich fest in seinen Armen.

»Nein«, sagt er und ich spüre seine Lippen an meiner Halsbeuge. »Ich brauche keine Entschuldigungen von dir. Ich brauche einfach nur dich.«

Vielleicht beobachten uns die Leute, vielleicht tuscheln sie und schnappen entsetzt nach Luft. Vielleicht fahren sie auf dem Eis an uns vorbei, ohne auf uns zu achten, oder sie sehen uns und es ist ihnen völlig egal. Das Einzige, was zählt, ist, dass Heath immer noch meine Hand hält, als ich ihm meine Schwester vorstelle.

Und er lässt sie auch nicht mehr los.

Kapitel 47

Ich bin diejenige, die zögernd vor unserer Veranda innehält, als Laura und ich nach Hause kommen, nachdem wir Maggie abgesetzt und uns von Heath verabschiedet haben. Laura bleibt auf der obersten Stufe stehen und sieht sich zu mir um. Ich warte immer noch unten am Fuß der Verandatreppe.

»Brooke.« Sie meint es nicht als Frage. Sie weiß, weshalb ich zögere, aber sie drängt mich trotzdem weiter. »Keine Geheimnisse mehr.«

Das haben wir uns gegenseitig auf der Fahrt nach Hause geschworen. Heath war mein letztes Geheimnis und sie hat es viel besser aufgenommen als erwartet. Das verdanke ich vor allem Heath, seiner Freundlichkeit, die er Laura entgegenbrachte, trotz allem, was ich ihm erzählt habe. Und ich habe es Maggie zu verdanken. Sie erklärte Laura, wie Heath und ich uns ineinander verliebt hatten, wie es seltsam und doch gar nicht seltsam war, dass wir diese Verbindung, die unsere Brüder uns aufgezwungen hatten – eine voller Wut seinerseits und eine voller Schuldgefühle meinerseits –, nach und nach zu unserer ganz eigenen Verbindung machten; zu etwas, von dem wir glaubten, dass niemand in unserer Kleinstadt es je dulden würde und erst recht nicht bei uns zu Hause. Und wie uns das schließlich gewaltig um die Ohren flog.

Heath und ich haben noch nicht darüber gesprochen, wie

unsere Familien damit umgehen werden, dass wir beide ein Paar sind, aber ich weiß, dass er recht hat – keiner von uns hat das Verbrechen begangen und niemand, und vor allem nicht unsere Familien, sollte uns bestrafen, als ob wir es getan hätten.

Ich glaube nicht, dass meine Eltern sich leicht überzeugen lassen werden, und zwar nicht nur im Hinblick auf Heath, aber als Laura mir ihre Hand entgegenstreckt, ergreife ich sie.

Als wir eintreten, dringt kein Maschinengebrumm aus dem Keller zu uns herauf. Vermutlich haben sich Dads Bemühungen, Mom abzulenken, inzwischen erschöpft oder aber er ist ebenso gespannt wie sie endlich zu erfahren, wie mein Treffen mit Jason gelaufen ist.

Sie sitzen zusammen am Esstisch – nur sie beide, ohne Onkel Mike – und Dad erhebt sich, als er uns sieht. Ich bin nicht sicher, ob Laura sich in der Lage fühlt sich an dem bevorstehenden Gespräch zu beteiligen, und ich kann sie nicht dazu zwingen. Ich lasse ihre Hand los und nähere mich dem Tisch, doch Laura kommt mit mir, statt sich nach oben zurückzuziehen, und mir fällt ein Stein vom Herzen.

Mom hält einen Keramikbecher zwischen den Händen und beobachtet uns. Sie sagt nichts, aber die Muskeln in ihren Armen sind so stark angespannt, dass ich schon befürchte, der Becher könnte jeden Moment zerbersten. Offenbar hat Dad ähnliche Befürchtungen, denn er nimmt ihr den Becher weg und ersetzt ihn durch seine bedeutend weniger zerbrechliche Hand, bevor er sich wieder neben sie auf seinen Stuhl setzt.

Dann komme ich ohne Umschweife auf den Punkt.

»Es geht ihm gut, Mom. Jason geht es gut.«

Ihr Griff um Dads Hand lockert sich nicht und ihre Knöchel sind weiterhin wachsweiß.

»Und Brooke auch«, fügt Laura rechts neben mir hinzu.

Dann – erst dann – entspannen sich ihre Finger. Bei dem Anblick löst sich auch eine unsichtbare Faust um mein Herz, die sich – und das bemerke ich erst jetzt – seit Jasons Verhaftung immer fester und fester zusammengeballt hatte. Mit einem Schlucken kämpfe ich gegen die plötzliche Enge in meiner Kehle an. Ich habe immer gewusst, dass Mom mich liebt, und ich verstand, dass Jasons Situation einen Großteil ihrer Aufmerksamkeit und ihr ganzes Herz beanspruchte, das gleichzeitig voller Kummer war. Ich hatte nie gedacht, dass ich mich dadurch zurückgesetzt oder gekränkt fühlte, aber das tat ich. Ich hatte die Starke sein müssen, diejenige, die bei der Stange bleibt, wenn alle anderen loslassen. Diejenige, die nicht zaudern oder sich verstecken durfte. Diejenige, von der erwartet wurde, dass sie jeden Samstagmorgen aufstand und ihren Bruder im Gefängnis besuchte, und zwar nicht immer, weil ich Jason sehen wollte, sondern weil ich Mom nicht allein hingehen lassen konnte. Ich kam heute nach Hause in der festen Überzeugung, ihre ganze Sorge würde Jason gelten – ob es ihm gut geht oder nicht, ob ich ihn weiterhin besuchen würde oder nicht.

Ich dachte nicht, dass außer dem noch irgendwas anderes übrig wäre.

Mom schiebt ihren Stuhl zurück und umrundet den Tisch bis zu meinem Platz. Als sie ihre Arme nach mir ausstreckt, fange ich an zu weinen.

Und als ich sie umarme, wird mir bewusst, dass ich sie, obwohl ihre Liebe und Aufmerksamkeit eine ganze Zeit lang vor allem Jason gegolten haben, nie verloren habe. Und dass ich sie nie verlieren werde. Niemand kann so weinen wie meine Mutter, aber heute mache ich ihr heftig Konkurrenz. Die Wahrheit ist entsetzlich – sich zum Heulen in der Garage zu verkriechen, unter der Dusche zu schluchzen und nachts zusammen mit dem Ehemann zu weinen, das ist unerträglich. Nicht nur das, was Jason getan hat. Sondern auch das, was wir alle dieses Jahr getan haben – das Verstecken, Ignorieren und So-tun-als-ob.

Es tut gut, von Mom gehalten zu werden. Es stärkt mich für das, was als Nächstes kommt. Denn die Dinge müssen sich verändern. Laura und ich haben bereits den ersten Schritt gemacht und der Schmerz ist so viel erträglicher, wenn man ihn zusammen aushält.

»Ich möchte euch etwas erzählen«, sage ich, nachdem Mom wieder auf dem Stuhl neben Dad Platz genommen hat. »Ich möchte euch von jemandem erzählen. Und bitte hört mir bis zum Ende zu, bevor ihr reagiert.«

Es herrscht unsägliche Stille und Laura fordert mich mit einem Nicken auf weiterzusprechen.

»Ich habe euch belogen«, sage ich und bei diesem Geständnis möchte ich am liebsten im Erdboden versinken. »Ich treffe mich mit Heath Gaines.«

Moms Hand packt Dads Arm und er scheint zu atmen aufzuhören. »Warum?«, fragt sie. »Warum solltest du das tun?«

»Ich hab's nicht getan, um euch wehzutun. Ich habe jemanden gebraucht, mit dem ich über die ganze Situation reden konnte, und das letzte Mal, als ich versucht hatte mit euch darüber zu sprechen … Du hast in diesem Stuhl gesessen und mir gesagt, ich solle nie wieder Cals Familie erwähnen.« Moms Gesicht verzerrt sich, aber ich muss weiterreden. »Ich konnte nie wie ihr alle so tun als ob.« Ich sehe Mom an. »Als ob er nur eine Weile lang weg ist.« Mein Blick wandert zu Dad. »Oder für immer fort.« Zum Schluss drehe ich mich zu Laura um und drücke ihr unter dem Tisch die Hand. »Oder als ob es ihn nie gegeben hätte. Ich weiß, ihr konntet nicht anders, und ich verstehe warum, aber ich konnte eben auch nicht anders. Und Heath …« Das Zucken im Gesicht meiner Mutter ist schon deutlich schwächer, als ich dieses Mal seinen Namen laut ausspreche, aber es ist immer noch da. »… Er hatte sein eigenes Päckchen mit seiner Familie zu tragen und anfangs ahnten wir nicht, dass wir uns letztlich gegenseitig helfen würden, aber so war es.«

»Er –« Mom räuspert sich und beginnt von Neuem. »Er hat mit dir über deinen Bruder gesprochen?«

»Zuerst nicht. Wir haben mehr darüber geredet, inwieweit die Dinge jetzt anders sind.« Bei unserer letzten Familiensitzung mit dem Seelsorger hatte ich kurz meine Albträume erwähnt, aber ich möchte Mom jetzt nicht noch mehr Kummer bereiten, darum sage ich nur, dass Heath ebenfalls an Albträumen leidet. »Für ihn ist der Umgang mit den Leuten im Ort auch schwierig. Nur in seinem Fall macht ihm das Mitleid zu schaffen und nicht … « Ich will kein Wort darüber verlieren, wie ich von anderen oft behandelt werde. »Wie dem auch sein, es ist ganz anders, aber in vielerlei Hinsicht doch gleich.«

Je länger ich rede, desto leichter wird es, nicht weil sich Moms und Dads steife Körperhaltung entspannt, sondern weil Laura die ganze Zeit meine Hand hält. Und es wird leichter, weil es mich mit unbändiger Freude und Hoffnung erfüllt über Heath zu sprechen, sogar mit Menschen, für die sein Name schon so lange mit Schmerz verbunden ist. Ich kann und will meine Gefühle für ihn nicht länger für mich behalten.

Ich kann nachvollziehen, warum sich Moms Ausdruck ab einem gewissen Punkt in meiner Erzählung von Ungläubigkeit zu kaum verhohlenem Entsetzen wandelt. Ich höre auf zu reden, bevor sie mich unterbrechen kann.

»Brooke. Nein. Du kannst doch nicht – nicht mit ihm –, Schätzchen, du weißt, das geht nicht …« Sie wirft Dad einen bestürzten Blick zu, aber der starrt mich bloß unverwandt weiter an.

»Du magst diesen Jungen?« Mein Vater sieht mir forschend in die Augen und ich habe das Gefühl, mein ganzes Schicksal hängt in der Schwebe. Ich fühle mich wie ein Tier in der Falle. Nicht, weil er mir verbieten könnte Heath zu treffen, aber weil es mich niederschmettern würde, wenn er es versuchen würde.

»Ja. Sogar mehr als das.«

Mom gibt einen wimmernden Laut von sich.

»Ich mag ihn auch«, erklärt Laura mit ruhiger Stimme und alle Augen richten sich auf sie. »Ich habe ihn heute kennengelernt, nachdem …« Sie bricht ab und sieht mich an, erschrocken, ob sie etwas verraten hat, was sie nicht hätte verraten sollen. Es ist nicht fair, meine Eltern mit so vielen Enthüllungen auf einmal zu bombardieren, andererseits kann ich es als kleinen Sieg verbuchen, dass bisher niemand aus dem Raum gestürmt und geflohen ist. Ich werde auf Heath nicht verzichten. Es wird Zeit brauchen, um es ihnen zu beweisen, um es allen zu beweisen. Aber das ist er mir wert. Er ist das alles wert. Aber er ist nicht die einzige Sache, auf die ich nicht verzichten werde.

Ich beruhige Laura mit einem Nicken, dass es okay ist. Mom hat den stummen Austausch bemerkt.

»Was?«, sagt sie. »Was noch?« Ich erkenne die altbekannte Panik in ihrem Blick und mir ist klar, dass ich die Sache nicht länger zurückhalten darf.

»Laura und ich sind heute Nachmittag nicht einfach nur eislaufen gewesen«, sage ich. »Sie hat mir geholfen mein Bewerbungsvideo für *Stories on Ice* zu drehen. Ich weiß, ich sagte, ich hätte mich fürs Community College entschieden, aber das war nur, weil ich glaubte … weil ich glaubte, ich könnte euch nicht verlassen, jedenfalls nicht unter den gegebenen Umständen.« Indem Laura ihr Bein gegen meines drückt, signalisiert sie mir stumm ihren Beistand. »Nicht, wenn Jason im Gefängnis sitzt.« Meine Mutter kneift die Lippen zusammen. »Jason ist da, wo er hingehört, aber ich bin's nicht.«

»Ihr habt sie schon so lange nicht mehr auf dem Eis gesehen«, wirft Laura ein und erntet einen bedrückten Blick von Mom. »Sie muss ihre Chance nutzen und es versuchen – ich will, dass sie's versucht.« Sie reckt ihr Kinn leicht empor. »Und ich glaube, Jason würde es auch wollen.«

Das ist vermutlich das erste Mal in diesem Jahr, dass Laura seinen Namen laut ausgesprochen hat. Wie unter Schock starren wir alle drei sie an.

Vor zwei Monaten saßen wir zu viert an diesem Tisch und Laura blickte kaum mal von ihrem Teller auf, geschweige denn, dass sie ein Wort sprach. Nachdem sie die Ermordung von Cal miterlebt hatte, war sie zu einem Schatten ihrer selbst geworden, und wir hatten hilflos zugesehen, wie sie von Tag zu Tag mehr verblasste, bis kaum noch etwas von ihr übrig war. Jetzt ist ihre Stimme zwar immer noch dünn und ihr Kinn will sich immer noch auf ihre Brust herabsenken, aber es ist, als würde man jemandem dabei zuschauen, wie er sich nach einer langen, schweren Krankheit zurück ins Leben kämpft.

Vorher hat sie nicht gekämpft.

Es ist also unmöglich, dass Lauras unterstützende Worte keinen Einfluss haben – auf meine Eltern und auf mich –, und zwar nicht nur, was meine *Stories-on-Ice*-Bewerbung angeht, sondern auch im Hinblick auf Heath. Ich habe Jason bisher nichts von meinen Plänen erzählt, aber das werde ich noch tun. Und ich glaube, dass Laura recht hat. Er wird sich für mich freuen.

Selbst als ich schon wieder das Wort an Mom und Dad richte, starre ich meine Schwester noch immer verwundert an: »Ich werde Jason weiterhin besuchen. Falls ich auf Tournee gehen sollte, wird das natürlich nicht mehr jede Woche möglich sein, aber ich habe ihm versprochen, dass ich ihn trotzdem noch besuchen werde. Und dieses Versprechen werde ich niemals brechen.«

Mom atmet erleichtert aus, ihre Augen sind tränenverhangen, als sie sich nach meiner Hand streckt und ich ihr auf halbem Weg entgegenkomme.

»Hast du's dabei?«, fragt mein Vater. »Dein Bewerbungsvideo?«

»Nein«, sage ich. »Maggie schneidet es noch, aber ich zeige es euch, sobald es fertig ist.«

Dads Bart erzittert und ich weiß, dass er unter seinem dichten Bart lächelt. »Ich glaube, es würde uns allen guttun, dich mal wieder eiskunstlaufen zu sehen.«

Kapitel 48

Vier Monate später

Die Veranda ist leer, als ich von der Arbeit nach Hause komme. Im Dezember ist es draußen kälter als drinnen in der Eishalle, darum habe auf der Heimfahrt im Auto meine Jacke anbehalten. Daphnes Heizung ist … etwas anfällig, um es nett zu sagen. Maggie hat sich im Internet schon ewig lange DIY-Videos angesehen, wie man sie wieder in Ordnung bringt, und ich bin kurz davor, zu kapitulieren und einzuwilligen, dass wir versuchen sie auf eigene Faust zu reparieren, bevor wir beide zurück zur Schule müssen – online für mich und Präsenzunterricht für Maggie. Aber vielleicht warte ich damit lieber noch, bis der erste Frost einkehrt. Ich liebe übrigens den Lipgloss mit Wärmeeffekt, den sie mir letzten Monat zum Geburtstag geschenkt hat.

Ich ziehe den Kragen meiner Jacke enger um den Hals, als ich aus dem Auto steige, in der Erwartung, dass mir der Wind kalte Schauer über den Rücken jagt. Stattdessen umfangen mich von hinten warme Arme und ein Schwall noch wärmerer Atemluft streift mein Ohr.

»Ich habe deinen Truck gar nicht gesehen«, sage ich, drehe mich in Heaths Armen um und drücke meine Lippen auf seinen kalten Mund. Ich erschauere aus vielerlei Gründen. Es war verabredet, dass er Laura und mich zum Kino abholt.

»Der Truck ist in der Werkstatt.« Heath findet die wärmste Stelle hinter meinem Ohr und vergräbt seine kalte Nase darin.

Ich mache einen halbherzigen Versuch, mich von ihm zu befreien. »Schon wieder?« Er lässt mich nicht los. Und ehrlich gesagt strenge ich mich auch nicht sonderlich an. »Du bist aber nicht zu Fuß hergekommen. Dafür bist du nicht kalt genug.« Zur Kontrolle schmiege ich mich enger an ihn – die Wärme, die von seiner Brust ausgeht, bestätigt es.

Heath hört auf, sein Gesicht in meinen Hals zu wühlen und sieht mir mit zurückgelehntem Oberkörper in die Augen. »Gwen hat mich hier abgesetzt.«

»Ach ja?«, sage ich und meine Stimme wird fast von einer aufbrausenden Böe übertönt, aber für das Brennen in meinen Augen kann ich dem Wind nicht die Schuld geben.

Abgesehen von Laura können sich unsere Familien nur langsam mit dem Gedanken anfreunden, dass Heath und ich ein Paar sind. Nachdem wir unsere Beziehung gebeichtet hatten, beschlossen wir, nicht auf Teufel komm raus den anderen in die jeweils eigene Familie hineinzudrängen, da es zu viel Schmerz verursachen würde, für seine Familie vermutlich noch mehr als für meine. Aber wir haben uns auch nicht voneinander zurückgezogen, weshalb es unvermeidlich ist, dass seine Familie gelegentlich mich, und meine Familie ihn zu Gesicht kriegt. Und sei es auch nur beim Blick durchs Fenster, wenn wir uns gegenseitig abholen oder nach Hause bringen – wobei meistens ich *ihn* abhole, weil sein Truck ja ständig kaputt ist.

Maggie guckt sich auch dafür Reparaturvideos im Internet an, aber Heath hat gesagt, das könne sie sich schön aus dem Kopf schlagen.

Aber dass seine Schwester ihn hergebracht hat … ich bin sprachlos.

»Sie hat mich vorn an der Einfahrt rausgelassen und ich musste den Rest laufen, aber …«

Ich küsse ihn wieder, mit einem Lächeln im Gesicht. Selbst wenn sie ihn einen Kilometer entfernt abgesetzt hätte, ich würde immer noch innerlich jubeln. Dass Gwen sich freiwillig mir oder meiner Familie genähert hat, ist ein Riesending, dessen ist auch Heath sich bewusst.

Als ich Heath endlich wieder zu Atem kommen lasse, grinst auch er, und nicht nur wegen des Kusses. Ich schlinge meine Arme um seinen Hals. »Ich glaube, ich bin gerade sehr glücklich.«

»Ach ja?«

Ich nicke. »Und du?«

»Du machst mich immer glücklich.« Dann zieht er mich eng an sich heran. »Willst du noch glücklicher sein?«

Ich lache und schiebe ihn von mir weg, wobei ich nicht damit rechne, dass er mich so ohne Weiteres freigibt, aber das tut er. Als ich ihn etwas verblüfft ansehe, fangen seine Wangen an zu glühen, und das wohl nicht allein durch die Kälte.

»Ich habe gerade noch rechtzeitig die Deadline geschafft. Ich bin jetzt offiziell am Howard College eingeschrieben. Die Kurse fangen nächste Woche an und … Hey, hey.« Er nimmt mein Gesicht in die Hände und wischt mit seinem Daumen die Träne weg, die mir entwischt ist. »Es ist doch nur das Community College. Sie hatten quasi keine andere Wahl, als mich aufzunehmen.«

»Aber man muss aufgenommen werden *wollen*«, sage ich

und ein leises Lachen perlt in meiner Kehle hoch. »Und du wolltest es.«

»Ich habe noch kein Hauptfach gewählt. Ich weiß immer noch nicht, was ich machen will.«

»Aber jetzt bist du hellwach, oder?«, sage ich und denke an unser Gespräch zurück, das wir vor vielen Monaten am Hackman-Teich hatten.

»Ja«, sagt er. »Ich glaube, das bin ich.«

Ich schmiege mich an ihn und seine Hände rutschen an meine Taille, er hebt mich hoch und küsst mich. Ich fühle mich auf eine angenehme Art schwindelig, die nichts mit Höhe zu tun hat. Viel zu früh setzt er mich wieder auf dem Boden ab.

»Meine Zeit ist offiziell um.« Er deutet mit dem Kopf Richtung Haus. »In den letzten fünfzehn Minuten hat Laura mindestens ein Dutzend Mal aus dem Fenster gesehen und nach dir Ausschau gehalten. Ich könnte mir vorstellen, dass für dich ein Brief angekommen ist, auf den du schon gewartet hast.« Meine Augen werden groß. »Na, geh schon«, sagt Heath lächelnd und schiebt seine Hände in die Hosentaschen. »Bevor sie noch den Vogel losschickt, damit er dich holen kommt.«

Ich gehe ein paar Schritte Richtung Veranda, dann drehe ich mich zu ihm um. »Kommst du mit?«

Er sieht mich an, dann unser Haus. Er war bereits auf unserer Veranda und einmal sogar schon im Haus drin, als Laura als Einzige da war. Ich denke, dass meine Familie vielleicht bereit wäre, aber Heath muss auch bereit sein.

Noch ist er nicht so weit, aber irgendwann wird er es sein.

Und ich weiß, dass es sich lohnt zu warten, egal wie lange es auch dauert.

Ich gebe ihm Daphnes Schlüssel, damit er das bisschen Wärme, das sie bereithält, genießen kann, und verspreche, so schnell ich kann wieder rauszukommen.

Drinnen überfällt Laura mich, kaum dass ich die Tür öffne. Sie drückt mir einen Umschlag in die Hand, noch bevor ich meine Jacke ausziehen kann. Ducky flattert von ihrer Schulter auf das Bücherregal, weil sie vor Aufregung nicht aufhören kann auf- und abzuhüpfen.

»Ist er das?«

»Ja.« Sie presst sich die geballte Faust ans Kinn, als ich den Brief in meiner Hand betrachte. Kaum vorstellbar, dass es noch etwas Besseres geben soll als Lauras lächelndes Gesicht – an dessen Anblick ich mich immer noch gewöhnen muss – und die Gewissheit, dass Heath da draußen auf mich wartet. Hinter Laura treten jetzt auch meine Eltern in die Diele, ihr Lächeln ist zurückhaltender, aber nicht weniger aufrichtig, während sie darauf warten, dass ich meine Zukunft öffne.

Ich lächele und reiße den Umschlag auf.

Danksagung

»Draußen vor meinem Fenster, hinter den Brombeerbüschen, die silbern im Mondlicht schimmern, wartet Jake auf mich unter den hochgewölbten Ruten unserer Trauerweide.«

So lautete der erste Satz der Kurzgeschichte, aus der schließlich *Even If I Fall* entstand. Ich schrieb sie 2015, nachdem meine zwei langjährigen Schreibbuddys Sarah Guillory und Kate Goodwin mir das wohl schlichteste Thema überhaupt gestellt hatten: Schreibe eine Sommer-Liebesgeschichte. Diese siebenhundert Wörter umfassende Kurzgeschichte ist ordentlich gewachsen und hat sich stark verändert, seit ich mir Brooke und Heath zum allerersten Mal ausgemalt habe, und sie wäre nie zu dem Buch geworden, das ihr gerade gelesen habt, ohne die Hilfe und den Zuspruch von einer ganzen Reihe von Menschen.

Wie immer möchte ich mit meiner Agentin Kim Lionetti beginnen. Ich habe dir mindestens ein Dutzend Story-Ideen auf deine hartnäckigen »Was kommt als Nächstes?«-Fragen geschickt und ich bin so unendlich froh, dass du das Potenzial dieses Entwurfs erkanntest, noch bevor ich selbst wusste, was daraus würde. Danke, dass du mich immer in die richtige Richtung schubst. Ich kann kaum erwarten zu sehen, wohin uns unsere nächste Reise führt!

Mein Dank gilt auch meiner Lektorin Natashya Wilson. Ich habe keine Sekunde gezögert, als ich die Chance erhielt, zwei weitere Bücher mit dir zusammen entstehen zu lassen – ich hätte auch zehn machen wollen! Du verstehst das Herz meiner Geschichten und meiner Figuren. Danke, dass du mich immer wieder anspornst und mir hilfst eine bessere Schriftstellerin zu werden.

Ein großes Dankeschön möchte ich außerdem richten an:

Das tolle Team bei Inkyard Press und HarperCollins Children's, einschließlich Shara Alexander, Laura Gianino, Linette Kim, Meredith Barnes, Emer Flounders, Andrea Pappenheimer und die Harper-Children's-Vertriebsabteilung, Gigi Lau (danke für ein weiteres umwerfendes Cover) und an alle anderen, die an diesem Buch gearbeitet haben. Ich bin so froh Teil dieser Familie zu sein.

An meine Schreibbuddys Sarah und Kate, ohne euch wäre dieses Buch nie entstanden.

An meine wundervollen Freunde von der AZYA Autorengruppe, einschließlich Steph, Kate, Kelly, Sara, Mallory, Traci, Nate, Dusti, Mary, Shonna, Paul, Ryan, Joanna und alle Amys. Wir sind zu viele, um jeden Einzelnen aufzuzählen, aber ich liebe euch alle!

Ich kann gar nicht oft genug meinen Eltern danken – Gary und Suzanne Johnson. Mom, danke für die vielen Stunden, in denen du mir das Lesen beigebracht hast, nachdem meine Lehrerin in der zweiten Klasse sagte, ich würde es nie lernen. Dad, danke für die unzähligen Kisten voller Bücher, die du für mich jede Woche nach Hause schlepptest, nachdem ich alle im Haus vorhandenen ausgelesen hatte.

Ich danke meinen Geschwistern Sam, Mary und Rachel. Während des Schreibens dieses Buches musste ich ständig an euch denken. Rachel, du bist noch zu jung, um dich daran zu erinnern, aber ich habe so gern an all die langen Sommertage zurückgedacht, an denen wir vier zusammen im Hackman-Teich angelten und schwammen.

Mein Dank gilt meiner Familie: Jill, Ross, Ken, Rick und Jeri, die ganze Depew-Familie, Nate (weil du seit Jahren zur Familie gehörst) und meinen Tanten, Onkeln, Cousinen und Cousins, die ich viel zu selten sehe, insbesondere Brooke.

Ich danke meinen Nichten und Neffen – Grady, Rory, Sadie, Gideon, Ainsley, Ivy, Dexter und Os. Eure Tante zu sein ist das Größte für mich.

Ein herzliches Dankeschön geht an meine gute Freundin Jill Porter, eine ehemalige Justizvollzugsbeamtin, die mir geduldig meine unzähligen Fragen beantwortet hat. Alle eventuellen Fehler gehen allein auf meine Kappe.

Ich habe keine Ahnung, ob Sie das hier lesen werden, aber ich danke auch meinem Lehrer für Werkunterricht aus der Highschool, Mike »Mr D.« Drobitsky. Ich habe nie so etwas Schönes angefertigt wie Brookes Vater in diesem Buch, aber dafür haben Sie es getan.

Und zu guter Letzt danke ich meinen Lesern, den Bloggern (besonders Christy von *BookCrushin* und Nancy von *Tales of the Ravenous Reader*), Bookstagrammern und Bibliotheksmitarbeitern, die meinen Büchern so viel Liebe entgegenbringen. Ich danke euch aus tiefstem Herzen.